Nina Blazon

Zweilicht

Nina Blazon

Zweilicht

cbt

cbt ist der Jugendbuchverlag
in der Verlagsgruppe Random House

Verlagsgruppe Random House FSC-DEU-0100
Das für dieses Buch verwendete FSC®-zertifizierte Papier
EOS liefert Salzer Papier, St. Pölten, Austria.

Gesetzt nach den Regeln der Rechtschreibreform

1. Auflage 2011

Umschlaggestaltung: Hanna Hörl Designbüro München,
unter Verwendung eines Motivs von Valentina Kallias
KK · Herstellung: AnG
Lektorat: Susanne Evans
Satz: Uhl+ Massopust, Aalen
Druck und Bindung: GGP Media GmbH, Pößneck
ISBN 978-3-570-16117-3
Printed in Germany

www.cbt-jugendbuch.de

Inhalt

Teil I: New York, New York

Teil II: Blue Moon

Teil III: herbstgold

Teil IV: todesweiß

Teil V: fuchslicht

Teil I

new york, new york

das haus der träume

Und er atmet wirklich?«, fragte Mo.

»Wäre ziemlich seltsam, wenn nicht«, antwortete Night trocken. »Schlafende Menschen atmen für gewöhnlich. Auch wenn man es bei dem da kaum sieht.«

Sie ließ den Blick über das Lager des Jungen schweifen, dann gähnte sie und streckte sich genüsslich. Im Rechteck des Fensters konnte Mo die Silhouette ihrer Freundin vor dem Nachthimmel gestochen scharf erkennen: die kräftigen Arme und die Hände, die erst zitternd vor Spannung in der Luft verharrten und sich dann, beim Herabsinken, zu lockeren Fäusten ballten. Night bemerkte Mos Blick, drehte sich zu ihr um und grinste. Ihre schwarze Haut verschmolz mit dem Halbdunkel des Zimmers. Dafür blitzten ihre Zähne umso heller. »Brauchst keine Angst vor ihm zu haben, Mondmädchen«, sagte sie. »Zumindest nicht, solange ich in der Nähe bin.«

»Ich habe keine Angst«, erwiderte Mo leise.

Aber die ganze Wahrheit war es natürlich nicht.

»Gut, wir haben ihn uns angeschaut«, flüsterte Cinna aus der anderen Ecke des Zimmers. »Jetzt lasst uns wieder gehen Ich finde es unheimlich hier.«

Night lachte. »Im Augenblick kann er uns nichts tun.«

Mit diesen Worten ging sie geradewegs zum Bett. Ihre Finger schlossen sich um das Handgelenk des Schlafenden. Er reagierte nicht darauf, als sie seinen Arm anhob, aber Mo wich unwillkürlich einen Schritt zurück.

»Du wirst ihn noch aufwecken«, zischte Cinna.

Night ließ die Hand einfach los. Sie fiel auf die Brust des Jungen und blieb dort liegen. Atemlos starrten Mo und Cinna den Schlafenden an, aber er regte sich nicht.

»Seht ihr?«, sagte Night trocken. »Wir können ihn nicht wecken. Ich wette, ich könnte sogar auf seiner Brust herumtanzen, er würde es nur für einen schlechten Traum halten. Doch vermutlich schläft er ohnehin so tief, dass er ebenso wenig träumt wie ein Toter.«

Cinna wirkte nicht so, als würde diese Vorstellung sie beruhigen.

»Na gut«, meinte Night. »Ihr habt ihn ja gesehen. Die Lektion ist einfach: Wenn ihr einen von denen da findet, haltet euch weg von ihnen und hört nicht auf die Stimmen. Sie sind gefährlicher als die Gespenster, vergesst das nicht. Keine Regel von der Ausnahme. Und jetzt lasst uns abhauen. Die anderen warten ohnehin schon auf uns.«

Sie wandte sich von dem Jungen ab, huschte zum Fenster, zog sich mit einem geschmeidigen Schwung auf das Fensterbrett und von dort aus auf einen Ast des Baumes, der vor dem Haus stand. Sie mochte drei Leben alt sein, aber beim Klettern machte ihr immer noch keiner etwas vor.

Cinna trat ebenfalls zum Fenster. Nur Mo verharrte reglos neben der Zimmertür. Der ganze Raum war erfüllt von Träumen. Wenn sie die Augen schloss, konnte sie sie sogar hören – dünne Stimmen, die von Dingen erzählten, die ihr fremd waren.

»Hör nicht auf die Stimmen«, wiederholte sie flüsternd Nights Ermahnung. Aber es war kaum möglich, das verlockende Wispern zu ignorieren.

Mitschüler. Motorrad. Werkstatt. Austauschjahr.

Sie fröstelte und riss die Augen wieder auf. Cinna hatte recht. Es war unheimlich, in einem Haus zu verweilen, in dem sich Träume wie in einem Spinnennetz fingen und im Todeskampf herumzappelten. Und noch weniger durfte sie diesen Traumworten lauschen. Auch ohne Nights Warnung hätte sie gespürt, dass diese Worte besondere Kräfte hatten, sie konnten einen verführen, schläfrig und willenlos machen und ins Verderben stürzen.

Andererseits – da war immer noch dieser Junge, von dem sie sich fernhalten musste.

Im Licht des Vollmonds war die Farbe seines Haares nicht eindeutig zu erkennen. Jedenfalls war es dunkler als das von Mo. Ihres war zudem glatt, seines dagegen ungezähmt und halblang. Eine Locke berührte seine Wimpern. Vielleicht waren seine Haare im Tageslicht braun, vielleicht schimmerten sie aber auch in einem satten Rot – so wie bei ihrer Schwester Cinna.

Mo schluckte und wagte einige Schritte ins Zimmer.

Jetlag, Foto, Brüder, Zweiherz, wisperte es. *Mutter, Anruf, Abschied.*

Als wäre sie nun doch in das klebrige Netz fremder Gedanken getappt, konnte sie nicht anders, als stehen zu bleiben.

Selbst im Liegen fiel auf, dass der Junge groß und muskulös war. Und staunend nahm sie wahr, dass sie ihn auf eine herbe Weise hübsch fand. Spannung lag auf seinen Zügen, seine Augenbrauen waren leicht zusammengezogen und sein Mund war fest verschlossen, als wollte er ein Wort festhalten, das ihm im Traum entflohen war.

Draußen raschelte Blattwerk, Zweige knackten. Night kletterte gerade am Baum in Richtung Boden. Das letzte Stück überbrückte sie mit einem Sprung. Mo hörte einen raschelnden Aufprall, dann die tiefen, rauen Stimmen von Coy und Ban. Die beiden hatten vor dem Haus gewartet, jetzt begrüßten sie Night. Irgendwo weit entfernt bellte ein Tier.

»Kommst du endlich?« Ihre Schwester saß auf dem Fensterbrett und wartete voller Ungeduld. Die Spiegelung des Monds fing sich in ihrem rechten Auge – eine flirrende helle Insel in einem dunklen See. »Beeil dich. Es wird schon bald hell.«

Mo wollte gehorchen und setzte sich in Bewegung. Der Boden war hart und kalt, ganz anders als die federnde Erde der Wälder. Sie ertappte sich dabei, wie sie schlich, ängstlich darum bemüht, den Untergrund so wenig wie möglich zu berühren. Sie war schon fast beim Fenster, als sie nicht mehr widerstehen konnte und sich doch noch einmal umsah. Es war seltsam, aber den Jungen zu betrachten, war, wie mit offenen Augen in den Mond zu blicken. Beruhigend, sanft – und in ihrem Inneren flatterte etwas Warmes, Helles, irgendwo zwischen Brust und Kehle.

»Was denkst du, Cinna, sehen seine Augen aus wie meine? Oder hat er blaue Wendigo-Augen?«

»Warum interessiert dich das?«

»Ich … weiß nicht. Ich will es einfach wissen.«

Ihre Schwester schnaubte nur verächtlich.

»Glaubst du, er träumt vielleicht doch?«, fragte Mo weiter.

»Die träumen doch alle«, gab Cinna ungeduldig zurück. »Und wir haben dann die Gespenster dieser Träume am Hals. Am besten bitten wir Ban, ihm das Genick zu brechen, dann haben wir eine Sorge weniger.«

»Nein!« Mo wich zum Lager des Jungen zurück und stellte sich schützend vor ihn.

Ihre Schwester lachte. »War doch nur Spaß, Bernstein. Glaubst du im Ernst, der Alte würde den da anfassen wollen? Glaub mir, er hält nichts von Menschenfleisch.«

Mo schauderte dennoch. Natürlich war ihr das Schicksal von Menschen völlig gleichgültig, aber die Vorstellung, dass diesem einen hier etwas geschehen könnte, löste eine nie gekannte Unruhe in ihr aus.

»Und jetzt komm«, schnappte Cinna. »Ich hasse diese Gegend, ich kann Häuser nicht ausstehen. Und dieses hier ist eine richtige Fallgrube voller Träume. Als würde der Kerl da drüben sie einfangen und sammeln.« Jetzt konnte sie kaum noch verbergen, wie viel Furcht sich hinter ihrer Grobheit verbarg.

Aber Mo hatte sich bereits vom Fenster abgewandt und schlich auf leisen Sohlen zum Lager zurück. Der tiefe Schlaf machte den Jungen wehrlos. Und dennoch – so nah war sie noch keinem Menschen gekommen. Furcht flirrte über ihre Haut, ein sachter Schauer von Gefahr – und auch ein Hauch von Tod. Die wispernden Stimmen wurden deutlicher, raunten und lachten. Es schienen freundliche Worte zu sein.

Handy. Frühstück. Onkel. Dreamcatcher.

Mo gab ihm nach, nur einen Moment – und schon trieb sie schwerelos und staunend in diesem Strom fremden Lebens. Der Junge holte tief Luft, und Mo ertappte sich dabei, wie sie es ihm gleichtat. Ein paar Atemzüge atmeten sie im Gleichtakt und es war wie eine eigene Magie.

Ob seine Haut warm ist?

»Mo, nicht!«

Aber heute gehorchte sie der Älteren nicht. Obwohl sich alle

Härchen an ihrem Körper sträubten, ließ sie sich unendlich vorsichtig neben dem Jungen nieder. Sacht, als könnte ihre Gegenwart ihn tatsächlich wecken, legte sie sich neben ihn. Der erstickte Entsetzenslaut ihrer Schwester beunruhigte sie nicht. Dafür fühlte sich seine Nähe viel zu sicher an – und auf eine fremde Weise richtig. Mutiger geworden – und natürlich auch, um Cinna noch etwas mehr zu ärgern – schmiegte sie sich an den Jungen und lehnte ihre Stirn gegen die pochende Stelle direkt unter seiner Kieferlinie. Ihr wurde so schwindelig, dass sie die Augen schließen musste. Mit leisem Rascheln fuhren ihre Wimpern über seine Haut. Es musste ihn kitzeln, aber er erwachte nicht.

Er duftete nicht nach Gewitter und sonnenwarmen Blättern, sondern nach etwas Frischem, nach Tau und Verheißung. Schatten der Träume, die durch seinen Schlaf irrten, spiegelten sich hinter ihren geschlossenen Lidern. Es waren ruhelose, grelle Erinnerungen an Tageslicht und einen blauen Himmel, an Stahl und Glas und Mädchenlachen.

Mädchen.

Das gab ihr einen Stich. Und auch diesmal wusste sie nicht, warum. »Er träumt tatsächlich«, murmelte sie verwundert. »Von einem Mädchen, das er kennt. Sie hat langes schwarzes Haar und etwas, das er Indianeraugen nennt. Er mag sie, sehr sogar. Er spielt mit anderen Menschen, um einen runden Gegenstand, es ist kein Schädel und auch kein Stein. Und da ist auch ein gelber Kojote. Nein, es ist ein … Hund? Er ruft ihn bei einem Namen. *Feathers.* Und er …«

»Mo, pass auf!« Der schrille Schrei schreckte sie auf.

Sie riss die Augen auf, machte sich gewaltsam aus der Umklammerung der Traumbilder los, bereit, aufzuspringen und zu flüchten. Aber es war zu spät. Ein Arm legte sich über ihre Brust, ihre Schulter. Der Junge umarmte sie!

»Night!« Panik verzerrte Cinnas Stimme. »Er ist aufgewacht und greift Mo an!«

Der Junge hörte sie nicht. Im Schlaf drehte er sich ein weiteres Stück zur Seite. Nun lagen sie Brust an Brust, Mo in seinen Armen. Sie spürte ihre Herzen schlagen – seines ruhig und stark, ihres vor Schreck flatternd wie ein gefangener Fink. Seine Lippen waren nicht länger zusammengekniffen, nein, sie wirkten sanft und schienen sogar lächeln zu wollen.

»Er wird sie töten!«, kreischte Cinna. Aber ihre Stimme klang so weit weg, dass Mo kaum noch unterscheiden konnte, was sein Traum und was ihre Welt war.

»Hör auf zu schreien, Cinna«, murmelte sie. »Er tut mir doch gar nichts, er hat sich nur im Schlaf umgedreht. Er weiß nicht einmal, dass ich da bin.«

In diesem Moment blinzelte der Junge und schlug die Augen auf.

Zweige brachen draußen unter dem Gewicht von Nights Körper. Nachtvögel flatterten auf. Aber Mo hörte nichts mehr. Sie staunte nur noch. Ihrer beider Atem vermengte sich zu einem einzigen Strom, während sie einander ansahen. Mondlicht fiel auf sein Gesicht und brachte sein rechtes Auge zum Leuchten. Es war ganz sicher kein Wendigo-Blau und auch nicht das Goldbraun ihrer eigenen Iris. Der Junge hatte helle, vielleicht grüne Augen. Er sah sie verwundert an – und dann lächelte er.

Ihr Herz machte einen Satz, doch dann begriff sie, dass er mit offenen Augen träumte. *Er meint gar nicht mich, er sieht das Mädchen. Die Schöne mit den Indianeraugen.*

Er schloss die Augen, der Arm glitt von ihr herunter, seine

Finger strichen dabei abwesend über ihren Hals und kamen schließlich auf seinem Schlüsselbein zur Ruhe.

»Hol sie da weg, Night«, rief Cinna. »Schnell!«

Mo drängte sich näher an ihn, suchte nach seinem Herzschlag, seinem Leben, seinen Träumen.

Im nächsten Moment gruben sich starke Finger schmerzhaft in ihren Oberschenkel. Night hatte sie mit beiden Händen am Bein gepackt. Der Atem blieb ihr weg, als die Älteste sie einfach vom Lager zerrte. »Lass mich!«, fauchte sie.

»Nicht bevor du wieder zur Vernunft kommst!«

Mo trat und biss um sich, stemmte sich mit aller Kraft gegen den Griff, aber Night war viel stärker als sie. Es polterte, als Mo vom Lager glitt und unsanft auf dem harten Boden aufkam. Dann wurde sie über den Boden zum Fenster geschleift. Sie wollte gerade protestieren, als ihr die Luft wegblieb. Nights Arme schlossen sich um ihren Leib und ihren Hals. Sie riss Mo einfach hoch und hob sie über das Fensterbrett. »Nicht!«, rief Cinna entsetzt aus.

»Bist du verrückt?«, keuchte Mo. »Du kannst mich doch nicht …«

»Glaub mir, ich bin nicht halb so verrückt wie du«, gab Night zurück und ließ sie fallen.

Mo konnte nicht schreien. Viel zu tief saß der Schreck. Instinktiv versuchte sie noch im Fallen einen Zweig zu schnappen, doch sie glitt ab. Wind zerrte an ihrem Haar, sie spürte kaum, wie sie sich in der Luft drehte, verzweifelt darum bemüht, wenigstens auf den Beinen zu landen. In ihrem Augenwinkel huschte der Vollmond in einem bizarren Bogen davon – dann bremste ein weicher und doch harter Schlag ihren Fall. Alle Luft wurde aus ihren Lungen gedrückt, und ihre Stirn pochte, weil sie gegen eine Schulter geprallt war. Doch nun ruhte sie sicher in einer starken Umarmung.

»Hallo, Mo.« Bans tiefe Stimme dicht an ihrem Ohr. »Lernst du fliegen?«

Sie strampelte und trat um sich, entwand sich ihm und sprang zur Seite. Schwer atmend und mit zitternden Beinen stand sie da.

Coy musterte sie amüsiert. Sein hageres Gesicht mit den gelben Augen hatte im Mondlicht einen besonders verschlagenen Ausdruck.

»Kleiner Streit mit der Dunklen?«, meinte er. »Musst sie ja ganz schön geärgert haben, wenn sie dich gleich aus dem Fenster wirft.«

Im selben Augenblick landeten Night und Cinna im raschelnden Laub.

»Bist du wahnsinnig?«, schrie Cinna. »Mo hätte sich alle Knochen brechen können!«

»Besser ein paar gebrochene Knochen als Menschenmagie«, gab Night hart zurück. »Habe ich euch nicht gerade erklärt, wie die Regeln lauten?«

»Du wolltest ihn uns doch unbedingt zeigen«, rief Mo. »Warum schleppst du uns zu ihm, wenn du solche Angst vor ihm hast?«

Nights Augen hatten das gefährliche dunkle Funkeln bekommen, das normalerweise sogar Mo verstummen ließ.

»Ich wollte, dass ihr lernt, Grünschnäbel. Deshalb habe ich ihn euch gezeigt. Ihr solltet lernen, wann es ungefährlich ist, sich ihnen zu nähern. So, wie ich euch beigebracht habe, dass man niemals, niemals! an ihre Träume rührt.«

»Was hat sie denn getan?«, wollte Coy wissen.

»Angefasst hat sie ihn«, stieß Night hervor.

Ban richtete sich auf. Bisher hatte er die Auseinandersetzung so ruhig wie immer verfolgt, nun aber trat er neben Night. Sie war groß, aber neben ihm wirkte sie winzig. Sein rundes, gutmütiges Gesicht schien mit einem Mal fremd. Schattige Augenhöhlen, in denen etwas zu kleine dunkelbraune Augen glänzten.

»Ich berühre, wen und was ich will«, sagte Mo. »Außerdem hat Night damit angefangen.«

»Ich weiß ja auch, wie ich mit ihnen umgehe«, wies Night sie scharf zurecht. »Ich bin alt genug, um mich gegen die Träume zu schützen. Aber ihr nicht, ihr seid jung, gerade mal einen Sommer alt, ihr kennt die Gefahr noch nicht. Und außerdem«, ihre Stimme sank zu einem drohenden Flüstern. »Wenn er aufwacht, bin *ich* stärker als er.«

Mo schauderte. Night wusste, wie man tötete, und sie verschwendete nicht viele Gedanken an das Für und Wider. Und das, was Mo vorher lediglich als Ahnung wahrgenommen hatte, wurde plötzlich ganz klar: Sie hatte Angst um den Jungen! Und sie wollte zurück in das Zimmer, zu seinem Duft nach Tau und Verheißung.

Cinna schien diese Sehnsucht zu spüren, sie warf ihr einen irritierten Blick zu, aber dann trat sie neben Mo. Nun standen sie Schulter an Schulter und boten gemeinsam den zwei Ältesten die Stirn. So war es immer, wenn sie Streit hatten: Ban und Night auf der einen Seite, beide dunkel, beide stark und auf gefährliche Art ruhig. Auf der anderen die hellen Schwestern. Coy stand wie immer etwas abseits, abwartend und beobachtend, ohne eine Partei zu ergreifen, bevor er wusste, wer aus dem Machtkampf als Sieger hervorgehen würde.

»Das Erschreckende ist, er hätte sich gar nicht bewegen dürfen«, sagte Night. »Keine Ahnung, wie du es fertiggebracht hast, aber du hättest ihn beinahe aufgeweckt.« Und noch leiser fügte sie hinzu: »Ich weiß, dass ihr den Menschen näher steht als wir. Aber ich wusste nicht, dass ihr tatsächlich zu ihnen vordringen könnt.«

Ban blickte zum Fenster hoch. Es war ein Blick, der Mo gar nicht gefiel. »Das klingt nicht gut«, meinte er. »Wenn es so ist, müssen wir gleich dafür sorgen, dass er nie mehr …«

»Wage es nicht, ihn anzurühren«, schrie Mo. Der Zorn wallte so jäh in ihr auf, dass sogar der Mond dunkler zu werden schien.

Night und Ban starrten sie an, als sei sie nun endgültig verrückt geworden. Selbst Coy war so verblüfft, dass er sich eine spöttische Bemerkung sparte. Irgendwo in der Nähe bekämpften sich zwei Kater fauchend und jaulend.

Vielleicht bin ich ja tatsächlich verrückt, dachte Mo. Doch es fühlte sich … richtig an.

»Was ist los mit dir?«, fragte Ban.

»Nichts ist los! Ich habe nur genug von euch. Genug von dem Gerede über Gefahr. Und genug von deinen Belehrungen, Night.«

Bans Augen verengten sich und Nights Hände ballten sich zu Fäusten. Mo war sicher, dass sie gleich ein Schlag von den Beinen holen würde. Auch Cinna hielt den Atem an, aber sie wich keinen Schritt. Und obwohl Mo vor Angst bebte, war sie unendlich froh, dass ihre Schwester immer zu ihr hielt. Und nicht nur das: Cinna konnte viel besser bluffen als Mo.

»Es reicht«, sagte sie erstaunlich gelassen. »Ihr treibt sie nur in die Enge, und ihr wisst, dass ihr sie damit am wenigsten davon abhalten könnt, zu tun, was sie will.« Und zu Mo gewandt, fügte sie hinzu: »Und du gibst auch Ruhe. Wir gehen zum Fluss.«

Noch einige Sekunden starrte Ban sie nachdenklich an. Und dann war es entschieden.

»Komm«, sagte er zu Night. »Die Rote hat recht. Der Hitzkopf wird sich schon wieder abkühlen.« Er wandte den Blick ab und schickte sich an zu gehen.

Night zögerte, aber dann wich die Spannung aus ihren geballten Fäusten. Sie atmete durch und folgte Ban, der bereits fast außer Sichtweite war.

Coy stand noch eine Weile da, unschlüssig, wem er folgen sollte, dann schloss er sich natürlich den beiden Ältesten an.

»Komm«, raunte Cinna. Und Mo gehorchte.

Beim letzten Blick über die Schulter sah sie, wie Night sich ebenfalls umdrehte, als wollte sie sich vergewissern, dass die Schwestern wirklich nicht zum Haus zurückkehrten. Dann verlor sich ihre Silhouette in der Dunkelheit.

Cinna und sie nahmen den Weg in Richtung Fluss, sie liefen Schulter an Schulter, aber sie sprachen kein Wort. Erst als sich schon der Geruch von Wasser in ihren Nasen fing, blieb Cinna stehen und funkelte Mo an. »Was ist vorhin passiert? Was ist so wichtig an ihm, dass du dich mit den Ältesten anlegst und ihnen sogar drohst?«

Mo schluckte. »Ich weiß es nicht. Er … war mir so nah. Night erzählt uns immer, dass sie verwirrt und wertlos sind und nichts wissen über die Welt. Aber ich habe so vieles mit seinen Augen gesehen. Auch, dass er geflogen ist.«

»Trug! Menschen können nicht fliegen.«

»Doch. Er kam über den Himmel hierher. Er konnte wie ein Adler von oben auf das Land und auf das Meer blicken. Er stammt aus einem anderen Land, in dem die Sonne in der Nacht aufgeht und der Mond am Tag scheint. Und außerdem«, sie senkte ihre Stimme zu einem Wispern, »hattest du recht. Er sammelt Träume! In flachen, eckigen Behältern. Darin sind sie als runde silberne Mondscheiben aufbewahrt. Das Licht dieser Scheiben flackert dann über eine helle Wand. Wie Mondschein, nur bunt und hell, und mit schattenhaften, riesigen Bildern.«

Cinnas Augen wurden vor Entsetzen groß. »Er ist so was wie ein Traumfänger?«

»Vielleicht.«

»Warum hast du das nicht gleich gesagt?«

»Warum wohl? Weil ich nicht will, dass Ban ihm etwas tut.«

Cinna starrte sie fassungslos an. »Warum beschützt du ihn?«

Mo antwortete nicht, dennoch huschte die Erkenntnis über Cinnas Züge. Und dann die nackte Angst. »Er gefällt dir!«, brachte sie mühsam heraus.

Mo schwieg immer noch. Wie hätte sie Cinna auch sagen können, was sie selbst erst in diesem Moment begriff: *Ja, und ich muss ihn wiedersehen.*

»Night hat recht«, stieß Cinna hervor. »Du bist verrückt. Und du übertreibst immer! Du bist leichtsinnig, greifst nach jeder Schlange, und jede Schneeflocke, jedes Blatt lenkt dich ab, du bringst dich in Gefahr …«

»Ich war nicht in Gefahr«, beharrte Mo. »Und es kann doch nicht die Antwort sein, ihnen das Genick zu brechen. Wie können wir wissen, was es wirklich mit ihnen auf sich hat, wenn Ban und Night jeden, der wach ist, einfach umbringen?«

Ihre Schwester fluchte, dann drehte sie sich um und huschte davon. Einen Wimpernschlag später war sie im Dickicht verschwunden. Mo seufzte. Es war typisch für Cinna, die Flucht zu ergreifen, wenn die Furcht zu stark wurde.

Sie kämpfte gegen den Sog an, der von dem Jungen und dem

Haus voller Träume ausging, dann aber widerstand sie und folgte ihrer Schwester.

Sie fand sie auf dem Dach eines Gebäudes, fast schon am Fluss. Es war ein würfelförmiges, altes Gebäude, ebenfalls aus braunem Sandstein, mit morschem Dach. Der Vollmond umspielte Cinnas Mondgestalt. Lange, schlanke Glieder, weiße Haut und Haar, das zwar tiefrot war, aber auch einen sanften zimtfarbenen Schimmer hatte, der Cinnamon ihren Namen gab.

Jemand, der uns heute sieht und flüchtig hinschaut, könnte uns für Menschen halten, dachte Mo. *Und Cinna weiß das ganz genau. Vielleicht fürchtet sie sich deshalb so sehr?*

Auf leisen Sohlen balancierte sie an der Dachkante entlang und ließ sich neben ihrer Schwester nieder. Cinna regte sich nicht, sie starrte, ohne zu zwinkern, auf die andere Seite des Flusses, aber ihr schneller Atem verriet, wie aufgewühlt sie war.

»Als er sich bewegte, dachte ich, er würde dich töten«, sagte sie nach einer Weile. Ihre Stimme bebte und das Zittern darin schien sich auf Mo zu übertragen. Manchmal, besonders in Vollmondnächten, fühlten sie einander auf diese Weise.

»Ich weiß«, antwortete Mo und musste sich räuspern.

»Jag mir nie wieder eine solche Angst ein!«

Mo senkte den Blick und nickte. Behutsam tastete sie nach Cinnas Hand. Ihre Finger fanden sich und verflochten sich ineinander, eine ungewohnte Berührung, die dennoch guttat.

»Sieh dir das an.« Cinna deutete mit einer lässigen Geste über den Fluss.

Ein seltsamer Turm erhob sich dort. Gedrungen war er und unglaublich hoch, oben verjüngte er sich und lief in eine lange Spitze aus, die von hier aus gesehen wie ein dünner Eiszapfen wirkte, der nicht nach unten hing, sondern zu den Sternen wies. Das ganze oberste Stück dieses Turmes erstrahlte vor dem Nachthimmel in einem gleißenden weißen Schein.

Eine Weile saßen sie nur blinzelnd da und bestaunten dieses auffälligste Zeichen der Menschen an diesem Ort.

»Warum gefällt das Licht ihnen nur so gut? Es schwächt den Mond und die Sterne. Die Nacht ist nicht mehr so dicht.«

»Night sagt, sie mögen die Dunkelheit nicht«, erwiderte Mo. »Sie sagt, manche können nicht einmal ertragen, wenn welche von ihnen dunkel sind. Schon dunkle Haut erinnert sie an die Nacht, vor der sie sich fürchten.«

Cinna verzog die Lippen zu einem verächtlichen Lächeln. »Sie fürchten sich vor allem, sagt man. Feiglinge.«

»Was, wenn sie gar nicht feige sind?«

»Wie meinst du das?«

Mo schluckte und leckte sich über die Lippen. Eine Geste der Verlegenheit und des Zauderns, die sie immer wieder selbst überraschte. *Ich muss ihn wiedersehen*. Diese Worte waren wie ein Zauber. Selbst der Turm schien noch heller zu strahlen. So, als würde die Menschenwelt ihr Einlass gewähren, sie locken und zu sich ziehen.

»Na ja, ich überlege nur … was, wenn ich ihn wirklich aufwecken und mit ihm sprechen könnte? Ihn kennenlernen und …«

»Mo!«

Wenn sie lange genug hinsah, konnte sie erahnen, dass der Turm Fenster hatte und hinter den Fenstern Menschen waren. Und der Wind schien wispernde Stimmen mit sich zu tragen, die den Namen des Turmes flüsterten: Empire State …

»Sieh nicht hin!«, befahl ihr Cinna. »Sieh mich an! Du redest wie eine Mondsüchtige.«

»Aber vielleicht haben wir beide ja die Macht dazu. Und Night und Ban ahnen nichts davon. Oder vielleicht wissen sie es ja und wollen es nur nicht wahrhaben, dass unsere Magie stärker ist als ihre und …«

Cinna schnappte nach Luft und sprang auf. Im nächsten Moment zuckte Schmerz durch Mos Wange. Empört schrie sie auf und kam auf die Beine. Der Abdruck von Cinnas Hand brannte auf ihrer Wange. Ihre Schwester packte sie bei den Schultern und zwang sie, sich von der Flussseite abzuwenden. »Hör auf damit«, schrie sie.

»Du gibst mir keine Befehle!« Mo entwand sich mit einer heftigen Bewegung, aber ihre Schwester war größer als sie und sie wusste besser zu kämpfen. Ehe Mo es sich versah, war sie zum zweiten Mal in dieser Nacht in zwei starken Armen gefangen.

»Du versprichst mir, dass du keine Dummheiten machst«, zischte Cinna. »Versprich mir, dass du nicht mehr zu dem Haus gehst. Ich spüre doch, dass du daran denkst!«

Doch dann schrie sie auf und ließ los. Auf ihrem blassen Unterarm zeichneten sich Zahnabdrücke ab, ein kleiner Kranz von Vertiefungen, die bald wieder verschwunden sein würden.

Mo sprang zurück. Die scharfe Dachkante bohrte sich in ihre Sohlen.

Cinna starrte sie fassungslos an. Dann drehte sie sich um und ließ Mo einfach stehen.

»Cinna, warte!«

Das morsche Dach knirschte unter ihren Sohlen, als Mo ihrer Schwester folgte. Auf allen vieren landete sie ebenfalls im trockenen Herbstlaub. Schwer atmend verharrte sie mit gespannten Gliedern. Für einige Momente hatte sie den Jungen vergessen, aber nun war da wieder dieses Ziehen, diese Sehnsucht. Alles in ihr drängte sie dazu, zu ihm zu laufen. Doch der andere

Teil wusste nur zu genau, dass sie ihrer Schwester folgen würde. Folgen musste.

Also schloss sie nur kurz die Augen und rief sich sein Gesicht ins Gedächtnis. Den Mund, das Lächeln und die Augen, die das andere Mädchen sahen, wenn er träumte.

»Ich komme morgen wieder zu dir«, flüsterte sie. »Ich habe dich umarmt. Du gehörst mir.«

Indianeraugen

Jay hatte gedacht, er hätte den Jetlag längst überstanden, aber der schrille Piepton einer SMS belehrte ihn eines Besseren. Mühsam kämpfte er sich aus seinem wirren, flüchtigen Traum hoch. Tja, das war ganz neu: Er dämmerte jetzt also auch mitten am Tag weg, als hätte er den Zeit- und Weltensprung immer noch nicht verkraftet. *Ich bin wach, alles okay.* Aber das Wachsein fühlte sich nicht viel anders an als sein Minutenkoma: als wären seine Gedanken pulsierende Zerrbilder, die sich aufblähten und wieder zusammenzogen. So musste es sich anfühlen, wenn man niedergeschlagen worden war und irgendwo aufwachte, ohne die geringste Ahnung, wie man dorthin gekommen war. Womit er auch schon bei der nächsten Frage war: *Wo bin ich?*

Es roch nach Papier, das sprach gegen sein Zimmer. Sein Nacken war verspannt, seine Wange lag auf etwas Hartem. Als er benommen den Kopf hob, löste sich ein Blatt, das an seiner Lippe haftete, und segelte zu Boden. Linoleumboden. Ziemlich schäbiges Grau. Das Wiedererkennen kam nur langsam, ein sachliches Sammeln von Koordinaten: rechts ein Getränkeautomat, daneben eine Glastür, Tische und mintgrüne Plastikstühle, die bestimmt noch aus den Achtzigern übrig geblieben waren. Ein paar Schüler an den anderen Tischen, amerikanische

Satzfetzen. *New York, Williamsburg,* dachte Jay. *Highschool, fünfter Tag. Ich sitze im Aufenthaltsraum, den sie hier »Common« nennen, und gleich beginnt meine Arbeitsstunde mit der Projektgruppe. Willkommen in meinem neuen Leben.*

Ein Mädchen aus seinem Mathekurs grinste ihm vom Nebentisch aus verschwörerisch zu, während es seinen Rucksack über die Schulter hängte, aber die anderen schienen sein Minutenkoma nicht bemerkt zu haben. Zum Glück waren die Mädchen aus seinem Kurs noch nicht da. Jays Blick fiel auf die Tischplatte. Sie war total vollgekritzelt. Bestimmt zeichneten sich auf seiner Wange jetzt in Spiegelschrift die Worte *Barney sucks!* ab, die irgendein Schüler in die Tischplatte gekratzt hatte. Klasse. Verlegen rieb er sich über die Wange, dann bückte er sich und hob das Blatt auf. Ein Paar Sneakers kam in sein Blickfeld. Schätzungsweise Größe 48. Zumindest hier wusste er sofort, wen er vor sich hatte.

»Hi Alex«, sagte er und richtete sich auf. Alex grinste. Auch heute hätte er als Hochglanzreklame für irgendein Sportler-College durchgehen können. Manche seiner Mitschüler hätten alles dafür getan, um in sein Team zu kommen, aber Alex machte keine große Sache daraus. Eitelkeit schien ihm völlig fremd zu sein und genau deshalb mochte Jay ihn.

»Und? Bist du dabei?« Alex deutete auf die Spielerliste in Jays Hand.

Jay musste sich räuspern, so rau fühlte sich sein Hals an. Vermutlich waren das immer noch die Nachwirkungen von der Klimaanlage im Flugzeug, vielleicht lag es aber auch daran, dass Onkel Matt der Meinung war, eine funktionierende Heizung sei etwas für Weicheier.

»Klar«, brachte er dann mit heiserer Stimme hervor.

Alex grinste noch etwas breiter und beugte sich vor. »Gut. Ich hoffe, du hast Kondition. Bei mir wird nämlich richtig gespielt.«

Jay zog nur ironisch den Mundwinkel hoch.

Alex verstand die Geste – Herausforderung angenommen – und nickte. »See you, Kraut«, sagte er mit gespielter Arroganz.

Kraut – ein leicht abfälliger Begriff für Deutscher. Was fast schon wieder lustig war in Anbetracht der Tatsache, dass Jays Freunde in Deutschland ihn The Ami nannten, wenn sie ihn aufziehen wollten.

»Bis dann, Bone Crusher«, antwortete er ruhig.

Alex war nur eine Sekunde verblüfft, dass Jay den Spitznamen kannte, den seine Mannschaft ihm nach dem Beinaheunfall beim letzten Spiel gegeben hatte. Dann lachte er und klopfte zum Abschied auf den Tisch.

Jay blickte ihm nach. Es tat gut, zur Abwechslung mal nicht der Einzige zu sein, der durch seine Größe auffiel. Er faltete die Liste zusammen und schob sie in die hintere Tasche seiner Jeans. Irgendwo neben ihm plärrte Musik los, ein Klingelton, der an seinen Nerven zerrte. Immer noch war es ein Gefühl wie Watte im Kopf. Genervt blickte er nach rechts und sah, wie einer der Freshmen – ein Neuntklässler – sein Handy hervorzog. Beim Anblick des leuchtenden Displays fiel Jay die SMS wieder ein. Hastig holte er sein Handy hervor. Doch sofort bereute er, das Ding nicht ausgeschaltet zu haben.

`Ruf mich verdammt noch mal an!!! C.`

Das Unbehagen flammte so schnell auf, als hätte jemand einen Schalter umgelegt. Wow, der Knopf aufs schlechte Gewissen funktionierte sogar über sechs Stunden Zeitunterschied und rund sechstausend Kilometer Entfernung. Er warf einen Blick auf die Uhr über der Tür. Kurz nach zehn. In Berlin war es jetzt also vier Uhr morgens. Allein die Vorstellung, dass Charlie jetzt wach war, machte ihn fertig. Er konnte sie vor sich sehen – bestimmt saß sie gerade in ihrem roten Bademantel auf dem Sofa, mit verheulten Augen und dem harten, wütenden Zug um den Mund, der sie so unglücklich aussehen ließ. Tja, wie weit musste man wohl fortgehen, um diesem Bild zu entfliehen?

»Schlechte Nachrichten, Jay?«

Jay steckte reflexartig sein Handy weg. Vor ihm stand seine Arbeitsgruppe aus dem Fach Geschichte. Drei Mädchen aus seiner Jahrgangsstufe.

»Alles okay«, erwiderte er. »Müssen wir schon los?«

Die Wortführerin, Jenna, ließ sich auf einen Stuhl neben ihm fallen. Wie immer trug sie Schwarz und hatte dunkel umrandete Augen, was sie ein bisschen Gothic aussehen ließ. »Der Raum ist erst um Viertel nach zehn frei. Mann, du siehst völlig kaputt aus!« Sie wuchtete einen Stapel Bücher auf die Kritzeleien. *Barney sucks!* verschwand unter einem Geschichtsbuch.

»Nur der Jetlag«, krächzte Jay. Seine Kehle war plötzlich noch viel trockener. Und die amerikanischen Worte schienen in seinem Hirn zu flimmern und ihm entwischen zu wollen.

Jenna grinste. »Ich habe gehört, du spielst vielleicht in Alex' Team?«

Das hatte sich schnell herumgesprochen. Und offenbar brachte Alex ihm Pluspunkte ein. Zusammen mit der Tatsache, dass Mädchen ihn ohnehin mochten, und dem Exotenbonus, der deutsche und dazu noch einzige Austauschschüler an dieser Schule zu sein, ergab das ein ganz ordentliches Plus auf der

Skala der interessanten Mitschüler. Zumindest bei Jenna und ihrer Freundin. Beide lächelten ihn erwartungsvoll an. Nur die dritte in der Gruppe, Madison, blätterte in ihren Unterlagen und beachtete ihn kaum. Was schon wieder ausreichte, um ihn nervös zu machen, und nicht gerade dabei half, sich in einer fremden Sprache besonders flüssig auszudrücken.

»Es ist nur ein Training«, erklärte er. »Und dann sehen wir weiter. Vielleicht spiele ich ja doch lieber Soccer.«

»Aber auf der Fete morgen bist du aber auf jeden Fall dabei, oder?«

Jay nickte und bemühte sich, nicht in Madisons Richtung zu blicken, aber natürlich nahm er auch heute alles gestochen scharf wahr: ihr langes schwarzes Haar, das glatt und kräftig war und nur von einigen dünnen Zöpfen durchschnitten wurde, den bronzefarbenen Hautton, die hohen Wangenknochen und die schräg geschnittenen Augen, die den Eindruck von Fremdheit noch verstärkten. *Indianeraugen*, dachte Jay fasziniert. Aber es war nicht nur ihr Aussehen, sondern auch die Tatsache, dass sie so sparsam mit ihrem Lächeln umging. *Oder dass sie mich auch nach vier Tagen praktisch ignoriert.*

Immer noch konnte er sich keinen Reim auf sie machen. Bei Facebook war sie nicht, und wenn er Jenna glauben durfte, besaß sie nicht einmal ein Handy. Allein das reichte normalerweise schon aus, um als Freak abgestempelt zu werden, aber keiner behandelte sie so.

»Hast du die Kopien gemacht?«, wollte Sally nun wissen. Neben Jennas rauchdunkler Stimme wirkten ihre Worte wie Vogelgezwitscher. Und auch sonst war Sally das genaue Gegenteil von Jenna: klein, rötlich blond, mit Sommersprossen. Wenn sie mit Jungs sprach, die sie mochte, schraubte sich ihre Stimme noch eine Oktave höher. In Jays Gegenwart hörte sie sich an wie Minnie Mouse.

Jay langte nach seinem Rucksack. Er legte den Stapel Arbeitsblätter auf den Tisch und Sally griff danach und begann sie auf dem Tisch zu sortieren. Geschichtsdaten und Jahreszahlen reihten sich vor Jay auf, das Ganze würde eine Art Referat mit Präsentation über die Sezessionskriege werden. Langweiliges Thema, aber darum war es ihm bei der Anmeldung gar nicht gegangen.

Sein Handy begann anklagend zu surren. Eine neue SMS – und gleich darauf eine zweite und eine dritte. Wenn Klingeltöne wütend klingen konnten, dann machten diese hier unmissverständlich klar, dass Charlie stocksauer war. Endlich hatte er das Handy in seiner Tasche gefunden und schaltete es hastig aus. Natürlich taten ihm die Mädchen nicht den Gefallen, darüber hinwegzugehen. Jenna und Sally starrten ihn mit unverhohlener Neugier an. Und sogar Madison hatte den Blick von ihren Aufzeichnungen gehoben und musterte ihn. Zum ersten Mal fiel ihm auf, dass ihre Augen ein wenig umschattet waren. Neben den sorgfältig geschminkten Gesichtern ihrer Mitschülerinnen wirkte ihres im gleißenden Licht sanft und seltsam entrückt.

»Da will dich aber jemand dringend erreichen!« Jenna verschränkte die Arme und ruckte mit dem Kinn herausfordernd in Richtung Handy. »Deine deutsche Freundin?«

»Nein. Das war nur meine Mutter.«

Sofort hätte er sich am liebsten geohrfeigt. *Verdammt, das habe ich jetzt nicht wirklich gesagt?* Und auch ohne Jennas feixendes Grinsen hätte er gewusst, wie das klang. Fehlte nur noch der Zahnspangenbehälter an einer Schnur um seinen Hals. Jede Wette, dass Alex keine Nachrichten von seiner Mom bekam. Und wenn, war er schlau genug, das für sich zu behalten.

»Dann hast du gar keine Freundin?«, wollte Sally wissen.

Vielleicht war es ein gutes Zeichen, dass Madison ihn nun ebenfalls fragend ansah. Obwohl ihre Miene unbewegt blieb, blitzte Interesse in ihren Augen auf.

»Nein, habe ich nicht«, sagte Jay zu ihr, nicht zu Sally, und stand auf. »Zehn nach zehn, Zeit fürs Projekt.«

Das Verrückte an diesem Freitag war, dass ihm die Zwischenzeiten zu entgleiten schienen. Den Weg zum Kursraum hatte er wie im Halbschlaf hinter sich gebracht, aber als er jetzt tatsächlich neben Madison an einem Zweiertisch saß und die Gliederung durchging, war er plötzlich so wach, als hätte er einen Kaffeerausch.

»Hier, nach diesem Abschnitt kommt deine Überleitung«, erklärte sie und tippte mit der Kulispitze auf Punkt drei der Gliederung. Sie nahm sein Schweigen wohl als Zustimmung, denn sie machte eine Notiz und redete weiter. Jay hörte ihre Stimme, aber die Worte glitten an ihm ab. Stattdessen musterte er sie verstohlen von der Seite, während er so tat, als würde er sich ebenfalls auf das Referat konzentrieren.

Eigentlich kein guter Zeitpunkt, Jay, dachte er, während er ihren Mund betrachtete und das Haar, das er gerne berührt hätte. *Du schwebst im Nichts, du hast keine Ahnung, wie es weitergeht. Willst du es wirklich bei ihr versuchen?*

Was eine blödsinnige Frage war, schließlich hatte er sich nur wegen Madison für dieses langweilige Projektthema eingetragen. Dabei machte sie ihm nicht gerade Hoffnungen, dass sie ihn überhaupt leiden konnte. Es war seltsam: Trotz ihrer kühlen, ablehnenden Art mochte er sie, und obwohl er so gut wie gar nichts über sie wusste, hatte er das Gefühl, sie hätten etwas gemeinsam. Und er wollte um jeden Preis herausfinden, was es war.

»Du starrst mich an«, sagte sie leise, ohne aufzublicken. »Überlegst du gerade, aus welchem Reservat ich stamme?«

»Was? Nein, ich …«

Sie winkte genervt ab. »Ist schon gut. Du bist nicht der Erste, der mich für eine Stadtindianerin hält. Falls du es genau wissen willst, ich habe tatsächlich Indianerblut. Aber so spannend ist die Geschichte nicht. Mein Großvater war zwar ein Lakota. Aber er lebte in New York, wie sehr viele Indianer übrigens. Meine Mum wurde in Queens geboren und mein Vater ist Halbkoreaner aus New Jersey.« Sie machte eine Pause, offenbar in der Erwartung, dass Jay etwas dazu sagte, sich vielleicht sogar entschuldigte. Aber er schwieg. Es hatte seine Vorteile, nicht zu den großen Rednern zu gehören: Man wusste genau, wie man schweigt. Und vor allem, wann.

Dass sein Instinkt ihn auch diesmal nicht trog, merkte er daran, dass sie ihm nach einer Weile einen irritierten Seitenblick zuwarf. »Du kannst dir vorstellen, dass es nicht witzig war, in jeder Thanksgiving-Aufführung in der Schule immer die Quotenindianerin zu sein«, fuhr sie fort. »Früher nannten mich sogar die Lehrer Pocahontas.« Es sollte ironisch klingen, abgeklärt, eine witzige Anekdote aus der Kindheit.

Aber er würde ganz sicher nicht in die Falle tappen und über den vermeintlichen Scherz lachen, den sie ihm so routiniert als Köder hinhielt.

»Das ist ungefähr so witzig, wie mich Kraut zu nennen«, antwortete er nur trocken. Dann wandte er sich ohne Umschweife seiner Arbeit zu. Für einige Momente war Madison verdutzt, dann legte sie den Stift hin und wandte sie ihm zu. Fast konnte er hören, wie das Eis zwischen ihnen einen ersten, hauchfeinen Riss bekam.

»Du sprichst wirklich gut«, stellte sie mit leicht gönnerhaftem Unterton fest und verschränkte die Arme. »Sogar der Akzent geht eigentlich.«

Jay zuckte die Schultern. »Meine Mutter … Charlie ist Fachübersetzerin für Englisch. Und mein Vater stammt ja aus New York. Aber das habe ich euch ja schon bei meiner Vorstellung am Dienstag erzählt.«

»New York ist groß. Aus welchem Teil kommt dein Vater genau?«

»Williamsburg, mein Onkel hat hier eine Motorradwerkstatt. Ich wohne bei ihm.«

Ihr linker Mundwinkel zuckte nach oben. Es war fast ein Lächeln. Aber nur fast. »Dann gehörst du ja wirklich zu uns Brooklynites.«

Jay schwieg wieder. Der Ball war bei ihr, und er würde warten, bis sie ihn wieder zurückspielte. Auch wenn es bedeutete, dass die Pause unangenehm lang wurde. Sie sahen sich ein, zwei Sekunden in die Augen, dann schaute Madison hastig weg. Ihr Blick fiel auf seine Unterlagen, die rechts am Tischrand lagen. Ausgefüllte Kurs- und Stundenpläne und die Anmeldungen, auf denen die steile, ungelenke Unterschrift seines Onkels prangte.

»Darf ich deinen Kursplan sehen?«

Jay nickte. Als sie sich vorbeugte, fiel ihr Haar über die Schulter, eine dunkle Strähne strich über seine Hand. Das seltsame Gefühl von Unwirklichkeit verstärkte sich wieder.

Madison ließ sich gegen die Lehne fallen und federte dagegen, während ihr Blick über das Papier glitt. Zu spät fiel Jay ein, dass es vielleicht doch keine gute Idee war, ihr die Blätter zu überlassen. In diesem Moment runzelte sie schon überrascht die Stirn.

»Du heißt gar nicht Jay?«

»Doch, es ist nur … mein zweiter Name.«

Was glatt gelogen war. Aber in Amerika konnte man problemlos auch nur den ersten Buchstaben eines Namens als Rufnamen verwenden und kein Lehrer dachte sich etwas dabei.

»Gefällt dir dein erster Name nicht?«

Nicht mehr. Nie mehr. Er ist Vergangenheit.

»Jay gefällt mir einfach besser. Außerdem nennt mich auch mein Vater so.«

Nannte. Vergangenheit. Gewöhn dich endlich daran.

Madison nickte nur und überflog seinen Stundenplan. »Modern Novels«, murmelte sie anerkennend. »Den Kurs habe ich auch gewählt und am Montag sind wir zusammen in Rhetorik. Oh, und du musst auch *Romeo and Juliet* lesen? Wir haben fast alle Wahlkurse gemeinsam.«

Diesmal war Jay wach genug, um nicht »ich weiß« zu sagen. Es war schwierig gewesen, etwas über Madison herauszubekommen. Nicht einmal ihre Mitschüler schienen besonders viel über sie zu wissen. Aber immerhin hatte er es geschafft, über Sally und ein paar andere Mitschüler ihre Kurse rauszubekommen – und er konnte sich anhand ihrer Wahlkurse ausrechnen, dass sie Filme mochte.

Gerade wollte er den Faden aufgreifen, als die Schulglocke scheppernd dazwischenfuhr. Er hatte sich schon an vieles gewöhnt, nur nicht an die Geschwindigkeit, mit der die Schüler am Ende jeder Stunde aufsprangen und zusammenpackten. Die wenigen Minuten, die sie zum Wechsel des Klassenzimmers hatten, liefen stets so hektisch wie eine Feuerwehrübung ab. Ehe er sich's versah, hatte auch Madison ihre Sachen zusammengesucht und verabschiedete sich mit einem schnellen »See you«.

Dann war sie verschwunden, als hätte er das Gespräch eben nur geträumt.

*

Schon seit seinem ersten Tag an der Highschool war er so darum bemüht, jede Begegnung mit Madison wie einen Zufall wirken zu lassen, dass er völlig überrascht war, ihr an diesem Nachmittag nach Schulschluss tatsächlich einfach so über den Weg zu laufen. Sie stand mit einer Gruppe von Mädchen vor der Schule. Jay blieb stehen, wandte sich halb ab und nestelte an seiner Tasche herum. Von hier aus gesehen, wirkte die Schule wie ein Bunker: rotbraun und klotzig, mit vergitterten Fenstern im untersten Stockwerk. Ein hoher Metallzaun umfasste das ganze Gelände – sowohl den alten Trakt aus Backstein als auch das neue Stück, das zwar rostrot gestrichen war, aber trotzdem nicht zum restlichen Bau passte. Die Kantine überspannte ein Dach aus Stahlstreben und Glas.

Mit einem Ohr hörte Jay, wie Madison sich von den Mädchen verabschiedete, dann sah er sie mit einer Mitschülerin davongehen. Einen Augenblick war er unschlüssig. Aber dann dachte er an seinen Vater und die Erinnerung riss ihn aus der Lethargie. *Was soll's? Wann, wenn nicht jetzt? Es spielt keine Rolle und vielleicht ist morgen schon alles zu spät.*

Dank seiner längeren Beine konnte er sie mühelos einholen, ohne den Eindruck zu erwecken, er würde ihr hinterrennen. Madison schien kaum überrascht zu sein, ihn zu sehen. Ihre Freundin dagegen – eines von den farblosen Mädchen, über die Sally und Jenna sich sicher lustig machten – zog fragend die Augenbrauen hoch.

»Hi«, sagte Jay. Jetzt starrte die Freundin Jay so feindselig an, als hätte er nach dem nächsten Stundenhotel gefragt.

Madison deutete im Gehen zur Straßenecke, wo das Subway-Schild vor einem Treppenabgang prangte. Sie war zwar für ein Mädchen ziemlich groß, aber dennoch musste sie zu ihm aufsehen. »Musst du auch zur Sub?«

»Nein, ich wohne hier gleich um die Ecke. Ein paar Straßen in Richtung Berry Street, Ecke dritte, Süd.«

Pause.

»Oh, tja, ich muss in die andere Richtung.« Jetzt funkelten ihre Augen doch amüsiert auf. »Falls das ein plumper Versuch sein sollte, mich zu begleiten und mich anzumachen: Das wäre in jeder Hinsicht ein Umweg für dich.«

Madisons Freundin wirkte mit einem Mal sehr erleichtert und beschleunigte ihre Schritte. Jay ballte die Hände in den Jackentaschen zu Fäusten. *Danke, Madison! Du machst es mir ja wirklich leicht.*

Im Film wäre es der perfekte Zeitpunkt gewesen, ihn triumphierend stehen zu lassen. *»Tja, bis dann, Jay.« Und: Cut!*

Aber Madison ging nicht weiter. Ihre Freundin zögerte, dann lief sie voraus. Einen Augenblick hatte Jay gute Lust, Madison stehen zu lassen. Noch hatte er nichts zu verlieren. Aber sie sah ihn immer noch herausfordernd an. Nun, wenigstens konnte er seine Ehre retten.

»Eigentlich wollte ich von dir nur wissen, wie ich zum McCarren-Park komme«, meinte er betont gleichgültig. »Da findet mein Trainingsspiel statt. Ich wollte mir das Spielfeld ansehen. Und außerdem kenne ich mich in der Gegend noch nicht aus.«

Was so nicht stimmte. Er kannte zumindest den Stadtplan von Brooklyn auswendig. Schon in Berlin hätte er jede Straße mit geschlossenen Augen aufzeichnen können. Viel zu sehr hasste er es, etwas so Wichtiges wie Wege dem Zufall zu überlassen.

Mit Genugtuung bemerkte er, dass die stolze Madison errötete, als sie die Botschaft verstand.

»Kommst du, Maddy?«, rief ihre Freundin, die bereits auf der Treppe zur U-Bahn-Station stand. Madison nickte ihr zu, dann winkte sie Jay, ihr zu folgen. »Dann nimmst du am besten die Bahn.« Das klang wieder sehr sachlich. »Ich sage dir, wo du aussteigen musst. Ich muss zufällig in dieselbe Richtung.«

Ich weiß. Sally ist weitaus gesprächiger als du und hat mir verraten, dass du hinter dem Park wohnst. Aber nach ihrem Spruch von vorhin würde er sich natürlich eher Polsternägel in die Hand hauen, als das jemals vor ihr zugeben.

»So ein Zufall«, sagte er nur. Sie ging zur Treppe. Jay machte keine Anstalten, ihr zu folgen. »Worauf wartest du? Die Bahn kommt in einer Minute!«

»Warum gehen wir nicht zu Fuß?«

»Laufen?« Madison wirkte, als hätte er vorgeschlagen, auf die Postkutsche zu warten.

Komm schon, beschwor Jay sie in Gedanken. *Gib mir endlich eine Chance!*

Sie biss sich auf die Unterlippe und schien zu überlegen. Das Surren und Quietschen der bremsenden U-Bahn drang bereits durch das Gitter des Lüftungsschachts.

»Maddy!«, rief die Freundin genervt. Dann schnaubte sie und verschwand im U-Bahn-Tunnel. Madison sah ihr nach. Er hätte gewettet, dass sie nun gehen würde, aber zu seiner Überraschung wandte sie sich ihm zu und sagte einfach: »Okay.«

Es war, als hätte man ein Spiel mit nur einem Wurf gewonnen – entgegen der Gesetze der Physik.

Eine Weile liefen sie nur schweigend nebeneinanderher. Der Weg führte sie nicht durch das zum Himmel strebende, junge New York, sondern durch Williamsburg, den Teil der Stadt, der sich zu ducken schien. Hier waren die Häuser nur wenige Stockwerke hoch. Zum Großteil waren sie aus rotem Sandstein erbaut, schmale Schmuckstücke mit Giebeln und Flachdächern. Kleine Läden säumten die Straßen. Bunte Kioske, wie man sie aus Filmen kannte, koreanische Lebensmittelgeschäfte und Wäschereien, die alle »Chinese Laundry« genannt wurden, obwohl oft genug Mexikaner darin arbeiteten. An einer Ecke verkaufte ein glatzköpfiger Mann Klopapier mit dem Gesicht von Osama bin Laden. Eine Straße weiter diskutierten ein paar jüdische Männer mit schwarzen Hüten und langen Schläfenlocken miteinander.

»Du hältst mich sicher für ganz schön arrogant«, sagte Madison nach einer Weile.

»Schon möglich.«

Sie warf ihm einen überraschten Seitenblick zu.

»Andererseits kenne ich dich ja gar nicht«, fügte Jay hinzu.

»Du kommst aus Berlin, nicht wahr?«, fragte sie nach einer Weile weiter. »Warum machst du ein Austauschjahr?«

Kein Austauschjahr. Ich bleibe hier. Nur weiß Charlie es noch nicht.

»Als ich zehn war, habe ich meinen Vater hier besucht. Und seitdem wollte ich einfach immer hierher.«

»Ausgerechnet nach Brooklyn?«, fragte sie spöttisch. »Als Gastschüler kannst du es dir doch aussuchen. Warum gehst du nicht in eine der besseren Schulen in Manhattan?«

»Was ist an unserer High auszusetzen?«

Sie schnaubte, als hätte er einen Witz gemacht. Jetzt wirkte sie wieder ein wenig überheblich. Aber diesmal ließ er sich nicht davon beeindrucken, sondern zeigte in Richtung East River.

»Über den Fluss hinweg sieht man das Empire State Building. Mehr Manhattan braucht kein Mensch. Auf unserer Flussseite ist es viel schöner.«

»Klar. Alte Industriebauten und abgeschabte Häuser.«

»Lach nicht. Ich meine es ernst. Schau nach oben. Hier gibt es keine Hochhausschluchten. Dafür kann man viel Himmel sehen.«

Sie folgte seinem Blick und atmete tief durch. »Stimmt«, sagte sie nach einer Weile verwundert. »So habe ich das noch nie betrachtet. Der Himmel.«

Jetzt wusste er, wie ein echtes Lächeln bei ihr aussah: Sie hatte Grübchen neben den Mundwinkeln. Diesmal schaute sie nicht verlegen weg, sondern erwiderte seinen Blick. Alles Kühle war aus ihrer Miene verschwunden. Und Jay stellte fest, dass sie ihm nicht nur gefiel, er mochte sie wirklich.

»Stimmt es, dass du kein Handy hast?«, fragte er. »Bist du in einer Art Klub – ein Jahr ohne Kommunikation oder so?«

»Nein. Zu Hause habe ich irgendwo noch eines in der Schublade, aber ich mache es nie an. Ich mag es nicht, ständig erreichbar zu sein.«

»Und ins Internet gehst du auch nicht gerne? Ich hatte versucht, dich bei Facebook und auf den anderen Plattformen zu finden.«

»Du hast nach mir gesucht?« Sie grinste. »Ich habe mich bei den ganzen Social-Media-Geschichten abgemeldet. Es muss kein Mensch wissen, welche Filme ich anschaue und in welchem Café ich gerade in der Nase bohre. Ist nur Zeitverschwendung. Außerdem habe ich keine Lust, durchsichtig zu sein.«

»Auf dem Schwarzen Brett steht, du renovierst mit ein paar anderen das alte Kinderkino am Spielplatz.«

»Aha, wenn das Internet nichts hergibt, spionierst du in der Schule herum?«

»Ja. Wenn es die einzige Möglichkeit ist, irgendetwas über dich zu erfahren …«

Wenn seine Direktheit sie diesmal verblüffte, ließ sie es sich jedenfalls nicht anmerken. »Ich mag das Kino – als ich klein war, war ich fast jeden Sonntag dort. Und jetzt ist es mein Community Project. Du weißt, dass jeder Schüler im Halbjahr ein paar Stunden gemeinnützige Arbeit leisten muss?«

»Ich weiß, deshalb kam ich auf das Kino. Am Schwarzen Brett stand, ihr braucht noch Leute, die handwerklich begabt sind. Ich helfe in der Werkstatt meines Onkels mit. Außerdem mag ich Filme.«

Was so untertrieben war, dass es schon fast wie eine Lüge klang.

Mit einem Seitenblick auf seinen durchtrainierten Körper bemerkte Madison:

»Action-Filme? Martial Arts?«

»Auch. Aber eigentlich eher Science-Fiction – auch die Klassiker. Kennst du *THX 1138*?«

Sie schüttelte den Kopf.

»Der erste Spielfilm von George Lucas. Wenn du gegen Internet und Überwachung bist, müsste der dir gefallen.«

»Klingt gut. Mir gefällt *Avatar*. Und *Matrix* und *Gattaca*.«

Wow. Gleich dreimal auf derselben Wellenlänge. *Wahrscheinlich wache ich gleich auf und stelle fest, dass es nur ein Jetlag-Wunschtraum ist.*

Jetzt hatte die Stille nichts Angespanntes mehr. Unmerklich

passten sie ihre Schritte einander an. Es fühlte sich fast schon vertraut an.

»Da vorne ist schon die russische Kirche«, sagte sie nach einer Weile und deutete auf eine Kuppel, die sich über den Hausdächern erhob. »Wenn du an der nächsten Straße nach links und dann an der Kirche vorbeigehst, kommst du direkt in den Park.«

»Mhm«, antwortete Jay, ohne stehen zu bleiben. Und dann gingen sie einfach weiter nebeneinanderher, am Park vorbei und geradeaus weiter, über Kreuzungen und Ampeln. Sie schwiegen selbst dann noch, als Madison in eine schmale Seitenstraße abbog und vor einem schmalen Haus mit einer Treppe stehen blieb.

»Tja, dann schon mal viel Erfolg beim Training. Sei vorsichtig mit Pete. Er spielt nicht immer fair. Und wenn er ausrastet, holt er jeden von den Beinen.«

»Danke für die Warnung.«

Umständlich kramte sie ihren Hausschlüssel aus der Jackentasche. »Also dann …«

Jetzt war er so nervös, dass er sogar nach den einfachsten Worten suchen musste.

»Kommst du … eigentlich morgen auch zur Party?«

Zu seiner Enttäuschung schüttelte sie den Kopf. »Nicht meine Clique. Aber ich bin sicher, Sally freut sich auf dich.«

»Kann schon sein. Aber sie interessiert mich nicht, falls du darauf anspielst.«

Eines musste man ihr lassen, sie beherrschte ihr Pokerface wirklich gut. Seine Karten lagen auf dem Tisch, aber sie tat so, als hätte sie seine Worte nicht gehört.

»Bis Montag«, sagte sie nur und begann die Treppe hochzugehen. Er blickte ihr nach, die Hände in die Jackentaschen gekrampft. Endlich gab er sich einen Ruck und zog den roten Flyer hervor, Plan B.

»Hey, Madison! Wenn du Science-Fiction-Filme magst: Nächste Woche zeigen sie *Blade Runner* bei der Classic Night im Park. Freilicht-Kino, letzte Vorstellung in diesem Jahr.«

Sie blickte auf ihn herunter, wieder ganz die coole Madison, die stolz darauf war, die Außenseiterin zu spielen. »Du verschwendest wohl keine Zeit«, meinte sie spöttisch. »Aber hier bei uns gibt es bestimmte Regeln für ein Date.«

»Wie kommst du darauf, dass ich ein Date will?«

»Jemanden ins Kino einzuladen, wäre eines.«

»Ach ja? Bei uns Krauts wäre es einfach ein Kinobesuch. Zwei Leute, die dieselben Filme mögen.« Und er setzte noch herausfordernd hinzu: »Bring doch deinen Freund mit, wenn du dich nicht allein mit mir in den Park traust.«

Alles auf eine Karte setzen – darin war er neuerdings wirklich gut.

Die unausgesprochene Frage schwebte in der Luft. Doch diesmal war es Madison, die nicht in die Falle tappte.

»Kein Date?«, fragte sie, ohne die Frage nach ihrem Freund zu beantworten.

Jay schüttelte den Kopf. »Nur *Blade Runner*.«

Sie holte tief Luft, als würde sie sich die Entscheidung wirklich schwer machen.

Dann klappte sie ihre Tasche auf und kramte darin. Sie zückte einen Stift, lief die Treppen herunter und nahm Jay den Flyer aus der Hand. Rasch kritzelte sie einige Zahlen an den Rand und riss ein viereckiges Stück aus dem Zettel. Eine Telefonnummer.

Einen elektrisierenden Augenblick lang berührten sich ihre Hände, während Madison ihm das rote Papier in die Hand drückte. Wieder hatte er das Gefühl, in der falschen Zeitzone gefangen zu sein. *Gleich wache ich auf.* Aber diesmal wollte er nicht aufwachen, um keinen Preis der Welt.

»Das nennt man übrigens Festnetz«, sagte Madison und tippte mit einem ironischen Lächeln auf die Edding-Zahlen. »Bevor es Handys gab, hat man sich darauf angerufen, um sich zu verabreden.« Und kurz bevor sie durch die Tür ins Haus verschwand, bekam er zum zweiten Mal an diesem Tag ein echtes Madison-Lächeln zu sehen.

dreamcatcher

Es wurde schon dunkel, als er sich auf den Weg nach Hause machte. Vom Park aus war er auf dem Rückweg eine ganze Weile durch die Stadt gestreift wie ein Schlafwandler, in Gedanken schon beim Treffen mit Madison. Aber nun setzte ein kühler Herbstregen ein und Jay beeilte sich, zur 3. Straße zu kommen.

Das Haus seines Onkels lag etwas nach hinten versetzt, ein altes Brownstone im holländischen Stil, an dessen Fassade sich Efeu hochrankte. Im Grunde waren es zwei Häuser – doch das Nebenhaus mit der dazugehörigen Garage diente komplett als Werkstatt und Warenlager für Motorradersatzteile und die Fahrräder, die Onkel Matt verkaufte und auch vermietete.

Onkel Matts ganzer Stolz – seine italienische Laverda – stand halb auseinandergebaut in der offenen Garage. Der Fernseher plärrte in einer Ecke vor sich hin. Er lief in der Werkstatt beinahe Tag und Nacht. Im Moment waren es irgendwelche Ausschnitte aus einem Baseballspiel. Sowohl Onkel Matt als auch Jays Cousin waren Fans der New York Yankees.

Jay sprintete die breite Treppe zum Wohnhaus hoch. Kaum hatte er den Schlüssel ins Schloss geschoben, erschien hinter der Milchglastür der verschwommene Umriss von Feathers und wurde deutlicher, als der riesige Hund an der Tür hochsprang.

Und wie immer gab der Anblick Jay auch heute einen Stich. Es war verrückt: Er hatte Charlie und Berlin noch keine Sekunde vermisst, aber sobald er Feathers sah, traf ihn das Heimweh mit voller Wucht. Auf den ersten Blick glich der helle Retriever seiner Hündin Zara, die er in Deutschland zurückgelassen hatte, aufs Haar. Nur das Bellen zerstörte diese Illusion. Es klang tiefer, rauer, fast heiser und ein bisschen übergeschnappt. Und natürlich hätte Zara nie so eine Show abgezogen. Kaum öffnete Jay die Tür, sprang der Hund an ihm hoch und versuchte, ihn zu Fall zu bringen. »Nein!«, rief Jay gegen das Gebell an. »Aus, Feathers!« Im Versuch, ihn abzuwehren, machte er einen Schritt zur Seite – und wäre beinahe über einen Haufen Turnschuhe und eine Lenkstange gestolpert, die aus irgendeinem Grund an der Wand lehnte. Es roch nach Gummi, Schuhen und Motoröl, in der Ecke stapelten sich Kisten voller Ersatzteile und Fahrradschlösser. Vier neue Fahrräder lehnten noch in Plastik verpackt an der Küchentür. Es war, als hätte die Werkstatt ein Eigenleben und würde versuchen, langsam in die Wohnräume zu kriechen.

»Schnauze, Feathers!«, kam es von links.

Der Hund ließ von Jay ab und fegte bellend zum Durchgang zwischen den beiden Häusern. Aidan erschien in der Tür, Jays Cousin. Auch heute trug er ein Sweatshirt, auf dem das Yankees-Emblem NY prangte. Es musste Onkel Matt gehören, denn die Schulternähte hingen Aidan auf halber Höhe seiner sehnigen Oberarme. Schwarze, verschwitzte Strähnen klebten an seiner Schläfe. Kein Mensch wäre auf die Idee gekommen, dass Matt und Aidan Vater und Sohn waren. Sie sahen sich ungefähr so ähnlich wie ein magerer Windhund einem bulligen Bernhardiner.

Charlie hatte einmal boshaft gemeint, dass Matt ein gutmütiger Trottel war und sich den Sohn eines anderen Mannes hatte anhängen lassen. Aber selbst wenn es so wäre – Jay wusste, dass Onkel Matt sich keinen Deut darum geschert hätte. Er liebte, wen er liebte. Und Aidan liebte er über alles. Die fehlende äußerliche Ähnlichkeit machten sie auf anderen Gebieten mehr als wett: Die beiden bildeten eine Einheit aus trockenen Biker-Witzen, Technik-Fachbegriffen, einer Vorliebe für Steaks und gesprächigem Schweigen.

»Ach, du bist's«, murmelte Aidan und wischte sich die Hände an einem ölverschmierten Lumpen ab. »Matt ist noch nicht da.«

»Alles klar. Ich bin dann oben.« Damit war der Dialog schon wieder am Ende. Jay wusste immer noch nicht, ob er Aidan mochte. Aber die Art, wie sein Cousin ihm nun einen abschätzenden Blick zuwarf und sich schroff von ihm abwandte, zeigte ihm nur zu deutlich, dass Aidans Entscheidung in derselben Frage schon längst gefallen war. Die Schiebetür zur Werkstatt fiel mit einem Scheppern zu, gleich darauf erklang eine überlaut dröhnende Stimme. Aidan hatte den Fernseher voll aufgedreht, als wollte er Jay endgültig ausblenden. Der Nachrichtensprecher verkündete eine Sturmwarnung und zitierte Expertenmeinungen zum Thema.

Zwei Stufen auf einmal nehmend, hechtete Jay die Treppe in den ersten Stock hoch. Sobald er die Tür zu seinem Zimmer zugemacht hatte, atmete er auf. *Zu Hause.*

Der Raum war zwar kaum größer als eine Abstellkammer und das Bett bestand aus zwei übereinandergestapelten alten Matratzen, aber er gehörte ihm. Und durch das Fenster konnte er die Krone des Amberbaumes im Garten sehen. New York mit Blick ins Grüne – na ja, jetzt im Herbst war das Grün der spitzfingrigen Blätter schon braun gescheckt.

Feathers hechelte die Treppen hoch und kratzte an der geschlossenen Tür. Im Grunde hatte Jay seit seiner Ankunft den Hund häufiger gesehen als seinen Onkel. Aber das war Teil der Abmachung: Hier erwartete ihn keine fürsorgliche Gastfamilie. Er war willkommen, aber er musste sehen, wie er seinen Platz fand und zurechtkam.

Sobald er die Tür öffnete, stürmte der Hund in den Raum und warf sich mit einem zufriedenen Laut zwischen Winseln und Gähnen neben dem Bett nieder.

Jay streifte seine Schuhe ab und ließ sich auf die Matratzen fallen.

Einen Moment überlegte er, ob er seine Mails abrufen sollte. Sein Laptop stand auf dem Boden, das Kabel führte durch ein Bohrloch in der Wand. Anschluss à la Aidan, aber es funktionierte.

Doch dann zückte er nur sein Handy und den roten Zettel. Der Hund horchte auf, als er das Klacken der Tasten hörte, dann legte er den Kopf auf Jays Fußknöchel ab und schloss die Augen.

Sie meldete sich schon nach dem zweiten Klingeln.

»Hi Madison, ich bin's.«

»Du kennst die Regeln wirklich nicht. Niemand ruft gleich am selben Tag an.«

Es klang nach einem Vorwurf, aber er konnte hören, dass sie beim Sprechen lächelte.

»Gut, ich merke es mir für den Fall, dass ich hier jemals ein Date haben sollte«, antwortete er ungerührt. »Soll ich dich am Montag abholen?«

»He, langsam. Wir treffen uns direkt am Kino, klar?«

»Um sieben?«

»Ja. Und komm nicht auf die Idee, in der Schule so zu tun, als hätten wir was miteinander.«

»Warum? Hast du Angst, dein Freund versucht, mich zu verprügeln?«

»Schönen Tag noch, Jay«, sagte sie mit gespielter Arroganz und legte auf. Jay ließ sich auf das Bett zurücksinken. Für einige Sekunden war er einfach nur glücklich. Feathers blinzelte und sah Jay von der Seite an. »Siehst du?«, sagte Jay. »Kraut hat doch eine Chance bei ihr.« Doch der Hund gab nur ein gelangweiltes Stöhnen von sich und schlief ein. Jay entspannte sich und blickte zur Decke. Direkt über ihm hing ein Ring aus Weidenzweigen, überspannt von einem Spinnennetz aus Schnüren – der Dreamcatcher, den sein Vater bei seinem Besuch vor sieben Jahren für ihn gemacht hatte. Eines der wenigen Dinge, die er seit seiner Ankunft hier ausgepackt hatte. Vielleicht war es keine gute Idee gewesen, den Ring aufzuhängen. Tagsüber konnte er sich gut ablenken, aber nun zog die Erinnerung ihn runter. *Morgen packe ich ihn wieder ein*, dachte er und schloss die Augen.

*

Er saß er auf einem Motorrad und fegte über eine verschneite Serpentinenstraße bergauf. Der Motor röhrte und übertönte das Heulen des Windes. *Zu schnell*, schoss es ihm durch den Kopf. Doch bevor er auch nur die Bremse greifen konnte, raste er bereits aus der Kurve. *Nur ein Traum*, dachte er. In dem Moment, in dem das Vorderrad ins Leere griff und der Himmel vor ihm nach oben rutschte, zwang er sich dazu, aufzuwachen.

Der Motorlärm war fort, und auch der Schnee. Er hörte nur das Rauschen seines Blutes, den schnellen Schlag seines Herzens – und irgendwo weit entfernt … Flüstern? *»Ich wusste nie, wie das ist, sich zu sehnen, Cinna. Es tut weh. Und trotzdem* *sehne ich mich so sehr.«* Die Stimme war körperlos, als wäre sie nur ein Echo fremder Gedanken.

Jay schlug die Augen auf. Über ihm schwang der Dreamcatcher sacht hin und her, als hätte ihn jemand berührt. Ein Mondstrahl traf darauf und wurde in Netzschatten zerschnitten, die nun an der Wand hin und her glitten. Plötzlich war die Stille so dicht, dass sie zu dröhnen schien. Sogar Feathers hielt ganz still, als würde er lauschen. Jays Hand krampfte sich schmerzhaft fest um das Handy.

»Dad?«, flüsterte er. Aber das Zimmer war leer, das konnte er sogar in der Dunkelheit erkennen. Das Fenster war ein helleres Rechteck und der Mond, der in ein paar Tagen voll sein würde, ein klarer weißer Fleck in seinem Augenwinkel.

Jay schluckte krampfhaft und wandte den Blick ab.

Ich sehne mich so sehr.

Aber erst als seine Augen zu brennen begannen, gestand er sich ein, dass es ihn aus dem Hinterhalt erwischt hatte: die völlig abstruse und blödsinnige Hoffnung, er hätte den Unfall nur geträumt und seinen Vater nicht um wenige Monate verpasst.

Er schloss die Augen, beugte sich aus dem Bett und vergrub die Nase in Feathers' Nackenfell. »Idiot«, flüsterte er. »Er kommt nicht zurück und er wird mir auch kein verdammtes Zeichen geben. Er ist tot.«

»Wie oft warst du schon hier?«

»Jede Nacht.«

»Jede Nacht? Du bist wahnsinnig!«

»Ich kann nicht anders!«

Jay fuhr mit klopfendem Herzen hoch und lauschte angestrengt. Nur der Wind rauschte durch die Blätter – und irgendwo in der Ferne heulte die Sirene eines Krankenwagens auf. Die

Melodie der Stadt holte ihn endgültig in die Gegenwart zurück. Jetzt bemerkte er auch, dass das Fenster halb offen stand und der Wind den Dreamcatcher zum Schwingen gebracht hatte. Vielleicht hatte er Wortfetzen eines Gesprächs gehört, das zwei Mädchen oder Frauen draußen geführt hatten?

Feathers bellte und kam auf die Beine, aber er lief nicht zum Fenster, sondern zur Tür.

Onkel Matt kam die Treppe hoch. Er war nicht zu überhören, schließlich stampfte und ächzte er beim Gehen wie ein in die Jahre gekommener Cyborg. Es war Jay ein Rätsel, wie dieser Koloss die zerbrechlich wirkenden, schmalen Stufen bewältigte.

Als die Tür aufschwang, füllte Onkel Matts Umriss den Türrahmen an den Seiten komplett aus. »Oh, wollte dich nicht wecken.«

»Hast du nicht«, sagte Jay mit belegter Stimme. »Wie spät ist es?«

»Zehn.«

Wow, mal wieder gründlich ins Koma gefallen.

Ein Lichtschalter knipste, dann flutete Helligkeit Jays Gehirn.

Sein Onkel trug ein Sweatshirt von der Größe eines Zeltes, das über seiner Brust spannte, weite Jeans und seinen Werkzeuggürtel, in dem ein verdreckter Lumpen klemmte. Schmieröl klebte unter seinen Fingernägeln und zeichnete jede Falte und jede Linie auf seinen kräftigen Händen ab. Als er sich durch die Haare strich, bildete die geschwärzte Hand einen scharfen Kontrast zu seinen kupferroten Strähnen. Es war seltsam, wie sehr diese Geste Jay an sich selbst erinnerte.

»Aidan haut uns noch was in die Pfanne. Wollte dir nur Bescheid sagen.«

»Ich hab keinen Hunger.«

»Okay. Ach ja – und Charlie hat schon wieder angerufen. Ich habe ihr gesagt, du bist nicht da.«

»Danke.«

»Rufst du sie zurück?«

Jay zuckte mit den Schultern. Das Schöne an Onkel Matt war, dass ihm die Geste als Antwort vollauf genügte. »Aha«, meinte er nur. Und damit war die Sache auch schon erledigt. Es war, als würden Onkel Matt und er dieselbe Sprache sprechen. Und für die brauchte man keine Worte. Charlie hätte Jay so lange gefoltert, bis sie ihn in die Ecke getrieben hätte und er ausgerastet wäre und sie angeschnauzt hätte. Und dann hätte sie ihn beschimpft, er sei genauso aggressiv, dumm und vernagelt wie sein Vater. Seltsamerweise traf ihn dieser Vorwurf heute überhaupt nicht. *Ich bin tatsächlich wie er. Und wie Onkel Matt.* Es fühlte sich an, wie hierher zu gehören. Hier war er einfach nur richtig, wie er war.

»Ich brauche am Wochenende deine Hilfe«, fuhr sein Onkel fort.

»Wieso? Ist die Heizung wieder kaputt?«

Obwohl er erst ein paar Tage hier war, war das schon ein Running Gag zwischen ihnen. Allein gestern hatte die Heizung zweimal gestreikt. Matt grinste. »Nein, ich mache die Treppe neu. Wir reißen die Stufen raus und ersetzen sie durch Metallstiegen. Bis dahin stellen wir eine Leiter hin. Außerdem sollten wir uns das Dach ansehen. Anfang September gab es ja schon mal einen Sturm, und ich glaube, die Dachpappe hat etwas abbekommen und ist an einer Stelle lose. Wenn es stimmt, dass wieder ein Sturm im Anzug ist, fliegt sie uns um die Ohren. Bist du schwindelfrei?«

»Ziemlich.«

»Gut.«

Damit war alles gesagt, aber seltsamerweise blieb Onkel Matt im Zimmer stehen. Eine Weile starrte er nur unschlüssig aus dem Fenster, dann griff er in eine ausgefranste Seitentasche an seinem Werkzeuggürtel.

»Ich … ähm … hab noch was für dich gefunden.«

Es war ein kleines Stück gewelltes Papier, das Jay erst auf den zweiten Blick als Foto erkannte. In Matts Pranken wirkte es wie etwas sehr Zerbrechliches.

Jay stand auf und nahm das Foto entgegen. Es stammte noch aus der Zeit, als Papierabzüge gemacht wurden. Die Farben waren ausgebleicht und am Rand prangte der verschmierte, rußige Fingerabdruck von Onkel Matts Daumen. Doch Jay bemerkte es kaum, denn das, was er sah, versetzte ihm einen kleinen, kalten Stoß in die Magengrube. Zwei junge, rothaarige Männer lachten ihn an. Die zwei Brüder. Onkel Matt noch drahtig und durchtrainiert und sicher hundert Pfund leichter. Und daneben – Jay musste blinzeln, weil seine Augen plötzlich brannten – sein Vater. Es war ein Schock, dass er auf diesem Bild kaum älter war als Jay. Natürlich wusste er, dass er seinem Vater ähnlich sah, aber auf diesem Bild war die Ähnlichkeit geradezu schockierend. Kein Wunder, dass Charlie ihren Sohn nicht anschauen konnte, ohne Robin Callahan vor sich zu sehen. Auf dem Foto hatte er zwar noch keine Tattoos an Stirn und Schläfen, aber er trug bereits eine Lederweste und hatte langes Haar, das ihm fast bis zum Gürtel fiel. Einige Federn waren darin eingeflochten und um seinen Hals hing eine Kette. Jay erkannte den Anhänger nicht im Detail, aber er wusste genau, was es war. Verstohlen berührte er die Stelle an seinem T-Shirt, unter dem der Anhänger auf seiner Haut lag. Das Silber schien wärmer zu sein als seine Haut, aber das war natürlich Einbildung.

»Das sind wir vor der alten Werkstatt«, erklärte Matt. »Anfang der Neunziger. Da war Aidan gerade ein Jahr alt. Muss also so zwei, drei Jahre gewesen sein, bevor Robin deine Mutter kennengelernt hat.«

Jay starrte immer noch das lachende Gesicht an. Er versuchte es mit dem rauen, herzlichen Mann in Einklang zu bringen, den er als Zehnjähriger zum ersten und einzigen Mal gesehen hatte. Aber dann gab es noch den Mann, den er nie gekannt kannte – und von dem er nur Morsezeichen in Form von Briefen und Postkarten besaß, Nachrichten aus einer Welt, in der Worte wie »Quest« und »Spirit« eine Rolle spielten.

Die quälende Frage, die er an den Tagen so gut beiseiteschob, drängte sich wieder in den Vordergrund. Und diesmal holte er tief Luft und nahm seinen Mut zusammen.

»Matt«, sagte er leise. »Glaubst du, er … er hat überhaupt gebremst?«

Die eigentliche Frage wagte er nicht zu stellen: *Glaubst du, er hat absichtlich auf den Abgrund zugehalten?*

»Bullshit«, brummte sein Onkel, als hätte er Jays Gedanken gehört. »Er hätte sich niemals umgebracht. Aber er hatte es nun mal mit der Gefahr. Und er war ein Idiot und dachte, er sei unverwundbar.« Er schnaubte durch die Nase, als würde er ein bitteres Lachen unterdrücken. »Teufel, das glaubte er wirklich. Ich sag's nicht gern, schließlich war er mein Bruder und Gott weiß, ich habe ihn geliebt, obwohl er verrückt war und nur Ärger machte, aber im letzten Jahr war er wirklich völlig durchgeknallt.«

Jay konnte ihm nicht widersprechen. In seinem Rucksack lag

das Bündel Postkarten, die sein Vater ihm in den vergangenen drei Jahren geschickt hatte – eine wirrer als die andere. Und auch die letzte, zehn Tage vor seinem Unfall. Ein beängstigend düsterer Text, in dem sich immer wieder die Worte

Wenn Wendigo über die Seele siegt

wiederholten. Er endete mit den Sätzen:

Es geht immer um das Abschiednehmen, Sohn.
Wir müssen lernen, die Abschiede zu umarmen.

Unterschrieben war die Karte mit dem neuen Namen, der seinen Vater endgültig zu einem Fremden machte: *Zweiherz*.

Jay lehnte das Foto an die Colaflasche neben der Matratze und kraulte den Retriever am Nacken. Einen irrealen Moment lang wünschte er sich aus vollem Herzen, es wäre Zara. Vermutlich war er auch verrückt. Oder war es normal, seinen Hund mehr zu vermissen als seine Mutter oder sein Zuhause in Berlin? *Ehemaliges Zuhause, Jay*.

Eine Weile blickten sein Onkel und er schweigend aus dem Fenster. Beide in eigene Erinnerungen versunken, die sie nicht teilen konnten. Der Wind ließ die Blätter des Amberbaums noch lauter rauschen. Jay fröstelte. Natürlich konnte er nichts erkennen, denn die Straßenbeleuchtung ließ die Umrisse des Baums wie einen Scherenschnitt erscheinen. Aber da war ein unwirkliches Gefühl, dass irgendwo da draußen zwei Augen waren, die im Verborgenen zurückstarrten.

»Tja, dann …« Matt seufzte, wandte sich ab und ächzte wieder die Treppe hinunter. Feathers blickte ihm nach, aber er machte keine Anstalten, Jay zu verlassen. Jay stand auf und schloss das Fenster. Draußen im Baum raschelte es. Es war Unsinn, aber trotzdem trat er leise vom Fenster zurück, als fürchtete er, etwas da draußen aufzuschrecken.

Feathers gähnte nur und trottete zur Tür. Von dort aus warf er Jay einen fragenden Blick zu.

»Gute Idee«, murmelte Jay. »Ich sollte doch etwas essen.«

Und aus irgendeinem Grund fühlte er sich erleichtert, sobald er die Zimmertür hinter sich zugemacht hatte.

mondfieber

Es war ihr gelungen, die anderen vom Haus wegzulotsen, aber nun hatten sie sie hier in die Ecke getrieben. Heute bildeten die anderen eine Front und Mo war ganz allein. Sogar Coy hatte sich bereits für eine Seite entschieden.

»Ich weiß, was du vorhast, aber ich erlaube es nicht«, sagte Ban gefährlich ruhig. »Es geht nie gut. Niemals! Sie sind tückisch und stärker, als es den Anschein hat, vergiss das nicht. Außerdem ist es verboten. Wendigo würde ...«

»Wendigo ist aber nicht hier«, schrie Mo. »Bis zum Schnee ist es noch lange hin. Ich habe also genug Zeit.«

Der Älteste schien zu wachsen, dunkel vor ihr aufzuragen. Mo schluckte und versuchte zurückzuweichen, doch die Mauersteine drückten schmerzhaft gegen ihre Rippen. Kein Fluchtweg.

»Ich brauche eure Erlaubnis nicht«, stieß sie hervor. »Er gehört mir.«

Ban stieß diesen seltsam heiseren Laut aus, der sein Lachen war.

»Träum weiter, Mondmädchen.«

Night fand es weniger witzig. Sie sprang vor, packte Mo grob am Kragen und riss sie herum. »Rede keinen Unsinn!«

»Was weißt du schon?« Mo machte sich los und sprang zur Seite. Sie senkte die Stimme zu einem drohenden Ton, obwohl ihr Herz flatterte. »Hast du jemals mit einem Menschen gesprochen, Night? Oder du, Coy? Es kann doch nicht die Antwort sein, sie immer nur zu töten, sobald ihr einem begegnet, der wach ist.«

»Bisher hat das gut funktioniert«, sagte Night trocken. »Und es ist unsere Aufgabe …«

»Ich bin ihm nah«, unterbrach Mo sie. »Und mehr noch: Ich kenne seine Welt. Das Gebäude hier zum Beispiel nennt er Schule.« Bans Blick schweifte zu dem Bau, vor dem sie standen. Er ragte wie ein schlafendes Tier hinter Mo auf. Gitter staken vor den dunklen Fensterhöhlen. Es roch nach Eisen. Sogar Mo musste zugeben, dass dieser Geruch ihr unangenehm war.

»Schule?« Coy blinzelte verständnislos. »Was soll das sein?«

»Sie gehen jeden Tag hierher und sitzen in den Räumen.«

»Wozu?«

»Um zu lernen. Und um einander zu begegnen. Und …«, sie holte tief Luft, »… um herauszufinden, wen man lieben kann.«

Mo konnte sehen, wie Cinna voller Furcht den Atem anhielt. Die Luft zitterte unter Bans Reglosigkeit und Nights Verharren.

»Weißt du, was es dich kosten würde?«, fragte Coy sanft. »Du kennst ihn nur im Schlaf, aber wache Menschen sind etwas völlig anderes.«

»Ich weiß mehr über wache Menschen als ihr alle«, antwortete Mo mit fester Stimme. »Wir sind verbunden. Wenn ich ihn rufe, hört er mich. Er bewegt sich, er schlägt die Augen auf.«

Diesmal wagte Night nicht mehr, sie anzurühren. »Hat er dich eingefangen mit seiner Magie?«, flüsterte sie voller Entsetzen. »Du hast ihm doch nicht etwa deinen Namen verraten?«

»Nein, das würde ich nie tun. Ich weiß, dass es ihm Macht geben würde. Außerdem spricht er nicht mit mir. Noch sieht er nur *sie*. Das … *Mädchen* mit den Indianeraugen.« Allein daran zu denken, tat weh. Und zwar auf eine Art, die sie nicht einzuordnen wusste. Es war anders als der Schmerz einer Verletzung. Und ganz anders als Angst.

Nights Augen wurden schmal. »Du wirst doch nicht eifersüchtig sein?«, fragte sie lauernd. »Eifersucht ist menschlich.«

Ban und Coy wechselten einen beunruhigten Blick. Cinna, die sich bisher abseitsgehalten hatte, trat etwas näher heran, immer noch unschlüssig und voller Furcht, aber fast schon wieder bereit, ihre Schwester zu verteidigen. »Natürlich denkt er an die andere«, fuhr Night fort. »Vermutlich liebt er sie. Was sollte er da mit dir anfangen, Mondmädchen?«

Mo zuckte zusammen. »Er liebt sie nicht, er denkt nur, dass …« Sie wollte weiterreden, Night scharf zurechtweisen, doch etwas nahm ihr die Luft. Obwohl es nicht mehr regnete, war ihr Gesicht plötzlich nass und irgendein seltsamer Krampf schüttelte sie, ließ sie nur stoßweise atmen. Als würde ihr jemand den Brustkorb zusammendrücken. Zu spät erkannte sie, dass Night sie mit Absicht provoziert hatte. Vor Empörung wollte sie aufschreien, aber auch diesmal kam nur dieser seltsame, erstickte Laut aus ihrer Kehle. Es hörte sich an wie … Schluchzen. Jetzt bekam sie selbst Angst.

»Sie weint«, flüsterte Coy halb fasziniert, halb angstvoll. »Was bedeutet das?«

»Mondfieber«, erwiderte Ban mit Grabesstimme. »Er hat sie bereits verzaubert. Menschen können das.« Seine Augen wurden noch dunkler, als hätte Wut sie in unendlich tiefe Höhlen verwandelt. Mo konnte den Groll fühlen, der sich am Grund dieser Höhlen ballte, ein gewaltiges schwarzes Etwas, das wuchs und jeden Atem erstickte. Sie spannte alle Muskeln an.

»Es reicht. Töte den Jungen«, sagte Night mit harter Stimme zu Ban. »Mach dem Ganzen ein Ende, bevor sie noch mehr Dummheiten macht.«

Mo rannte gleichzeitig mit Ban los. Er war schnell, das wusste sie, aber heute würde sie schneller sein. Sie sah noch Nights entgeistertes Gesicht, als sie Ban mit einem gewaltigen Satz ansprang. Natürlich brachte sie ihn nicht zu Fall. Es war nur die Verblüffung, die ihn straucheln ließ. Der Schwung seines Taumelns schleuderte sie ein ganzes Stück weiter, aber sie landete geschickt und stellte sich ihm in den Weg.

»Du wirst ihm nichts tun, Ban.« Ihre Stimme sank zu einem drohenden Grollen in ihrer Brust. Sie wusste, dass ihre Augen glühten und ihre Züge verzerrt waren. Sie zeigte ihr anderes, zorniges Gesicht, das sogar Night zögern ließ. Coy trollte sich sofort ein Stück in den Schatten. »Ihr habt es uns oft genug gesagt!«, stieß Mo hervor. »Cinna und ich sind Töchter des Mondes und stehen den Menschen näher als ihr. Und ihr ahnt nicht einmal, wie recht ihr damit habt. Jetzt werdet ihr sehen, wie nah wir ihnen sind!«

»Mo, nicht!«, wisperte Cinna entsetzt.

Aber Mo schloss die Augen und sandte den Ruf aus. Der Mond flackerte hinter ihren geschlossenen Lidern. Er hatte noch nicht seine ganze Kraft erreicht, aber schon jetzt genügte seine Magie. Heute schien sein kühles Licht ihre Haut zu versengen, doch sie sog es mit jeder Pore ein und richtete sich zu ihrer vollen Größe auf. Sie straffte die Schultern und rief den Wind. Er erhob sich flüsternd mit Menschenstimmen und wurde zu einem Brüllen. Sturm zerrte an ihrem Haar. Als sie die Augen aufschlug, konnte sie sehen, wie die anderen sich duckten und aneinanderdrängten. Angst vibrierte wie ein fahles Flirren in der Luft. Die Ältesten fürchteten sich! Das war neu. Zum ersten Mal erkannte sie, dass sie tatsächlich stärker als Ban und auch stärker als Night war. Es war eine Erkenntnis, die ihr mehr Angst machte als die Magie. *Gehe ich zu weit?* Aber dann sah sie in Gedanken den Jungen vor sich und alle Schatten wurden zu weich fließender Wärme.

Eine Handbewegung, und der Sturm wurde wieder zu Flüstern, ein verspielter Lufthauch zupfte an ihrem Haar. Coy wagte sich wieder ein Stück heran.

Mo hob das Kinn. »Ihr irrt euch mit allem, was ihr über die Menschen denkt. Er wird mich sehen und mit mir sprechen. Ob ihr wollt oder nicht.«

Cinna stieß einen klagenden Laut aus und auch Night wirkte mit einem Mal nur noch niedergeschlagen und sehr alt. Der Älteste rührte sich nicht, nur der Mond spiegelte sich in seinen aufgerissenen Augen.

»Ich habe einen Plan. Aber dafür …« Mo schluckte und suchte Bans Blick. »… brauche ich eure Hilfe.« Niemand sagte ein Wort, sie waren wie erstarrt. Nur Cinna, die wusste, was Mo nun sagen würde, schlug die Augen nieder und schüttelte bekümmert den Kopf.

»Ich werde ihn nicht zu uns holen«, flüsterte Mo. »Ich gehe zu ihm.«

»Was hast du davon, Mondmädchen?«, rief Night. »Und selbst wenn es dir gelingt – du kennst die Regeln. Wenn du gegen sie verstößt, wird Wendigo euch beide töten.«

»Bis zum ersten Schnee«, sagte Ban drohend. »Keine Nacht länger für diese Lektion. Und wenn er dir auch nur ein Haar krümmt, töte ich ihn sofort.«

Teil II

blue moon

der sturm

Jay wachte mit einem merkwürdigen Geruch in der Nase auf. War das … Erde? Sein Kopf dröhnte, seine Augen waren zugeschwollen und er hatte im ganzen Leben noch keinen solchen Durst verspürt. Vorsichtig blinzelte er. Eine kühle Oktobersonne fiel ihm direkt ins Gesicht. Es war ungewöhnlich, dass es so hell war, denn sonst hielt der Baum die Sonnenstrahlen ab. Neben ihm im Bett war eine Kuhle und an seinem T-Shirt hingen ein paar helle Haare. Er erinnerte sich daran, wie er nachts aus dem Schlaf hochgeschreckt war, weil Feathers versucht hatte, zu ihm auf die Matratze zu kriechen. Aber viel deutlicher war die Erinnerung an die Fete mit Alex und den anderen. *Hätte ich doch die Finger vom Alkohol gelassen*, dachte er. Allerdings erinnerte er sich beim besten Willen nicht daran, mehr als nur ein Bier getrunken zu haben, obwohl Sally alles daran gesetzt hatte, ihn abzufüllen. Warum fühlte er sich trotzdem so, als hätte er die ganze Hausbar abgeräumt? Offenbar war er nichts mehr gewöhnt. Oder vielleicht saß ihm die Renovierung von gestern noch in den Knochen. Jedenfalls fühlten sich seine Muskeln an, als hätte er vier Stunden zu lange trainiert, und er fror erbärmlich. Die Helligkeit stach in seine Augen und das Dröhnen war nicht nur in seinem Schädel, es vibrierte wie ein fernes Geräusch. Jay tastete nach seinem Handy und fand es nicht. Schließlich entdeckte er es neben seinem Bett. Keine Nachrichten. Das war schon mal gut. Die Uhr zeigte an, dass es halb neun Uhr morgens war.

Als er sich aufrichtete, merkte er, dass er aus irgendeinem Grund die Stöpsel seines MP3-Players im Ohr hatte. Sobald er sie herauszog, verwandelte sich das Rumpeln, das er bisher nur wie eine Vibration gespürt hatte, in Lärm. Eine Säge? Unten in der Küche polterte es und wie jeden Morgen lief die *Morning Show* im Fernsehen. Onkel Matt machte also schon Frühstück. Der Gedanke an gebratene Eier drehte Jay den Magen um, aber es half nichts. Wenn er nicht verdursten wollte, musste er sich bewegen.

Stöhnend wälzte er sich aus dem Bett, kam mit viel Mühe auf die Beine. Er zog sich an und schleppte sich zur Treppe. »Feathers?« Kein Bellen antwortete ihm. Vorsichtig balancierte er an den ausgehebelten Treppenstufen vorbei und kletterte über die Leiter nach unten.

In der Küche sah er sich dem nächsten Chaos gegenüber.

Onkel Matt machte kein Frühstück. Er war gerade damit beschäftigt, die Küche zu kehren. Das Fenster stand offen und die Tapete war durchweicht, feuchtes Laub und Schlammschlieren bedeckten den Boden.

»Wie ist das denn passiert?«, fragte Jay. Sein Onkel warf ihm über die Schulter einen düsteren Blick zu und musterte ihn von oben bis unten. »Dasselbe könnte ich dich fragen. Hast du schon in den Spiegel gesehen? Tu's lieber nicht.« Er schob einen Haufen nasses Laub zusammen. »Bist ja ganz schön angeschlagen.«

»Ja, war wohl ein bisschen viel in den letzten Tagen.«

»Ein bisschen viel, aha. Und wie war die Party bei deinem Trainingspartner?«

»Gut. Ich habe den Rest der Mannschaft kennengelernt.«

Und Sallys Aufdringlichkeit auch.

»Mal sehen, wie lange du in der Mannschaft bleibst, wenn du dich bei jedem Treffen besäufst.«

Jay wollte ihm erklären, dass von Besaufen keine Rede sein konnte, aber ihm war klar, dass er gerade ein ganz anderes Bild abgab.

»Hast du wenigstens mitbekommen, was hier los war?«, fragte Matt.

»Es hat gestürmt. Heute Nacht war der Wind schon so stark, dass ich mich auf den letzten Metern kaum auf den Beinen halten konnte.«

»Du kannst froh sein, dass dir kein Ast auf den Schädel gefallen ist.«

So schlimm?, dachte Jay mit einem flauen Gefühl.

»Experten sind der Meinung, dass es sich bei dem Sturm tatsächlich um einen Hurrikan gehandelt hat«, sagte die Moderatorin im Frühstücksfernsehen. *»Er hat Teile von New York lahmgelegt. Besonders betroffen ist die Gegend am Central Park. Seit den frühen Morgenstunden ist die Feuerwehr dabei, die Schäden zu beseitigen. In vielen U-Bahnen sind die Wasserpumpen ausgefallen. Bis auf Weiteres ist der U-Bahn-Verkehr eingestellt …«*

Das Bild im Fernsehen erinnerte an die Fernsehbilder vom Sturm Anfang September. Umgestürzte Bäume, Trauben von Pendlern, die vor den abgesperrten U-Bahn-Stationen standen oder sich zu Fuß auf den Weg zur Arbeit machten. Aber Fernsehbilder auf einem Sofa in Berlin zu sehen oder selbst mitten im Geschehen zu sein, war ein Unterschied.

Madison. Der Gedanke durchfuhr ihn wie ein heißer Schauer. *Geht es ihr gut?*

»… durch ein Wunder gab es keine Toten und Verletzten …«, leierte die Moderatorin.

»Hier, trink was.« Matt schob Jay eine Tasse Kaffee zu. »Bist ja plötzlich ganz blass um die Nase.«

Jay nahm die Tasse dankbar an. Dann wandte er sich ab, holte das Handy hervor und rief Madison an. Lange ging niemand ans Telefon, dann meldete sich der Anrufbeantworter. Eine warme Frauenstimme, vermutlich Madisons Mutter.

»Hallo, hier sind die Parks. Hurrikan-Alarm auch bei uns. Das Haus steht noch, aber wir sind gerade mit dem Aufräumen beschäftigt. Sprecht auf Band, wir rufen zurück.«

Diese Art von Humor passte irgendwie zu Madisons Familie. Erleichtert legte er auf. Ein paar Sekunden zögerte er, aber dann schrieb er noch hastig eine SMS an seine Mutter. Falls die Morgennachrichten in Deutschland irgendetwas über den Sturm brachten, würde sie einen Schock bekommen.

`Bei uns alles in Ordnung. Gruß - J.`

Dann nahm er endlich einen Schluck von dem Kaffee. Das Gebräu war schon kalt, dazu stechend bitter und viel zu stark, aber dennoch tat es gut und machte ihn tatsächlich sofort wacher.

»Wir hätten gestern das Dach noch machen sollen«, brummte Onkel Matt missmutig. »Jetzt hat es ein Stück Dachpappe heruntergerissen. Und im Garten sieht's auch nicht gut aus.«

Als Jay aus der Küchentür in den Garten trat, wusste er, woher der Erdgeruch kam: Der morsche Baum aus dem Nachbarsgarten war umgeknickt und lag quer über Onkel Matts Grundstück. Der Rasen war von den Ästen geradezu umgepflügt worden und der Zaun war ebenfalls umgerissen worden. Der Baum vor Jays

Fenster stand zwar noch, aber an den Zweigen hing kein einziges Blatt mehr. Neben dem gesplitterten Stamm stand Aidan mit Ohrschützern und zerkleinerte mit einer Motorsäge einen dicken Ast.

Hinter Jay brach die Fernsehstimme der Moderatorin mitten im Satz ab.

»Shit«, fluchte Onkel Matt und versetzte dem Apparat einen kräftigen Hieb. »Stromausfall. Auch das noch.«

Im Garten war auch die Motorsäge abrupt verstummt, man hörte Aidan ebenfalls fluchen. Er warf die Säge hin und machte sich daran, Äste und Zweige beiseitezuschaffen. »Hey, macht es Spaß, mir beim Arbeiten zuzuschauen?«, brüllte er zu Jay hinüber. »Los, beweg deinen Arsch und fass mit an!«

Jays Laune sank endgültig auf den Nullpunkt. Heute brannte wirklich die Luft. Widerwillig ging er über die aufgewühlte Erde zu seinem Cousin hinüber. Der zog gerade mit einem wütenden Ruck eine Schaufel aus dem Haufen von Werkzeugen und warf sie Jay vor die Füße. »Ich brauche die größere Schaufel aus der Werkstatt.« Jay hatte gute Lust, ihm die Meinung zu sagen, aber dann hob er die Schaufel auf und sah sich um.

»Wo ist Feathers?«

Aidan zuckte mit den Schultern. »Er wird schon wieder auftauchen. Wir müssen den Baum wegschaffen. Arbeitshandschuhe sind in der Werkstatt. Glaubst du, du schaffst es, mit einer Axt zu arbeiten, ohne dir den Fuß abzuhacken?«

Jay sparte sich eine bissige Antwort und stapfte in die Werkstatt.

Es dauerte eine Weile, bis er in den Rhythmus der Axtschläge gefunden hatte. Aber er fühlte sich besser, sobald seine Muskeln warm geworden waren. Das Schuften tat gut und vertrieb die Schwere aus seinen Knochen. Auf den Nachbargrundstücken waren die Leute ebenfalls dabei, die Schäden zu beseitigen. Vor dem Nebenhaus fegte eine Frau die Scherben einiger Blumentöpfe zusammen. Jay hatte sie bisher nur von Weitem gesehen und sich jedes Mal gedacht, dass sie wie eine Afrikanerin aussah. Rasta-Zöpfe und ein leuchtend blau und violett gemustertes, weites Kleid, das sowohl ihre Körperfülle als auch ihre braune Haut betonte. »Morgen, Aidan«, rief sie mit rauer Stimme. »Hast du gesehen, was mit eurem Dach passiert ist?«

Aidan wischte sich über die Stirn. »Ist ja wohl kaum zu übersehen.«

Ihr Blick glitt zu Jay herüber.

»Hallo«, sagte er und versuchte sich an einem höflichen Lächeln. Doch die Nachbarin stand nur auf ihren Besen gestützt da und starrte ihn an, als sei er ein tollwütiger Hund.

»Das ist mein Cousin aus Deutschland«, rief Aidan. »Du hast ihn ja schon gesehen. Jay, das ist Linda.«

»Aus Deutschland, so, so«, sagte sie nur. Dann drehte sie ihm den Rücken zu und ging einfach ins Haus. Na Klasse, noch eine mit schlechter Laune. Dabei brüstete Onkel Matt sich immer damit, dass Amerikaner in Krisenzeiten zur Hochform aufliefen und sich an Freundlichkeit und Hilfsbereitschaft überboten.

»Hat mich auch sehr gefreut«, rief er der Nachbarin erbost hinterher. »Und wir kümmern uns natürlich gern um Ihren Baum, keine Ursache!«

»Kein Grund, gleich hochzugehen«, sagte Aidan. »Sie mag einfach keine neuen Leute in der Nachbarschaft. Aber sie wird sich schon an dich gewöhnen.« Immerhin sparte er sich heute einen Satz wie: *»Das müssen wir ja alle, ob es uns passt oder nicht.«*

»Fragt sich, ob ich mich auch an sie gewöhne«, murmelte Jay. *Und an dich.*

Wütend packte er einige Aststücke und trug sie durch die Werkstatt zur Straße. Dort stapelte sich bereits ein ganzer Haufen Trümmer. Auf der gegenüberliegenden Seite hatte ein herabgestürzter Ast ein Autodach verbeult. Laub lag überall. Jay stieß den Pfiff aus, auf den Feathers sonst immer sofort hörte, und wartete. Aber der Hund tauchte nicht auf. Stattdessen begann es auch noch zu regnen. Hinter ihm stritten Matt und Aidan in der Werkstatt herum.

»Lass den verdammten Baum und kümmere dich endlich um das Dach. Siehst du nicht, dass es regnet? Es reicht, dass die Küche aussieht wie ein Sumpfloch.«

»Wir haben keine Dachpappe mehr.«

»Das weiß ich, Einstein. Aber bis ich welche besorgt habe, müssen wir das komplette Dach oben mit Folie abdecken. Wenn es so weiterregnet, läuft uns die ganze Suppe nämlich ins Haus.«

Jay ging zurück in die Werkstatt. »Ich gehe hoch.«

»Ach, sieh mal an, Charlies Söhnchen spielt den Helden«, spottete Aidan. »Du lässt wohl keine Gelegenheit aus, dich einzuschleimen.«

Das reichte!

Jay war so schnell bei ihm, dass Aidan beim Zurückweichen stolperte. Aber er fiel nicht, denn Jay hatte ihn mit beiden Fäusten an seiner Jacke gepackt.

»Noch so einen Spruch erlaubst du dir nicht, klar?«

Matts Pranke sauste schmerzhaft stark auf seine Schulter nieder, mit einem groben Ruck zerrte er Aidan und ihn auseinander. »Damit fangen wir hier erst gar nicht an!«, donnerte er. »Jay, du gehst aufs Dach. Aidan, raus! Du machst den Baum fertig.«

»Pack deine Muskeln ein, du Angeber«, knurrte Aidan in Jays

Richtung, aber er trollte sich in Richtung Garten. Jay stand immer noch schwer atmend da, die Hände zu Fäusten geballt.

»Geht's wieder?«, fragte Matt trocken. Heute wirkte sogar sein Onkel feindselig. Klasse Tag. Und gleichzeitig ärgerte er sich darüber, dass er sich ausgerechnet von Aidan provozieren ließ. »Mir reicht es einfach, mich den ganzen Tag anschnauzen zu lassen«, murmelte er.

Onkel Matt musterte ihn mit undurchdringlicher Miene, und Jay hatte das unangenehme Gefühl, dass er doch länger mit Charlie telefoniert hatte.

»Wenn man dich ärgert, bist du genau so ein Hitzkopf wie dein Vater«, sagte Matt schließlich. »Hol erst mal die Leiter und kühl dich auf dem Dach ab.«

*

Der Sturmwind hatte eine Bahn der losen Dachpappe umgeklappt und heruntergerissen. Irgendetwas Hartes musste noch dagegen geprallt sein, denn von der obersten Sprosse der Leiter konnte Jay durch ein faustgroßes Loch in den Dachboden hineinsehen. Er musste das ganze Dach abdecken und die Folie an den Seiten mit alten Reifen beschweren. Die Schlepperei über die Leiter war eine Knochenarbeit, aber zumindest lenkte sie ihn ab. Unten redete und lachte Aidan mit jemandem, aber Jay hörte nicht hin. Um die Folie anbringen zu können, musste er in einer verkrampften Haltung auf dem Dach kauern. Onkel Matts Werkzeuggürtel stabilisierte ihn durch sein Gewicht, sodass er sich kaum gegen den Sicherheitsgurt lehnen musste, der mit einem Karabiner an der Leiter festgemacht war. Die Muskeln an seinem Nacken pochten, während er einen Reifen an die Dachkante wuchtete. Dann richtete er sich auf und streckte sich. Die Sonne hatte sich hinter eine bleigraue Wand aus Wolken verzogen. Durch einen Schleier aus Nieselregen konnte Jay über die Dächer hinweg bis zu den alten Fabrikgebäuden am East River schauen. Matt hätte sicher gesagt, die Gegend sei hässlich, aber Jay konnte nicht anders, als fasziniert zu sein. Es lag eine Schönheit darin, die etwas von einem düsteren Thriller hatte. Nasse Fassaden, kühles Grau und Regen, wie mit Weichzeichner gefilmt. Auf manchen der Dächer standen noch die alten hölzernen Wassertanks, die Jay vor allem aus Horrorfilmen kannte. Immer noch heulten im ganzen Stadtteil Feuerwehrsirenen und Motorsägen im Chor um die Wette. *Das würde Madison auch gefallen*, dachte er. Es hatte ihn Überwindung gekostet, sie gestern nicht wieder anzurufen. Und heute hatte er keinen Gedanken an Jenna, Sally oder die anderen verschwendet, aber er ertappte sich dabei, dass er sich trotz des Spruchs auf dem Anrufbeantworter um Madison Sorgen machte. Er tastete nach seinem Handy, bis ihm einfiel, dass er es in der Küche gelassen hatte.

Von unten drang wieder Aidans Stimme zu ihm hinauf. Sein Cousin lachte und ein anderes, helleres Lachen antwortete ihm. Jay spähte über den Dachrand. Niemand war vor dem Haus und auch der Garten war leer.

Er wischte sich mit dem Ärmel den Regen von der Stirn und machte sich auf den Weg nach unten. Auf der Höhe des oberen Giebelfensters verharrte er und hielt noch einmal nach dem Hund Ausschau. Am Ende der Straße war ein Kran dabei, ein Auto aus der Umklammerung einer Baumkrone zu befreien. Aber kein Feathers weit und breit.

»Suchst du das hier?«, rief eine leise Stimme. Er blickte über die Schulter. Es war ein Schock. Aber zur Abwechslung mal einer von der guten Sorte. Unten stand Madison! Ihr Haar war unter der Kapuze ihrer blauen Regenjacke verborgen. In der Hand hielt sie eine Rolle Klebeband.

Der Sicherungsgurt grub sich in seine Taille, als er sich halb zu ihr umdrehte und sich mit einem Fuß auf den Giebel stützte. »Was machst du denn hier?«

Madison wich einen Schritt zurück und musterte ihn mit einer seltsamen Scheu, als würde sie ihn zum ersten Mal sehen. Vermutlich stimmte das sogar, denn im Augenblick bot er wirklich einen ganz anderen Anblick als in der Schule. Klatschnass, mit Arbeitshandschuhen, dem Werkzeuggürtel und einem Shirt aus der Werkstatt, auf dem *Future Firefighter* prangte.

»Ich hatte ja keine Ahnung, dass du als Feuerwehrmann jobbst.«

»Und ich dachte, wir warten mit unserem Date bis nächste Woche.«

Sie stutzte, aber dann musste sie lachen und allein das entschädigte ihn für den ganzen verdorbenen Morgen.

»Ich rufe dich schon die ganze Zeit an, aber keiner geht ans Handy«, sagte sie vorwurfsvoll. »Ich dachte schon, es sei was passiert.«

Und mit einem Mal war es auch kein verkaterter grauer Tag mehr, sondern der beste Tag, seit er in New York war.

»Schön, dass du dir Sorgen um mich machst. Was sagt dein Freund dazu?«

»Glaub bloß nicht, ich bin extra wegen dir hergekommen. Meine Tante wohnt hier um die Ecke. Und da dachte ich, ich schaue mal nach, ob auch bei euch alles in Ordnung ist.«

»Nett von dir. Und woher wusstest du, wo ich wohne?«

Jetzt bekam ihre Miene wieder diesen Ausdruck amüsierter

Überheblichkeit, den sie so gut beherrschte. »Erstens gibt es nicht viele Motorradwerkstätten in deiner Straße. Und zweitens bist du nicht der Einzige, der Leute ausfragen kann.« Sie deutete mit dem Daumen über die Schulter. »Linda wusste sofort, wen ich meine, als ich nach einem Deutschen fragte. Und ...«, sie lächelte breit »... Aidan ist auch sehr nett.«

Es war lächerlich, ausgerechnet an Aidan einen Gedanken zu verschwenden, und trotzdem ärgerte ihn schon die Vorstellung, dass er und Madison sich gut verstehen könnten.

»Und? Wie war die Party gestern?«

Obwohl sie leise sprach, verstand er jedes Wort. Und das Seltsame war, dass jede Ironie darin fehlte. Und endlich fiel bei ihm der Groschen. Da unten stand gerade nicht die coole Madison, sondern ein Mädchen, das sich darüber Gedanken machte, ob er vielleicht Sally geküsst hatte.

»Ganz ehrlich?«, antwortete er. »Ich habe den ganzen Abend überlegt, ob du mich für einen aufdringlichen Irren hältst, wenn ich dich schon wieder anrufe.«

»Dann hast du mich also vermisst.« Es war eine Feststellung, keine Frage. Obwohl ein Stockwerk Entfernung zwischen ihnen lag, schienen sie sich näher zu sein als in der Schule, wo sie fast Schulter an Schulter vor dem Referat gesessen hatten.

»Brauchst du das?« Sie hob das Klebeband hoch. Natürlich nickte er, obwohl er das Band nicht benötigte. »Kommst du runter oder soll ich es zu dir hochwerfen?«

Wenn ich jetzt hinunterklettere, ist es vorbei. Dann taucht Aidan auf und Onkel Matt und wir verlieren uns in Höflichkeiten. Wir zerreden es und morgen wird sie das Gefühl haben, sie hätte sich eine Blöße gegeben, und wird sich über sich selbst ärgern. Und dann wird sie wieder auf Distanz gehen.

Aus dem Augenwinkel sah er, dass über dem East River die Sonne hervorbrach. Auf der anderen Seite des Flusses regnete es nicht mehr, ein fahler Sonnenstrahl schob die Wolken auseinander und versilberte die Pfützen auf den Dächern.

Es war einer der Augenblicke, in denen die Luft vibrierte, weil sich so vieles entschied.

Er griff nach dem Sicherungsgurt und öffnete ihn. Hastig nahm er ihn ab und ließ ihn an dem Karabinerseil nach unten. »Madison«, rief er leise. »Komm hoch.«

»Was?«

»Weißt du noch, was ich dir über den Himmel gesagt habe?«

»Ja. Aber den sehe ich auch von hier.«

»Aber nicht die andere Seite des Flusses. Schnell! Gleich ist die Sonne wieder weg.«

Aber sie zögerte, und er merkte, wie sie ihm zu entgleiten drohte. Wenn er sie bedrängte, würde sie zurückweichen.

»Ich will dich nicht überreden«, sagte er sanft. »Aber du verpasst wirklich was.«

Es kostete ihn Überwindung, sich von ihr abzuwenden. Er griff nach der Leitersprosse über seinem Kopf und kletterte zurück auf das Dach. Er konnte spüren, dass sie ihm mit den Blicken folgte. Aber erst als er auf der Mitte des Daches stand, sah er sich zur Leiter um.

Ich zähle bis zwanzig. Wenn sie bis dahin nicht da ist, habe ich verloren. Nervös knetete er seine Finger. *Dreizehn, vierzehn …*

Kurze Zeit später ruckte die Leiter leicht, als würde sie unter einem Gewicht und Bewegungen vibrieren. Eine Hand erschien an der obersten Leitersprosse, dann noch eine, mit der Rolle Klebeband, die Madison sich wie einen Armreif über das Handgelenk geschoben hatte. Geschickt zog sie sich weiter hoch. Jetzt sah Jay, dass sie den Sicherungsgurt gar nicht angelegt hatte. Mit drei großen Schritten war er bei ihr. »Gib mir die Hand!«

Er wusste nicht, was ihn mehr irritierte: dass sie seine Hand gar nicht beachtete – oder die Tatsache, dass sie ebenso verunsichert wirkte wie er. *Ich kenne sie wirklich nicht*, schoss es ihm durch den Kopf. *Jetzt wirkt sie beinahe schüchtern.* War die ganze Coolness wirklich nur Fassade?

Sie zögerte, die Hände fest um die Leiter geschlossen, einen Fuß bereits auf dem Dach. Einen irrealen Augenblick lang sah er sie schon abrutschen und fallen. Und plötzlich hatte er solche Angst um sie, dass ihm beinahe übel wurde.

»Bitte, Madison«, sagte er beschwörend. »Gib mir deine Hand!«

Es war wie in einer Filmsequenz, die sich in Zeitlupe abspielte. Er konnte jedes Detail wie in Großaufnahme sehen: die Linie ihrer Brauen, die Sonne auf ihrem Gesicht und ihre Hand, die sich endlich von der Leiter löste. Er schloss seine Rechte fest um ihre Finger und zog sie so schnell aufs Dach, dass sie beinahe in seine Arme gestolpert wäre. Die Kapuze ihrer Regenjacke rutschte ihr vom Kopf. Sofort fingen sich ein paar Regentropfen in ihrem Haar und verwandelten sich in der Sonne in winzige Glasperlen.

»Du bist ziemlich blass geworden, Firefighter«, sagte sie mit einem zaghaften Lächeln.

»Ich hatte Angst um dich. Warum hast du den Sicherheitsgurt nicht angelegt?«

»Ich brauche ihn nicht. Mir wird nicht schwindelig.« Sie sah sich auf dem Dach um – aber immer noch ließ sie seine Hand nicht los. Über der anderen Seite des Flusses trieb ein Fetzen blauen Herbsthimmels direkt über Manhattan. Die Sonne ließ die Spitze des Empire State Building erstrahlen. »Du hattest recht«, sagte Madison andächtig. »Ich hätte was verpasst. Da hinten ist der Mond!«

Jay sah sich ebenfalls um. Tatsächlich. Die helle Scheibe zeichnete sich erstaunlich deutlich am Vormittagshimmel ab.

»Ich wusste, dass man Mond und Sonne manchmal gleichzeitig am Himmel sehen kann, aber erlebt habe ich es noch nie«, fuhr Madison fort. »Es sieht … fast magisch aus, nicht wahr?«

Es klang absolut aufrichtig, ohne den Hauch von Ironie. Ihre Hand war so warm, dass sie fast fieberheiß wirkte, und ihre Finger schlossen sich noch etwas fester um seine. Und dann löste die unsichtbare Glaswand zwischen ihnen sich endgültig auf.

»Manche glauben, dass die Geisterwelt an solchen Tagen besonders nah ist«, sagte Jay. *Jedenfalls glaubte mein Vater das.* »Man nennt den Tagesmond auch Geistermond. Weil er den Geistern gehört. Glaubst du, da ist was Wahres dran?«

Sie lachte und schüttelte den Kopf. »Ich glaube daran, dass der Mond ein von der Sonne angestrahlter Felsen ist. Alles andere ist Indianeresoterik – und du kannst dir ja vorstellen, dass ich davon wirklich genug habe.« Sie blitzte ihm ein verschmitztes Lächeln zu. »Und jetzt erzähl mir bitte nicht, dass du an Geister und Glücksbringer glaubst.«

Sie deutete auf seine Brust. Jay spürte, wie er rot wurde. Die dünne Kette war unter dem Shirt hervorgerutscht. Der Anhänger war ein Kojotenkopf aus schwarz angelaufenem Silber. An ihm hing, durch ein winziges Kettenglied verbunden, eine Bronzefeder.

Hastig griff er nach dem Kojoten und ließ ihn wieder unter

dem T-Shirt verschwinden. »Nein, das ist nur ein Erinnerungsstück. Von meinem Vater. Er hat sich viel damit beschäftigt. Also auch mit … Indianergeschichten.«

»Das heißt, er lebt nicht mehr?«

»Nein.«

Er befürchtete schon, sie würde nun das übliche »Oh, tut mir leid« anstimmen oder weiterfragen, aber sie machte genau das Richtige. Sie schwieg und ließ die Tatsache einfach nur nachklingen. Und hier, zwischen Sonne und Mond, war es zum ersten Mal möglich, an Zweiherz zu denken, ohne diesen Stich der Verzweiflung und die Leere, die er sonst immer fühlte. Und sogar ohne die Wut auf Charlie.

»Eigentlich mag ich Kojoten«, sagte sie nach einer ganzen Weile und schenkte ihm ein Lächeln, das er wie einen warmen Schein auf seinem Gesicht spüren konnte.

»Jay! Was zum Teufel soll das?«

Onkel Matts ärgerlicher Ruf ließ sie beide zusammenzucken. Madison ließ seine Hand los. Der Zauber verflüchtigte sich, als hätte Matts Zorn ihn vertrieben.

Matt stand unten an der Leiter und hielt anklagend den Sicherungsgurt hoch. »Warum bist du nicht gesichert und …«

Er verstummte, als Madison neben Jay trat.

»Das ist Madison«, beeilte Jay sich zu sagen.

»Hi«, rief sie und winkte.

»Was macht sie da oben?«, schrie Matt. »Sofort runterkommen. Nein, klettere du erst runter und hol ihr den Sicherungsgurt. Ihr seid wohl wahnsinnig!«

»Tut mir leid«, rief Madison. »Jay wollte, dass ich den Gurt anlege. Aber ich habe es nicht gemacht.«

»Ist mir egal, was Jay wollte. Runter jetzt!«

»Ist das dein Onkel?«, flüsterte Madison.

Jay nickte. Sie verbiss sich ein Grinsen. »Er scheint wirklich nett zu sein.«

feathers

Matt regte sich zehn Minuten lang auf. Aber dann bekam Jay einen Eindruck davon, warum Madison es sich in der Schule leisten konnte, ein Außenseiter zu sein, ohne als Freak zu gelten. In der Pause, in der sein Onkel doch einmal Luft holte, deutete sie auf das halb zusammengebaute Motorrad in der Werkstatt und fragte beiläufig: »Ist das eine Laverda?«

Eine halbe Stunde später gehörte sie sozusagen zur Familie, und Jay war abgemeldet, weil Matt sie völlig in Beschlag genommen hatte. Sie ließ sich herumführen, stellte genau die richtigen Fragen und begutachtete dann auch noch mit Aidan den umgestürzten Baum im Garten. Linda von nebenan kam zum Zaun und nach kurzer Zeit waren alle drei in ein lebhaftes Gespräch verstrickt. Lachen hallte im verwüsteten Garten.

»Ich muss ja nicht verstehen, was sie ausgerechnet an dir findet«, sagte Aidan, als er wieder in die Werkstatt kam, wo Jay das Werkzeug und die Arbeitshandschuhe verstaute. »Aber sie ist wirklich in Ordnung.«

»Ja, aber deswegen brauchst du sie nicht die ganze Zeit so anzumachen.«

Aidan grinste. »Du tust ja so, als wäre sie deine Freundin.«

»Das geht dich nichts an.«

»Solange es mich nichts angeht, kann ich sie anmachen, so viel ich will.«

Madison kam gut gelaunt in die Werkstatt und schüttelte die Regentropfen von der Jacke.

»Ich muss leider los«, sagte sie atemlos zu Jay. »Du kommst doch noch ein Stück mit?«

Es war die Selbstverständlichkeit, die ihn wieder verblüffte. Sie wartete seine Antwort nicht ab, sondern setzte die Kapuze wieder auf und ging hinaus. »Mach's gut, Aidan!«, rief sie über die Schulter zurück.

Kaum hatte Jay sie eingeholt, hörte er Aidans Antwort. »Bis dann, Maddy!«

»Er nennt dich *Maddy?*«, fragte Jay. »Hab ich was verpasst?«

Sie zuckte nur amüsiert mit den Schultern. »Er will dich nur ärgern, lass ihm doch den Spaß.«

»Sag bloß, du magst ihn!«

»Du etwa nicht?«

Im Gehen berührten sie sich zufällig, doch zu seiner Enttäuschung ergriff sie diesmal seine Hand nicht, sondern schob ihre Hände fröstelnd in ihre Ärmel. Bald schon fanden ihre Schritte wieder in den Gleichtakt.

Sie gingen an Baustellen und aufgeschichteten Zweighaufen vorbei. Jay reckte den Hals und spähte die Querstraße entlang. War da nicht eine Bewegung gewesen?

»Wonach hältst du Ausschau?«

»Nach Feathers. Unserem Hund.«

»*Wie* heißt er?«

»Wie Charly Feathers, der Musiker. Matt ist ein großer Fan.«

Sie kicherte. »Ich mag deinen Onkel.«

»Ja, er ist in Ordnung, auch wenn er schnell hochgeht.«

»Das scheint ja in der Familie zu liegen.«

»Ach ja?«

Sie warf ihm einen amüsierten Seitenblick zu.

»Allerdings. In den letzten Tagen habe ich dich sehr genau beobachtet. Du bist nicht so harmlos ruhig, wie du dich gibst, aber du lässt es nicht raushängen. Das gefällt mir an dir. Und auch, dass du dir um den Hund Sorgen machst.«

Das war tatsächlich nicht die Madison, die sich in der Schule zurückhielt und so sehr um ihre Fassade bemüht war. *Vielleicht ist es das?*, dachte er. *Vielleicht sind wir uns darin ähnlich.*

Sie wichen einer Kehrmaschine aus und gingen auf der anderen Straßenseite an Läden vorbei, deren mit Graffiti besprühte Rollläden aus Eisen heruntergelassen waren. Hier hatte der Sturm mehr Schaden angerichtet. Fensterläden hingen schief in den Angeln, Scheiben waren zerbrochen und ein verbogener Wäscheständer hatte sich an einer Ampel verfangen. Ein Mann versuchte, ihn mit einem Besenstiel herunterzuholen.

Nicht weit von ihm stand eine Frau in einem bodenlangen, altertümlichen Kleid und sah ihm dabei interessiert zu. Jay war schon einiges an Werbeaktionen in dieser Stadt gewohnt – als Hamburger verkleidete Menschen, die für Burger King warben, laufende Kaffeetassen oder zwei Meter große Huhnmenschen, die Flyer verteilten. Aber diese wandelnde Werbung kannte er noch nicht. Die Frau war sicher schon fünfzig, hatte feine, irgendwie altmodische Gesichtszüge und schneeweißes Haar. Und sie trug eine altertümliche Tracht, die ihm irgendwie bekannt vorkam. Komischerweise zierten die schlichte Tracht mindestens zwanzig Perlenketten.

Sie entdeckte Jay und rauschte erfreut auf ihn zu. Ihr Rock raschelte, und als sie näher kam, erkannte Jay, dass er ganz und gar aus Papier bestand. Zeitungen voller fetter Schlagzeilen. Vielleicht machte sie Werbung für die *Daily News*? Sie starrte ihn neugierig an und sagte dann mit einem Blick auf sein Shirt feierlich: »Die Helden von New York sind die irischen Feuerwehrleute. Sie sind die Nachkommen gewalttätiger Banden, die in der Zeit des Bürgerkriegs berüchtigt waren.«

»Ich glaube, mit gewalttätigen Banden meint sie dich«, flüsterte Madison und verbiss sich ein Lachen.

»Mit dir rede ich nicht«, schnappte die Frau und wandte sich Jay so demonstrativ zu, als wollte sie Madison abdrängen.

»Du bist du doch ein Ire?« Sie betrachtete sein rotbraunes Haar. Nervös spielten ihre Finger mit den Ketten, als würde sie fürchten, das Mitglied der berüchtigten Banden würde sie ihr gleich entreißen.

»Nicht dass ich wüsste«, antwortete Jay. »Kein Ire. Kein Bandit. Nicht mal ein Feuerwehrmann.«

Die Miene der Frau hellte sich auf. »Ah! Ich höre, du bist auch Holländer.«

Jetzt dämmerte Jay, woher er die Tracht kannte: aus seinem Geschichtsbuch. Und zwar aus dem Kapitel für Siedlungsgeschichte. Die Kleidung erinnerte an die Tracht holländischer Frauen aus der Zeit, als New York noch Nieuw Amsterdam hieß. Nun, bis auf die Perlenketten. »Um 1740 herum wurde die Stadt von einer Währungskrise heimgesucht«, fuhr sie im Plauderton fort. »Schuld war eine Flut von minderwertigen Perlenketten. Sie waren damals die Hauptwährung.«

»Interessant«, schnappte Madison. »Und jetzt müssen wir wirklich weiter.«

Jetzt ergriff sie seine Hand und zog ihn energisch zur Seite. »Dreh dich bloß nicht nach ihr um, sonst läuft sie dir noch hinterher«, flüsterte sie ihm zu. Sie wechselten die Straßenseite und bogen ab. Die Frau schien ihnen nicht zu folgen.

»Kennst du sie?«

»Jeder hier kennt sie. Sie spinnt ein bisschen, aber sie ist harmlos. Allerdings kann sie wohl ganz schön nerven. Mich kann sie zum Glück nicht ausstehen, sie redet nie mit mir und geht mir aus dem Weg.«

Am Ende der Straße blieb Madison stehen.

»Ab hier gehe ich allein. Wir sehen uns morgen.«

»Soll ich dich wirklich nicht nach Hause begleiten? Du weißt … die irischen Banden …«

Sie schüttelte den Kopf und wurde mit einem Mal so ernst, dass auch ihm das Lächeln verging.

»Tu mir einen Gefallen. Du kannst mich gerne anrufen, aber bitte hol mich nicht von zu Hause ab.«

»Gibt es Probleme?«

Sie seufzte und zuckte mit den Schultern. »Ist schwer zu erklären. Mein Vater ist manchmal ein bisschen komisch, was Jungs angeht. Und das könnte schwierig für uns werden.«

Für uns. Ein Funke von Glück stieg in seiner Brust auf.

»Gut. Und wie geht es weiter? Was sagen deine Dating-Regeln?«

Sie legte den Kopf schief und sah nachdenklich zu ihm hoch. »Tja, wenn das ein Date gewesen wäre, würden wir uns jetzt zum Abschied küssen.«

Und wahrscheinlich wäre es das Dümmste, was ich jetzt machen könnte. Weil es jeder andere an meiner Stelle auch versuchen würde. Trotzdem kostete es ihn einiges, der Einladung zu widerstehen.

»Verstehe«, antwortete er. »Aber da es keines war, sondern nur ein zufälliger Besuch, tun wir morgen beide so, als hätten wir nichts miteinander?«

»Das heißt aber nicht, dass du mit Sally flirten darfst.«

»Gut, ich lasse ausnahmsweise die Finger von ihr.«

Immerhin zauberte sein betont ironischer Tonfall wieder ein Lächeln auf ihre Züge. Sie ließ seine Hand los. Seltsamerweise war er nicht enttäuscht. Es fühlte sich richtig an. Wie ein Musikstück, in dem jede Note am richtigen Platz war. Er vergrub die Hände in den Taschen seiner Jacke und ging mit großen Schritten die Straße zurück.

»Jay?« Als er sich umdrehte, stand sie immer noch an derselben Stelle. »Danke für den Himmel«, sagte sie leise. Dann ging auch sie und sah sich nicht mehr um.

*

Als hätte Madison die Sonne mitgenommen, ballten sich wieder schwere anthrazitfarbene Wolken über Williamsburg und ließen das Licht düster und ein wenig bläulich wirken. Zwei Straßen weiter brach ein wüster Platzregen los. An jedem anderen Tag hätte Jay sich fluchend irgendwo untergestellt. Aber heute war alles anders. Er fror nicht im kalten Regen, obwohl er nach wenigen Sekunden völlig durchnässt war. Und er war noch so trunken von Madisons Nähe und der Wärme ihrer Hand, dass er die Bewegung am Ende der Straße fast übersehen hätte. Helles Fell.

»Feathers!« Er sah gerade noch, wie der Hund hinter der nächsten Ecke verschwand, und nahm die Verfolgung auf. Vermutlich lief der Hund ohnehin nach Hause, also sprintete er in Richtung der dritten Straße. An einer Ecke hätte er beinahe die Holländerin umgerissen. Mit einem entsetzten Schrei und raschelnden Zeitungen sprang sie gerade noch rechtzeitig zur Seite.

»Sorry!«, rief er über die Schulter zurück. Dann trug der Schwung ihn schon in seine Straße. Er sprang über ein Aststück und sah sich um.

Der Hund stand mitten auf der Straße, im strömenden Regen.

Jay pfiff nach ihm. Normalerweise müsste der Hund jetzt auf ihn zustürmen und versuchen, ihn umzuwerfen, aber heute starrte er ihn nur misstrauisch an. Jay rief ihn noch einmal. Der Hund drehte sich um und fegte davon – an Onkel Matts Werkstatt vorbei – und flitzte um die Ecke.

»Was ist denn mit dir los?«, murmelte Jay.

Er entdeckte den Hund ein wenig später in einer Seitenstraße, in einem Vorgarten, dessen Zaun weggebrochen war.

Doch als Jay auf ihn zukam, sträubte er sein Rückenfell und … knurrte drohend! Einen bangen Augenblick lang war er sicher, dass der Hund ihn anspringen würde. *Das kann nicht sein – es ist Feathers!* Und gleichzeitig flüsterte ihm seine vernünftige, sachliche Stimme zu, Feathers nicht länger frontal anzustarren, weil er das sicher als Drohgebärde auffassen würde.

Also zwang er sich, wegzuschauen, und wandte sich leicht zur Seite. Das Knurren hörte auf. Im selben Augenblick regte sich etwas in einer Fichte rechts neben ihn. Er brauchte zwei lange Sekunden, um zu begreifen, dass er tatsächlich eine … Speerspitze sah. Nein, es war eine Messerklinge, die mit Draht und Plastik an einem Stock befestigt war. Und sie zielte direkt auf seinen Hund!

»He!«, brüllte er. »Runter mit der Waffe! Spinnst du?«

Er wusste nicht einmal, wen er da anbrüllte, aber der Speer

zog sich auf der Stelle zurück. Aus dem Augenwinkel sah er, dass Feathers die Flucht ergriff.

Blätter raschelten, ein Zweig bewegte sich.

Und dann schien die Zeit zu verrutschen.

In der buschigen Fichte, in etwa zwei Meter Höhe, kauerte jemand. Viel erkannte er im Schatten der dichten Zweige nicht, aber immerhin sah er, dass es ein Mädchen war. Ihr Mund war vor Verblüffung geöffnet. Sie starrte ihn so fassungslos an, als würde sie ein Gespenst vor sich sehen. Jay blickte in dunkelbraune Augen mit einem harten, hellwachen Ausdruck. Das kurze, glatte Haar, so hell wie Feathers' Fell, bildete dazu einen auffallenden Kontrast.

Sie fing sich als Erste wieder, machte den Mund zu und schluckte. Dann beugte sie sich vor. »He!« Sie flüsterte so leise, als wollte sie verhindern, dass jemand anderes sie hörte. »Kannst du mich … etwa sehen?«

Welcher Slang ist das denn?, dachte Jay. Es war zwar Englisch, aber sie sprach die Worte in einer Weise aus, die sie fremd klingen ließen. Melodischer, aber auch schärfer. »Siehst du mich?«, wiederholte sie eindringlich. Jay nickte wie in Trance. »Klar.«

Sie überraschte ihn mit einem strahlenden, fassungslosen Lächeln, das ihr etwas Diebisch-Hübsches verlieh. *Pixie*, fuhr es ihm durch den Kopf. Sie hatte tatsächlich etwas von einer Elfe. Allerdings nicht die von der überirdisch schönen Sorte. Eher die Art Elfe, die mit Menschen böse Spiele trieben wie in einem der irischen Märchen.

Sie streckte die Hand nach ihm aus, als wollte sie ihn berühren. Es war eine flinke Bewegung, genau bemessen. *Zielgerichtet*, war alles, was ihm dazu einfiel. *Räuber und Beute.*

Reflexartig zuckte er zurück – stieß gegen etwas und kam ins

Stolpern. Jemand packte ihn am Arm und bewahrte ihn davor, zu stürzen. Seine Stirn schrappte über den Reißverschluss einer Lederjacke, dann hatte er sich wieder gefangen.

»Langsam, Mann«, sagte Aidan. »Wo willst du denn hin?«

Jay blickte gehetzt über die Schulter. Das Mädchen war fort. Er riss sich von Aidan los und rannte über den Rasen und um das Haus herum. Keine Spur mehr von ihr. Es war, als hätte sie sich in Luft aufgelöst.

»Was ist denn los?«, rief Aidan von der Straße. »Erst galoppierst du wie ein Gestörter an der Werkstatt vorbei und jetzt robbst du durch fremde Gärten.«

Jay stapfte durch matschiges Gras zu ihm zurück.

»Hast du sie gesehen?«

»Wen?«

»Ein Mädchen. Sie saß da oben im Strauch. Sie hatte einen selbstgebastelten Speer und hat damit auf Feathers gezielt.«

Aidan runzelte die Stirn. »Sie saß da oben im Strauch«, wiederholte er lakonisch. »Mit einem Speer. Alles klar.« Er schüttelte den Kopf. »Du hast einen Schuss, Jay.«

»Idiot«, zischte Jay. »Sie war da!«

»Ist ja gut, beruhige dich.«

»Du glaubst mir nicht.«

Aidan zuckte mit den Schultern. »Das habe ich nicht gesagt. In New York ist alles möglich. Gewöhn dich dran, hier rennen eine Menge Spinner herum.«

Zu seiner Überraschung klopfte ihm sein Cousin versöhnlich auf die Schulter.

»Komm. Matt wartet auf uns.«

»Was ist mit Feathers?«

»Der findet schon nach Hause.«

»Machst du dir gar keine Sorgen?«

»Warum?«

»Er hat sich komisch benommen. Als würde er mich nicht mehr kennen. Er hat mich sogar angeknurrt.«

Aidan lachte. »Das macht er immer, wenn er durch den Wind ist. Er hat nur den Gewitterkoller. Nach dem letzten Sturm war er eine Woche weg. Du wirst sehen, in ein paar Tagen ist er wieder ganz der Alte.«

neues spiel

Die Schule hatte beim Sturm deutlich mehr gelitten als die Häuser in Jays Straße. Schon von Weitem konnte Jay den Bagger sehen, der auf dem, was am Freitag noch ein asphaltierter Schulhof gewesen war, Schutt und Trümmer zusammenschob. Zerbrochene Schultische ragten daraus hervor und eine Reihe verbogener Spinde. Der Zaun war an mehreren Stellen umgeknickt und auch die Plattenverkleidung des neuen Traktes hatte dem Wind nicht standgehalten. Den größten Schaden hatten jedoch ein Baugerüst und ein Kran angerichtet, die umgestürzt waren und eine Seitenmauer, Oberlichter und ein Stück Dach zertrümmert hatten. Seltsamerweise fiel der Unterricht trotzdem nicht aus. Kurzerhand wurde improvisiert, einige Kurse fanden im »Common« statt, selbst auf den Treppen und in den Fluren hockten die Schüler auf Kisten und zusammengelegten Jacken. Jay fand sich mit den anderen Elftklässlern aus seinem Biologiekurs zusammengepfercht in einem winzigen Raum im alten Trakt wieder. Mr Millar, ein kleiner, gedrungener Mann mit Halbglatze, versuchte das Beste aus der Situation zu machen, allerdings hatte er sich ein eigenartiges Thema dafür ausgesucht. Ohne die Schüler zu begrüßen, knallte er eine Kiste, aus der Staub aufstieg, auf den Tisch und holte eine Handvoll

Federn daraus hervor. Dann begann er einen etwas wirren Vortrag über Falken und Bussarde zu halten und verlor sich schließlich in einem langen Monolog über die Fähigkeit der Schneeeule, den Herzschlag einer Maus sogar unter einer dichten Schneedecke zu erlauschen.

»Ich dachte, sein Kursthema in diesem Jahr ist Genetik?«, flüsterte Jay seinem Nebensitzer zu. Doch der zuckte nur die Schultern. »Ist doch egal.«

Mr Millar grinste. »Fragen zu den heimischen Eulen, Jay?«

Jay schüttelte den Kopf. Offenbar hatte er sich doch noch nicht daran gewöhnt, wie locker in Amerika das Verhältnis zwischen Lehrern und Schülern war.

Er musste sich nicht einmal ansatzweise Mühe geben, Abstand zu Sally zu halten. Als er kurz vor Mittag für den Geschichtskurs in einen anderen Raum wechselte, behandelte sie ihn wie Luft. Allerdings ertappte er Jenna dabei, wie sie ihn mit ernster Miene sehr genau beobachtete.

»Ist was?«

Jenna zuckte nur mit den Schultern. »War ja eine tolle Party«, bemerkte sie nur. Doch ihre dunkel umrandeten Augen schienen vor Ablehnung nur so zu sprühen. Jetzt fragte Jay sich mit Unbehagen, was Sally ihren Freundinnen wohl über ihr Gespräch auf der Fete erzählt haben mochte.

Immerhin überraschte ihn Madison mit einem verhaltenen, aber echten Lächeln, das den ganzen Tag auf der Stelle heller und wärmer machte.

Obwohl alle Schüler sich heute im alten Teil der Schule drängten, war die Schulkantine halb leer. Alex war einer der Ersten gewesen, die ein Tablett mit Hackbraten und Pommes ergattert hatten. Als Jay sich zu ihm an den Tisch setzte, stopfte er sich bereits das letzte Stück Fleisch in den Mund. Er nickte Jay mit vollen Backen kauend zu und aß seelenruhig weiter.

Madison kam zu ihm herüber, stellte ihr Tablett auf seinem Tisch ab und setzte sich so dicht neben ihn, dass sich ihre Beine und Schultern berührten. Bevor er sich darüber freuen konnte, winkte sie allerdings auch noch ausgerechnet Jenna herbei. Als sie sich ihm schräg gegenübersetzte, war ihre Miene immer noch feindselig. *Was hat sie heute nur gegen mich?* Fröstelnd zog er die Jacke enger um die Schultern. Es wehte kalt durch den Raum. Bei einem Blick nach oben entdeckte er die Ursache: Auch in diesem Trakt war eine Wand beschädigt. Durch ein Loch konnte er sogar ein Stück Himmel sehen – und einige Fenster hatten keine Scheiben mehr und waren nur notdürftig mit Plastikfolien verhängt.

»Ich fühle mich wie im Dschungelcamp«, brach er das Schweigen am Tisch.

Jenna und Alex sahen ihn verständnislos an.

»Ihr habt schon mitbekommen, dass ein Hurrikan die halbe Stadt lahmgelegt hat? Warum tut ihr alle so, als sei nichts passiert? Warum redet heute niemand vom Sturm?«

Jenna zuckte mit den Schultern. »Wozu? Das Unglück ist passiert. Wir müssen nach vorne schauen.«

Was ist das denn für ein Spruch? Nun, zumindest passte das zu Onkel Matts glorreichem Bild von den New Yorkern: Egal, wie schlimm es kam, jeder machte weiter, als wäre nichts gewesen.

»Dann bis später beim Spiel«, sagte Alex mit vollem Mund und stand auf.

»Bist du sicher, dass es stattfindet?«, fragte Jay.

»Klar, warum nicht?«

»Vielleicht ist der Park verwüstet? Nur so eine Idee.«

Er zuckte zusammen, als Madison unter dem Tisch nach seiner Hand griff.

»Ich habe heute Morgen im Internet geschaut«, erklärte sie. »Der Park hat nicht viel abbekommen. Das Spielfeld ist unversehrt. Und …«, ihre Finger schlossen sich fester um seine Hand, »… auch das Freilichtkino findet statt.«

Es wunderte ihn, dass sie den Kinobesuch vor Alex und Jenna ansprach.

»Du warst im Internet?«, fragte er, um das Thema zu wechseln. »Das heißt, ihr habt Strom zu Hause?«

»Ihr nicht?«

Jay schüttelte den Kopf. »Nur ab und zu für ein paar Minuten. Die Straßenversorgung in unserem Viertel ist marode und fällt immer wieder aus.«

Alex warf ihm einen abschätzigen Blick zu. »Bis später, Fighter«, sagte er und klopfte zum Abschied auf den Tisch. Das klang heute fast wie eine unterschwellige Drohung. Einen Moment lang fragte sich Jay, ob er Alex letzte Woche und bei der Party vielleicht doch falsch eingeschätzt hatte.

Madison stand auf. »Willst du auch noch eine Cola?«, fragte sie Jenna. Aber Jenna schüttelte den Kopf.

Jay und sie blickten Madison nach, als sie zu der Ausgabe ging. Die Stille zwischen ihnen wurde unangenehm lang.

»Hast du Madison gestern geküsst?«, fragte Jenna plötzlich spitz.

Jetzt fiel ihm die Kinnlade nach unten. Es ging also um ihn und Madison.

»Erstens: Nein«, antwortete er langsam. »Zweitens: Selbst wenn es so wäre, glaube ich kaum, dass dich das was angeht.«

Jennas Augen verengten sich.

Ist sie etwa eifersüchtig? Vielleicht stand sie auf Mädchen und Jay hatte es bisher nur nicht kapiert?

»Ich sage dir nur eines, Jay: Pass auf, was du sagst oder tust. Wenn du Maddy in irgendeiner Weise wehtust, bekommst du nicht nur mit mir Ärger.« *Jetzt bin ich wohl endgültig im falschen Film*, schoss es ihm durch den Kopf.

Jenna stand auf und riss ihr Tablett so grob hoch, dass ihr leeres Glas umfiel und Messer und Gabel mit einem Scheppern gegen den Rand stießen.

»Hey!«, rief er ihr scharf hinterher, aber Jenna rauschte erbost davon, ohne sich noch einmal umzusehen. *Spinnen jetzt alle?*, dachte er missmutig. Er atmete tief durch, griff nach seinem Colaglas und ließ sich gegen die Lehne sinken. Sein Handy piepste und er holte es hervor. Akku leer. Eine rasche Bewegung am Rand seiner Wahrnehmung ließ ihn wieder aufblicken.

Und dann hätte er beinahe Colaglas und Handy fallen gelassen.

Direkt vor ihm, auf Jennas Platz, saß jemand und starrte ihn an. Noch bevor er sie richtig wahrnahm, wusste er bereits, dass *sie* es war. Das hellblonde Haar war wüst zerzaust und auf ihrer Wange prangte ein Schlammfleck. Sie hatte beide Hände flach auf die Tischplatte gelegt. Eine unruhige Spannung lag in ihrer Haltung, als könnte sie jeden Augenblick aufspringen und davonschnellen.

»Hallo«, flüsterte sie und zog den linken Mundwinkel zu einem triumphierenden Lächeln hoch. Jay zuckte zusammen. Es war, als hätte irgendetwas eine Glocke angeschlagen, ein Ton, zu hoch, um ihn wahrzunehmen, dennoch vibrierte die Luft um ihn wie unter Reizstrom. Wie paralysiert starrte er sie an.

Heute trug sie keinen Speer, aber auch so war ihre Kleidung seltsam genug: Grün und braun, als wollte sie sich tarnen. Viel Leder. Ein breiter Streifen aus grauem … Kaninchenfell? … bedeckte ihre Schultern. Sie trug Lederbänder mit Glasperlen um das Handgelenk und über der rechten Schulter ein zusammengerolltes Seil, an dem ein nasses Blatt klebte.

Ihr Blick ruhte auf dem Handy. Ein knappes Rucken mit dem Kinn. »Was hast du da?«

Er wunderte sich nicht einmal darüber, dass sie so etwas fragte.

»Ein Handy.« Er ertappte sich dabei, dass er ebenfalls flüsterte.

Sie legte den Kopf schief und kniff die Augen zusammen. »Aha, und was machst du damit?«

»Telefonieren. »Aber was …«

»Scht!« Sie schreckte hoch und sah sich um. In ihrem Blick lag eine Wachsamkeit, die er nur von Raubtieren kannte. »Wie nennst du dich?« Ihr Flüstern war so leise, dass er die Worte mehr ahnte als hörte.

Er schluckte und versuchte sich immer noch einen Reim auf all das zu machen. *Rollenspielerin?*, war das Einzige, was ihm einfiel.

»Hey! Hör auf zu träumen. Dein Name!«

Er zögerte, aber ihr Blick war so intensiv, dass er nachgab. »Jay.«

»Jay? Wie der Vogel?«

Er brauchte ein paar Sekunden, um zu verstehen, was sie meinte. *Jay* – das bedeutete in seiner neuen Sprache auch Eichelhäher.

Das Verrückteste an dieser Situation war, dass er plötzlich an seinen Vater denken musste. Der einzige Mensch, der ihn Jay genannt hatte. *Was, wenn er auch den Eichelhäher meinte und gar nicht den Buchstaben, als er mich Jay nannte? Und wenn ja, warum?*

»Und *sie*?«, fragte das Mädchen. »Nennt sie dich auch Jay?«

»Klar, was soll die Frage?«

»Ah, dachte ich es mir doch«, kam die knappe Antwort.

»Wer bist du?«

Sie blickte sich hastig um und leckte sich über die Lippen. »Das darf ich dir nicht sagen.«

»Du *darfst* nicht?«

»Bist du taub? Nein! Und du darfst keinem verraten, dass du mich gesehen hast.«

Eine Gruppe von Schülern lief schnatternd und lachend zu einem Tisch. Das Mädchen schien keiner von ihnen zu bemerken. Doch die Fremde schoss hoch und wollte davonschnellen.

»Halt! Warte!«, flüsterte er. »Wie heißt du?«

Sie schien zu ahnen, dass er sie ohne eine Antwort nicht gehen lassen würde. Ihr Blick irrte nervös umher.

»Nenn mich …«, ihr Blick richtete sich auf etwas hinter ihm. Ihre Miene hellte sich auf. »Ivy!« Sie riss verblüfft die Augen auf und deutete nach links. »Oh nein, wer ist das denn?« Er sah sich um und begriff im selben Moment, dass es nur ein Ablenkungsmanöver gewesen war. Als er sich ihr wieder zuwandte, war sie fort – wie weggeschnippt.

Und er saß immer noch mit rasendem Herzen da, das Handy in der Rechten, das Colaglas in der Linken. Nur dass es kein Glas mehr war, sondern – er starrte fassungslos darauf – ein … Blatt? Tatsächlich. Ein zusammengerolltes Blatt, in dem Wasser war. Ein schwarzer Käfer zappelte darin um sein Leben. Erschrocken ließ er es fallen. Das Geräusch von splitterndem Glas ließ die anderen Schüler herumfahren. Scherben zerstreuten sich über den Boden. Die größte Scherbe des Colaglases schaukelte ein paarmal hin und her und blieb dann genau zwischen seinen Füßen liegen.

Ich drehe durch, war Jays erstaunlicherweise sehr sachlicher Gedanke. *Wie mein Vater. Als Nächstes fange ich an, mit Kojoten zu sprechen, die nur ich sehen kann.*

Er hörte nicht auf die spöttischen Kommentare von den Nebentischen, sondern sammelte hastig die Scherben ein und legte sie auf das Tablett. Wenig später kam Madison mit zwei Colagläsern zurück und stellte ihm kommentarlos eines hin. »Danke«, sagte er leise.

»Ist was? Du wirkst, als hättest du ein Gespenst gesehen.«

Jay schluckte. *Ja, ich sehe so was wie ein Elfenmädchen. Sie taucht auf und verschwindet. Und sie wirkt, als würde sie in einem Wald leben, den es in New York nicht gibt.*

Wirklich eine gute Methode, Madison schon vor ihrem ersten offiziellen Date zu vertreiben.

»Alles okay«, antwortete er heiser.

Aber immer noch verstörte ihn das Bild des Käfers, der im Wasser gezappelt hatte. Und Ivy? *Es muss eine Erklärung geben! Egal welche, Hauptsache eine … andere.*

Madison musterte ihn immer noch besorgt.

»Jenna und du, ihr seid befreundet?«, fragte er, um das Thema zu wechseln. »Neulich hast du gesagt, sie gehört nicht zu deiner Clique.«

»In der Schule ist es etwas anderes. Wir kennen uns schon seit dem Kindergarten – sie wohnt direkt neben mir. Bist du fertig? Wir müssen zum Kurs.«

»Gleich.« Misstrauisch betrachtete er die Cola. Kein Käfer. Trotzdem kostete es ihn Überwindung, das Getränk hinunterzustürzen. Es schmeckte ganz normal. Erleichtert stand er auf. Und dennoch hatte er plötzlich ein unangenehmes, kribbelndes Gefühl im Nacken. Bei der Tür warf er einen raschen Blick über die Schulter. Ivy war nicht da. Aber jetzt erkannte er, was sie betrachtet hatte, als sie auf der Suche nach einem Namen war. Auf dem Fensterbrett lag ein Efeublatt, das der Wind hereingeweht hatte. *Ivy,* dachte er. *Efeu.*

*

Am Rand des abgesteckten Trainingsfeldes türmten sich die Reste des Sturmes – Schutt und ein paar Äste. Nach den Schulstunden auf engstem Raum tat es unendlich gut, sich bewegen zu können. Die zwei Mannschaften waren vollzählig, wenn sich Jay auch darüber wunderte, dass sie keinerlei Ausrüstung hatten, weder Knieschoner noch Zahnschutz, nicht einmal einheitliche Shirts, wie er es von den Fotos anderer Austauschschüler kannte. Die gegnerische Mannschaft wirkte wie eine Vorstadtgang, die sich schon beim Training den Spaß machte, Alex und seine Leute anzurempeln und zu provozieren.

»Behalte Pete gut im Auge«, sagte Alex zu Jay.

Jay betrachtete mit einem mulmigen Gefühl den größten Spieler der Gegenmannschaft. Vage erinnerte er sich daran, dass auch Madison ihn schon vor ihm gewarnt hatte. Allerdings hatte sie dabei nicht erwähnt, dass Pete wie ein mutierter Bullterrier wirkte – nicht besonders groß, dafür aber circa zwei Meter breit. Und davon war jeder Zentimeter mit Muskelmasse bestückt.

»Kennst du dich mit Football aus?« Alex hatte von irgendwoher einen Ball hervorgeholt. Er sah aus wie ein verbeulter, schlammgrüner Fußball, der deutlich zu wenig Luft hatte und definitiv kein Football war.

»Ich … habe ein paar Spiele im Fernsehen gesehen«, antwortete Jay zögernd.

Alex verzog den Mund zu einem verächtlichen Lächeln. »Vergiss das alles. Ich habe dir gesagt, bei uns wird richtig gespielt. Siehst du die Linie da drüben? Du musst den Ball hinter die Linie bringen. Wie du das machst, ist deine Sache.«

»Keine Regeln?«

»Beiß keinem ein Ohr ab«, meinte Alex trocken. »Aber pass trotzdem auf deine Ohren auf.«

Er warf ihm den Ball zu und stieß einen scharfen Pfiff aus. Drei Sekunden später lag Jay mit blutender Nase im Schlamm und fluchte. Der Pulk balgte sich um ihn herum um den Ball. Er hörte wüstes Gebrüll und sah verzerrte Münder. Er rappelte sich auf und entdeckte die Zuschauer am Spielfeldrand. Spaziergänger, ein Hotdog-Verkäufer und eine Handvoll Mitschüler. Sie klatschten und feuerten die Teams begeistert an, als wäre das ein ganz normales Spiel und keine Mischung aus Wettlauf und Massenschlägerei.

Was zum Teufel soll das?

»Los, Jay!«

Der Ball segelte ihm entgegen und er fing ihn noch im Liegen reflexartig auf. Was bedeutete, dass er nur noch eine Wahl hatte: Aufstehen und rennen – oder untergehen. Er sprang auf, zog den Kopf ein und stürzte los. Nur um nach zehn weiteren Metern auf Pete zu treffen. Neunzig Kilo Masse bremsten seinen Sturmlauf. Jay keuchte auf, als eine Faust ihn mitten in die Rippen traf. Für einen Moment wollte er einfach nur im Reflex zurückschlagen, als ein Bild aufblitzte. Ein Déjà-vu, so unangenehm wie eiskalte Schmutzbrühe, die ihm jemand ohne Vorwarnung in den Kragen schüttete. Wie in einer Blitzlichtaufnahme sah er Charlies Gesicht vor sich. »Du taugst einfach nichts«, zischte seine Mutter ihm zu. »Genau wie dein Vater!«

Er lockerte seine bereits zur Faust geballte Hand und versuchte Pete stattdessen auszuweichen. Die Quittung kam in Form eines Rammstoßes mit der Schulter gegen seine Hüfte, der ihn aushebelte. Kalter Schlamm tränkte sein Sweatshirt. Und zu allem Überfluss entdeckte er Madison am Rand des Feldes. *Mist.* Jetzt konnte sie zusehen, wie Pete & Co ihn wie einen Verlierer in den Boden stampften. Und als ob es nicht schlimmer kommen könnte, stand neben ihr Jenna mit einem schadenfrohen Grinsen.

»Mann, warum kämpfst du nicht?«, schnauzte Alex ihn an. Jay erkannte den smarten Teamchef aus der Schule kaum wieder. Er fletschte vor Wut die Zähne, während die Gegenmannschaft den Punkt bejubelte.

»Weil das ein Foul wäre!«, brüllte Jay zurück. »So spiele ich nicht – ich bin kein Schläger, verstanden?«

»Dann wirst du wohl heute verlieren.«

Als Jay sich mühsam wieder aufrappelte, buhte das Publikum ihn aus. Jetzt kam die Wut so jäh, dass er den Schmerz völlig vergaß. Neuer Anpfiff, der Ball wurde wieder ins Spielfeld geworfen.

»Jay, hol ihn dir!«, rief Madison ihm zu.

Das machte es nur noch schlimmer. Für einen irrealen Moment glaubte er, beide Stimmen zu hören, die sich überlagerten: Madison, die ihn anfeuerte – und Charlie, die ihm einflüsterte, dass er genauso war wie sein Vater, wenn er seine Kraft spielen ließ. *Du taugst nichts*.

Alex stoppte neben ihm.

»Was ist los mit dir?«, fuhr er Jay an. »Wenn du nicht mitspielen willst, geh heim zu deiner *Mom*, aber lauf den anderen nicht vor den Füßen herum, klar?«

Das saß. Er hätte sich umdrehen und gehen sollen. Er konnte beinahe hören, wie Charlie ihm einen Vortrag hielt: *Steh auf und geh. Nur ein dummer, hirnloser Idiot lässt sich provozieren*. Aber es gab noch eine andere Stimme. Seine eigene, auch wenn er sie kaum hörte: *Und was hätte Zweiherz getan?* Darüber musste er gar nicht nachdenken, er spürte die Antwort. Adrenalin flutete seinen Körper und ließ ihn alles gestochen scharf wahrnehmen. *Wenn schon nicht der Stärkere, dann der Schnellere. Und ich hole wenigstens einen verdammten Punkt!* Er sprang auf, lief los und fischte den Ball aus der Luft. Pete und zwei andere Spieler schossen wieder auf ihn zu.

Als Pete ihm ein Bein stellte und nach dem Ball griff, brachte Jay ihn mit einem Kampfsportgriff zu Fall. Die Zuschauer kreischten auf. Er raste über das Feld, drängte die anderen ab, wich Schlägen aus und erreichte die Linie. Alex riss die Fäuste hoch und brüllte vor Triumph.

Plötzlich war es ganz leicht, alles andere von sich zu schieben. Jennas kritische Blicke, Charlies vorwurfsvolle Miene, und sogar seinen Fäuste schwingenden, kämpferischen Vater. Da war nur noch Madison, die ihm zulachte und ihn aus voller Kehle begeistert anfeuerte. Es geschah etwas. Jetzt, als er sich darauf einließ, wurde es unmerklich mehr und mehr zu *seinem* Spiel. Wenn er antäuschte und Ausfallschritte machte, war Pete völlig überfordert und die anderen schlicht zu langsam. *Fast wie mit Feathers Ball zu spielen*, dachte er und hätte beinahe gegrinst. Er zählte nicht mehr die Punkte, alles begann zu fließen. Inzwischen war es dämmrig geworden. Obwohl es Lampen am Spielfeldrand gab, schaltete sie niemand ein. Es war gespenstisch, im Halbdunkel weiterzuspielen, aber gleichzeitig wurde es noch spielerischer, leichter. Sogar Petes grimmige Miene hellte sich auf. Und dann pfiff keiner mehr, es ging nur noch darum, sich gegenseitig den Ball abzujagen. Die Mannschaften verschmolzen, bis es nur noch eine einzige große Gruppe voller Einzelkämpfer und wechselnder Zweierteams war. »Klasse, Mann!«, schrie Alex, als Jay nach einem Hechtsprung den Ball an die Brust drückte und sich abrollte, um den Schwung zum Hochkommen zu nutzen. Niemand pfiff ab. Erst als die Spieler träge wurden und die Lust verloren, versandete das Spiel langsam. Irgendwann blieb der Ball liegen und keiner hob ihn auf. Die Spieler holten ihre Taschen und Rucksäcke vom Spielfeldrand und begannen sich zu zerstreuen. Pete spuckte aus und grinste Jay zum Abschied zu. »Gutes Spiel!«

Alex kam zu ihm und klopfte ihm auf die Schulter. Sein Gesicht glühte und er strahlte. »Du passt gut ins Team«, sagte er anerkennend.

»Danke – und wie nennt ihr das Ganze?«

»Feldfootball. Bist du beim nächsten Mal wieder dabei?«

Jay blickte an sich hinunter. An seinem Sweatshirt klebten Schlamm und ein paar getrocknete Blutflecken, über dem Schlüsselbein klaffte ein Riss. Und an seiner verdreckten Hose haftete ein kleines Büschel wolliger brauner Haare, die definitiv nicht von ihm stammten. Kurz: Er sah aus wie Charlies schlimmster Albtraum. *Aber der verrückte Robin Callahan wäre stolz auf mich.* Und er ertappte sich dabei, wie er bei diesem Gedanken lächeln musste. »Bin dabei!«

»Jay!« Er hatte sich kaum zu Madison umgedreht, als sie schon in seinen Armen lag und ihn an sich drückte. Und plötzlich war auch der Schmerz seiner Prellungen vergessen und er war einfach nur stolz und glücklich. Jenna trat ebenfalls hinzu und verschränkte die Arme. »Ganz ordentlich gespielt«, gab sie widerwillig zu.

Sie und Madison wechselten einen langen Blick, der wohl ein telepathisches Zwiegespräch beinhaltete, dann schulterte Jenna ihre Tasche und zwang sich zu einem Lächeln. »Bis gleich!«

Jay brauchte eine Weile, um zu begreifen, was sie damit meinte. Er sah an sich hinunter. »So kann ich nicht ins Kino.«

»Unsinn«, erwiderte Madison. »Zieh einfach die Jacke drüber – viele der Spieler schauen sich das Freilichtprogramm direkt nach dem Spiel an.« Sie hob seine Jacke auf und warf sie ihm zu. Dann stahl sich ihre Hand ganz selbstverständlich in seine Rechte. »Und soll ich dir was sagen? Du gefällst mir – auch mit einem Schlammfleck auf der Stirn. Du siehst aus wie ein Krieger, der um seine Frau gekämpft hat.«

blade runner

Wenn er gehofft hatte, mit Madison endlich einmal allein zu sein, wurde er enttäuscht. »Jenna hält uns in den vorderen Reihen Plätze frei«, sagte Madison, als sie den Platz überquerten.

»Es wundert mich, dass ausgerechnet dieser Film sie interessiert.«

»Tut er nicht. Aber sie ist der Meinung, dass ich mich besser nicht mit dir einlassen sollte.«

»Jenna kann mich mal!«, erwiderte er verärgert. »Sie weiß überhaupt nichts über mich und erlaubt sich ein Urteil?«

Madison lachte und schmiegte sich an ihn. »Ich habe mir mein Urteil schon gebildet.« Sie lehnte im Gehen ihren Kopf an seine Schulter, und er genoss das Gefühl, wie ihr glattes Haar warm über seine Halsbeuge strich. Und in diesem Moment war ihm Jenna völlig egal.

»Du hast wirklich gut gekämpft«, sagte sie leise. »Machst du Kampfsport?«

»Ja, früher mal eine Weile. Aber vor ein paar Monaten habe ich aufgehört.«

»Warum?«

Die Wahrheit, Madison? Weil ich nicht der nette Typ bin, für den du mich hältst.

»Es war einfach nicht mehr mein Ding.«

Zum Glück nickte sie nur und fragte nicht weiter.

Eine Bewegung im Augenwinkel lenkte ihn ab. Einen Moment lang fürchtete er fast, es könnte wieder das blonde Mädchen sein. Ihr Bild störte seine Gedanken wie ein misstönender Gong. Beunruhigt sah er sich um und schalt sich sofort dafür, dass er sich so leicht aus der Ruhe bringen ließ. Es war nur ein Obdachloser. Er lungerte neben einem Wegweiser zum Freilichtkino herum und grinste Jay herausfordernd an. Er mochte vierzig Jahre alt sein, trug einen abgeschabten Mantel, der ehemals vielleicht einem Banker gehört hatte, und einen völlig verfilzten Schal. Seine Füße steckten in etwas, das nur ganz entfernt an Stiefel und viel eher an zusammengeschnürte Lumpen erinnerte.

»Neu in der Stadt, was?«, rief ihm der Obdachlose hinterher, als sie den Eingang passierten. »Habe dich noch nie gesehen.«

Wäre bei acht Millionen Einwohnern ja auch ein Wunder, dachte Jay missmutig.

»Und dann gleich zwei Mädchen«, schrie der Mann und lachte. »Hast du keinen Anstand, Mann?«

Jetzt lief Jay doch ein Schauer über den Rücken. Er ertappte sich dabei, wie er den Blick über die Bäume und Sträucher schweifen ließ, in Erwartung, Ivy zu entdecken. Aber offenbar war der Mann nur ein Madman, einer der Verrückten, die Stimmen hörten und in der U-Bahn Leute beschimpften.

Das Freilichtkino war hell erleuchtet, blaue Lampions hingen in den Bäumen und verbreiteten künstlich kühles Licht. Die Besucher suchten sich auf Klappbänken und Plastikstühlen ihre Plätze vor der Leinwand, die vor einer hohen Backsteinmauer aufgespannt war. Zu seiner maßlosen Überraschung entdeckte

Jay seinen Cousin am Rand des Platzes. Ihn und einige seiner Freunde, die offenbar alle Fans desselben Tattoo-Studios waren.

»Oh nein, Aidan & The Bad Guys«, sagte er zu Madison. »Was sucht der denn ausgerechnet im Kino?«

»Was schon?«, erwiderte Madison feixend. »Mädchen!«

Jenna winkte ihnen von einer freien Bank aus zu. Dann gingen die großen Lichter aus. Sie konnten sich gerade noch hinsetzen, als auch schon der Vorspann über die Leinwand flimmerte.

Jay erinnerte sich daran, dass er sich noch vor einer Woche den Kinobesuch als romantisches Erlebnis vorgestellt hatte. Das erste offizielle Date. Und nun saß er mit Jenna und Madison hier, in Trainingsklamotten unter der Jacke und getrocknetem Schlamm im Haar, und alles war anders. Er fror, der Geruch nach nassem Fell fing sich in seiner Nase, und als er den Kopf wandte, bemerkte er, dass der Obdachlose ihn interessiert beobachtete. Der Wind kam aus seiner Richtung, vermutlich roch er so penetrant nach Hundezwinger.

Madison schien all das überhaupt nicht zu stören. Heute in der Pause hatte sie seine Lieblingsstellen aus Matrix und zwei anderen Filmen zitiert. Aber jetzt blickte sie auf die Leinwand, als hätte sie noch nie einen Film gesehen, mit leicht geöffnetem Mund und großen, staunenden Augen, völlig gefangen genommen von den Bildern. Wenn eine Szene spannend war, krampften sich ihre Finger schmerzhaft fest um seine Hand. Noch nie hatte er erlebt, dass jemand sich so bedingungslos in eine Geschichte fallen lassen konnte.

Was ihn betraf, war es wohl wirklich lange her, dass er den Film gesehen hatte. Jedenfalls konnte er sich nicht daran erinnern, dass Katzen durch die Straßen der Zukunftsstadt liefen.

Er blinzelte, als die Beleuchtung ohne Vorwarnung wieder aufflammte. Noch während der Abspann lief, sprangen die meisten schon auf und strömten in Richtung Ausgang. Jay und den Mädchen blieb gar nichts anderes übrig, als ebenfalls aufzustehen.

Sofort wurden sie in Richtung eines alten Baumes neben dem Kassenhäuschen geschoben. Jay stützte sich am Stamm ab. Ein Lampion schaukelte über seinem Kopf und warf bläuliches Licht auf die Rinde. Kurz erhaschte er einen Blick auf ein Symbol, das so wirkte, als sei es ganz frisch in die Rinde geritzt worden. Ihm wurde auf der Stelle heiß. Der Umriss eines… Efeublattes?

Als er nach oben blickte, fiel etwas aus seinem Haar auf seine Schulter. Ein großes braunes Samenkorn, das nun abrutschte und vor seinen Füßen landete. Dort lagen Dutzende von Samen. Dann wurde Madison gegen ihn gedrängt und er nahm sie in die Arme, um sie abzuschirmen. »Komm, raus aus dem Gedränge«, sagte Madison und zog ihn hinter den Baum.

»Hey, Maddy!« Aidan drängte sich durch den Strom. Im nächsten Moment waren Madison und er in ein Gespräch vertieft. Jenna trat hinzu, und plötzlich hatte Jay den Eindruck, am Rand einer verschworenen Gemeinschaft zu stehen.

»Wir gehen noch in Jimmy's Diner«, sagte Aidan. Er blitzte Jay ein arrogantes Lächeln zu und legte wie beiläufig die Arme um beide Mädchen. »Kommt ihr mit?«

»Nein«, sagte Jay eine Spur zu barsch. Madison war verblüfft, aber sie ließ sich von ihm zum Ausgang ziehen. Mit klopfendem Herzen sah er sich um. Nein, heute hatte er sich nichts eingebildet. Die Efeuzeichnung prangte immer noch am Stamm.

»Was sollte das denn?«, flüsterte Madison ihm zu.

Erst als sie außer Sichtweite waren, blieb er stehen. »Entschuldige. Das muss komisch gewirkt haben. Aber ich … will einfach mal mit dir allein sein.«

Das war keine Lüge, zumindest redete er es sich ein.

Sie strich sich die Haare mit einer anmutigen Geste hinter das Ohr und betrachtete ihn mit schief gelegtem Kopf. Nach einer Weile lächelte sie. »Komm mit, ich zeig dir etwas! Aber dafür müssen wir ein Stück durch den Park – zur anderen Seite in Richtung Parkplatz.«

Der Weg führte sie im Bogen weg vom Freilichtkino zu einem Teil des Parks, der dichter bewachsen war. Nach ein paar Minuten war es, als seien sie die einzigen Menschen weit und breit, selbst der Verkehrslärm war gedämpft.

Zum ersten Mal allein, dachte Jay. Plötzlich fühlte er sich befangen. Er ertappte sich dabei, wie er nach Worten und Themen suchte. Erst als sie im Gehen zu ihm hochsah und ihm zulächelte, entspannte er sich. Am Himmel leuchteten die ersten Sterne und ein Mond, der zu schwer für den beginnenden Abend schien.

Jay strich mit dem Daumen behutsam über den Rücken von Madisons Zeigefinger und genoss die Wärme ihrer Hand. »Du bist wirklich das einzige Mädchen, das immer warme Hände hat«, murmelte er.

»So? Wie viele Mädchen hast du denn schon berührt?«

Na toll, Jay!

»Nein, ich meinte doch nur …«

»Zu spät.« Sie lachte, aber irgendwie passte die Ironie heute nicht zu ihr. Es hörte sich nicht echt an. *Wir kennen uns wirklich kaum.*

»Komm, wir sind gleich da!«

Nach ein paar Schritten blieb Madison direkt vor einem Baum

mit unglaublich dickem Stamm stehen. Sie ließ seine Hand los und legte beide Hände fast zärtlich auf die glatte Rinde. Sogar im Mondlicht konnte er erkennen, dass im Stamm unzählige Herzen und Namen eingeritzt waren. »Der älteste Baum Brooklyns«, flüsterte Madison. »Er hat sogar einen Namen. Die Leute nennen ihn *Forever* – viele glauben daran, dass man seine Initialen in seine Rinde ritzen muss, damit eine Liebe ewig hält.«

Jay musste sich räuspern. »Glaubst du daran?«

»Natürlich nicht. Das ist Aberglaube für kleine Mädchen. Aber vielleicht muss man ja einfach nur verliebt genug sein?« Im Mondlicht wirkte ihr Lächeln sanfter und noch geheimnisvoller. »Manche Leute sagen, wenn man sich hier küsst, findet man heraus, ob es der Richtige ist.«

Er versuchte ein letztes Mal, die spröde Madison wiederzufinden, die er aus der Schule kannte, aber sie war … *wie Tag und Nacht*.

»Ist das ein Test, ob ich doch auf Esoterik stehe?«, fragte er mit einem Lächeln. »Wenn ja, muss ich dich enttäuschen. Ich weiß auch ohne Mond und Baum, ob ich verliebt bin. Das mit dem Kuss allerdings …«

Im Baum über ihnen flatterte eine Taube auf und entfernte sich mit weichen Flügelschlägen. Eine Flaumfeder trieb durch die Luft und landete auf Madisons Haar. Sie wich nicht zurück, als er die Feder aus dem Haar zupfte und ihr mit dem Handrücken behutsam über die Wange strich. Es war ein kleiner, funkelnder Moment von Nähe. Es glühte warm in seiner Brust auf, als sie den Kopf schief legte und ihre Wange in seine Hand schmiegte. Ob der Mond nun ein beschienener Fels war oder nicht, das hatte definitiv etwas Magisches. Behutsam umfasste er mit beiden Händen ihr Gesicht und beugte sich über sie. Die

Mädchen, die er bisher geküsst hatte, hatten immer die Augen geschlossen, noch bevor sich ihre Lippen berührten. Madison aber sah ihn immer noch an. Es war irritierend und es war trotzdem perfekt. *Zu perfekt. Vermutlich träume ich …*

Ein brechender Zweig knackte laut wie ein Schuss und ließ sie beide zusammenzucken. Es war nur ein kurzer Blick, den Jay über Madisons Schulter warf, nur eine Augenbewegung, und doch änderte es alles.

»Was ist?«, fragte Madison.

Die Magie des Moments verpuffte. Madison griff nach seinen Handgelenken, entzog sich ihm und blickte über die Schulter, aber das, was er eben noch flüchtig erahnt hatte, war verschwunden. Erst als sie sich ihm erneut zuwandte, sah er es wieder: einen hellen, flüchtigen Fleck im Schatten, der ein Gesicht sein mochte. Und der metallische Mondglanz einer Klinge. Jetzt verwandelte sich auch der letzte Rest Zauber in kalten Schreck. *Weg von ihr!*

»Madison«, flüsterte er, »komm mit.«

»Was …«

Er legte den Arm um ihre Schultern und zog sie hinter den Baum.

»Bitte frag nicht. Komm einfach mit.«

Es kostete ihn Überwindung, ruhig zu bleiben, obwohl ihm das Blut in den Ohren rauschte. Und zum Glück folgte ihm Madison, als er auf den Weg zuhielt, der zum Ausgang führte. Erst beim Parkplatz blieben sie stehen. Niemand war ihnen gefolgt.

»Was war da hinten?«, fragte Madison atemlos. »War da jemand?«

Jay schluckte. Hier, wo er die Geräusche der Stadt wieder wahrnehmen konnte, erschien es ihm plötzlich so lächerlich, vor einem Phantom wegzulaufen, dass er sich schämte.

»Ich … dachte, ich hätte jemanden gesehen.«

»Wen?«

Ein Mädchen. Fast wäre ihm diese Antwort rausgerutscht. Seltsamerweise kam ihm in diesem Moment Ivys Ermahnung in den Sinn, nichts zu verraten. »Keine Ahnung. Tut mir leid, ich wollte dir keine Angst machen.« So weit war es nun auch schon: Er gehorchte einer Fata Morgana.

Immer noch lag sein Arm um Madisons Schulter, er spürte, wie sie sich mit einem Mal versteifte. »Weißt du es wirklich nicht oder willst du es mir nicht sagen?« Sie sah wieder in Richtung Park. Man hörte nun ein paar Stimmen von anderen Leuten und das schrille Kläffen eines kleinen Hundes. »Da war nicht zufällig ein anderes Mädchen?«, fragte Madison. »Sally? Wolltest du nicht, dass sie uns zusammen sieht?«

Wenn ihn die absurde Frage nicht so verblüfft hätte, hätte er sicher gelacht.

Ihre Augen wirkten im Dunkel fast schwarz.

»Ich habe dir doch gesagt, Sally interessiert mich nicht.«

Sie schluckte schwer. »Okay«, sagte sie zögernd. Die Verletzlichkeit in ihrem Tonfall brachte ihn noch mehr aus der Fassung als ihr plötzliches Misstrauen eben. »Sehe ich wirklich aus, als würde ich es nicht ernst meinen, Madison?«, sagte er sanft. »Würde ich mich sonst auf dieses ganze Dating-Getue einlassen?«

Das brachte sie wieder zum Lächeln. »Entschuldige. Es ist nur … ich mag keine Spielchen.«

Obwohl sie immer noch lächelte, sah sie fast traurig aus.

»Ich spiele nicht mit dir, Madison!« Eine Sekunde zögerte er, noch eine, dann wagte er es einfach, legte die Arme um sie und zog sie an sich. Und sie schmiegte sich sofort in seine Umarmung und umklammerte ihn so fest, als wollte sie verhindern, dass er sich einfach auflöste und verschwand.

»Soll ich ehrlich sein?«, sagte sie leise. »In Wirklichkeit halte ich auch nichts von dem Dating-Getue.«

Dann schlang sie ihre Arme um seinen Nacken und küsste ihn – und es war ihm völlig gleichgültig, dass seine geschundene Lippe höllisch wehtat. Der Schmerz löste sich auf und wurde zu dieser Wärme, die ihn durchglühte, bis es nur noch sie und ihn gab. Als sie sich atemlos und ein wenig benommen voneinander lösten, wollte er sie festhalten, doch sie entzog sich sanft seiner Umarmung. »Bis morgen, Jay!« Dann konnte er ihr nur noch hinterherschauen, wie sie zur Ampel rannte und in der nächsten Seitenstraße verschwand.

mannahatta

Jay war immer auf alles gefasst, wenn er Onkel Matts Haus betrat, aber als er heute in die Küche kam, prallte er zurück. Im Schein einer batteriebetriebenen Lampe glotzte ihn ein totes Schwein an. Genauer gesagt ein halber Schweinekopf auf einem Tablett. Das perfekte Szenario für einen Horrorfilm – in der spärlich erleuchteten Küche türmten sich auf Tellern und in Töpfen Berge von rohem Fleisch. Es roch stechend nach nassem Eisen. Matt hatte sich ein löchriges Küchentuch als Schürze umgebunden und schnitzte an einem Fleischbrocken herum, den er von Silberhaut und Sehnen befreite. Er zuckte nicht einmal mit der Wimper, als er Jay in der Tür stehen sah. »Prügelei, was?«, sagte er nur trocken. »Hast du wenigstens gewonnen? Ach was, ich will es gar nicht wissen.« Dann wandte er sich wieder seinem Gemetzel zu.

»Schlachtfest, was?«, konterte Jay. »Bist du unter die Serienmörder gegangen?«

Matt gab nur ein Schnauben von sich.

»Ist Feathers wieder da?«

»Nein, aber Linda hat ihn heute gesehen. Streunt noch herum.«

Onkel Matt deutete mit dem Messer auf einen Wäschekorb voller Tiefkühlpizzen, der auf dem Herd stand. »Sieh dir das an, das wird alles verrotten. Beide Tiefkühltruhen sind randvoll – die eine habe ich ans Notstromaggregat gehängt, aber spätestens übermorgen können wir auch den Rest wegschmeißen.«

»Ist die Stromversorgung jetzt endgültig zusammengebrochen?«

Es hätte ihm gleich auffallen müssen: verdächtige Stille im Haus. Normalerweise zischte, gluckerte und polterte die mit Dampf betriebene Heizung so laut, dass es Jay manchmal nachts aus dem Schlaf riss, weil er glaubte, Schüsse zu hören, aber jetzt war es gespenstisch ruhig.

»Nur in unserem Viertel«, erklärte Matt genervt. »Typisch. In Manhattan führen sie sich auf, als müssten sie die nächste Eiszeit überleben, aber Strom haben sie! Wir können nicht mal den Herd anwerfen. Und die Gasflaschen sind alle ausverkauft.«

»Warum grillen wir es nicht einfach? In der Werkstatt ist es so kalt, dass sich gebratenes Fleisch bestimmt eine Woche hält.«

»Tolle Idee, Schnellzünder. Was glaubst du, was ich vorhabe?«

Jay entdeckte einen riesigen verrosteten Grill in der Ecke. Im Geiste sah er das Haus schon in Flammen aufgehen. Aber er sparte sich einen Kommentar.

Matt wischte sich die Hände an dem Geschirrtuch ab und warf es in Ecke der Spüle. »Du siehst ja völlig fertig aus.«

Jay konnte nicht anders, als zu lächeln. Plötzlich war Madison wieder ganz nah: ihr Lachen und diese Verletzlichkeit, die ihn so sehr berührt hatte. *Ich bin tatsächlich verliebt!*, dachte er verwundert. *Und es ist kein Traum.* Er konnte sie anrufen und sie würden sich morgen wieder sehen. Das war sein neues Leben.

Im Bad wusch er sich fröstelnd mit eiskaltem Wasser und zog sich um. Dann griff er zum Handy. Nur um festzustellen, dass der Akku immer noch leer war.

Er ließ sich auf den Badewannenrand sinken und rieb sich die Augen. Er war aufgedreht und wie in Trance – und gleichzeitig, das spürte er jetzt erst – hundemüde und ziemlich durcheinander. Seine Euphorie verwandelte sich in eine seltsame nagende Sehnsucht. »Madison«, flüsterte er. Verrückt, dass man gleichzeitig so überwältigt und völlig durch den Wind sein konnte. *Und beinahe hätte ich es versiebt. Wegen Ivy.*

Ivy.

Das ernüchterte ihn sofort. Er hob die Taschenlampe und richtete den Lichtkegel auf das Badfenster. Das Licht streifte die äußersten nackten Äste des Amberbaums. Einer wippte im Wind, als würde er höhnisch winken. Jay sprang auf und riss die Jalousie herunter. Schwer atmend starrte er die vergilbten Plastiklamellen an. Plötzlich hielt er es im Haus keine Minute länger aus. »Matt? Ich gehe noch eine Runde und sehe nach dem Hund!«

*

Erst nachdem er mehrere Straßen entlanggerannt war, hatte er sich wieder so weit aufgewärmt, dass nicht jeder Laufschritt schmerzte. Langsamer joggte er weiter. Der regelmäßige Takt trug ihn durch eine Welt von flirrenden Ampellichtern. Der kalte Oktoberwind glitt an ihm ab. Nach und nach wurde er etwas ruhiger. Aber erst als er von Weitem die Kuppel der russischen Kirche sah, merkte er, dass sein Weg ihn wie durch Zufall zurück zum McCarren-Park führte. An der Kreuzung blieb er stehen. Wie um sich selbst etwas zu beweisen, pfiff er nach dem Hund. Kein Bellen antwortete ihm, nur eine Feuerwehrsirene heulte irgendwo im Viertel auf. Ein paar Kneipengänger drängten sich an ihm vorbei und gingen plaudernd weiter.

»Geh wieder zurück«, sagte er leise zu sich selbst. »Vergiss es und hör auf zu spinnen, Ivy war nicht im Park. Weil sie nur in deinem Kopf existiert.«

Als er den Namen aussprach, war es, als wäre er plötzlich endgültig nüchtern geworden. Er fröstelte und zog seine Jacke enger um die Schultern. Der Wind schien schlagartig ein paar Grad kälter geworden zu sein. Irgendwo schrie ein Nachtvogel. Der Eingang zum Park war dunkel, Stille schien im Schatten mit angehaltenem Atem zu warten. Doch dann bildete er sich ein, irgendwo ein leises Winseln zu hören.

In der Nähe des Parkplatzes flackerten elektrische Fackeln, die bläulich leuchteten, als Wegweiser. Aber Jay sah nur noch wenige Autos, und als er kurz darauf den Park betrat, schien dieser leer. Müll und Plastikbecher lagen überall herum. Langsam ging er zum Freilichtkino hinüber. Bei dem Baum neben dem Kassenhäuschen blieb er stehen und ließ den Blick nervös über die Bäume schweifen. Wind rauschte in den Kronen und übertönte sogar kurzzeitig den fernen Straßenlärm.

»Ivy?« Im selben Moment kam er sich lächerlich vor. *Ich sollte zu Hause sein und von meiner Freundin träumen, stattdessen rufe ich nach einer Wahnvorstellung.*

Natürlich geschah gar nichts. Hatte er wirklich erwartet, dass sie hier auf magische Weise vor ihm erscheinen würde? Das wäre ein Fressen für Sally und Jenna: *Jay sucht nachts im Park nach Elfen.*

Er pfiff ein letztes Mal nach Feathers, dann machte er abrupt kehrt und ging zurück in Richtung Ausgang – mit energischen Schritten, sorgfältig darauf bedacht, nicht so zu wirken, als würde er weglaufen. Überlaut knirschten seine Sohlen auf zerbrechenden Plastikbechern und Laub. Er war schon fast an dem letzten Baum vor dem Ausgang vorbei, als etwas ihn stutzen ließ. *Ein Echo? Hier?* Ruckartig blieb er stehen. Noch einmal erklang die nicht ganz gelungene Imitation seines Pfiffs, dann hörte er ein ängstliches Winseln, das ihn herumfahren ließ.

»Suchst du den hier?«, rief eine spöttische Stimme.

Der Hund zappelte in einem löchrigen Plastiknetz, das unter einem krummen Baum an einem Seil dicht über dem Boden baumelte.

Jay schnellte vor und fasste nach dem Bündel, das sich im selben Moment seinem Griff entzog und nach oben schnellte. Ohne nachzudenken, stürzte er zum Stamm und sprang zum untersten Ast hoch. Mit einem Klimmzug hievte er sich hoch und begann zu klettern. Feathers hing in einer Astgabel und winselte immer noch. Doch als Jay ihm nahe kam, knurrte er. *Wahrscheinlich ist er jetzt völlig in Panik*. Das Seil, an dem das Netz hing, war nur lose um den Ast geschwungen. Der Knoten verdiente den Namen nicht und lockerte sich bei jeder Bewegung des Hundes mehr. Jay löste das Seil, stemmte sich gegen einen Ast und ließ den Hund vorsichtig herunter. Kaum berührte das Netz den Boden, begann Feathers zu zappeln. Jay warf das lockere Seil über einen Ast und beobachtete erleichtert, wie der Hund sich aus der Falle herauskämpfte und auf die Beine kam.

Ein diebisches Pixie-Lachen erklang. »Gut gemacht, Jay.« Er griff nach dem nächsten Ast und schwang sich herum. Ivy. Sie hatte sich das Seil geschnappt und holte gerade flink das Netz ein. Den Speer hatte sie in Greifweite auf zwei Astgabeln abgelegt.

»Du kletterst nicht schlecht«, bemerkte sie mit einem breiten Lächeln.

In einem Sekundenbruchteil schlug sein Schreck in Wut um. »Was sollte das?«

Sie zuckte mit den Schultern. »War die einzige Möglichkeit, dich allein zu sprechen. Hier oben, wo wir in Sicherheit sind. Und … ohne die anderen.« Sie musterte ihn wieder so intensiv, als würde sie seinen Wert abschätzen. »Schau mich nicht so sauer an«, sagte sie leichthin. »Ihm ist doch nichts passiert.«

»Das nennst du ›nichts passiert‹? Soll ich mich jetzt auch noch bedanken, dass du heute ausnahmsweise nicht versucht hast, ihn mit dem Speer umzubringen? Und was sollte das vorhin? Hast du auf uns gezielt? Oder auf meine Freundin?«

Meine Freundin. Es auszusprechen war fast wie ein Schock. *Maddy und ich – zusammen.*

Das Mädchen war schlagartig ernst geworden. Im kalten Kunstlicht, das von fern durch die Zweige schimmerte, konnte er erkennen, dass ihre Augen vor Wut noch dunkler wurden.

»Du nennst sie deine Freundin? Heißt das, du … liebst sie?«

»Das geht dich gar nichts an.«

»Ach, meinst du, ja? Da bin ich ganz anderer Meinung. Sie ist nicht gut für dich, Jay.«

»Wie wär's, wenn du mich einfach in Ruhe lassen würdest?«

»Wie wär's, wenn du aufhören würdest, hier herumzuschreien? Du lockst noch die anderen an.«

Das war schon wieder so abgedreht, dass es ihm die Sprache verschlug.

Sie hob das Kinn. Jetzt wirkte es fast so, als würde sie auf ihn herabschauen. Das gab ihm Zeit, sie genauer zu mustern. Sie sah zwar immer noch aus, als sei sie aus einem Fantasyfilm entsprungen. Aber aus der Nähe betrachtet, hatte sie nichts Magisches an sich, sie wirkte zwar fremdartig, aber er saß tatsächlich einem ganz normalen Mädchen gegenüber. *In einem Baum, mitten in der Nacht. Sehr normal, Jay.*

»Um auf deine Frage zurückzukommen: Neulich dachte ich, der … Hund würde dich anfallen«, sagte sie nach einer Weile leise. »Ich wollte dich beschützen. Und vorhin habe ich euch nur beobachtet, dich und deine *Freundin*.«

Die Art, wie sie das Wort aussprach, hatte etwas Herablassendes.

Er zwang sich, tief durchzuatmen und ruhiger zu werden. Es war seltsam, aber in ihrer Gegenwart fiel es ihm plötzlich schwer, in der fremden Sprache zu reden. Mit Madison konnte er sich inzwischen sehr mühelos unterhalten, hier aber suchte er nach Worten.

Eine gefühlte Ewigkeit starrten sie einander nur an. Sie trug dunkle, eng anliegende Hosen und weiche, geschnürte Schuhe, die an das Schuhwerk von Akrobaten erinnerten. Ein Messer steckte in einem Gurt, der sich diagonal über ihre Brust spannte. Ihre Handgelenke und ihren linken Fußknöchel zierten Ketten aus aufgefädelten bunten Glasperlen neben Federn und eckigen, flachen Steinen. Auch ein paar echte Perlen glaubte er zu entdecken. *Nieuw Amsterdam trifft Herr der Ringe.*

»Gehörst zu einer Rollenspielgruppe?«

Sie hob die Brauen, als würde sie ernsthaft über die Frage nachdenken. »Man könnte es tatsächlich als eine Art Spiel bezeichnen«, antwortete sie vorsichtig.

»Warum verfolgst du mich? Was willst du von mir?«

Sie zögerte, biss sich auf die Unterlippe. »Erst einmal … ein paar Antworten.«

Obwohl sie sich nicht bewegt hatte, schien sie ihm näher zu sein als zuvor. Die Luft hatte plötzlich etwas von einem Magnetfeld, Jay wusste nur nicht, ob das Mädchen und er sich darin als Pole abstießen oder anzogen. Allerdings musste er widerwillig zugeben, dass er trotz allem fasziniert war. Und obwohl es überhaupt nicht hierher passte, fiel ihm irgendwo im Hinterkopf wieder auf, dass sie auf eine eigentümliche Art hübsch war.

»Was sollte dieser Auftritt in meiner Schule? Wie bist du da überhaupt reingekommen?«

»Geklettert. Ein Stück Dach fehlt – und ein paar Wände.« So widersinnig es auch klang, er wollte ihr glauben. Wenn es eine Erklärung gab, sah er keine Gespenster. *Aber wäre eine reale Verrückte besser?* Aidans Worte fielen ihm wieder ein: eine Menge Spinner in New York. Was, wenn sie tatsächlich so etwas wie eine Stalkerin war? »Du … kommst wohl nicht aus New York«, fuhr er vorsichtig fort. »Du sprichst komisch.«

»Du auch.«

»Englisch ist nicht meine Muttersprache, was hast du für eine Entschuldigung?«

»Ich mag es einfach, dich zu verwirren«, erwiderte sie mit einem leisen Lachen.

Beiläufig verlagerte sie ihr Gewicht. Während er sich krampfhaft festhalten musste, um nicht abzurutschen, ließ sie einfach los und balancierte nur auf den Fußballen auf dem schmalen Ast wie ein Seiltänzer, die Ellbogen locker auf die Knie gestützt. *Vielleicht gehört sie ja zu einer Parkour-Gruppe*, dachte er. Zu den Sportlern, die in der Großstadt über Hochhausschluchten sprangen und an Brücken und Mauern hochkletterten. Offenbar war sein Verstand immer noch verzweifelt auf der Suche nach einer logischen Erklärung.

Sie zuckte zusammen, als hätte ein Geräusch sie aufgeschreckt. Jay lauschte ebenfalls, aber er konnte nur ein Motorrad hören, das irgendwo jenseits der Parkmauer die Straße entlangbrauste.

»Ich kann nicht bleiben«, raunte Ivy ihm zu. »Sie sind mir vermutlich längst auf der Spur. Also hör jetzt genau zu: Du bist in Gefahr. Bald fällt Schnee, dann kommt Wendigo zurück. Er wird dich töten. Ich kann dir helfen. Aber dafür musst du mit mir nach Mannahatta gehen – jetzt sofort!«

Plötzlich war sie ihm zu nah, und auch alles andere strömte auf ihn ein und drohte ihn mitzureißen. *Gefahr, Wendigo, töten*. Vor allem *Wendigo* versetzte ihm einen Schock des Wiedererkennens. *Wenn Wendigo über die Seele siegt.* Das waren die Worte, die sein Vater auf eine der Postkarten geschrieben hatte.

»Wir müssen zur großen Torbrücke, die Zeit läuft uns davon!« Sie streckte die Hand nach ihm aus und wollte sein Handgelenk umfassen.

»Nein!« Er zuckte zurück und hätte um ein Haar das Gleichgewicht verloren. Sein Anhänger löste sich von der Schulter, wo er sich wohl bei der Kletteraktion vorhin im Stoff verhakt hatte, und glitt an der Kette entlang zurück auf seine Brust.

Ivys Augen wurden groß. »Zweiherz!«

Jay zuckte zusammen. »Du kennst ihn?« Es rutschte ihm einfach so heraus. Im selben Moment wurde ihm klar, dass es völlig absurd war. Sie konnte seinen Vater nicht kennen – und Zweiherz war der Indianername für einen Kojoten. Aber plötzlich fanden sich die Bruchstücke zu einem ganz neuen Bild zusammen: Sein Vater, der mit seinen roten Haaren in seinem Pseudo-Indianeroutfit ebenso wenig authentisch wirkte wie das hellblonde Mädchen hier. *Was, wenn es doch möglich ist?* Vielleicht gab es ja mehr von diesen Leuten in New York, vielleicht hatte er zu einer Art Gruppe gehört? Vielleicht war das die Erklärung …

»Natürlich, ich kenne ihn gut«, flüsterte das Mädchen. »Jeden Tag treffe ich ihn in Mannahatta.«

Er wusste nicht, was schlimmer war, die kurz aufflackernde Hoffnung oder die Enttäuschung darüber, dass er wieder einmal auf seine eigene Sehnsucht hereingefallen war.

»Komm mit!« Sie griff nach ihm, doch er schlug ihre Hand weg.

Die kurze Berührung war wie ein Griff in ein elektrisches Feld. Alles in ihm schrie, dass er laufen sollte. Laufen, so schnell er konnte.

»Okay, das reicht!«, fuhr er das Mädchen an. »Bleib mir vom Leib oder du hast die Polizei am Hals, klar?«

Er hangelte sich vom Baum und sprang. Mit einem harten Aufprall kam er unten an und federte sofort wieder hoch. Er machte sich schon darauf gefasst, dass sie gleich neben ihm landen würde, aber als er nach oben blickte, war der Ast, auf dem sie vor fünf Sekunden noch gesessen hatte, leer.

Es war eine interessante, aber keine überraschende Erkenntnis: Verrücktsein fühlte sich nicht gut an. Mit weichen Knien wich er zurück.

Jetzt erst merkte er, dass er am ganzen Körper zitterte. Feathers verharrte reglos ein paar Meter entfernt und beobachtete ihn. Dann fegte er davon, als sei er auf der Flucht. Jay war erleichtert, ihm einfach folgen zu können. Hinter dem Hund jagte er zum Parkplatz. Erst als seine Sohlen auf Asphalt schlugen und er an der großen Straße stand, fühlte er sich wieder sicherer. Das Licht der Ampeln war beruhigend, und sogar der Verkehr, der an ihm vorbeirauschte, klang wie Musik – vertraut, nah und nach Sicherheit. Feathers rannte weiter, an einigen Mülltonen vorbei. Dann drehte er sich abrupt um, seine Krallen kratzten auf dem

Asphalt, als er schlitternd zu bremsen versuchte. Der Schwung trug ihn trotzdem hinter die Tonnen. Ein Ruf erklang, dann ein dumpfer Laut, der schon beim Zuhören wehtat. Ihm folgte ein schrilles, schmerzerfülltes Jaulen, dann fiel die Tonne polternd um und Feathers versuchte sich hinkend und mit eingezogener Rute in Sicherheit zu bringen. *Jemand hat ihn getreten*, dachte Jay noch. Dann sah er sie schon – drei Kerle in braunen Lederjacken tauchten zwischen Mülltonnen und Zebrastreifen auf. Obwohl sie unterschiedlich groß und kräftig waren, wirkten sie wie Klone. Alle drei hatten einen Bürstenhaarschnitt. *Soweit zum Thema berüchtigte Banden*, schoss es ihm durch den Kopf. Sie hatten es eindeutig auf Feathers abgesehen.

Jays Puls schnellte hoch. Vielleicht lag es daran, dass er noch völlig durcheinander war, dass sein Blut nun zu kochen begann. Er sprang nach rechts und versperrte den Kerlen den Weg. »Lasst ihn!«

Der größte der Bande zögerte keinen Moment. Er grinste und gab seinen Kumpels ein Zeichen. Dann stürzten sie ohne Vorwarnung auf Jay los. Jay versuchte den Anführer einzuschätzen. Kräftig, aber nicht besonders groß. Außerdem wirkten alle drei, als seien sie nicht mehr nüchtern. Der Kleinste schwankte beim Gehen. Also hatte er eine Chance. Er wartete, bis der Anführer nah genug war und ausholte, dann duckte er sich halb weg und hebelte den bulligen Kerl mit der Schulter aus. Der Mann wurde gegen die Mülltonnen geschleudert, eine davon fiel mit einem Poltern um. Leere Flaschen rollten auf die Fahrbahn. Ein Auto hupte und wich den Flaschen in letzter Sekunde aus. *Ich muss mich von der Straße weghalten*, dachte Jay noch. Dann sauste eine Faust auf ihn zu. Knapp wich er aus, dann reagierte er nur noch. Die Kerle hatten keine Waffen und keine Taktik, sie versuchten ihn lediglich zu Boden zu zerren. Doch engen Kontakt mieden sie. Immer wieder sprang einer zurück und wartete, umkreiste die Gruppe, um dann wieder auf Jay loszugehen. Jay erwischte den Großen mit einem Tritt.

»Duck dich, Jay!« Instinktiv zog er den Kopf ein, dann brüllte einer der Kerle los wie ein angestochener Stier und taumelte zurück. Aus seinem Oberarm quoll Blut. Eine blutbefleckte Speerspitze stieß an Jay vorbei und traf Nummer zwei in den Oberschenkel. Starr vor Entsetzen sah er das Blut auf den Boden tropfen. Die Kerle flüchteten blindlings stolpernd über den Zebrastreifen zur anderen Straßenseite.

Ein Auto, das heranbrauste, hupte mit voller Kraft, doch Ivy schien es nicht zu hören, sie sprang auf die Straße, hob den Speer und zielte. Im letzten Moment konnte Jay sie am Arm packen und mit aller Kraft zurückreißen. Der Speerstab schlug gegen sein Schlüsselbein, dann prallte sie mit vollem Gewicht gegen ihn. Ohne nachzudenken, schloss er die Arme um sie, nutzte den Schwung und zog sie auf den Gehsteig. In allerletzter Sekunde. Das Auto schlingerte bei der Bremsung gefährlich nah am Bordstein entlang. Jay spürte den Luftzug und das leise Streifen, als Lack an seinem Ärmel entlangstrich. Das Auto fing sich wieder und raste aggressiv hupend davon.

Jay hielt Ivy immer noch fest, starr vor Schock. Er konnte ihren schnellen Atem spüren und das weiche Kaninchenfell unter seinen Händen. Sie war so real, dass er alles andere fast vergaß. Dann machte sich Ivy heftig los und sprang zurück. Das holte auch ihn aus der Erstarrung.

»Du kannst nicht einfach auf die Straße rennen«, keuchte er. »Bist du blind? Da sind Autos!«

Ivy sah ihn an, als würde er die chinesische Nationalhymne

singen. Dann blickte sie sich um und schien erst jetzt zu begreifen, wo sie war. »Ach ja«, sagte sie lahm. »Autos.«

Jay war fassungslos. Auf der anderen Straßenseite verschwanden die drei Kerle eben in einer Tankstelle. *Wo sie wahrscheinlich gleich die Polizei rufen.*

»Dieser *Feathers* muss dir ja wirklich wichtig sein.« Ivy wischte in aller Ruhe die blutige Speerspitze an ihrer Hose ab. Bei diesem Anblick wurde Jay flau im Magen.

»Ich kann nicht fassen, dass du tatsächlich zugestochen hast. Du kannst doch nicht einfach Leute verletzen.«

Ivy runzelte ehrlich verwundert die Stirn. »Ist doch nur eine Fleischwunde.«

»Das war Körperverletzung. Mit einem *Speer*!«

Ihre Augen wurden schmal. Sie legte den Kopf schief. »Du weißt schon, wo du hier bist, oder?«, fragte sie spitz.

»In der Stadt der Wahnsinnigen«, erwiderte er. »Ganz offensichtlich.«

Jetzt schien sie wirklich gekränkt zu sein. Ihre Miene verdüsterte sich. »Die hätten dich umgebracht, Jay. Wie wär's mit einem Danke? Ich habe dich nämlich gerettet – und deinen dämlichen *Feathers* dazu.«

Jay schnappte nach Luft. »Herrgott, die waren angetrunken und hatten nicht mal eine Waffe. Mit den Kerlen wäre ich auch selbst fertig geworden.«

»Ach ja?« Sie trat so nah an ihn heran, dass sie den Kopf in den Nacken legen musste, um ihm in die Augen zu schauen. Sie war kleiner als Madison, ein wenig zierlicher – aber sie wirkte sehr durchtrainiert.

»Bitteschön!«, sagte sie gefährlich leise. »Dann pass eben auf dich selbst auf.«

Der Stoß gegen seine Brust war so kräftig und kam so überraschend schnell, dass Jay das Gleichgewicht verlor. Ein Fuß hakte sich um seinen Knöchel, als er sich abfangen wollte. Er stürzte auf die Straße – mitten vor ein Taxi, das auf ihn zuraste. *Das war's*, dachte er erstaunlich sachlich, während er sich instinktiv zusammenkrümmte. Eindrücke huschten an ihm vorbei, als stünde er neben seinem Körper: Der Zebrastreifen, dessen weiße Streifen mit einer Spur von Blutstropfen von den verwundeten Schlägern gesprenkelt waren. Scheinwerfer, die ihn blendeten, ein verzweifeltes Hupen, Quietschen von Bremsen. Und dann Dunkelheit und völlige Stille.

Er schlug die Augen auf und sah nur Schwarz. Er blinzelte noch einmal und fand sich auf der Straße wieder ohne eine Ahnung, warum er noch lebte. Irgendwo links von ihm gab das Auto Gas und entfernte sich mit quietschenden Reifen.

Schwarze Bremsspuren kreuzten in einem abenteuerlichen Bogen den Zebrastreifen – nur zwei Handbreit von ihm entfernt. Jay kroch auf allen vieren zum Bordstein, am ganzen Körper zitternd. Aus dem Diner auf der anderen Straßenseite waren Leute getreten, angelockt vom Hupen und Bremsenquietschen.

»Jay!« In seinem Schock brauchte er eine Weile, bis er Aidan erkannte. Sein Cousin blickte nach rechts und links und rannte dann über die Straße, geschickt die Abstände zwischen den Autos ausnützend. Atemlos kam er bei Jay an und ging neben ihm in die Hocke.

»Geht's dir gut?«

»Sieht es so aus? Nein! Sie hat mich vor das Taxi gestoßen! Sie wollte mich umbringen!«

Aidan sah sich ratlos um. »Wer?«

»Das Mädchen von neulich! Die in dem Strauch saß.«

Aidan sah ihn an, als würde er ernsthaft an seinem Verstand zweifeln.

»Was ist?«, fuhr Jay ihn an. »Frag die Leute vor der Kneipe! Drei Kerle hatten es auf Feathers abgesehen, und als ich dazwischenging, haben sie mich angegriffen.«

»Du hast dich wegen dem Hund geprügelt?«

»Ja, und sie hat sich eingemischt und dann …«

»Da war aber niemand.«

»Was?«

»Mein Kumpel hat es gesehen. Er sagte, du bist über den Bordstein gestolpert und gestürzt.« Als er Jays entgeisterte Miene sah, fügte er noch einmal überdeutlich hinzu: »Niemand hat dich gestoßen, Jay.«

»Ach ja? Und was ist mit den Schlägern? Sie hat zwei davon verletzt. Schau dir doch das ganze Blut an …« Er deutete auf den Zebrastreifen und verstummte. Die frischen Bremsspuren waren noch da. Aber das Blut war verschwunden.

Aidan versuchte sich an einem herablassenden Lächeln, das seine Sorge nur schlecht verbarg. »Du solltest echt die Finger von den Drogen lassen.«

Es sollte ein Scherz sein, aber Jays eisiger Blick brachte ihn zum Schweigen.

Jay sah an sich herunter. *Déjà-vu.* Schmutz klebte an seinen Klamotten, die Hose war über dem Knie zerrissen, aber das konnte auch beim Sturz auf die Straße passiert sein. Dasselbe galt für die blauen Flecken und die Rippenprellung, die nun wieder pochte. Er wehrte sich nicht, als Aidan ihm unter die Arme griff und ihn von der Straße hochzog.

»Na los. Auf nach Hause.«

Jays Beine fühlten sich immer noch an wie aus Gummi, aber

er schüttelte den Kopf. »Das schaffe ich allein. Geh zurück zu Jenna und deinen Kumpels.«

»Vergiss es. Komm schon, spiel hier nicht die Diva.«

Aidan legte ihm den Arm um die Taille, als müsste er einen Verletzten stützen. Und seltsamerweise war es heute in Ordnung.

»Aidan?«

»Was denn noch?«

»Weißt du, was Mannahatta bedeutet?«

Sein Cousin stutzte, dann zog er beide Mundwinkel nach unten und zuckte ratlos mit den Schultern.

»Klingt wie Manhattan«, hakte Jay nach.

Aidan schien angestrengt zu überlegen, dann schüttelte er den Kopf. »Finde ich nicht. Komm, Feathers!«

Der Hund zögerte, aber als die beiden sich in Bewegung setzten, schlich er in weitem Abstand hinter ihnen her.

Im Netz der Jägerin

Er wollte nicht mitkommen?«

»Nein.« Sie schüttelte heftig den Kopf, noch atemlos vom langen Lauf durch die Nacht, und warf Speer und Netz auf den Haufen Felle. »Und ich musste abhauen. Es waren zu viele von den anderen da. Eine Weile musste ich mich sogar verstecken, bis ich über den Fluss konnte.« Der Speer rutschte durch den Schwung weiter und landete neben der roten Steinsäule. Die Klinge klapperte auf dem Marmorboden und lag dann still.

»Aber du hast etwas über ihn erfahren?«, bohrte ihre Schwester weiter.

»Allerdings! Dass er ganz anders ist, als ich dachte. Ziemlich arrogant und von sich überzeugt. Du hättest ihn hören sollen! Aber gut, immerhin können wir uns verständigen, obwohl er komisch redet. Er heißt Jay. Und ich habe ihm gesagt, ich heiße Ivy.« Mit Schwung ließ sie sich neben das Netz auf den Fellhaufen fallen und massierte die verkrampften Muskeln ihrer Beine. Das Blut pulste ihr immer noch heiß durch Schläfen und Wangen und ihre Lungen brannten. Noch nie hatte sie den Weg über den Fluss und durch die halbe Stadt so schnell bewältigt.

»Du bist wütend, oder?«, fragte ihre Schwester zaghaft.

»Und ob! Ich dachte, es sei viel einfacher.« Sie stieß einen Seufzer aus und starrte auf das flache Steinpodest in der Mitte des Raumes. Die Skelette einiger riesiger Raubechsen thronten darauf. Erstaunlicherweise hatten sie noch die meisten Knochen. Ihre Schwester und die anderen hatten bereits die magischen Schutzzeichen daran befestigt: Federn, Schnüre mit Rabenkrallen und Holzringen und Redwood-Zweige.

»Und es ist sogar noch schlimmer, als ich dachte. Er nennt sie seine Freundin. Sie heißt *Madison* und kennt seinen Namen. Sie haben sich geküsst!«

Ihre Schwester hielt erschrocken die Luft an. Im Mondlicht, das von oben durch ein Bogenfenster in die riesige Halle fiel, sah sie blass und fast ein wenig durchscheinend aus, was aber an dem seltsamen Schleierkleid lag, das sie trug. Nach einer Weile schluckte sie krampfhaft und fasste sich wieder. »Dann hast du schon verloren. Gegen ihren Bann kommst du nicht an. Ich hoffe, das Mädchen hat dich nicht gesehen?«

»Nein, natürlich nicht. Aber trotzdem ist es für alle Fälle besser, wenn wir unsere Namen wechseln. Du nennst mich ab jetzt ebenfalls nur noch Ivy. Wir müssen alle Spuren verwischen.«

Ihre Schwester zog die Beine an den Körper und schlang die Arme darum. »Gut… Ivy also. Und ich?«

Ivy betrachtete sie nachdenklich. Seit sie sich das lange Haar abgeschnitten hatte, wirkte sie fast ein bisschen feenhaft. Verstärkt wurde der Eindruck durch das weiße Kleid. Der Stoff war zart und ein wenig vergilbt und er verströmte den zarten Duft von Geheimnissen und Vergangenheit. Der Schleierrock bauschte sich und erinnerte hier im Halbdunkel an eine Wolke.

»Faye«, schlug Ivy vor. »Weil du in dem Kleid an die Feen aus den Märchen erinnerst.«

»Du und deine Märchen aus der alten Welt. Gehöre ich zu den guten Feen oder den bösen?«

»Die weißen sind immer gut. Wo hast du das Kleid gefunden?«

»In einem Keller im Südteil der Stadt. Es lag ganz unten in einer Truhe. Ich würde zu gerne wissen, wem es gehört hat. Es sieht nicht so aus wie die üblichen Sachen.«

»Sind die anderen noch auf Erkundungstour?«

Faye schüttelte den Kopf. »Sie wollten nicht auf dich warten und schlafen schon. Da hinten ist eine Treppe, die nach unten führt. In dem ganzen Gebäude gibt es unzählige Kammern mit Knochen, Figuren und Gegenständen. Na ja – das ist ja für ein Museum nichts Ungewöhnliches. Wir haben auch ein sicheres Schlaflager für unsere dunkle Schönheit gefunden und … Halt! Wo willst du hin?«

»Na zu den anderen. Ich muss mit ihnen sprechen.«

»Jetzt? Hör zu, M…«

»Scht! Wie heiße ich ab heute?«

Faye schluckte. »Ivy.« Und sie wiederholte, als müsste sie es sich fest einprägen: »Du heißt Ivy.«

Ivy nickte. Schon jetzt klang der neue Name sehr vertraut.

Faye stand auf und machte ein paar Schritte in den Raum hinein. Ihr Rock umwallte sie bei jedem Schritt. Vor den Riesenechsen und den hohen Säulen, die die gewölbte Saaldecke trugen, sah sie winzig aus. »Erzähl's dem Alten morgen, er braucht seinen Schlaf. Und du musst jetzt ohnehin hierbleiben, auch wenn du am liebsten zu dem Jungen zurücklaufen würdest, nicht wahr?«

Ivy sank wieder auf das Lager zusammen und rieb sich die klammen Hände. Plötzlich war sie nur noch erschöpft und mutlos. Ihre Zähne klapperten vor Kälte. Nicht einmal das Bärenfell, auf dem sie saß, wärmte sie. Sie starrte auf den Boden und versuchte das geometrische Muster zu erahnen. Aber der Marmor war so staubig, dass man es nur in dem breiten Streifen sah, der entstanden war, als sie die Felle neben die Säule geschleift hatten. *Sieht aus wie der Fluss, den ich überqueren muss, um zu Jay zu kommen,* dachte sie. *Aber selbst der breiteste Fluss ist kein Vergleich zu dem unsichtbaren Abgrund, der zwischen uns klafft.* Mutlos ließ sie sich auf die Felle zurücksinken. Wenn sie die Augen schloss, konnte sie wieder sein Gesicht vor sich sehen. Seine vor Wut funkelnden Augen, das widerspenstige, braunrote Haar und die Art, wie er sich bemüht hatte, sich auf dem Ast in der Balance zu halten und gleichzeitig seine Haltung zu bewahren. Das brachte sie trotz allem zum Lächeln. »Er muss verrückt sein, er hat tatsächlich sein Leben aufs Spiel gesetzt … für ein Tier«, murmelte sie. »Und ist stolz und wird schnell wütend, aber irgendwie gefällt mir das an ihm. Trotzdem ist in seinen Bewegungen und seiner Stimme etwas Verhaltenes, als würde er sich nicht erlauben, der zu sein, der er ist. Er ist … wie ein Vulkan, der denkt, er sei ein Gletscher.«

Sie öffnete die Augen nicht, als sie spürte, wie Faye sich neben sie legte. Ihr Kopf sank an ihre Schulter, und sie konnte der Versuchung nicht widerstehen, über Fayes ungewohnt kurzes Haar zu streichen.

»Stell dir vor, er hat mich sogar angeschrien und mit Polizei gedroht. Und kurz darauf wollte er mich retten. Vor Autos.«

»Autos, echt?«

Jetzt mussten sie beide lachen. Aber ebenso schnell wurden sie wieder ernst.

»Wie viele sind es?«, fragte Faye.

»Insgesamt? Zu seinem engeren Kreis gehören nur ein paar – vier, vielleicht fünf.«

»*Nur* fünf?« Sie konnte fühlen, wie die Härchen auf Fayes Haut sich zu einer Gänsehaut sträubten. »Es sind zu viele! Geh nicht mehr über den Fluss! Es ist zu gefährlich, Kleine. Du hast längst verloren und du weißt es. Er gehört ihr bereits und mit jedem Kuss wird dieser Zauber stärker – spätestens beim nächsten Vollmond wird er dich nicht einmal mehr sehen. Wahrscheinlich hält er dich jetzt schon für ein Gespenst.«

Das gab ihr einen Stich. Ihre Finger tasteten über das Fangnetz und krallten sich daran fest, als könnte es ihr Halt geben. Einige Tierhaare hatten sich in den Knoten verfangen und kitzelten ihre Fingerknöchel. Schaudernd zog sie die Hand zurück und betastete stattdessen verstohlen das Amulett. Es lag gut verstaut in ihrer Gürteltasche, sie konnte den Umriss des Kojotenkopfes durch den dünnen Stoff erfühlen. Es war fast lächerlich einfach gewesen, die Kette mit dem Anhänger zu stehlen. Jay war zwar wachsam, aber in den Moment, in dem er sie in den Armen gehalten hatte, war er lange genug abgelenkt gewesen.

Der Kojote, überlegte sie. *Das Zweiherz-Amulett. Es bedeutet ihm etwas. Es hat ihm einen richtigen Schock versetzt, als ich den Namen des Kojoten ausgesprochen habe!*

»Ich glaube, ich könnte doch eine Chance haben«, murmelte sie. »Ich muss ihn ja nur über die Grenze bringen. Und ich glaube, ich habe dafür den richtigen Köder.«

Faye setzte sich ruckartig auf, die Finger in den zarten Schleierstoff des Rockes gekrampft. »Was brütest du jetzt schon wieder aus? Jetzt erzähl mir bitte nicht, dass du ihn mit dem Netz fangen und fortschleppen willst!«

Ivy hoffte, ihre Schwester würde nicht merken, dass sie sich fast ein wenig ertappt fühlte. »Vergiss ihn, M… Ivy. Du hast ihn gesehen und sogar mit ihm gesprochen, aber seine Welt ist nicht die deine. Wir müssen ohnehin bald zurück. Es ist gefährlich genug, sich mitten unter ihnen zu bewegen, und an jedem Tag, an dem der Winter näher rückt, wird das Risiko größer und…«

»Es schneit noch lange nicht.«

»Woher willst du das wissen?«

»Ich spüre es. Wir haben noch Zeit.«

Sie wollte sich abwenden, aber ihre Schwester packte sie an den Schultern und zwang sie, ihr in die Augen zu sehen. »Ich weiß, warum du nicht von ihm lassen willst. Aber gib ihn auf!«, sagte sie eindringlich. »Er läuft auf Messers Schneide. Und wenn du ihm nachläufst, tötet sie auch dich!«

Ivy schluckte. Jetzt, wo die Erschöpfung sie endgültig überwältigte, fühlte sie sich wie im Fieber. Und gleichzeitig übermannte sie eine heiße Zärtlichkeit für ihre vernünftige, so besonnene Schwester. Sie zog Faye stürmisch an sich und umarmte sie so fest, dass diese nach Luft schnappte.

»Ich weiß, dass du Angst hast«, flüsterte Ivy ihr ins Ohr. »Ich habe auch Angst, mehr als du dir vorstellen kannst. Aber dieser *Madison* überlasse ich ihn ganz bestimmt nicht!«

Wendigo-Storys

Er schreckte hoch, weil er das Gefühl hatte, keine Luft mehr zu bekommen. Von draußen drang ein lang gezogenes, metallisches Kreischen herein und dröhnte in seinen Ohren. Und direkt neben ihm atmete ihm etwas schnaufend ins Ohr – Feathers war wohl nachts auf das Bett gekrochen. Er versuchte offenbar, sein Fremdeln der vergangenen Tage wieder wettzumachen. Was bedeutete: Er lag halb über Jay. Sein schwerer Kopf drückte mit vollem Gewicht auf sein Schlüsselbein. Ein unwilliges, müdes Knurren kam aus seiner Kehle, als Jay sich ihm entzog und zur Seite rutschte.

»Krieg dich endlich wieder ein«, sagte Jay ebenso unfreundlich.

Er setzte sich auf und schnappte nach Luft, aber die Panik und das Gefühl der Enge wurden nicht besser. Ein Rascheln erklang. Durch seine Bewegung war der Stapel Postkarten ins Rutschen geraten. Nun ergoss sich die schreiend bunte Kaskade auf den Boden. Langsam kehrte die Erinnerung an den gestrigen Abend zurück. Aidan hatte ihn nach Hause begleitet und ihn sogar noch bis zu seinem Zimmer gebracht. Wie Verschwörer hatten sie darauf geachtet, Matt nicht zu wecken, der sich in seinem Zimmer direkt neben der Werkstatt bereits hingelegt hatte. Kaum allein, hatte Jay die Postkarten seines Vaters aus dem Rucksack hervorgeholt und im Licht der Taschenlampe gelesen. Er erinnerte sich nicht, wann er dabei in seinen verdreckten Klamotten einfach eingeschlafen war.

Aber auch ohne Uhrzeit konnte er sich denken, dass es spät war. Draußen war es bereits hell, also war es sicher schon neun. *Mist, verschlafen.*

Erschöpft stützte er den Kopf in die Hände und betrachtete die grellen, nachcolorierten Postkartenmotive – viele aus Kanada, einige auch aus Arizona. Auf den Karten, die mit dem Bild nach unten auf dem Boden lagen, sprang ihm die fast unleserliche, fahrige Handschrift seines Vaters entgegen – wirre Botschaften mit vielen Schreibfehlern.

Die Geister fressen uns bei lebendigem Leib, Sohn.

Und immer wieder:

Wirf dein Herz in die Morgenröte und spring.
Das Codewort ist ERAE.
Und W wie Wendigo.
Ich warte, Sohn!!!

Wie immer fühlte sich »Ich warte« an wie ein Schlag in die Magengrube. Und gleichzeitig war die Wut auf Charlie in ihrer ganzen Schärfe wieder da.

Und was bedeutete *ERAE*?

Jay rieb sich die Augen. Vielleicht sollte er Madman fragen, was sein Vater damit gemeint haben könnte. *Oder Ivy*. Es war tatsächlich beängstigend, wie sehr ihr wirres Gerede ihn an die

Worte seines Vaters erinnerte. Er hielt den Atem an und blickte mit einem mulmigen Gefühl zum Fenster. Aber natürlich war das lächerlich. Ivy saß nicht in dem Baum. Allerdings war das Geräusch immer noch da – ein Kreischen und Heulen wie ein Chor von Gequälten. Unterbrochen von einem seltsam hohlen Ton, der anschwoll und verebbte und Jay einen Schauer über den Rücken jagte.

Es klopfte an der Tür, dann schwang sie auf. Sein Cousin lehnte lässig im Türrahmen. »Na? Ausgeschlafen?«, sagte er mit einem süffisanten Lächeln. »Du bist ja ganz schön ausgeknockt von gestern.«

»Wie spät ist es?«

»Zwei Uhr nachmittags.«

»Was? Warum habt ihr mich nicht geweckt?«

Aidan zuckte mit den Schultern. »Regel Nummer eins im Hause Callahan: Wir sind keine Babysitter. Für niemanden.«

Jay hatte gute Lust zu fluchen. Plötzlich hatte er eine Stinkwut auf Aidan. Und vermutlich auch auf sich selbst. *Warum bin ich nicht aufgewacht?*

Aidans Grinsen wurde noch breiter. »Deine *Freundin* will wissen, wo du abgeblieben bist. Du hast sie gestern also doch rumgekriegt. Respekt.«

»Hat sie angerufen?«

»Ich sag's mal so: An deiner Stelle würde ich versuchen, mir zumindest den Schlamm von der Backe zu kratzen. Ich wette, wenn sie dich so sieht, überlegt sie es sich, ob sie dich noch mal ranlassen soll.«

»Madison ist hier?«

Aidan blickte über seine Schulter in Richtung Treppe. »Maddy? Willst du den Yeti sehen? Dann komm hoch!«

»Mistkerl!«, zischte Jay. Er sprang aus dem Bett, zog ein frisches Shirt und seine Jeans aus dem Rucksack, dann stürzte er an Aidan vorbei aus dem Zimmer zum Bad. Das kalte Wasser weckte ihn endgültig auf. Er zerrte sich das schwarze Sweatshirt über den Kopf. Im halb blinden Spiegel blickte ihm ein erschreckend blasses Gesicht entgegen, in dem einige blaue Flecken leuchteten. Ein lila Schatten lag um sein rechtes Auge – und seine Unterlippe war immer noch geschwollen von Petes Schlag. *Oder von der Prügelei, die es angeblich nicht gegeben hat.* Er musste tief durchatmen, um das erneut aufsteigende Gefühl von Panik zu unterdrücken. Hastig kämmte er sich mit den Fingern durch sein nasses Haar. Es nützte nicht viel. Die wirren Locken leisteten im nassen Zustand erst recht Widerstand. Heute sah er wirklich aus wie ein Mitglied irischer Banden.

*

Madison war nicht da. Er begriff es in dem Moment, als er Aidan in seinem Zimmer sah – mit diesem hinterhältigen Triumph in seiner Miene, der Jays Blut sofort wieder zum Kochen brachte.

Ich hätte es wissen müssen.

»Sehr witzig!«, zischte er.

Aidan lachte. Es klang nicht einmal schadenfroh. »Ich wollte nur mal sehen, wie eitel du bist. Nicht, dass es viel nützen würde. Du siehst immer noch aus wie ausgekotzt.«

Aidan drehte sich auf dem Absatz um. Ein leises Reißen erklang, das Jay durch und durch ging. Aidan sprang sofort beiseite. Zurück blieben eine zerrissene Postkarte und zwei andere, auf denen nun der regennasse Abdruck von Aidans Sneakers die Tinte verlaufen ließ.

»Du bist echt das Letzte!«, brüllte Jay.

Aidan wollte die Karten aufheben, aber Jay kam ihm zuvor und schlug ihm so grob die Hand weg, dass sein Handrücken schmerzte.

»War doch keine Absicht«, sagte Aidan. »Sind die von deiner Mutter?«

Jay gab keine Antwort. Hastig suchte er die Karten zusammen. Als er sich wieder umdrehte, steckte sein Cousin sich gerade in aller Ruhe eine selbstgedrehte Zigarette zwischen die Lippen. Er kramte in den Taschen seiner Lederjacke. »Hast du Feuer?«

»Nein. Und jetzt raus aus meinem Zimmer!«

Aidan wirkte nicht besonders beeindruckt. »Okay«, meinte er nur fast gelangweilt. Im Hinausgehen griff er in seine Tasche und warf Jay einen schmalen, blausilbernen Gegenstand zu. Jay fing ihn auf – es war sein Handy. Aufgeladen.

»Komm runter in die Küche«, meinte Aidan versöhnlich. »Linda hat uns mit Kuchen versorgt. Und ich habe dir einen Kaffee aufgehoben.«

Das nahm Jay jeden Wind aus den Segeln. Aidans Schritte dröhnten auf der Metallstiege. Feathers wuchtete sich hoch und verließ das Zimmer. Und Jay fühlte sich mit einem Mal nur noch müde. Auf dem Display leuchtete die Meldung *Acht neue Nachrichten*.

Charlie. Er las nur die ersten beiden SMS – die übliche Litanei aus Anschuldigungen und den Bitten um Rückruf – und löschte den Rest ungelesen. Mit dem Gedanken an seinen Vater war das heute erstaunlich leicht.

Unten in der Küche roch es nach rohem Fleisch. Aidan riss eine Schublade nach der anderen auf und suchte offenbar wieder nach einem Feuerzeug. Und auf der Anrichte warteten eine

Tasse mit Kaffee und ein Teller mit undefinierbaren, matschbraunen Kuchentrümmern.

»Danke«, sagte Jay widerwillig. »Für den Kaffee. Und … das Handy.«

Aidan zuckte als Antwort nur mit den Schultern, aber Jay glaubte zu sehen, dass die Andeutung eines Lächelns über seine Miene huschte. »Kein Problem. Es lag hier unten beim Ladegerät und wir hatten heute Morgen kurz Strom. Hat sich angeboten.«

Es schepperte, als er die letzte Schublade zuwarf.

»Matt reißt dir den Kopf ab, wenn er sieht, dass du im Haus rauchst.«

»Matt ist aber nicht da. Und er muss ja nicht alles wissen – ebenso wenig wie Maddy, habe ich recht? Hast du ihr von dem Mädchen erzählt? Und von dem, was gestern passiert ist? Du weißt – Phantomschlägerei.«

»Damit sie mich für verrückt hält? Nein! Und komm bloß nicht auf die Idee …«

Aidan zeigte ein feines, listiges Lächeln und winkte ab. »He, entspann dich endlich mal. Sie hat heute Vormittag dreimal angerufen. Ich verstehe zwar nicht, warum, aber die findet wirklich was an dir. Hier!« Er hielt ihm die Tasse hin. Jay zögerte nur kurz, dann nahm er das Friedensangebot an. Die Tasse war natürlich aus angegilbtem Plastik, wie fast alles in diesem Haushalt. Jay nahm einen großen Schluck Kaffee und verzog angewidert den Mund.

»Tja, ist leider schon kalt. Kein Strom, kein heißes Wasser mehr«, meinte Aidan. Ungerührt nahm er die Glaskanne mit dem restlichen Kaffee und trank direkt daraus. *Du würdest wohl auch Motoröl trinken,* dachte Jay.

»Was waren das für Karten?«, wollte Aidan wissen.

»Dafür, dass du bis gestern nicht mal mit mir reden wolltest, bist du ganz schön neugierig.«

»Bis gestern dachte ich auch noch, du bist einfach irgend so ein Arsch.«

»Oh, ganz neue Töne. Hat Madison dich bequatscht, nett zu mir zu sein?«

Er wartete auf den sarkastischen Bumerang, aber es kam keiner. Sein Cousin zog die Brauen zusammen, als würde er tatsächlich ernsthaft über eine Antwort nachdenken. »Nein, sie hat nichts gesagt«, erwiderte er nach einer Weile. »Aber … na ja … du kümmerst dich wirklich ziemlich gut um Feathers. Und ich habe dich gestern im Kino beobachtet. Dir liegt was an Madison, du spielst nicht nur herum. Du bist zwar durchgeknallt, aber ehrlich. Ich habe dich für ein Weichei gehalten, aber Jenna hat mir von dem Spiel erzählt. Du bist hart im Nehmen. Wer weiß, vielleicht mag ich dich ja irgendwann mal sogar.«

Es war mehr als komisch, ausgerechnet mit Aidan ein solches Gespräch zu führen. *Sollten wir nicht über Motorräder reden*?

Und plötzlich wirkte Aidan gar nicht mehr verschlagen und feindselig, eher wie ein etwas zu netter *Bad Guy* aus einem Film, in dem das Publikum schließlich dem Bösen die Daumen hielt. *Na ja, nicht jeder hätte mich gestern bis nach Hause geschleppt und ein Date mit Jenna dafür sausen lassen.*

»Die Karten – das sind … die letzten Nachrichten von Robin. Eine ist aus Phönix. Und die, die du zerrissen hast, kam aus Parker. Er hatte sich dort mit Mohave-Stammesmitgliedern getroffen. Er hat irgendetwas gesucht. Weißt du, was es war, Aidan?«

»Nö. Woher?«

»Er hat doch bei euch gewohnt, bevor er zu seiner Motorradtour aufgebrochen ist. Hat er nie etwas erzählt?«

Aidan lachte trocken auf. »Ja, Robin hat jede Menge Mist erzählt. Aber nichts, was einen Sinn ergab. Warum bohrst du jetzt darin herum?«

»Auf den Karten schreibt er immer wieder von einem ... Wendigo.«

Aidan wurde schlagartig ernst. Seine Miene verdüsterte sich und er stellte die Glaskanne hart auf dem Tresen ab. »Ach, *die* Geschichte. Er dachte, dieser ... äh ... Dämon ist ihm auf den Fersen und will uns alle töten. Er konnte nicht mehr schlafen deswegen. Fang nicht auch noch mit diesem Scheiß an. Und vor allem: Kein Wort davon zu Matt.«

»Ja, schon klar, noch einen Verrückten, der sich die Stirn mit Botschaften an die Geister volltätowiert, könnt ihr hier nicht gebrauchen«, sagte Jay bitter und knallte die Tasse auf die Anrichte.

Sie sahen sich in die Augen und das Schweigen schien plötzlich ein eigenes Wesen im Raum zu sein. Unsichtbar schien Robin Callahan zwischen ihnen zu stehen. *Vielleicht hat er genau aus derselben Tasse getrunken*, dachte Jay. *Vielleicht stand er ja vor wenigen Monaten noch genau hier und hat Aidan von seiner Angst erzählt, während ich ahnungslos in Berlin rumgehockt bin und dachte, mein Vater hat mich vergessen*. Erst als er einen ziehenden Schmerz fühlte, wurde er sich bewusst, dass er seine Hände so fest zu Fäusten ballte, dass sich seine Fingernägel in die Handflächen bohrten. Und mit einem Mal war es, als würde die Wut auf seine Mutter endgültig überkochen und gegen seine Kehle drängen, bis er sie nicht länger herunterwürgen konnte. »Er wollte, dass ich zu ihm komme!«, brach es aus ihm heraus.

»Hat er auch davon erzählt? Nein? *Ich warte.* Das stand auf seiner letzten Karte. Ich habe nur zu spät davon erfahren, weil … Charlie die Nachrichten unterschlagen hat.«

Aidan pfiff durch die Zähne.

»Er muss gedacht haben, dass er mir gleichgültig ist!«, rief Jay. »Und ich dachte die ganzen Jahre über, ich sei ihm völlig egal. Ein paarmal habe ich ihm trotzdem geschrieben und Charlie hat in aller Ruhe zugeschaut und seine Antworten abgefangen und gehortet. Wenn ich nicht beim Umzug zufällig die Postkarten im Keller gefunden hätte …«

»Dann wärst du jetzt nicht hier?«, unterbrach ihn Aidan trocken. »War das dein Grund herzukommen?«

Jay schluckte. »Nicht der einzige«, sagte er heiser. »Aber das spielt auch gar keine Rolle. Es ist nur … ich frage mich immer, ob er vielleicht noch leben würde, wenn ich seine Nachrichten früher gefunden hätte.«

»Glaubst du das wirklich?«

»Du nicht?«

Aidan gab ein abfälliges Schnauben von sich. »Robin ist Vergangenheit. Kümmere dich um die Dinge, die wirklich wichtig sind. Maddy zum Beispiel! Versau es nicht mit ihr. Ach ja, übrigens, sie hat gesagt, sie kommt heute Abend vorbei.« Er grinste anzüglich. »Offenbar vermisst sie dich jetzt schon.«

Jays Fäuste entspannten sich ganz von selbst. Es war seltsam, aber wie immer, wenn er an Madison dachte, verblasste alles andere, wurde weicher, weniger wichtig.

Das ferne Kreischen und Heulen ertönte wieder, gedämpfter nun, aber umso gespenstischer.

»Was ist das?«

»Reparaturarbeiten. Der Sturm hat die Brücken beschädigt.

Und wenn der Wind von Nordwest kommt, kriegen wir den Lärm ab.«

»Alle drei Brücken?«

»Ja, aber am schlimmsten hat es die Brooklyn Bridge erwischt.«

»Waren die Brücken gestern auch schon gesperrt?«

»Klar.« Jay ließ die Worte in sich nachklingen. *Ivy wollte gestern eine Brücke überqueren.*

Sein Cousin musterte ihn aufmerksam. Rasch senkte Jay den Blick und angelte sich ein Stück Kuchen vom Teller. Es erinnerte zwar an einen Schlammklumpen, aber es schmeckte erstaunlich gut. Schwer und ein wenig nach süßen Früchten und fremdartigen Gewürzen. Erst jetzt merkte er, wie ausgehungert er war. Aidan sah ihm zu, wie er noch ein zweites Stück verschlang.

»Hör mal, Jay. Mir ist es völlig egal, ob das Mädchen nur in deinem Kopf existiert oder ob du sie wirklich gesehen hast. Aber erzähl Maddy nichts davon.«

»Weil sie sonst denkt, dass ich verrückt bin?«

»Nein, weil sie verdammt eifersüchtig ist, du Idiot. Sagt zumindest Jenna.«

»Das ist also unser Geheimnis und du hältst großzügig die Klappe?«

»Hand drauf!« Aidan nickte so ernsthaft, dass Jay wieder völlig überrascht war.

»Liegt dir wegen Jenna so viel daran?«

Aidan blickte aus dem Fenster. Ein Nieselregen hatte eingesetzt. Linda beeilte sich, im Garten nebenan ihre Wäsche abzuhängen.

»Nein, wegen Matt«, sagte er mit dumpfer Stimme. »Vielleicht will ich einfach, dass zur Abwechslung mal alles normal läuft.

Glaubst du, Matt war schon immer so mürrisch? Die Sache mit Robin hat ihm das Herz gebrochen. Aber er mag Maddy, und seit du hier bist, scheint es ihm besser zu gehen. Also tu mir den Gefallen und frage ihn nicht nach seinem Bruder. Erzähl ihm nichts von dem, was du siehst. Kein Wort! Und vor allem: Erwähne den Namen Wendigo nicht in diesem Haus. Niemals! Wenn es was zu erzählen gibt, dann sag es mir, und zwar nur mir, okay?«

Einige Sekunden sahen sie sich in die Augen, und obwohl er immer noch nicht ganz aus Aidan schlau wurde, sagte ihm sein Gefühl, dass sich zwischen ihnen etwas verändert hatte.

»Okay«, antwortete er heiser.

Aidan schien wirklich erleichtert zu sein. »Gut. Dann ist es abgemacht.« Er griff nach seinen Arbeitshandschuhen. »Zeit, den Rest des Baumes klein zu hacken. Falls du nichts zu tun hast …«

»Dann sind wir jetzt also so etwas wie ein Team?«

Aidan hob überrascht die Brauen. Die Vorstellung schien ihn zu verwundern, aber dann kam er offenbar zu dem Schluss, dass es nicht das Schlechteste war. Er ließ sich zwar nicht zu einem Lächeln herab, aber immerhin deutete er ein lässiges Nicken an. »So was wie.«

Als er die Tür zum Garten aufriss, trug ein Windstoß braune Blätter in die Küche und trieb Feathers in die Ecke. »Ach ja, und noch was«, sagte Aidan, während er sich die Handschuhe überstreifte. »Schmeiß den Dreamcatcher weg. Matt hasst diesen Kram. Und Maddy kann so was auch nicht leiden.«

Jay versteifte sich sofort wieder. »Woher willst du das wissen?«

»Jenna sagt, das weiß jeder, der sie ein bisschen kennt.«

»Ich werde den Teufel tun und ihn wegwerfen! Was in meinem Zimmer ist, geht keinen von euch etwas an. Und Jenna schon gar nicht.«

»Ich meinte ja nur«, erwiderte Aidan und deutete auf Jays Brust. »Weil du ja immerhin schon so schlau warst, diesen blöden Anhänger abzunehmen.«

Der Schreck war wie ein eisiger Windstoß, der ihn bis auf die Knochen durchwehte. Jay griff er an seinen Hals in der Hoffnung, dass die Kette nur verrutscht war. Aber der Anhänger war tatsächlich weg! Und mit kristallklarer Gewissheit begriff er, dass er gar nicht erst danach suchen musste.

Nur auf Charlie war er jemals wütender gewesen.

Die Tür fiel mit einem Scheppern zu und Aidan stapfte in den Garten.

»Diese verdammte kleine Diebin«, presste Jay zwischen zusammengebissenen Zähnen hervor. Feathers legte fragend den Kopf schief.

»Was?«, fuhr er den Hund an. »Glaubst du etwa, ich kriege meinen Anhänger nicht zurück?«

Goldlicht

Jetzt am Tag hatte der Park jeden Glanz von Geheimnis verloren. Zwei Jugendliche, die vermutlich Sozialstunden als Müllsammler ableisten mussten, pickten ohne großen Enthusiasmus Papierservietten und leere Nachos-Tüten vom Boden auf. Ihre Plastiktüten knatterten raschelnd in einer Windbö. Die Jungs hoben nicht einmal den Blick, als Jay vorbeilief. Das Kassenhäuschen war verrammelt und die Bänke und Stühle waren längst abgeräumt. Jemand hatte alle Lampions von den Bäumen geholt. Aber das Zeichen war immer noch da! Eindeutig ein Efeublatt. Und noch ein weiteres Symbol. Hatte er es gestern Abend übersehen?

Es stellte vermutlich eine Welle dar, die über zwei spitz zulaufende Tore floss. *Na toll, bin ich Frodo und soll den Eingangscode von Moria knacken?*

»Ivy!«, rief er. Er kam sich komisch vor, aber die Müllsammler blickten nur kurz auf. Er spähte zu den Zweigen hoch – und entdeckte einen dieser flachen braunen Samen, die gestern auf ihn herabgerieselt waren. Er hatte sich zwischen zwei Zweigen verfangen. Unten auf dem Boden lagen noch mehr. Jay sammelte sie alle ein und betrachtete sie. So groß, wie sie waren, handelte es sich sicher um Baumsamen.

Plötzlich sank ihm der Mut. Tolle Idee, in einer Stadt mit acht Millionen eine Fremde finden zu wollen. Die dazu noch mehr von einem Geist als von einem Mädchen zu haben schien. *Sie ist nicht mehr da*. Er wusste nicht, woher er die Gewissheit nahm, aber der Park fühlte sich irgendwie … leer an.

Er stopfte die Samen in seine Hosentasche und streifte weiter durch den Park. Beim Forever-Baum blieb er stehen. Vielleicht sollte er ihr auch eine Nachricht hinterlassen? Er kramte nach seinem Hausschlüssel. Doch als er sich zu dem Baum umdrehte, stutzte er. Direkt auf Augenhöhe prangte ein Herz.

Er wusste nicht, warum, aber es beunruhigte ihn. *Das hat nichts mit uns zu tun,* redete er sich ein. *Es kann auch »Mike liebt Joyce« heißen.* Aber dann entdeckte er die anderen. Es waren bestimmt dreißig oder vierzig Herzen, und sie sahen so aus, als wären sie noch keinen Tag alt. Der dicke Stamm war regelrecht tätowiert. *Besser gesagt: zugerichtet.* Die Symbole und Buchstaben überlagerten ältere Botschaften und prangten sogar an den unteren Ästen. Fieberhaft suchte Jay nach einem anderen Anfangsbuchstaben, aber er fand keinen. Was ihn noch viel mehr verstörte, war die Art, wie aggressiv viele der Herzen in das Holz geritzt worden waren. Manche wirkten eckig, überlagerten sich und waren so tief hineingeschnitten, dass der Stamm Harz blutete. *Als wäre hier ein Besessener am Werk gewesen!* Instinktiv wich Jay ein paar Schritte zurück.

Diese Herzen wirkten wie eine Drohung. Ivy *hat uns gestern beobachtet. Und sie hat etwas gegen Madison.*

»Hey, Cowboy!« Er schrak zusammen.

Es war der grinsende Penner aus dem Freilichtkino. Mit den Händen in den Hosentaschen stand er da und musterte Jay ganz unverhohlen. »Hi!«, nuschelte er. »Wie geht's denn so?«

»Lass mich in Ruhe!«

Madman spuckte ekelhaft geräuschvoll aus und machte keine Anstalten, sich vom Fleck zu rühren. »Blondi muss dich ja gestern ganz schön abserviert haben, dass es dir so die Laune verhagelt.«

»Wen meinst du?«

»Wen wohl, die Kleine mit dem Speer.«

»Du hast sie also auch gesehen!«

»Klaro. Ich seh sie oft.«

»Wo? Hier im Park?«

Madman schüttelte den Kopf. »Hier war sie nur wegen dir. Sie und die anderen leben irgendwo in Manhattan.«

»Die anderen? Welche anderen?«

»Noch so 'ne hübsche Junge. Und irgend so ein alter Sack mit schlitzigen Augen.«

Das war sicher keine gute Nachricht. Wenn es noch mehr von dieser Sorte gab …

»Wo leben sie? Wo genau?«

»Bin ich Jesus?«, blaffte Madman. »Und schrei mich nicht so an! Was weiß ich denn, wo die Bonzen wohnen? Im Trump Tower, vermute ich mal. Da habe ich sie neulich erst wieder getroffen. Sie hat mir was zu essen gegeben. Nettes Mädchen.«

Und gemeingefährlich. Jay legte instinktiv die Hand auf die Stelle, wo sonst seine Kette gewesen war. Der Verlust schmerzte umso schlimmer.

»Kannst du mich zu ihr führen?«, fragte er etwas freundlicher.

Madman winkte regelrecht angewidert ab. »Ich hab zu tun! Und außerdem: Suchen nützt nichts. Wenn sie dich finden will, dann findet sie dich.«

Jay ließ den Blick über den Forever-Baum schweifen. Und dann durchfuhr es ihn plötzlich wie ein elektrischer Schlag. Das Zeichen! Die Welle über den Spitzbögen. Drei Bögen, die an zwei Pfeilern mit spitzen Durchgängen hingen. Sie meinte die Hängebrücke, die Brooklyn Bridge. Hieß das, sie war dort?

Sein Mund war plötzlich so trocken, dass er schlucken musste. »Richtest du ihr wenigstens etwas aus, wenn du sie siehst?«

»Sehe ich aus wie die Post?«, schnappte Madman. »Was kriege ich dafür?«

Jay griff in die Taschen. Viel fand er nicht, aber immerhin waren zwischen den Redwood-Samen ein paar zerknitterte Geldscheine. »Hier, reicht das?«

Madman sah die Scheine an, als würde Jay versuchen, ihm ein angerotztes Taschentuch anzudrehen. »Was soll ich denn damit, du Pfeife? Hast du nichts zu essen dabei?«

»Von dem Geld kannst du dir doch was kaufen.«

Der Mann lachte schallend. »Na schön, du hast mich zum Lachen gebracht, netter Versuch.«

Jay kramte das letzte Stück von Lindas Kuchen aus der Jackentasche. Er war zerkrümelt und klebte an der Papierserviette, aber Madmann bekam leuchtende Augen.

»Sag ihr, Jay will mit ihr sprechen!«

Madman schüttelte tadelnd den Kopf. »Das mit den Weibern musst du aber noch lernen. Ich sage ihr, du *musst sie unbedingt wiedersehen*, right? Andererseits scheint sie sauer auf dich zu sein. Deshalb sage ich ihr besser, wenn sie dich nicht erhört, wirfst du dich aus Verzweiflung vor ein Auto.«

Wenn es nur das ist, dachte Jay. *Das erledigt sie schon für mich.* »Erzähl ihr keinen Blödsinn. Richte es ihr einfach aus.«

»Hey, Romeo!«, rief ihm der Mann hinterher. »Hast du nicht eigentlich was mit der anderen? Die, mit der du gestern im Kino rumgeknutscht hast?«

*

Diesmal führte sein Weg in Richtung Nordwesten, vorbei an der Manhattan Bridge, die schon von Weitem sichtbar abgesperrt war. Blaue Warnlichter und Absperrungen blockierten die Zufahrt. Autos hupten im Stau, der in Richtung des Tunnels und der Anlegestellen der Fähren führte. Ganz Brooklyn stand kopf. Ein Obsthändler spritzte den Gehsteig vor seinem Laden mit Wasser ab, und Jay wechselte die Straßenseite, um der Nässe zu entgehen. Er war gar nicht gut in Form. Seitenstechen machte ihm ebenso zu schaffen wie die Prellungen, die nun wieder regelrecht brannten. Kurz vor der Brooklyn Bridge musste er innehalten, um zu verschnaufen. Erschöpft blieb er vor einer Bushaltestelle stehen und stützte sich auf den Knien ab. Um ihn herum brandete der Verkehr. Einer der Dog Walker, die gegen Bezahlung Hunde ausführten, kam auf ihn zu. Er kaute gelangweilt Kaugummi, während er neun Hunde verschiedenster Rasse den Gehsteig entlangdirigierte. Jay wollte ihm ausweichen, als eine wirbelnde Gestalt seine Aufmerksamkeit fing. Offenbar war die Stadt doch nicht so groß, wenn man immer wieder denselben Leuten über den Weg lief. Es war die Holländerin. Mit raschelndem Papierrock tanzte sie um einen Mülleimer herum und summte dabei vor sich hin. Dann entdeckte sie ihn. »Sieh an, der junge Ire! Freust du dich auch schon auf die Parade?«

Einen Moment lang war er versucht, sie zu ignorieren. Aber sie lächelte ihn so begeistert an, dass er es nicht fertigbrachte, sie einfach stehen zu lassen.

»Welche Parade?«

»Na, heute ist Columbus-Tag. Wir feiern die Landung des italienischen Seefahrers Christoph Columbus in der Neuen Welt am 12. Oktober 1492. Der Festumzug findet auf der 5th Avenue statt. Du siehst es dir doch an?«

»Vielleicht. Wenn ich eine Fähre über den Fluss bekomme. Die Brücke ist ja gesperrt.«

»Ah! Die wundervolle Brücke!«, rief sie überschwänglich. »Man nennt sie *Sehnsuchtsbrücke*. Der Bau begann 1869 und dauerte vierzehn Jahre. Sie führt in das Herz von Manhattan und symbolisiert den Traum von einem besseren Leben.«

Sehnsuchtsbrücke. Das brachte in ihm etwas zum Schwingen. Ein leiser Schmerz, ein Ziehen zwischen Bauch und Brust, das er nicht einordnen konnte.

»Du … weißt ja wirklich viel über New York.«

Die Holländerin errötete vor Stolz und strich sich die Schürze glatt. Zum ersten Mal betrachtete Jay ihren Rock genauer. Er war über und über mit Schlagzeilen aus der Geschichte der Stadt bedeckt, einige Zeitungen waren altertümliche Flugblätter, die über Brände und Überfälle berichteten. Es gab Börsennachrichten aus der Zeit der großen Depression und aktuellere Meldungen. Jay suchte nach dem heutigen Tag, aber alles, was er fand, waren Zeitungen vom 2. und 3. Oktober. Dort, wo es von Weitem so aussah, als trüge die Frau eine helle Schürze, fächerten sich einfach nur leere Zeitungsblätter auf. Sie bemerkte sein Interesse mit Wohlwollen und machte eine raschelnde Drehung. »Frag mich, wenn du etwas wissen willst, junger Ire.«

»Hör auf mit dem Iren. Ich heiße Jay. Und du?«

Sie blickte ihn ein wenig ratlos an. Dann hob sie geziert die Hände in einer Geste, die wohl die altmodische Entsprechung eines Schulterzuckens war. »Liberty«, sagte sie mit einem kleinen, verlegenen Lachen.

Jay runzelte die Stirn. »Aha. Ich hätte eher einen holländischen Namen erwartet.«

»Ich bin New Yorkerin!«, erwiderte sie würdevoll. »Keine weiteren Fragen mehr? Ich weiß wirklich viel!« Das klang so bang und hoffnungsvoll, dass Jay seltsam berührt war. Irgendwie mochte er sie – und sie kam ihm mit ihrem zerbrechlichen Stolz gar nicht mehr so verrückt vor. *Vielleicht ist sie nur einsam und das ist ihre Art, sich mit Menschen zu unterhalten?*

»Mannahatta?«, fragte er. »Kennst du das?«

Sie begann auf der Stelle so sehr zu strahlen, dass sie trotz der Fältchen um ihre Augen wie ein junges Mädchen wirkte. »Das Herz unserer Stadt! Die Stadtinsel wurde bis ins 17. Jahrhundert von Alonquin-Indianern bewohnt. Sie nannten sie ›Mannahatta‹ – Land der vielen Hügel. Im Jahre 1626 kaufte ihnen der Gouverneur der holländischen Siedlung die Insel für ein paar Glasperlen, Messer und Beile im Wert von rund 60 Gulden ab.«

Glasperlen! Wenn er bis jetzt noch unsicher gewesen war, jetzt begann sich alles zu einem Bild zu fügen. Er war tatsächlich auf dem richtigen Weg. Ivy trug Glasperlenketten. Und offenbar versuchte sie auch, sich indianisch zu kleiden.

»Danke!«, sagte er aus vollem Herzen.

Liberty deutete einen altmodischen Knicks an. »Gern geschehen.«

Sie wollte kehrtmachen, doch dann erstarrte sie – und sprang mit einem schrillen Schrei zur Seite. Im selben Moment traf ihn ein Stoß in die Seite. Jay stürzte, Asphalt schrubbte über seine Schulter. Eine Sekunde später krachte direkt vor der Haltestelle etwas auf den Boden. Nur aus dem Augenwinkel erkannte Jay, dass es eine Ampel war. Das Stahlseil, an dem sie aufgehängt gewesen war, war abgerissen und hing lose auf die Straße. Leute schrien auf und brachten sich in Sicherheit. Autos stoppten mit quietschenden Bremsen. Ein Verkehrspolizist pfiff sich die Lunge aus dem Leib. Niemand beachtete Jay, der auf dem Bürgersteig lag und nach Luft schnappte. Und irgendjemand … lag mit vollem Gewicht auf ihm. Kaninchenfell kitzelte seine Wange.

»Hoppla«, sagte Ivy. »Und jetzt behaupte noch mal, du kannst selbst auf dich aufpassen! Die hätte dich ja glatt erschlagen können.« Blitzschnell wand sie sich aus seinen Armen und sprang auf.

»Willst du die hier zurück?« Sie hob die Faust vors Gesicht. Eine Bewegung ihres Zeigefingers und die Kette fiel heraus und baumelte vor seiner Nase hin und her. Er versuchte, sie zu schnappen, aber Ivy war schneller und sprang zurück. »Wenn du sie haben willst, hol sie dir!«

Dann fegte sie schon davon. Der Zorn auf sie war so plötzlich wieder da, als hätte er ein Licht angeknipst. Er spürte nicht einmal den Schmerz der Prellungen. Fluchend rappelte er sich auf und nahm die Verfolgung auf. Was gar nicht so einfach war. Ivy schlug Haken und hangelte sich wie ein Parkour-Akrobat über Mauern, lief einfach über eine Motorhaube und rannte dann eine Straße entlang. Erst auf gerader Strecke gelang es ihm, sie beinahe einzuholen. Aber gleich würde sie die Straßenecke erreichen. Im Rennen schnappte er sich ein zerrissenes Plastikschild, das neben einem Haufen schwarzer Müllsäcke am Straßenrand lag, und schleuderte es ihr unter die Beine. Sie stolperte und fiel. Etwas klirrte, dann rollte sich Ivy geschickt ab und kam wieder auf die Beine. Noch im Schwung kletterte sie auf eine Mauer, knapp außerhalb seiner Reichweite. Schwer atmend blickte sie auf ihn herunter. Immerhin, so stellte er mit Genugtuung fest, war sie vor Schreck blass geworden. Das klirrende Ding, das ihr wohl aus der Tasche gefallen war, lag direkt vor Jays Füßen – es war ein goldenes Armband, das mit Edelsteinen besetzt war.

»Ich bin wohl nicht der Einzige, den du bestiehlst«, keuchte Jay. »Wo hast du das her?«

»Ach das. Gefunden.«

»Wo?«

Sie machte eine vage Geste, die die gesamte Gegend einschloss. »Hier und da – in den Häusern. Überall.«

»Du stiehlst!«

Ihre Mundwinkel zuckten. Sie musste sich offenbar mühsam das Lachen verbeißen. »Was sollte ich hier schon stehlen?«

Jay betrachtete das Armband genauer. Jeder sah, dass das kein Modeschmuck war, dafür funkelten die transparenten Edelsteine viel zu sehr. Das hier sah eher nach den Juwelierläden aus, wo echte Brillanten an Verlobungsringen blitzten.

»Klar«, sagte er trocken. »Nichts zu holen in dieser Stadt. Immerhin weiß ich jetzt, dass du kein Geist bist. Nur eine ganz gewöhnliche Diebin.«

»*Wie* nennst du mich?«

»Du hast mich schon verstanden.«

»Geist?«, rief sie erbost aus. Sie war so zornig, dass sie rote Flecken auf den Wangen hatte. »Dann verrate mir mal, ob Gespenster das hier machen!«

Blitzschnell hob sie einen losen Stein auf, der auf der morschen Mauer lag. Dann surrte das Wurfgeschoss knapp an seinem Ohr vorbei. Irgendwo hinter ihm zersplitterte Glas.

»Bist du wahnsinnig?«, schrie Jay.

»Allerdings! Und beim nächsten Mal ziele ich richtig.« Aber ihre Mundwinkel zuckten bei diesen Worten wieder und plötzlich musste sie lachen. Es war ein etwas raues, direktes Lachen, das ihn irritierte. »Du gefällst mir wirklich, wenn du wütend bist, Jay. Aber wenn du Robins Kette zurückhaben willst, solltest du etwas netter zu mir sein.«

Robins Kette. Es durchzuckte ihn bis in die Fußspitzen. Er wusste ganz sicher, dass er ihr den Namen seines Vaters nicht genannt hatte. Er konnte spüren, wie seine Vernunft darum rang, die Oberhand zu behalten. Aber das Schlimme war, dass die Hoffnung wieder aufflammte und jeden klaren Gedanken zu verbrennen drohte. »Du kanntest meinen Vater als doch?«, rutschte es ihm heraus.

»Ja«, sagte sie vollkommen aufrichtig und ernsthaft.

»Aber … du hast gesagt, du hättest noch vor zwei Tagen mit ihm gesprochen. Das ist unmöglich – er ist tot.«

»Natürlich ist er das«, erwiderte sie fast gelangweilt und sprang auf die Straße. »Sonst könnte er dich ja auch selbst warnen, oder?«

Diese Kaltschnäuzigkeit brachte ihn völlig außer Fassung.

Ohne die Brillantkette auch nur noch eines Blickes zu würdigen, rannte sie wieder los. Diesmal verlor er sie tatsächlich aus den Augen. Schon in der nächsten Straße kam er wegen der Brückenabsperrungen nicht weiter, also wich er aus und lief zur Dock Street am Fuß der Brücke, direkt am Fluss. Keuchend blieb er stehen und hielt Ausschau nach ihr. Links über ihm erhob sich die Brücke, ein filigranes Kunstwerk aus Stahl. Wie eine riesige Hängematte war die Konstruktion an zwei gemauerten Pfeilern aufgehängt. Die Durchgänge waren gotisch anmutende Doppelspitzbögen. Stahlseile hingen lose von ihren Verankerungen, die weißblauen Flammen der Schweißgeräte ließen Jay blinzeln. Die Luft war erfüllt vom Kreischen und Heulen der Reparaturarbeiten.

»Ivy?« Er sah sich um, aber alles, was er entdeckte, waren ein Hotdog-Verkäufer und ein Rudel Mütter, die mit ihren Kindern am Fluss spazieren gingen. Irgendwo grölte ein Straßensänger einen Country-Song, begleitet von einer verstimmten Gitarre. »Ivy!« Niemand beachtete ihn, vermutlich wirkte er nur wie ein weiterer Madman, der hier nach imaginären Freunden rief.

Doch dann tauchte sie tatsächlich auf, atemlos vom Laufen und unendlich erleichtert. »Ich dachte schon, ich hätte dich verloren! Warum bist du abgebogen? Wir müssen doch da oben über die Brücke.«

Klar, und wie?

»Ich gehe nirgendwohin, bevor du mir nicht endlich sagst, wer du bist und was du von mir willst.«

Als er auf sie zukam, sprang sie sofort zurück und vergrößerte den Sicherheitsabstand. Argwohn huschte über ihre Miene. Offenbar wusste sie, dass sie hier auf dem Gelände weniger Chancen gegen ihn hatte als mitten in der Stadt. Für einen Moment spielte er tatsächlich mit dem Gedanken, sie zu überwältigen und sich seine Kette zu holen, aber dann stellte er fest, dass er überhaupt nicht gegen sie kämpfen wollte. Sogar sein Zorn auf sie war verraucht. *Es wäre einfacher, wenn ich sie nicht leiden könnte.* Aber widerstrebend musste er zugeben, dass er sie auf eine Art, für die er keinen Namen hatte, sogar mochte. *Und Robin würde sie gefallen.*

Sie legte ruckartig den Kopf schief. »Du denkst gerade an ihn, nicht wahr?«

»Wie kommst du darauf?« Er schluckte schwer, weil es ihm plötzlich die Kehle zuschnürte.

»Ich weiß, wie es ist, jemanden zu verlieren, den man liebt. Und seit ich es weiß, sehe ich, wenn jemand traurige Augen bekommt. Ich sehe sogar die Farbe deiner Gedanken. Sie sind so dunkel wie der Fluss. Du musst deinen Vater vermissen.«

Auf alles war er gefasst gewesen, aber nicht auf so etwas. *Und das Komischste dabei ist, dass ausgerechnet sie die Einzige ist, mit der ich über meinen Vater sprechen kann.*

»*Lost in my yesterday's blues*«, sang der Kerl mit der Gitarre aus voller Kehle. Aber in Jay war es mit einem Mal still. Und dann überraschte er sich selbst, indem er dem seltsamen Mädchen eine Antwort gab. »Ja. Ich vermisse ihn. Sehr sogar.«

Es fühlte sich an, als hätte er die Tür zu einer sehr dunklen Kammer aufgemacht, damit endlich Licht hineinkonnte.

»Er vermisst dich auch«, sagte Ivy sanft.

Und mit einem Mal wusste er, warum ihm zum Heulen zumute war. Es war eine Erinnerung. *Sehnsuchtsbrücke.* Er erinnerte sich daran, mit seinem Vater über diese Brücke gelaufen zu sein. Schon damals hatte Zweiherz nicht einmal genug Geld für die Bahn gehabt, aber Jay war stolz darauf gewesen, an der Seite seines Vaters den Weg zu Fuß zu bewältigen.

Was, wenn er wirklich eine Botschaft für mich hat?

»Okay«, sagte er heiser. »Ich höre dir zu.«

Sie nickte und biss sich auf die Unterlippe. »Und keine Tricks, ja?«, sagte sie warnend. »Mir ist klar, du bist stärker als ich. Und du willst deine Kette wiederhaben, aber versprichst du mir, friedlich zu sein, wenn ich dir jetzt erst etwas zeige?«

»Wenn du mir versprichst, mich nicht vor ein Auto oder in den Fluss zu stoßen.«

Sie hob verdutzt die Brauen, dann musste sie lachen und auch Jay ertappte sich bei einem flüchtigen Lächeln. Sie holte tief Luft, als müsste sie sich Mut machen, dann gab sie den Abstand tatsächlich auf und trat direkt neben ihn. Wieder erfüllte diese knisternde Spannung ihrer Nähe die Luft. Es war wie ein Flirren, das ihn leicht schwindelig machte. Verstohlen musterte er sie von der Seite. Ihr Haar war zerzaust und ihre Wangen gerötet, und er musste sich widerstrebend eingestehen, dass er sie tatsächlich hübsch fand – auf eine wilde, ungezähmte Weise, die in einem seltsamen Kontrast zu ihrer plötzlichen Ernsthaftigkeit stand.

Sie deutete über den Fluss. »Was siehst du dort?«

Er musste sich zwingen, den Blick von ihr abzuwenden. Hinter der Brücke erhob sich die Skyline des südlichen Manhattan. Die Postkarten-Silhouette, die jeder sofort vor sich sah, wenn er den Namen New York hörte. Nur dass es in Wirklichkeit viel, viel beeindruckender war. Sogar jetzt, vor einem taubengrauen Himmel, im Nieselregen.

»Das ist Manhattan.«

»Ja, schon. Aber was *siehst* du?«

»Hochhäuser. Ein Flugzeug, das über die Stadt fliegt. Und etwas weiter hinten das Chrysler Building. Und natürlich die Spitze des Empire State …«

»Schau genauer hin! Versuche hinter die Dinge zu blicken. Denke am besten nur an deinen Vater und vergiss, dass das Hochhäuser sind. Versuche mit fremden Augen zu schauen.«

Gänsehaut stellte die Härchen an seinen Armen auf, als sie noch näher zu ihm trat. Nun berührten sie sich fast und plötzlich schlug sein Herz schneller. Sie duftete leicht nach frischem Gras und etwas Süßem, das er nicht benennen konnte.

»Was siehst du?«

»Ich weiß nicht, was du meinst.«

Lautlos wich sie zurück und trat hinter ihn. Er zuckte zusammen, als sie ihm die Hände über die Augen legte, aber dann entspannte er sich. Madisons Hände waren immer warm, fast fieberheiß – Ivys Finger dagegen kalt vom Wind. Ihm wurde leicht schwindelig.

»Versuche zu zweifeln«, flüsterte Ivy ihm beschwörend zu. »Bitte, nur für einen Moment.«

Komischerweise musste er ausgerechnet jetzt ständig an Madison denken.

Was würde sie sagen, wenn sie mich hier sehen würde? Wenn sie wirklich so eifersüchtig ist, wie Aidan sagt ...

»Und jetzt: Schau!« Sie zog die Hände weg und trat neben ihn. »Und?«

Sie blickte ihn so voll wilder Hoffnung an, dass er sich unwillkürlich wirklich Mühe gab, irgendetwas zu erkennen, das offenbar nur sie wahrnahm.

»Tut mir leid, Ivy.«

Er konnte förmlich fühlen, wie ihr der Mut sank. Und gleichzeitig machte sich auch in ihm eine Enttäuschung breit, die er nicht einzuordnen wusste.

»Du hast eben an *sie* gedacht, nicht wahr?«, rief sie verzweifelt. »Liebst du sie wirklich schon so sehr, dass du sie keinen Augenblick vergessen kannst? Solange diese *Madison* in deinen Gedanken ist, funktioniert es nicht!« Jetzt schwang ein hasserfüllter Unterton mit. »Du musst sie vergessen! Du musst!«

»Wie soll das gehen? Und warum ...«

Ivy sprang vor ihn und packte ihn grob an der Jacke. Er war viel zu überrumpelt, um sich dagegen zu wehren, dass sie ihn ein Stück zu sich herunterzog. Gerade weit genug, um … ihn zu küssen! Im Gegensatz zu Madisons Kuss, der alles in weiche Farben tauchte, war dieser hier fordernd und packte ihn bei jeder Faser seines Seins. Kühle Lippen, die wie süßer Schnee schmeckten, sogen sich an seinen fest. *Verdammt, was machst du?*, schrie es in seinem Kopf. Aber dann vergaß er Madison tatsächlich und auch alles andere. Plötzlich gab es nur den schnellen Strom von Empfindungen, der ihn auf Gedeih und Verderben mitriss.

Ebenso abrupt, wie sie ihn an sich gezogen hatte, ließ Ivy ihn wieder los.

»Deshalb!«, flüsterte sie. »Schnell! Denk nicht nach, sieh hin!«

Benommen gehorchte er.

Es war immer noch Manhattan – und auch wieder nicht. Die Umrisse der Stadt waren noch da, aber die Häuser waren nur noch gigantische Skelette, durch die der Himmel hindurchschimmerte. Das Flugzeug zog seine Linie über den Himmel. Doch dann glitt es in eine viel zu enge Kurve und bewegte sich auf eine Weise, auf die kein Flugzeug sich bewegen durfte. *Schlägt es … mit den Flügeln?* Und dann war es nicht länger ein Flugzeug, sondern ein riesiger Greifvogel, vielleicht sogar ein Adler. Er setzte zu einem Sturzflug an – mitten in ein Haus. Nein, er flog *durch* das Haus und stürzte sich auf etwas, das im zwanzigsten Stock oder höher sein musste. Ein paar Sekunden später hatte er seine Beute gepackt und trug sie durch die Luft. In seinen Fängen zappelte etwas. Dann verblasste auch die letzte Spur von Häusern, und Jay blickte auf einen herbstlichen, zerklüfteten Dschungel voller Schatten, der in der Nachmittagssonne zu leuchten schien wie ein verwunschenes Land.

Das Sonnenlicht hatte einen goldenen Glanz, selbst die dunklen Gewitterwolken, die schwer über der Insel hingen, hatten einen Bronzerand. *Wie auf einer der Postkarten.*

»Jetzt *siehst* du!« Er hörte an ihrer Stimme, dass Ivy lächelte, und wagte nicht einmal zu blinzeln. »Was ... was ist das?«

»Meine Welt«, erwiderte Ivy. »Und auch die von Robin – und dir.«

Das, was ihn fast noch mehr gefangen nahm als dieses fremde goldene Land, war die summende Stille um ihn. Das Rauschen von Verkehr war längst zu Wasserrauschen geworden. Und obwohl der East River ruhig vor ihm lag, hörte er ganz nah die Strömung eines schnellen, gefährlichen Flusses.

Eine parallele Wirklichkeit? Komischerweise schossen ihm die Plots von unzähligen Filmen durch den Kopf, in denen genau das passierte: sich überlagernde Wirklichkeiten, Leute, die in eine magische Welt gezogen wurden, vielleicht in ein Elfenland ...

Heftig schüttelte er den Kopf. »Ich glaube nicht an so was!«

»Dann solltest du jetzt damit anfangen«, meinte sie trocken.

»Es ... ist nicht real!«

»Wirklich nicht? Was ist denn real, Jay?«

Panik überwältigte ihn, das Gefühl zu ersticken und den Halt zu verlieren, wenn er nicht sofort etwas fand, das ihm seine Wirklichkeit zurückbrachte. *Madison,* dachte er. *Matt. Meine Welt.*

Er war unendlich erleichtert, als der Dschungel verschwand wie weggeschnippt. Hochhausfassaden spiegelten taubengraue Wolken. Lärm brach über ihn herein. Irgendwo über ihm kreischte eine Eisensäge so laut auf, dass es schmerzte.

»Mannahatta *ist* wirklich!«, beharrte Ivy.

»Für dich. Aber nicht für mich.«

»Ach ja?« Ivy kam so nah an ihr heran, dass er sein Spiegelbild in ihren Augen sehen konnte. »Brennt ein Feuer in eurem Ofen? Gibt es auch nur ein einziges Buch in deinem Haus?«, wisperte sie. »Träumst du? Und wenn ja, was siehst du? Achte auf die Details! Sie irren sich meistens in den Details.«

»Das klingt wie eine Textzeile aus *Matrix*.«

Sie sah ihn so verständnislos an, dass er hinzufügte: »Der Film … Keanu Reeves.«

»Filmkeanureeves?« Sie kniff irritiert die Augen zusammen. »Ist das ein Name?«

Es war wirklich so, als würden sie aus völlig verschiedenen Welten kommen. *Ob Madison sie sehen würde?*

Er prallte erschrocken zurück, als er sah, dass das Flusswasser und ein Brückenpfeiler plötzlich durch Ivy hindurchschimmerten.

»Ivy? Du … verschwindest!«

Sie lachte bitter auf. »Siehst du? Genau das meinte ich. Jetzt denkst du an *sie*. Und alles ist anders.«

Ein jaulendes Bellen ließ sie beide zusammenschrecken.

Es war Feathers. Er kam mit wehenden Ohren aus der Richtung der Straße herangefegt und lief zum Fluss. Ab und zu blieb er stehen und senkte die Nase zu Boden, als würde er einer Spur folgen.

»Runter, bevor er dich sieht!« Jay wusste selbst nicht, warum, aber er gehorchte Ivy und duckte sich ebenfalls in den Sichtschutz einiger Metalltonnen. Ivy griff in einen Beutel an ihrem Gürtel und holte eine Handvoll Samen hervor. Die gleichen braunen, flachen Samen, die er vorhin im Park eingesammelt hatte. »Was machst du da?«

»Scht! Leise. Beweg dich nicht.«

Sie streute die Samen im Kreis um sich und ihn. *Soll das ein magischer Kreis sein?* Spätestens jetzt wehrte sich wieder alles in ihm dagegen, auch nur ein Wort von dem zu glauben, was sie erzählte.

»Hör zu, Jay. Ich habe keine Zeit, es dir zu erklären. Aber du musst mir glauben: Du gehörst zu mir, in meine Welt!« Sie verhaspelte sich, so schnell sprach sie nun. »Robin wartet auf dich – da drüben, in Mannahatta.«

»Jay?«, ertönte eine tiefe, leicht heisere Stimme in der Nähe. »Bist du hier?«

Ivy wurde noch blasser und sah sich gehetzt um. »Wer ist das?«

»Mein Onkel.«

»Verdammt, die bewachen dich ja wirklich gut.« Sie wandte sich von ihm ab und spähte durch eine Lücke zwischen den Tonnen.

Jay wagte ebenfalls einen Blick. Nie hätte er gedacht, dass sein beleibter Onkel tatsächlich noch Motorrad fuhr – aber am Rand der Straße war Matt, eingezwängt in eine riesige Lederjacke, die ihm trotzdem viel zu eng war. Das Motorrad lag tief unter seinem Gewicht. Matt hatte den Helm abgenommen und blickte sich suchend um. Feathers tauchte direkt neben Jay auf, witterte kurz und trabte zum Hotdogstand. Der Verkäufer versuchte ihn wegzuscheuchen. *Offenbar sieht uns jetzt wirklich keiner.*

Ein leises Klicken ertönte neben ihm. Er sah zu Ivy – und bekam den Schock seines Lebens. Sie war immer noch halb durchsichtig. Aber die Pistole in ihren Händen war erschreckend real. Sie zielte durch die Lücke. *Auf Matt!* Jay schnellte vor und riss sie im Sprung zu Boden. Seine Finger gruben sich in ihr Handgelenk. Im nächsten Moment flog die Waffe in hohem Bogen durch die Luft, drehte sich im fahlen Glanz der Regensonne um sich selbst – und landete fast ohne ein Geräusch im Fluss. Feathers bellte auf und stürmte zum Wasser.

Ivy machte sich grob von ihm los und sprang zurück.

»Was sollte das?«, zischte Jay.

»Er ist gefährlich«, erwiderte Ivy leise. »Wenn er mich sieht, dann tötet er mich.«

Matt ist gefährlich? Aber offenbar meinte sie es todernst. Sie kauerte vor ihm, in der angespannten Haltung eines Raubtiers, das bereit zum Sprung war. *Hey, Mann, du bist in Amerika!*, höhnte eine irre Stimme in seinem Kopf. *Hier schießen die Elfen nicht mit niedlichen Pfeilen aus Elfenbein. Amerika-Elfen tragen Knarren!*

Aber das Komische war, dass er nicht wusste, wer gerade mehr Angst hatte: Ivy oder er. Ihre Augen waren riesengroß und die Furcht darin strahlte so deutlich wie eine schmerzhaft grelle Sonne.

»Du bist in Gefahr«, wisperte sie mit erstickter Stimme.

Die einzige Gefahr hier bist du, dachte er. Die Herzen auf dem Forever-Baum fielen ihm wieder ein. Der blutige Speer … *Ich muss Madison vor ihr beschützen!*

Ihre Augen begannen mit den Wellen zu verschwimmen. »Wenn du hierbleibst, verlierst du mich für immer – mich, deinen Vater und Mannahatta. Wendigo wird dich zerreißen und dein Herz verschlingen. Verlass Madison, hörst du? Sag ihr nicht, dass du sie liebst …« Ihre verzweifelte Stimme verhallte, je mehr sie verblasste.

Beim nächsten Blinzeln war sie unsichtbar geworden. Nur der magische Kreis aus Samen zeugte noch von ihrem Gespräch. Jay schnellte hoch und sprang aus dem Kreis, als müsste er sich retten. Ein scharfes, kurzes Bellen riss ihn endgültig in die Wirklichkeit zurück. Feathers stürzte auf ihn zu und versuchte, ihm ungestüm das Gesicht abzulecken. Heute wehrte Jay ihn nicht ab.

»Also habe ich doch richtig gesehen!«, rief Onkel Matt und gab Gas. Als er neben Jay bremste, hellte sich seine Miene kurz auf, aber dann flog ein Schatten über sein Gesicht. Missmutig zupfte er an seinen Lederhandschuhen herum. »Was hast du hier draußen verloren?«

»Ich … war joggen.«

»Den ganzen Nachmittag? Es ist gleich sechs!«

Ich war über drei Stunden weg?

Die Geschichten von den Elfen, die die Menschen in ihr geheimes Reich lockten, kamen ihm in den Sinn. In der Elfenwelt verging eine Stunde – in der Menschenwelt dagegen Jahre. Er glaubte immer noch, Ivys süßen Schneekuss auf den Lippen zu spüren und den dunklen Glanz der Waffe zu sehen.

»Ich will nicht, dass du abhaust, ohne Aidan oder mir Bescheid zu sagen«, fuhr Matt ihn an. »Ich habe immer noch die Verantwortung für dich, klar? Und außerdem gibt es zu Hause genug zu tun. Die Heizung ist endgültig hinüber, ich war gerade dabei, ein Ersatzteil zu besorgen.« Er warf ihm den Motorradhelm zu. »Los, steig auf!«

»Hast du mich gesucht?«

Matt schüttelte den Kopf. »Ich habe Besseres zu tun. Feathers ist ausgebüxt, hab ihn zufällig gesehen. Er war dir wohl auf der Spur.«

Grünes Feuer

Die Heizung war nicht mehr zu reparieren und mit dem Regen kroch die Kälte in jeden Winkel des Hauses. Jay hätte gerne mit Aidan geredet, aber Linda war herübergekommen und stand in der Küche, wo sie auf der Anrichte einen Haufen undefinierbarer Knollen zerkleinerte. Jay bemühte sich, wenigstens ein neutrales Gesicht zu machen, aber Linda ließ sich nicht täuschen. »Da, wo ich herkomme, nennt man das Essen«, bemerkte sie spitz. »Und wenn du meinen Kuchen essen konntest, wirst du das auch runterkriegen.«

»Bis jetzt sieht es so aus, als müssten wir sie roh essen«, kam es aus der Ecke, wo Aidan hinter dem Grill kniete und versuchte, die durchgerosteten Streben zu reparieren.

Jay wischte sich die ölverschmierten Hände an einem Lappen ab und ging ins Wohnzimmer, das mit Fahrrädern und Ersatzteilen vollgestellt war. Sicher zum fünfzigsten Mal wählte er Madisons Nummer. Wieder ertönte nur die Stimme ihrer Mutter auf dem Anrufbeantworter, immer noch der Spruch vom Sturmtag. Der Gedanke, dass Madison bereits allein zu ihm unterwegs sein könnte, beunruhigte ihn. Zu deutlich hörte er noch Ivys hasserfüllten Tonfall, wenn sie von Madison sprach. Kurz entschlossen schnappte er sich die Jacke und den Hausschlüssel.

»Aidan? Ich hau ab. Falls Matt sich aufregt, sag ihm, ich hole Madison ab.«

Linda blickte mit gerunzelter Stirn von den Knollen hoch. »Sie will doch nicht, dass jemand sie abholt. Ihr Vater mag keine Jungs. Hat sie mir jedenfalls neulich erzählt.«

Und wenn schon! Ich will nicht, dass ihr Ivy über den Weg läuft.

»Feathers?«, rief er. Er ging in den Flur und zerrte auch noch einen Schal vom Haken. Doch als er die Hand auf die Klinke legte, umschlangen ihn von hinten zwei Arme. Es war, als würde die Wirklichkeit wieder in ihre Balance zurückschwingen. Das Bild von Ivy und der Pistole verschwand wie weggeweht. »Matt hat mich durch die Werkstatt reingelassen«, sagte Madison atemlos. Er drehte sich um, dann umgab ihn wieder die schwebende Euphorie, die er schon bei ihrem ersten Kuss verspürt hatte.

»Ich habe mindestens hundertmal bei dir angerufen«, murmelte er und strich ihr eine schwarze Strähne aus der Stirn. »Und jetzt war ich gerade auf dem Weg zu dir.«

»Ich« – sie küsste seinen Mundwinkel – »habe dich auch vermisst! Sehr sogar, Jay!«

Und ich lasse mich von einer wildfremden Amokläuferin küssen und vergesse dich dabei sogar für ein paar Augenblicke. Mit einem Mal kam er sich wie ein Schurke vor.

Krallen klackten auf Holz, Feathers erschien an der Küchentür.

»Oh, ist das dein Hund?«, rief Madison.

»Ja, aber sei vorsichtig, neuerdings knurrt er und …«

Aber als Madison ohne Scheu auf Feathers zuging, warf er sich vor ihr auf den Rücken und winselte so welpenhaft, dass sie lachen musste. *Schleimer,* dachte Jay fassungslos. Matt war aus der Werkstatt getreten. »Du grillst doch mit uns, Maddy?«

Mit einem Mal verstand Jay, was sein Cousin gemeint hatte. Seit er hier war, hatte er Matt noch nie richtig lächeln gesehen, aber jetzt war alles Grobe, Mürrische aus seiner Miene verschwunden.

Madison zuckte bedauernd die Schultern. »Ich kann leider nicht lange bleiben. Meine Tante wartet. Es war schon schwierig genug, für eine halbe Stunde zu verschwinden. Ich wollte nur Jay sehen.«

Ein Gepolter über ihnen ließ sie alle aufblicken. Es hörte sich an, als würde eine Football-Mannschaft im oberen Stockwerk durch die Zimmer galoppieren. Etwas fiel scheppernd zu Boden und zerbrach.

»Schon wieder«, knurrte Matt. »Verdammte Waschbären!« Er griff nach einem Besenstiel, der in der Ecke lehnte, und machte sich auf den Weg nach oben. Feathers quetschte sich auf der Stiege an ihm vorbei und rannte voraus.

Madison trat an Jay heran. Ihre Hände fuhren unter sein Shirt und er erschauerte bei der Berührung. Ihre Fingerspitzen schienen zu glühen. Sie glitten hinauf über seine Brust, bis die Hand direkt über seinem Herzen lag. Sie stutzte. »Du hast ja den Kojotenanhänger abgenommen!« Dann ging ein Strahlen über ihr Gesicht, als hätte er ihr ein Geschenk gemacht. »Also hast du doch gemerkt, dass ich ihn nicht mag.«

Es wäre einfach gewesen, zu nicken und sich damit weitere Pluspunkte bei ihr zu sichern, aber das ließ sein Stolz nicht zu. Er mochte all das sein, was Charlie ihm bei dem letzten Streit an den Kopf geworfen hatte. Aber eines war er ganz sicher nicht: Jemand, der log, um sein Mädchen leichter herumzukriegen.

»Ich haben den Anhänger … verloren. Im Park.«

Nun, die ganze Wahrheit war das auch nicht. Aber was sollte er sagen? Dass ein anderes Mädchen ihm die Kette gestohlen hatte? Ein Mädchen, das aus einer Welt mit goldenem Licht stammte?

»Jay?« Mit gerunzelter Stirn sah sie ihn an. »Ist was?«

»Warum?«

Sie zog die Hände zurück, als hätte sie sich an seiner Haut verbrannt, und verschränkte die Arme. Ein misstrauischer Zug huschte über ihre Miene. »Du wirkst so anders. So kühl. Woran denkst du? Freust du dich überhaupt nicht, mich zu sehen?«

»Doch! Natürlich. Ich bin heute nur etwas durcheinander.« Zumindest das war die reine Wahrheit.

*

Die Tür zum Garten stand weit offen. Linda war noch einmal zu ihrem Haus zurückgegangen. Aidan versuchte immer noch, im spärlichen Licht einiger Taschenlampen den Grill zu reparieren.

Madison sah sich in der Küche um. Und Jay fühlte sich plötzlich unbehaglich. Es war so, als hätte die Begegnung mit Ivy seinen Blick auf merkwürdige Art verändert. Zum ersten Mal fiel ihm auf, wie schäbig und düster die Küche wirkte, wie alt das Geschirr war und wie feucht es hier roch. Hundehaare ballten sich in den Ecken zu Wollmäusen. Er hatte ein mulmiges Gefühl, als Madison sich aufmerksam umsah. *Bestimmt denkt sie, wir hausen wie die Penner.* Und wenn ihr Vater das Chaos hier sehen würde, dürfte sie garantiert nicht einmal mehr in die Nähe von Matts Haus kommen.

»Tja, zieht euch warm an.« Aidan wand sich aus der Ecke hervor und klopfte sich Staub vom Ärmel. »Der Grill ist hinüber, wir werden wohl ein Lagerfeuer im Garten machen müssen, um das zu Fleisch braten und ein bisschen warm zu werden.«

»Und was ist damit?« Madison zog ein Stück Plastikplane von einem Haufen Kisten und deutete auf einen langen gemauerten Klotz, der fast ganz unter Gerümpel begraben war. Aidan starrte mit offenem Mund darauf.

»Der alte Herd! Maddy, du bist ein Genie! Den hatte ich ja völlig vergessen.« Mit ein paar Sätzen war er in der Ecke und begann die Kisten herunterzuwuchten. »Wir sind ja schöne Idioten, Jay, warum sind wir nicht gleich darauf gekommen? Damit hat die Vorbesitzerin noch das Haus geheizt und gekocht. Und ich habe das Ding mal als Lager benutzt. Komm, hilf mir mal!«

Es war tatsächlich ein alter Herd mit eisernen Ofenringen. Es knirschte, Rost rieselte, als Aidan die geschmiedete Ofentür aufzog und einen ganzen Haufen verworrener Kabel herauszerrte. Dann schnappte er sich eine der leeren Obstkisten, die sich in der Ecke stapelten. Es gab ein Riesengetöse, als er sie mit ein paar Tritten zu Kleinholz machte. Feathers tappte in die Küche und beobachtete die Aktion mit schief gelegtem Kopf.

»Das nehmen wir zum Anschüren.«

»Dann hoffe ich, du hast inzwischen ein Feuerzeug gefunden«, bemerkte Jay. Aidan sah ihn überrascht an, dann schlug er sich gegen die Stirn. »Mist, stimmt! Habe ich ganz vergessen, Linda hat bestimmt Streichhölzer.«

Er ließ sie einfach stehen und ging in den Garten.

Madison nahm sich sofort die nächste Kiste vor und brach sie in Stücke. Dann kniete sie sich auf den Boden und begann einige Kleinspäne in den Ofen zu schieben.

Die Erinnerung entfaltete sich wie eine Feuerblüte, als er Madisons vornübergebeugte Gestalt betrachtete. Ihr Schatten schien zu verschwimmen und ein Eigenleben zu bekommen, zu wachsen und sich schließlich vor Madison zu schieben wie ein Nebel.

Eine andere Gestalt kniete vor dem Ofen. Die war hoch gewachsen und kräftig, mit langem rotem Haar und sehnigen Händen. Jay hatte nie gewusst, dass auch Sehnsucht wie ein Schlag in den Magen sein konnte.

Robin drehte mit beiden Händen einen Holzstab in ein Stück Rinde. Nach ein paar Sekunden hielt er inne, hob den Blick und grinste Jay verschwörerisch zu.

»Mein Vater hat mir einmal gezeigt, wie man Feuer macht. Im Central Park. Drüben in Manhattan.« Der Satz rutschte ihm einfach so heraus. Und beinahe hätte er *Mannahatta* gesagt.

Madison richtete sich auf und klopfte sich die Hände ab. Das Bild seines Vaters verschmolz mit ihrem Schatten und verschwand. »Wirklich? Und? Hat es funktioniert?«

Jay musste sich räuspern, um weitersprechen zu können. »Nein, das geht wohl nur im Film.« Mit einem Mal wünschte er nichts so sehr, als ihr einfach alles erzählen zu können. »Musst du wirklich gleich wieder zu deiner Tante zurück?«

»Ja, leider.« Sie seufzte und sah auf ihre Armbanduhr. »Oje, ich sollte demnächst los.«

Aber sie machte keine Anstalten aufzustehen und auch Jay rührte sich nicht. Oben hatte das Poltern der Waschbärenjagd aufgehört und plötzlich war es unheimlich still, sogar Feathers hörte auf, sich hinter dem Ohr zu kratzen.

»Sollen wir es versuchen?«, sagte Madison plötzlich.

»Feuer zu machen? Nein, wir bräuchten richtigen Zunder dafür – und noch ein paar andere Sachen.«

»Komm schon, nur ein Versuch!« Madison rieb sich die Hände.

»Wenn wir hier nur herumsitzen, bis Aidan endlich ein Feuerzeug findet, erfrieren wir.«

Jay betrachtete den Holzstapel. Die Traurigkeit pochte immer noch in seiner Brust, eine seltsam hohle Stelle, ohne Klang, ohne Echo.

Wenigstens habe ich nichts zu verlieren.

Wenig später kniete er auf dem Fliesenboden, vor sich ein weicheres, verbogenes Stück von einer Kiste, Holzwolle, Watte und Sägespäne aus Matts Werkstatt und in der Hand einen Kochlöffel aus hartem Holz. Er wusste nicht, warum, aber als er den Löffelstiel auf dem Weichholz ansetzte und begann, den Stiel zwischen seinen Händen zu drehen, schlug sein Herz so schnell, als hätte er Lampenfieber. *Sieh dich nur an*, spottete Charlie in seinen Gedanken. *Du meinst, du kommst diesem Verrückten näher, wenn du dich genauso aufführst wie er? Du bist ja wirklich der Sohn deines Vaters!*

Ja, das bin ich, dachte er trotzig.

Er schloss die Augen und konzentrierte sich auf den Tag im Central Park, vor so vielen Jahren, auf Sonnenwärme auf seiner Haut und den Duft von Frühling. Es war wie eine Beschwörung. Einige Atemzüge lang schwebte er losgelöst von allem in dieser Erinnerung. Robin betrat die hohle Kammer in seiner Brust und alles wurde warm. In der Erinnerung sah er ebenso jung aus wie auf dem Foto. *»Genau so, drillen, Jay!«* Doch Jays Muskeln brannten schon von der Anstrengung und nichts geschah. Nach ein paar weiteren Minuten gab er auf und wischte sich über die Stirn. Zweiherz war fort. »Es geht nicht.«

Aber Madison beugte sich tief über das Holzstück und hob es so behutsam hoch, als würde sie fürchten, es könnte zerbrechen.

»Sieh nur!«, sagte sie andächtig. Sie hielt ihm das Holz mit der angebohrten Mulde vor den Mund. Jetzt sah er es auch: eine fadendünne Rauchsäule kräuselte sich aus der Mulde. »Es braucht Luft.« Wie in Trance hauchten sie beide vorsichtig auf das Holz. Ein Funke glühte überraschend hell auf.

Sofort griff er auf Watte und die trockene Holzwolle über. Jay nahm die Feuerschale aus Madisons Händen und bettete sie in den Ofen. Gemeinsam kauerten sie sich vor die Klappe. Madisons überraschtes Lächeln ließ ihr Gesicht weich aussehen. »Ich fasse es nicht – du hast tatsächlich Feuer gemacht. Und es ist … grün!«

»Das sind die Kabelreste im Ofen, die verbrennen«, erwiderte Jay ebenso fasziniert. »Es ist eine chemische Reaktion auf …«

Sie lachte und küsste ihn so stürmisch, dass er den Halt verlor. Im nächsten Moment lagen sie Seite an Seite auf den kalten Fliesen, während die Hitze des Ofens sie bereits zu wärmen begann. Für einige Momente versank Jay in ihrer Nähe und war einfach nur glücklich. Es war Schweben zwischen Heiß und Kalt, Licht und Schatten.

»Jay?«, raunte Madison ihm zärtlich ins Ohr. »Liebst du mich?«

Das kam so unerwartet, dass es ihm die Sprache verschlug. Und obwohl sich alles in ihm immer noch danach sehnte, sie an sich zu ziehen, war ihm unbehaglich zumute. Irgendetwas in ihm wollte Madison nachgeben, aber ein anderer Teil wehrte sich mit aller Kraft. Es ging zu schnell, viel zu schnell. Und warum kam ihm genau in diesem Moment wieder Ivys Lachen in den Sinn?

»Warum sagst du nicht einfach ja?«

Weil es zwar keine Lüge wäre. Aber auch nicht die Wahrheit.

»Wir kennen uns doch erst ein paar Tage«, erwiderte er vorsichtig. »Das ist nicht lange, jedenfalls noch nicht lange genug, um … von Liebe zu sprechen.«

Liebst du Madison schon so sehr, dass du sie keinen Augenblick vergessen kannst? Aber warum war Ivy so sicher gewesen, dass er Madison tatsächlich liebte? *Woher weiß man überhaupt, ob man jemanden liebt? Oder weiß nur ich es nicht?*

Madison konnte nicht verbergen, wie verletzt sie war. Hastig rappelte sie sich auf und klopfte sich die Späne von der Jacke. Ihr Gesicht glühte, und sie zwinkerte so oft, als würde sie versuchen, die Tränen zurückzuhalten. Das Schlimmste war, dass sie gar nicht wütend wirkte, nur unendlich enttäuscht und ratlos.

»Madison!«, sagte er sanft. »Ich …«

Abwehrend hob sie die Hand. »Ist schon gut!« Ihre Stimme zitterte und dennoch versuchte sie, Haltung zu bewahren. »Vielleicht hast du ja recht«, sagte sie dann sehr gefasst. »Wir kennen uns ja wirklich kaum. Na ja, kein Wunder, wir sehen uns ja fast nur, wenn jemand dabei ist. Wir müssen mehr Zeit für uns haben, Jay. Nur du und ich. Und das werden wir. Versprochen!«

Karten aus der Vergangenheit

In der geräumigen Kammer tief unten in den Eingeweiden des alten Museums sah Ivy den Mond natürlich nicht, aber dennoch wusste sie, dass er höhnisch auf sie herabblickte. Ihm fehlte nur noch ein Hauch mehr Weiß und er würde voll und mächtig sein. In den Schatten glaubte sie sogar sein spöttisches Flüstern zu hören: *Morgen verlierst du ihn für immer.*

»Das werden wir noch sehen«, presste sie zwischen zusammengebissenen Zähnen hervor. Hektisch wischte sie sich mit dem Ärmel über die Stirn und suchte weiter. Kiste um Kiste stieß sie auf und zerrte alles heraus, was sie darin fand: Stoffe und Jacken, Kerzen und Seile, außerdem Haufen von zusammengebundenen Schuhen, die Faye in irgendwelchen Kellern und Lagern aufgestöbert hatte. Sie war so vertieft in ihre fieberhafte Suche, dass sie mit einem Aufschrei herumfuhr, als sich eine Hand auf ihre Schulter legte.

Faye betrachtete besorgt das Chaos. »Der Alte bringt dich um, wenn er sieht, dass du seine Sachen durchwühlst.«

»Ich kann nicht warten. Ich muss wieder zurück, zu Jay.«

»Jetzt? Mitten in der Nacht?«

»Ich darf keine Zeit mehr verlieren. Morgen Nacht ist Vollmond.«

Sie wünschte, Faye würde ihr Mitleid besser verbergen. Der stumme Blick ihrer Schwester brachte ihr mit grausamer Deutlichkeit wieder zu Bewusstsein, wie hoffnungslos die Lage war. Und als würde das noch nicht genügen, setzte Faye mit sanfter Stimme hinzu: »Es ist doch längst zu spät. Du hast es versucht, Ivy. Aber nicht einmal die Vergangenheit konnte ihn zu dir locken.« Und etwas leiser fügte sie hinzu: »Es ist nicht deine Schuld.«

Ivy schossen die Tränen in die Augen. Der Schmerz in ihrer Brust pochte wie ein alter Bekannter, der schon viel zu lange vor der Tür stand und Einlass begehrte. Aber sie ließ ihn auch heute nicht herein. Sie schniefte und schüttelte trotzig den Kopf. »Das heißt nur, dass Robins Name nicht genügt hat, um ihn zu uns zu holen.«

»Ivy«, sagte Faye mit dieser unerträglichen Sanftheit, für die sie ihre Schwester am liebsten geschlagen hätte. »Er wird dich doch nicht einmal sehen. Er sieht nur Madison.«

»Er wird mich nicht übersehen können. Dafür sorge ich.«

Und endlich, endlich stießen ihre Finger gegen kaltes Metall. Ihr Schluchzen wurde zu einem triumphierenden Lachen. Rasch öffnete sie ihren Beutel. Faye riss die Augen auf und schlug entsetzt die Hände vor den Mund.

»Ivy, nein!«, hauchte sie. »Was hast du vor?«

»Wonach sieht es denn aus? Heute wird er mich nicht abweisen.«

Sie sprang auf und schnallte den Beutel mit zwei schnellen Griffen an ihrem Brustgurt fest. Ivy wusste, dass ihre Schwester nicht wagen würde, sie abzuhalten, trotzdem wich sie rasch zur Tür zurück für den Fall, dass sie ihr entwischen musste.

»Vertrau mir doch, Faye. Ich weiß genau, was ich tue. Ich bin der Trickster, schon vergessen?«

Aber heute ließ Faye sich nicht zu einem Lächeln verführen. In ihrem hellen Wolkenkleid wirkte sie stolz und streng wie eine dieser alten Königinnen auf den Bildern längst vergangener Zeiten. »Ich weiß, warum du das tust«, sagte sie mit schneidend klarer Stimme. »Aber es wird nicht helfen. Die Toten werden niemals wieder lebendig.«

*

Ein schriller Vogelruf weckte ihn so abrupt, als wäre er aus dem Zimmer des Schlafes einfach über die Schwelle in das Wachsein getreten. Schemenhaft kehrte die Erinnerung an gestern Abend zurück. Das Gespräch mit Madison, der flüchtige Abschied vor dem Haus ihrer Tante, Matt, der kurzerhand das Sofa aus dem Wohnzimmer vor den Ofen geschoben hatte – und Aidan, der eine Riesenshow machte, indem er den Neandertaler mimte und immer wieder »Firefighter Jay! Er kann Feuer machen!« brüllte.

Er öffnete die Augen und sah … Wolken. Sie waren silbern umrandet vom Licht des Monds, der ihn wie ein fast schon rundes Auge zu betrachten schien. *Bin ich im Garten?* Eher verwundert als erschrocken hob er eine Hand vor das Gesicht und beobachtete, wie eine schnell dahinziehende Wolke zwischen Zeigefinger und Daumen tauchte und hinter seiner Hand verschwand. Plötzlich verstand er und musste lächeln. *Robins Welt!* Er ertappte sich dabei, wie er sich nach dem warmen Goldlicht der anderen Seite sehnte.

Doch als er die Hand nach den Silberwolken ausstreckte, stießen seine Fingerkuppen gegen etwas Leichtes, das sofort zu schwingen begann. Der Nachthimmel verwandelte sich schlagartig wieder in eine Zimmerdecke. Über ihm schaukelte nur der

Dreamcatcher sacht hin und her wie das Pendel eines Hypnotiseurs. Hundefell wärmte seine linke Wange. Aber da war noch eine Wärme, ein Gewicht auf seiner rechten Seite und ein anderer, leichterer Atem. Mühsam kämpfte er die aufsteigende Panik nieder, aber seine Hand zitterte dennoch, als er vorsichtig zu tasten begann. Unter seinen Fingerspitzen richteten sich feine Härchen zu einer Gänsehaut auf. Jetzt machte sein Herz einen schmerzhaften Satz und begann zu rasen. Ein nackter Arm lag über seiner Taille, ein Bein schmiegte sich an seinen Oberschenkel. *Es muss ein Traum sein. Ein Fiebertraum.* Vorsichtig spähte Jay nach unten. *Ivy!* Beinahe hätte er den Namen laut ausgesprochen, dann aber erkannte er im Mondlicht den Glanz von langem glatten Haar, das sich wie ein dunkler Fächer über seine Brust breitete – und Augen, die ihn starr anblickten. »Hallo«, sagte Madison zärtlich.

Er schoss hoch und kroch hastig weg, bis er mit dem Rücken gegen die Wand stieß. Feathers schreckte hoch und sprang auf den Boden.

»Was machst du hier?«, stieß Jay hervor.

»Ich habe dir doch versprochen, wir würden Zeit für uns haben.«

»Und dafür brichst du bei mir ein? Wie bist du hier reingekommen?«

Sie lachte leise auf. »Ich musste nur warten, bis meine Tante tief genug geschlafen hat. Eure Leiter stand noch draußen und dein Fenster ist im ersten Stock.«

Sie kroch ihm nach und war plötzlich über ihm. Sie war tatsächlich nackt, während er offenbar wieder einmal in seinen Klamotten ins Bett gefallen war. Ihre Schultern glänzten im Mondlicht, er konnte die Bögen ihrer Brüste erahnen.

»Man sagt doch, beim dritten Date schläft man miteinander und lernt sich noch besser kennen«, flüsterte Madison. Als sie sich vorbeugte, fiel ihr Haar wie ein seidener Vorhang über seine Schultern, hüllte ihn ein, bis er nur noch ihren Atem spürte. Das Verlangen nach ihr durchschauerte ihn wie ein warmer Regen. Es war schwer, so schwer, sie nicht an sich zu ziehen. »Wir sind schon lange über das dritte Date hinaus«, flüsterte sie. Dann drückten sich weiche Lippen auf seinen Mund und ihre Hände fuhren unter sein Shirt. Die Berührung war wie eine Strömung, die ihn ergriff und in eine dunkel glühende Welt voller Empfindungen zog. Als er wieder zu Atem kam, hielt er sie in seinen Armen und erwiderte ihren Kuss mit aller Leidenschaft. Sein Shirt lag neben ihm, er spürte ihre Brüste an seiner Haut.

»Siehst du?«, sagte sie atemlos. »So könntest du mich nicht küssen, wenn du mich nicht lieben würdest! Also sag es!«

Plötzlich wurde seine Atemlosigkeit zu Enge. »Ich … kann nicht.«

Irritiert runzelte sie die Stirn. Sie stützte sich auf dem Ellenbogen auf und musterte ihn verwundert. Über ihnen schwang der Dreamcatcher immer noch leicht hin und her, als würde ein Luftzug ihn bewegen. *Aber ich habe gestern das Fenster geschlossen. Madison konnte es von außen unmöglich öffnen.*

»Du musst mich lieben, Jay«, raunte sie ihm beschwörend zu. Die Sehnsucht in ihrer Stimme legte sich über ihn wie ein klebriges Netz. »Du kannst gar nicht anders, du gehörst mir!«

Jetzt hatte er endgültig das Gefühl, als würde ihm alles entgleiten. Plötzlich sah er den Park vor sich, fühlte glatte Rinde unter seinen Fingern. Rinde, aus deren Wunden klebriges Harz herabrann.

»*Du* hast unsere Initialen in den Stamm geritzt?«

Madison bekam große Augen. Ihr Mund klappte auf, aber nicht vor Erstaunen, sondern weil sie wirklich enttäuscht war.

»Oh«, meinte sie. »Du hast die Zeichen schon entdeckt. Es sollte eine Überraschung sein – wenn wir das nächste Mal im Park sind.«

Es klang sanft, aber er stellte sich nur vor, wie dieselbe sanfte Madison wie eine Besessene ein Herz nach dem anderen in die Rinde schlug und damit eine Liebe beschwor, die sie um jeden Preis erzwingen wollte.

»Du weißt, was die Zeichen bedeuten. *Forever.*«

Diesmal war ihr Kuss besitzergreifend, fast schon wütend. Ein Zahn ritzte seine Lippe. Der Schmerz brachte ihn endgültig zur Besinnung. Ganz von selbst schnellten seine Arme nach vorne. Viel grober, als er wollte, stieß er Madison von sich. Sie war leichter, als er gedacht hatte, und sein Stoß katapultierte sie aus seiner Umarmung. Überrascht schrie sie auf, dann fiel sie auf den Boden. Noch im selben Atemzug kam sie auf die Beine und starrte ihn fassungslos an. Ihr Gesicht war so blass, dass es wie ein weißer Schemen wirkte. Wirres Haar umspielte es, als würde Wind an den Strähnen zupfen.

»Ich verstehe dich nicht«, stieß sie gequält hervor. »Warum …«

Dann fiel ihr Blick auf den Traumfänger und sie verstummte abrupt und zog scharf die Luft ein. Diesen Gesichtsausdruck kannte er an ihr nicht. Eine kalte Wut, die die Luft knistern ließ. Der Mond ließ ihr Haar unirdisch bläulich leuchten.

»Na ja, vielleicht verstehe ich es ja doch«, sagte sie tonlos. Sie sprang in den Schatten, im nächsten Moment stürmte sie schon mit einem Bündel unter dem Arm aus dem Zimmer. Feathers fegte hinterher. Die Tür fiel mit einem krachenden Knall zu. Und dann drehte sich von außen der Schlüssel im Schloss.

Jay fluchte und hechtete aus dem Bett. Die Tür widerstand seinem Tritt. Aber das Fenster war offen, die Leiter lehnte noch daran. Kurz entschlossen griff er sich im Dunkeln seine Fleece-Jacke und machte sich ans Klettern.

Komischerweise stand die Tür zum Garten offen. Und schon durch das Küchenfenster konnte er erkennen, dass Madison vor der offenen Ofenklappe kauerte. Sie war immer noch nackt, und sie sah sich nicht einmal nach ihm um, als er in die Küche stürzte. Ihr Gesicht glühte gespenstisch hell auf, als sie etwas ins Feuer warf. Zu dem seltsam modrigen Geruch nach Eisen und nassem Hund, der die Küche erfüllte, gesellte sich der trockene Duft von verbranntem Papier. Jetzt erkannte Jay, was sie aus seinem Zimmer mitgenommen hatte. Zwischen ihren Knien klemmte sein Rucksack!

»Was machst du da?«

Madison blickte auf. Erst dachte er, dass sie lachte, aber ihr Mund war nicht zu einem Lachen verzerrt, sondern zu einem Weinen. Ströme von Tränen liefen über ihre Wangen. »Ich befreie dich von deinen Erinnerungen. Du lebst in der Vergangenheit. Dein Vater steht zwischen uns. Du musst ihn endlich vergessen, dann erst bist du frei für mich!«

Blitzschnell griff sie in den Rucksack und zog ein paar Postkarten hervor. Wie in Zeitlupe sah er, wie die Karten ins Feuer flatterten. Berge und Landschaften, Seen und Wolfsgesichter verglühten im Feuer.

Die Wut flammte so heiß und plötzlich auf, als wäre in seiner Brust ein Feuerball explodiert. Er spürte kaum, wie er losschnellte. Sie schrie, als er sie mit einem groben Ruck auf die Beine zog und vom Ofen wegschleuderte.

Furcht flackerte über ihre Züge. Das war wie ein Schock,

der ihn zu sich selbst zurückkatapultierte. *Ist das alles, was du kannst?* Das war Charlies Stimme.

Als er zurückwich, stieß Madison sich von der Wand ab und flüchtete an ihm vorbei, durch die Terrassentür in den Garten.

»Madison, warte!«

Er rannte zur Tür und sprang über die Schwelle. Madison huschte über den Rasen und rannte auf Lindas Haus zu. Lichtschein fiel durch indigofarbene Gardinen.

Jay rannte los – und wurde von einem Schlag gegen die Brust gebremst. Jemand packte ihn an den Schultern und schleuderte ihn über die Schwelle zurück in die Küche. Hart kam er auf dem Boden auf und schlitterte über knirschenden Sand, bis das Sofa vor dem Kamin ihn bremste. Gebell hallte schmerzhaft in seinen Ohren wider. Weiße Fänge glänzten im Mondlicht auf. Feathers stand mit gesträubtem Fell neben ihm.

»Lass sie«, sagte Matt drohend. Vor dem kobaltblauen Nachthimmel wirkte er noch mehr wie ein Riese. *Was macht er mitten in der Nacht im Garten?*

Matt packte ihn am Kragen, riss ihn hoch und zog ihn so nah zu sich heran, dass das wütende Funkeln seiner Augen direkt über Jay schwebte. Zum ersten Mal fiel ihm auf, dass er trotz seiner Größe zu seinem Onkel aufblicken musste. Noch nie war er ihm so nah gekommen, und jetzt erahnte er, wie viel Kraft der große Mann tatsächlich hatte.

»Mach ihr noch einmal Angst und du kannst dir aus dem Schürholz ein neues Gebiss schnitzen. Haben wir uns verstanden, Jay?«

Ein paar Sekunden starrten sie einander an, ein stummes Kräftemessen, bei dem jeder von ihnen wusste, dass Jay im Zweifelsfall den Kürzeren ziehen würde. Dennoch nahm er seinen Stolz zusammen und antwortete ebenso leise und drohend: »Lass mich los, Matt.«

Zu seiner Überraschung lockerte sich Matts Griff. Aber er ließ nur widerwillig los. Der Reißverschluss von Jays Jacke schleifte mit einem unangenehmen Geräusch zwischen hornigen Fingernägeln entlang. Und Jay war, als würde er in diesem Geräusch Ivys Wispern hören. *Achte auf die Details*.

»*Mir* machst du keine Angst, Jay«, sagte sein Onkel bedrohlich sanft.

Der Glanz von Mondlicht und Feuerschein spiegelte sich in seinen Augen. Sie waren dunkel, fast schwarz.

Und mit einem Mal wusste Jay, was hier ganz und gar nicht stimmte.

Matt hat hellgrüne Augen.

Für den Bruchteil einer Sekunde erhaschte er das gefrorene Bild einer anderen Wirklichkeit: das Gesicht, das nur noch wenig dem seines Onkels ähnelte. Lippen, die sich über einem Raubtiergebiss wölbten, viel zu starke Kiefer. Und hinter ihm, auf dem Boden, etwas, was wie ein erlegtes Tier aussah. Fell, ein Bein, dunkle Flecken auf dem Boden. Jetzt konnte er den seltsamen Geruch einordnen, den er vorhin wahrgenommen hatte: frisches Fleisch und nasses Fell. *Nass vom Blut.*

»Wendigo«, flüsterte er.

Und dann zerbrach die Wirklichkeit in blitzlichthelle Momentaufnahmen: Matts Mund, der zu einem zahnbewehrten Schlund aufklaffte, Finger, die zu Klauen wurden, ein Gebrüll, das sein Herz aus dem Takt brachte und stocken ließ. Jay stieß sich ab – weg von dem Wesen, das auf ihn zustürzte.

Eindrücke flatterten an ihm vorbei wie Schnappschüsse, die ins Feuer fielen:

Aidan, der in diesem Augenblick mit dem Werkzeugkasten in die Küche trat und die Situation mit einem Blick erfasste. Der Werkzeugkasten glitt wie in Zeitlupe aus seiner Hand, traf mit einem verzerrten Scheppern auf und erbrach einen klingenden Schwall von Schrauben und Nägeln – im selben Augenblick, als Aidan sich mit voller Wucht gegen Matts Seite warf.

Etwas Scharfes, wie eine Kralle, ritzte an Jays Kehle entlang, dann fiel er. Grelle Zacken von Schmerz zuckten von seinem Genick bis in seine Augen. Die Sofalehne schrappte über seine Wange. Das Zimmer drehte sich um ihn – und verschwamm zu einem Ort voller Schatten und seltsamer Kreaturen. Feathers sträubte sein Fell, das nicht mehr hell war, sondern graubraun und viel länger. Er hörte noch, wie Aidan Matt anschrie mit einer dumpferen, fremden Stimme.

»Du bringst ihn nicht um! Du hast es ihr versprochen!«

Dann knipste sich auch der letzte Funke seines Verstandes aus.

5th avenue

In irgendeinem Winkel seines Bewusstseins kauerte Jay, der Kämpfer mit dem kühlen Kopf, der wusste, dass er ohnmächtig war, und der in diesem Labyrinth aus Schwärze konzentriert nach einem Ausgang suchte. Es war die Erinnerung, die ihm schließlich die Tür öffnete. Mit ihr kehrte das Entsetzen zurück und stieß ihn ins Bewusstsein. Er lag immer noch in der Küche. Dort, wo er mit dem Hinterkopf gegen die Sofakante geschlagen hatte, pochte dumpfer Schmerz. Matt und Aidan waren nicht mehr da. Dafür bewachte Feathers ihn. Jay sah nur seine Beine unter dem Sofa, aber er konnte erkennen, dass er sich über das erlegte Tier hermachte. Das Rehbein wippte, als der Hund an ihm zerrte, so als würde es um Hilfe winken. Jay wurde so übel, dass er würgen musste. Angewidert wandte er den Blick ab – und entdeckte neben sich auf dem Boden ein paar Postkarten, die nicht ins Feuer gefallen waren – und das kleine wellige Foto von Matt und Robin. Sie waren Madison aus der Hand gefallen, als er sie vom Ofen weggezerrt hatte. Das brachte ihn zum nächsten Gedanken. *Madison. Sie gehört dazu.* Das schmerzte so sehr, dass der Schock sich löste. Aus tauber Kälte wurde Hitze, und aus der Fassungslosigkeit die glasklare, scharfkantige Gewissheit, dass er hier fortmusste. *Robin hat es gewusst.*

Aber er ahnte nicht, dass Wendigo ihn längst gefunden hatte. Der nächste Gedanke war erschreckend logisch. *Kein Wunder, dass er mich warnen wollte.*

Es raschelte leise, als Jay das Foto und die Karte an sich nahm und in die Jackentasche schob. Der Hund verharrte, als würde er lauschen, dann zerrte er wieder an dem Wild.

Mühsam stemmte Jay sich hoch und kroch zur Terrassentür. Er schaffte es tatsächlich über die Schwelle, bis der Hund verstand, was vor sich ging. Sofort ließ er von der Beute ab und bellte drohend. Mit zitternder Hand tastete Jay in seine Tasche und war unendlich erleichtert, die braunen Samen zu finden. *Bitte lass es funktionieren.* Es klackte leise, als er die Samen auf die Schwelle streute. Feathers sprang ihm ein paar Schritte entgegen, doch als der letzte Baumsame die Linie schloss, blieb er mit zitternden Läufen stehen und leckte sich verwirrt die Lefzen. Nach ein paar endlosen Sekunden trottete er zu seiner Mahlzeit zurück.

*

Es war gespenstisch, durch die Straßen zu laufen. In den Läden, in deren Schaufenstern das Kürzel *24/7* prangte – *24 Stunden geöffnet, sieben Tage die Woche* –, war Hochbetrieb. Jay sah Menschen hinter den Fenstern und dennoch fühlte er sich verloren. Bei jedem Motorradgeräusch fuhr er zusammen und versteckte sich, um dann nur noch schneller weiterzuhasten.

Als endlich die Brooklyn Bridge in Sicht kam, lag über dem Fluss schon die erste Helligkeit des nahenden Morgens. An ihren Stahlseilen schien die Brücke über dem Flussnebel zu schweben. Die blauen Warnlichter blinkten und auf dem unteren Teil, dem Fahrbahnstreifen, schufteten Bauarbeiter. Schwer atmend blieb Jay vor der Absperrung stehen und sah mit fiebrigen Augen nach oben. Dort befanden sich die hölzernen Promenaden für die Jogger und Fußgänger, die rechts und links einige Meter oberhalb der Fahrbahn entlangliefen. Ein letztes Mal zögerte er, dann warf er alles, was er über Richtig und Falsch wusste, endgültig in den Fluss und kletterte über die Absperrung. Immer in Erwartung, dass gleich eine Sirene losgehen würde, lief er geduckt los.

Niemand hielt ihn auf, die Bauarbeiter waren so in ihre Arbeit vertieft, dass sie ihn nicht einmal bemerkten. Das erste gemauerte Doppeltor mit den spitzen Giebeln schien höhnisch vor ihm zu schwanken, als wollte es von ihm wegtanzen. Jay biss die Zähne zusammen und lief weiter. Die Zeit schien zu verschwimmen, denn im nächsten Moment passierte er das Tor bereits und hörte nur noch das Geräusch seines Atems und das Dröhnen des Holzweges unter seinen Sohlen. Unter ihm wallte Nebel über den Fluss. *Als würden die Tore wirklich in eine andere Welt führen.*

Anfangs bildete er sich ein, dass sein Spiegelbild ihm entgegenlief – weit entfernt, verschleiert von Nebelschwaden. Erst als die Gestalt ruckartig stehen blieb, während er weiterrannte, erkannte er sie. Unendliche Erleichterung durchflutete ihn. »Ivy!« Beim Klang ihres Namens ging in ihrem Gesicht die Sonne auf. Er wusste nicht mehr, wie er zu ihr gekommen war, das Nächste, was er wahrnahm: ihre Nähe, der Duft nach frischem Gras – und die Tatsache, dass sie zwar halb durchsichtig war, ihn aber immer noch anstrahlte.

»Ich dachte schon, ich muss mir diesmal was einfallen lassen, damit du mich wieder siehst«, sagte sie mit einem Lachen. »Glaub nur nicht, dass ich dich noch einmal küsse.«

Jay rang nach Luft. »Matt ist hinter mir her! Du hattest recht. Sie bewachen mich. Und Wendigo …«

In der Ferne ertönte das Röhren eines Motorrads, das im Nebel wie ein Echo klang und Ivy das Lächeln vom Gesicht wischte. »Oh nein. Hast du sie etwa auf unsere Spur gebracht? Lauf!« Ein Stoß zwischen seine Schulterblätter, dann rannten sie schon Seite an Seite.

Neben ihm nestelte Ivy im Rennen an ihrem Brustgurt, zerrte etwas hervor.

»Lauf weiter!«, befahl sie ihm.

Als er über die Schulter blickte, sah er gerade noch, wie sie ein faustgroßes Ei aus Metall an den Mund führte und mit den Zähnen einen Ring abriss, den sie zur Seite spuckte. Dann schleuderte sie das Ding mit einem gekonnten Wurf in den Nebel. Jay wusste, es konnte, es durfte nicht sein, aber als eine Explosion die Luft zum Beben brachte, begriff er, dass es tatsächlich eine Handgranate gewesen war. Der Knall dröhnte noch in seinem Schädel, als sie wenig später das andere Ufer erreichten und für ein paar Sekunden Luft schöpften.

»Du … hast … die Brücke gesprengt!«, japste Jay.

»Schön wär's«, antwortete Ivy trocken. »Aber immerhin hat es ein kleines Stück weggefetzt, das reicht für einen Vorsprung. Komm mit!«

*

Es war nicht Mannahatta. Und es gab auch kein goldenes Licht und keinen verwunschenen Dschungel. Ganz im Gegenteil.

In der fahlen Helligkeit eines blutleeren Sonnenaufgangs tauchten sie in die lichtfressenden Schluchten zwischen den

Hochhäusern in einen lärmenden, pulsierenden Asphaltmoloch ein. Hier war der Takt schnell und hart, Hektik umspülte sie. Eine lange Schlange von Yellow Cabs – den gelben Taxis – hupte wie verrückt wegen eines Baufahrzeugs. Jay hatte nicht damit gerechnet, dass der Sturm in dieser Gegend so große Verwüstungen angerichtet hatte. Inmitten aufgerissener Straßen und entwurzelter Sträucher balancierten Damen in Designerklamotten auf hochhackigen Stiefeln, während sie im Gehen telefonierten. Broker hetzten auf dem Weg zur Arbeit an Cafés und Geschäften vorbei. Jay wusste nicht, wie lange er Ivy schon folgte. Die Luft war wie eine scharfkantige Raspel, die jedes Atemholen zur Qual machte. Er konnte nur erahnen, dass Ivy in Richtung Central Park lief.

Die Hochhäuser wuchsen immer höher in den Himmel, das Licht in den Straßenschluchten wurde noch dunkler. Der Trump Tower ragte links von ihnen auf, ein bronzefarbener Monolith, in dem sich ein Flugzeug spiegelte. Vor einem Juweliergeschäft blieb Ivy stehen und zog an einem Lederband an ihrem Hals. Zum Vorschein kam eine Art Flöte, oder eher ein durchbohrter Knochen. Ivy holte tief Atem und blies hinein. Ein flirrender, schriller Ton vibrierte durch die Luft. Jay sah sich um, aber niemand schien sich dafür zu interessieren. Dafür erhaschte er in der Scheibe des Juweliergeschäfts einen Blick auf sich selbst. Er erschrak darüber, wie er aussah. Sein Haar war wirr, die Augen lagen tief in den Höhlen. Er wirkte erstaunlich abgemagert und völlig erschöpft.

»Weiter«, flüsterte Ivy ihm zu.

»Wo gehen wir hin?«

»Frag nicht, folge mir. Deine Liebste ist dir bestimmt schon auf den Fersen.«

Es war ein Fehler, an Madison zu denken. Denn mit ihrem Namen kamen die Fragen, die Fassungslosigkeit und alles, was er immer noch für sie fühlte. Ivy begann noch mehr zu verblassen, bis sie fast verschwand. Mit aller Kraft zwang er sich dazu, sie festzuhalten.

Sie nahm seine Hand und lief los, und Jay folgte ihr. Ivy führte ihn im Zickzack weiter in Richtung der 5th Avenue. Ein kalter Regen setzte ein und rann ihm aus dem Haar in den Kragen, durchweichte seine Kleidung. Graue Schleier verhüllten die Straßen. Ampellichter spiegelten sich in Pfützen der Prachtstraße Park Avenue. Ivy wollte über die Straße rennen, als sie abrupt bremste. Auf der anderen Straßenseite stand Matt. Inmitten der Anzugmänner und gestylten Businessfrauen wirkte er wie ein Steinzeitmensch. Und zwar einer von der Sorte, der seinen Jagdtanz schon hinter sich hatte und jetzt nur noch Beute machen wollte.

Falls Jay noch den Rest eines Zweifels gehegt hätte, nun hätte er Gewissheit gehabt: Der massige Mann, der nun ohne Rücksicht auf den Verkehr über die Straße lossprintete, konnte unmöglich sein Onkel Matt sein. Und er war schnell, unglaublich schnell.

»Deckung!« Ivy zog ihn zur Seite in den Schutz einer Mauer. Als die zweite Granate explodierte und eine Wolke aus Staub und prasselnden Trümmern und Steinsplittern in die Seitenstraße drückte, hatten sie schon die nächste Querstraße erreicht.

»Hier rüber!« Autos wichen ihnen aus, Taxifahrer brüllten Verwünschungen und schüttelten die Fäuste. Aber auf dem Gehsteig stand reglos jemand und schien auf sie zu warten. Aidan. Schwer atmend wie nach einem langen Sprint starrte er Jay und Ivy an. *Er sieht sie!*

Es war nur eine schwebende Sekunde, ein Herzschlag lang, während Jay zögerte und Aidan gespannt verharrte, statt auf ihn loszustürzen. *Er gehört zu Wendigo,* schrie es in Jays Kopf. *Er ist hinter uns her.*

Aidan presste die Lippen zusammen und warf einen gehetzten Blick über die Schulter. Als er sich wieder zu Jay umwandte, deutete er mit einer winzigen Kopfbewegung nach rechts.

Jay verstand und zerrte Ivy so grob nach rechts, dass sie strauchelte.

Niemand folgte ihnen, sie hatten Matt tatsächlich abgehängt. *Aber sicher nicht für lange.*

Kurz darauf erreichten sie die Querstraße der 5th Avenue. Ivy raste auf eine Treppe zu.

»Was willst du da oben?«, schrie Jay.

»Frag nicht, beeil dich!«

Seine Sohlen dröhnten auf den Treppenstufen. Die Treppe führte auf eine schmale Stahlbrücke, die die 5th Avenue überspannte. Er konnte sich nicht an eine solche Brücke erinnern, aber sie war da, vielleicht provisorisch errichtet, während der Aufräumarbeiten nach dem Sturm. Das Gerüst schwankte bedenklich, als sie es betraten. Und nach ein paar Schritten sah er auch, warum.

»Ivy, halt!« Er erwischte das Mädchen an der Schulter. Sie stolperten und stürzten auf das kalte Metall. Stahl knirschte und ruckte. Die Brücke, die haltlos mitten in die Luft ragte, sackte ein Stück nach unten. *Halbe Brücke*, dachte Jay. *Als wäre sie einfach abgebrochen.* Sein Arm umklammerte Ivys Taille, trotzdem rutschten sie ein Stück weiter zum Abgrund. Unter ihnen donnerten Lastwagen und Taxis dahin.

»Lass mich los!«, keuchte Ivy.

»Nein, die Brücke hört mitten über der Straße auf!«

»Meinst du, das weiß ich nicht?«

Sie wand sich unter ihm hervor und rappelte sich auf. Hinter ihnen dröhnte die Treppe immer noch. Fremde Schritte. Und noch bevor er sich umwandte, wusste Jay, dass sie nun in der Falle saßen. Am Ende der Brücke der freie Fall – mindestens acht Meter unter ihnen lag die befahrene Straße. Und vorne …

Jay drehte sich um und erstarrte. Es war nicht Matt. Es war Madison.

Sie war völlig außer Atem, ihr langes Haar war nass vom Regen und klebte an ihren Schultern und Armen. Ihre Augen leuchteten golden im kalten blauen Licht des Tages. Als sie ihn sah, erhellte ein erleichtertes Lächeln ihr Gesicht.

Dann entdeckte sie Ivy. Von einer Sekunde auf die nächste wich alle Farbe aus ihrem Gesicht. Fassungslosigkeit schien ihre Züge völlig aufzulösen.

Ivy sprang vor Jay, als wollte sie ihn schützen. Mit ausgebreiteten Armen stand sie da, leicht vornübergebeugt, als sei sie bereit zum Kampf.

Madisons Augen wurden so schnell dunkel, als hätten Wolken zwei Sonnen verdüstert, was ihrer Schönheit etwas Scharfes, Gefährliches verlieh.

»Lass ihn in Ruhe«, sagte sie mit einer Stimme, die tiefer und drohender war, als Jay sie kannte. »Er gehört mir.«

»So? Tja, dann musst du ihn dir schon holen«, erwiderte Ivy mit einer Kaltschnäuzigkeit, die Jay einen Schauer über den Rücken jagte. »Dafür musst du aber erst an mir vorbei. Und über mich hast du keine Macht.«

Madison holte Luft. Ihre Nasenflügel blähten sich, sie richtete sich auf und schien ein ganzes Stück zu wachsen. Langsam streckte sie die Hand aus. »Das brauche ich auch gar nicht«, sagte sie sanft. Ihr Blick richtete sich auf ihn. »Jay? Komm zu mir.«

Ihre Stimme hatte den lockenden Tonfall bekommen, den Jay so gut kannte. Verrückterweise reagierte er darauf. Alle Härchen an seinen Armen sträubten sich. Irgendetwas in ihm wollte tatsächlich, dass er zu ihr ging. Aber als er sich bewegte, gruben sich Ivys Fingernägel wie Krallen in sein Handgelenk. »Hör nicht auf sie!«

Er sah es nicht, aber er erahnte an der Bewegung ihrer Schulter, dass sie nach der nächsten Granate griff. Über Ivys Schulter hinweg sah er Madison. *Das ist immer noch sie*, dachte er. Ivy schrie auf, als er sie mit seiner freien Hand packte und ihr den Arm nach unten drückte. Die Granate fiel aus ihrer Hand, prallte mit einem metallischen Laut auf die Brücke, tanzte bergab – und blieb außerhalb ihrer Reichweite zwischen zwei Streben stecken.

»Na klasse!«, fauchte Ivy.

»Haltet sie auf!«, schrie Madison. Die Brücke vibrierte unter Schritten. Atemlos tauchte eine zweite Gestalt neben Madison auf. Jenna. Und dann musste Jay zweimal blinzeln, um zu begreifen, was er da sah: Linda hielt sich nicht mit der Treppe auf. Aus dem Nichts war sie aufgetaucht, packte einfach die Stahlverstrebungen – und hangelte sich außen daran hoch. Gespenstisch schnell, mit grotesk geschmeidigen Bewegungen, die nichts Menschliches hatten.

Die Brücke sackte unter dem Gewicht so vieler Körper weiter ab. Ivy taumelte gegen ihn. Er packte sie um die Taille und krallte sich mit der linken Hand an eine Strebe, während sein rechter Fuß schon über den scharfkantigen Rand rutschte. »Lass los!«, schrie Ivy ihn an. Er hatte mit allem gerechnet, aber nicht damit, dass Ivy zutreten würde. Ihm wurde schwarz vor Augen, als ihre Ferse sein Handgelenk traf. Er konnte sich nicht länger halten, sein Fuß rutschte ab, dann fielen sie.

Der Asphalt raste ihm entgegen. *Acht Meter*, dachte er. *Keine Chance*. Und dennoch reagierte sein Körper ganz von selbst. Ivy entglitt ihm. Seine Beine streckten sich, bereit, sich so gut abzufedern, wie es ging. *Bitte lass uns wenigstens überleben!* Dann spürte er schon den Aufprall, die Härte unter seinen Sohlen.

Und danach ... nichts.

Er versank im Asphalt. Genauer gesagt, in weicher, nasser Kälte. Das Letzte, was er sah, bevor schwarze Wogen über ihm zusammenschlugen, war ein Auto, das hupend direkt auf ihn zuraste. Er hörte das Motorengeräusch noch, als die Schwärze ihm schon die Sicht nahm. Dann wurde es still um ihn. Gurgeln und Rauschen hüllte ihn ein. Wasser drang in seine Nase und ließ ihn unter Wasser würgen. Luftblasen kitzelten seine Haut. Seine Kleidung sog sich voll. Als er wieder an die Oberfläche kam, waren die Autos verschwunden.

Dort, wo eben noch die Straße gewesen war, floss ein schlammiger Fluss zwischen überwucherten Ruinen von Hochhäusern, die hoch wie Canyons über ihnen aufragten.

Ivy tauchte neben ihm auf. Sie hustete und spuckte Wasser. Geistesgegenwärtig packte er sie an ihrem Gurt und hielt sie über Wasser, bis sie wieder genug Luft bekam.

»Wir ... müssen ... auf die ... andere Seite!«, japste sie. Ihre Augen weiteten sich vor Schreck, als sie zurückblickte. Jay machte den Fehler und schaute ebenfalls hin. Und sah gerade noch, wie Matt Anlauf nahm und in den Fluss sprang.

»Schwimm!«, gellte Ivys Ruf neben ihm. Sie waren abgetrieben worden, die Brücke war ein ganzes Stück weiter rechts. Aber nicht weit genug für Matt. Jay sah, wie er auf ihn zupflügte – ein gewaltiger, erstaunlich wendiger Körper, der die Wellen vor sich herschob.

Verbissen kämpfte Jay sich weiter, während der Strom mit ihm spielte wie mit Treibholz und ihn immer wieder vom Ufer wegdrückte.

»Jay!« Madisons klagender Ruf vibrierte vor Enttäuschung.

Aus dem Augenwinkel sah er, dass die zwei Mädchen am Ufer entlangliefen.

Dann streifte ihn nach Fleisch riechender Atem. Jay trat mit aller Kraft zu und traf etwas Weiches, Haariges. Ein reißender Schmerz zuckte durch seinen linken Arm. Er schluckte Wasser und würgte. Der Wellenschaum um ihn färbte sich schäumend rot.

Ein Schuss zerriss die Luft. Matt brüllte auf – ein tiefer kehliger Schrei. Das zornige Brüllen riss ab, als das Wasser über ihm zusammenschlug.

In diesem Moment stießen Jays Füße auf Grund. Seine Zehen versanken in Schlamm, Wasserpflanzen schlangen sich wie schleimige Finger um seine Knöchel. Er erwischte Ivy mit der unverletzten Hand am Ärmel und zog sie mit aller Kraft zu sich heran. Erschöpft robbten sie an Land, taub vor Kälte, mit klappernden Zähnen.

»Hast du ihn erwischt?«, keuchte Ivy.

Erst dachte Jay, sie stellte diese Frage ihm, aber jemand anderes antwortete, ein Mann mit einer tiefen, knarrenden Stimme.

»Nicht so gut, wie ich wollte. Er ist untergegangen, aber ich glaube, er ist nur verletzt.«

Jay blinzelte und sah im Gestrüpp vor sich zwei Stiefel. Mühsam hob er den Kopf. Im Gegenlicht des Regenhimmels konnte er den Mann, der eben ein Repetiergewehr durchlud und wieder anlegte, nur erahnen. Doch er hätte schwören können, dass der Kerl eine Samurairüstung mit flügelartigen Schulterklappen trug.

Jay rollte sich auf den Rücken und blickte benommen in die Schussrichtung. Auf der gegenüberliegenden Seite des Flusses standen Madison und Jenna.

Wie ein Echo hallte der Schuss in seinen Ohren, bis er endlich begriff, was vor sich ging. Wie in Zeitlupe sah er, wie Jenna zusammenzuckte, auf die Knie fiel und sich krümmte. Hinter ihm erklang das metallische Schnappen des Repetiergewehrs. Der Kerl lud nach und zielte auf Madison!

»Nein!«, brüllte Jay. Er rappelte sich auf und warf sich auf den Mann mit dem Gewehr. Er bekam den Lauf zu fassen und drückte ihn nach oben. Das Metall wirkte in der Kälte fast warm. Als der Schuss sich löste, fuhr ihm mit dem Rückschlag ein mörderischer Ruck durch seinen verletzten Arm. Greller Schmerz raste bis in seine Schulter. Er verlor wieder das Gleichgewicht und kippte zur Seite. Bitteres Schlammwasser suchte sich seinen Weg in seinen Mund. Sein Bewusstsein flackerte wie eine kaputte Leuchtstoffröhre, aber dennoch sah er, dass trotz des Regens die Sonne hervorgekommen war und das Moos vor seinen Augen in warmes Licht tauchte. Golden war es, herbstlich und so farbig, dass es fast in den Augen wehtat.

»Das nächste Mal wird dir auch deine Pfeife nichts nützen«, sagte die Männerstimme. »Du hast wirklich verdammtes Glück gehabt, dass ich euch noch rechtzeitig gesehen habe.«

Eine Stiefelspitze schob sich unter sein Schlüsselbein und

drehte ihn auf den Rücken. Die beiden Gesichter über ihm wirkten vor dem schmalen Stück Himmel zwischen den Häuserschluchten dunkel. Aber sogar im goldenen Gegenlicht erkannte er, dass Ivy triumphierend lächelte. »Hallo, Jay!«, sagte sie sanft. »Willkommen in der Wirklichkeit!«

Teil III

Herbstgold

metropolitan museum

»Quatsch nicht, zieh ihn hoch!«

Der harsche Befehl gellte in seinen Ohren, während er mühsam zu sich kam. Regentropfen peitschten ihm ins Gesicht. Seine Beine schleiften über etwas Kantiges, sein Arm schmerzte und neben ihm keuchte jemand. In den nassen Sachen fror er so sehr, dass seine Zähne klapperten. Er wurde bergauf geschleppt. Unter ihm bewegte sich eine Treppe – oder besser ein schlammiges, von Moos überwuchertes Konstrukt, das entfernt an eine Treppe erinnerte.

»Halt an! Er kommt zu sich.« Das war Ivy, völlig außer Atem. Er konnte kaum etwas sehen. In seinem Sichtfeld tanzten Lichtblitze wie ein Schwarm von glühenden Insekten. Jedenfalls erkannte er, dass sein rechter Arm um Ivys Schulter lag. Er bewegte die Beine, versuchte aufrecht zu stehen und sackte wieder weg. Ivy und der Mann stoppten und ließen ihn auf die Treppe gleiten. »Er verliert immer noch so viel Blut!«, rief Ivy mit banger Stimme.

»Ja, und damit legt er eine verdammt gute Fährte«, antwortete der Mann. »Wird nicht mehr lange dauern, bis unsere Freunde hier auftauchen.«

Jay sah benommen an sich hinunter. Das war ein neuerlicher

Schock. Sein linker Arm war zwar notdürftig verbunden worden, aber das Blut hatte den Verband komplett durchtränkt und tropfte von seinen Fingern. Seine Hand sah aus, als trüge sie einen roten, glänzenden Handschuh. Er fühlte sich so schwach wie noch nie in seinem Leben, jetzt aber wurde ihm auch noch todübel. Ivy legte ihm die Hände um das Gesicht und zwang ihn, sie anzusehen. Ihre Augen waren lodernde, dunkle Flecken, Regen rann ihr aus dem nassen Haar.

»Nicht wegschauen, Jay. Bleib wach!«

»Das ist der Schock«, sagte der Mann mit der knarrenden Stimme. »Er verliert wirklich viel Blut, mal sehen, ob er es überlebt. Vermutlich ist es schon zu spät.«

»Columbus!«, fauchte Ivy. »Hör auf!«

Columbus, dachte Jay. *Der Kerl, der Jenna erschossen hat, heißt Columbus? Ach ja, und übrigens: Ich verblute.*

Sein Gesicht glühte, vielleicht wirkte der Regen, den der Wind ihm ins Gesicht fegte, deshalb kalt wie Eisspitzen.

»Wir können ihn nicht zu zweit die ganze Strecke schleppen«, schnarrte Columbus. »Hol Faye! Ich warte hier. Und bring Verbandszeug mit. Aber das Wichtigste ist die Aderpresse.«

»Es dauert nicht lange, halte durch!«, flüsterte sie. Die Angst in ihrer Stimme machte es nicht besser. Jay wurde schwindelig und er sackte hilflos gegen diesen Mann.

»Langsam, mein Freund. Kipp mir hier nicht um.« Columbus war nicht der Größte, aber offenbar sehr kräftig. Mühelos stützte er Jay ab. Zum ersten Mal konnte Jay ihn wirklich sehen. *Insektenmann*, dachte er. *X-Men. Ich bin unter die Mutanten geraten.* Dann erkannte, dass der Mann eine Art Fernglas vor die Augen geschnallt hatte, das er nun abzog. Gerötete, schmale Augen kamen zum Vorschein. Columbus mochte vielleicht sechzig Jahre alt sein. Er hatte ein hageres Gesicht mit scharfer Nase und eine Halbglatze, die von einem graugelben Lockenkranz umrahmt wurde.

»Na los, streng dich an. Wir müssen zum Gebäude da oben kommen. Andernfalls werden wir gefressen, wenn du verstehst, was ich meine.«

Jay schrie auf, als Columbus ihn auf die Beine zog, aber er stand tatsächlich, wenn auch etwas wackelig. Wärme rann über seine Finger, versickerndes Leben. »Ich muss sofort zurück«, sagte er mit schwacher Stimme. »In die Notaufnahme.«

»Hier gibt es schon lange keine Notaufnahmen mehr. Aber wenn es dir hilft, kannst du dir ja einbilden, dass ich Arzt bin. Na los!«

Jay hob den Blick und entdeckte hinter der obersten Treppenstufe den umrankten Fuß einer gewaltigen griechischen Säule. Daneben war ein bogenförmiger Durchgang, zu dem der Mann ihn nun Stufe für Stufe hochschleifte. Das Gebäude war riesenhaft, insgesamt ruhte das gewaltige Dach auf acht Säulen, jede von ihnen sicher mehr als zehn Meter hoch. Es wirkte wie ein gigantischer griechischer Tempel, der in einem Urwald versunken war. *Oder wie ein Dornröschenschloss.* Das Gebäude kam Jay sehr bekannt vor, aber er konnte es nicht zuordnen.

»So werden sie dich aber nicht ins Museum lassen«, sagte eine wohlbekannte Stimme. Liberty war ihm in die andere Welt gefolgt? Tatsächlich, die Holländerin erwartete ihn auf der obersten Treppenstufe sitzend. Inmitten des Verfalls und im strömenden Regen wirkte sie so fehl am Platz wie eine filigrane Zuckergussfigur in einer Steinzeithöhle.

Jay stolperte über die letzte Treppenstufe, setzte sich hin und lehnte sich an den Sockel der Säule. Glühende Flecken tanzten vor seinen Augen und nahmen ihm die Sicht, aber er riss sich zusammen und zwang sich mit zusammengebissenen Zähnen, gegen den Schockzustand anzukämpfen. *Keine Notaufnahme,* hallte es in seinem Kopf.

Columbus kniete neben ihm und zerrte etwas aus seiner Jackentasche. Er förderte einige ziemlich schmutzige Stoffstreifen und ein Lederband zutage und begann ohne Umschweife, einen Druckverband anzulegen.

»Das sieht aber gar nicht gut aus, junger Ire«, sagte Liberty mit tadelndem Bedauern. »Warst du in eine Messerstecherei verwickelt?«

»Halt die Klappe, Liberty«, flüsterte Jay. »Hol lieber Hilfe.«

»Mit wem redest du?«, fragte Columbus.

»Mit der Holländerin.«

Columbus runzelte verwundert die Stirn. »Du siehst die Trugwelt und ihre Gespenster immer noch?«, fragte er. »Selbst jetzt?«

Jay schluckte. »Trugwelt? Was heißt das? Meine Welt …«

»Hat Ivy es dir nicht erklärt, du Träumer? *Das hier* ist deine Welt. Der Rest waren nur deine Erinnerungen, eine Trugwelt, die Wendigos Diener dir vorgegaukelt haben, damit du dich zu Hause fühlst. Sieh dich um, Junge. Was glaubst du, wo du hier bist?«

»Vor dem Metropolitan Museum of Art«, rief Liberty so triumphierend wie eine Streberschülerin, die sich mit der richtigen Antwort vordrängelte. »Das MET ist das größte Kunstmuseum der USA und besitzt eine der bedeutendsten kunsthistorischen Sammlungen …«

»Schau mich nicht so fassungslos an, Junge«, redete Columbus einfach dazwischen, als wäre die Holländerin Luft.

Liberty verstummte beleidigt und ordnete akkurat ihre Röcke.

Er nimmt sie tatsächlich nicht wahr! Der nächste Gedanke wagte sich nur zögernd vor: acht Säulen, drei große bogenförmige Eingänge – das Gebäude glich tatsächlich dem MET – nachdem es mehrere Jahrzehnte lang der Natur überlassen worden war.

Jays Herzschlag war inzwischen so flach und so schnell, dass es ihm den Atem nahm. Und obwohl er gegen die Ohnmacht kämpfte, gelang es irgendeinem Teil von ihm, zum ersten Mal genauer hinzusehen. Seine Jeans zum Beispiel. Sie wirkte vergilbt und fadenscheinig, fleckig und an den Nähten bereits am Zerfallen. Und wenn er nach unten blickte, sah er am Fuß der Treppe, dort, wo die 5th Avenue hätte sein müssen, den Fluss, der über die untersten Stufen strömte. Jay schüttelte den Kopf. Es ergab alles keinen Sinn.

»Das … kann nicht das Museum sein«, sagte er tonlos. »Nicht in der Wirklichkeit.«

Columbus zuckte mit den Schultern. »Tja, gewöhn dich dran. Wenn du so willst, ist deine ganze Stadt nur noch ein einziges, großes Museum. Und mit wem auch immer du da eben geredet hast, es ist ein Gespenst. Vor denen solltest du dich hüten. Die Stadt ist voll von ihnen, aber man kann ihnen nicht trauen. Manche von ihnen dienen Wendigo.«

Liberty stand beleidigt auf. »Dieser Schrat ist unverschämt«, sagte sie pikiert und eilte mit wehenden Röcken davon. Die Zeitungen schleiften über das nasse Moos und durch Pfützen. Inzwischen ergoss sich der Regen in dichten Strömen über die Treppen und brachte die Oberfläche des Flusses zum Tanzen. *Und Libertys Zeitungen werden nicht nass.* In diesem Moment erreichte die Holländerin die unterste Treppenstufe und schritt mitten in das Wasser, als wäre die 5th Avenue immer noch da und sie würde einfach über die Straße gehen. So bewegte sie sich bis zu den Knien in den Fluten, ohne Widerstand und ohne zu versinken. Die Erkenntnis traf ihn wie ein weiterer Schock. *Wenn sie nicht real ist, dann …*

Er tastete nach seiner Jackentasche. Zu seiner Erleichterung waren die Postkarten, das Foto und sein Handy noch da. Natürlich würde nichts davon mehr zu gebrauchen sein, aber darum ging es jetzt auch nicht. Es kostete ihn alle Konzentration, die Gegenstände aus der nassen Tasche zu zerren. Dann saß er da und starrte auf die Dinge in seiner Hand. Es waren keine Postkarten und kein Handy. Aber er wusste mit absoluter Sicherheit, dass sie es vor einer Stunde noch gewesen waren. Doch nun hielt er statt seines Handys einen länglichen Stein in der Hand – und die Postkarten und das Foto waren Herbstblätter, die der Wind ihm aus der Hand riss und fortwirbelte.

»Und da sind sie auch schon«, knurrte Columbus. »Na, ihr Biester, ihr denkt wohl, hier gibt's Frühstück. Aber da muss ich euch enttäuschen.«

Durch den Nebel seines entgleitenden Bewusstseins sah Jay huschende, vierbeinige Schatten – Kojoten. Sie kamen aus dem Inneren des Gebäudes, witterten in seine Richtung, wagten sich näher heran, Krallen schabten über den bemoosten Treppenstein.

Das Schnappen des Repetiergewehrs hallte wie ein Echo in Jays Ohren.

»So sieht's aus, Junge«, brummte Columbus und legte das Gewehr an. »Das hier *ist* dein New York!«

*

Mo schrie. Sie schrie so laut, dass der Wind sich über dem Fluss erhob und das Wasser hoch aufpeitschen ließ. Ihre Schwester lag reglos im Uferdickicht, und immer noch war sie umhüllt von dieser fremden Gestalt, dem Mädchen namens Jenna. Blut strömte aus der Wunde an ihrer Seite.

Mo warf sich neben ihre Schwester auf den Boden und nahm sie in die Arme. »Wach auf, Cinna!«, schluchzte sie. Während sie den kraftlosen Körper hin und her wiegte, fiel Madisons Gestalt von ihr ab, ihr eigenes bernsteinhelles Haar strich über Cinnas Arm. Ihre Schwester stöhnte auf und öffnete die Augen. Auch ihre Truggestalt glitt von ihr ab wie Wasser, Jennas hochmütiges Gesicht verschwand und machte weicheren Zügen Platz. Cinnas rotes Haar mit dem zimtfarbenen Glanz leuchtete im Regen. »Mo«, stieß sie mit gepresster Stimme hervor. »Es ist so kalt.«

Mo beugte sich über sie und streichelte ihr Gesicht. »Warte auf die Nacht«, flüsterte sie. »Der Mond kann dich heilen, ich weiß es!«

»Was ist passiert?«

»Menschenmagie ist passiert. Und genau davor habe ich euch gewarnt, oder nicht?« Night war neben sie getreten. Es war seltsam, Nights Stimme zu hören, während die Lippen sich immer noch in dem Gesicht bewegten, das der Nachbarin gehörte.

Mo schloss die Augen. Noch immer glaubte sie, Jays letzten Kuss auf ihren Lippen zu spüren. Der Verrat schmeckte noch bitterer als jeder Schmerz. Mit verschleiertem Blick sah sie zum anderen Ufer hinüber. Jay war verschwunden, und mit ihm dieses kurzhaarige Mädchen und der Mann.

Ein Stück flussabwärts kroch Ban gerade ans Ufer und hinkte ihnen entgegen, Wasser ergoss sich in Strömen aus seinem Fell, Algen lagen wie ein grotesker Schmuck um seinen Hals. Er hatte die Gestalt, die Jay Onkel Matt genannt hatte, längst achtlos abgestreift, eine Hülle, die ihm ohnehin stets lästig gewesen war. Er keuchte, seine sonst so freundlichen Augen waren schwarz vor Zorn. »Was ist deine Magie wert, wenn dieser Mensch dir einfach so davonlaufen kann?« Sein wütendes Brüllen war wie Donnergrollen.

Mo krümmte sich wie unter einem Schlag.

»Ich weiß nicht, was geschehen ist! Wir haben doch auf ihn aufgepasst, Coy hat ihn kaum aus den Augen gelassen. Und ich wusste nicht, dass es hier noch andere gibt.«

Neben einer Weide tauchte Coy auf. Atemlos stand er mit hängenden Armen da. Seine richtige Gestalt verschwamm noch mit der des schwarzhaarigen Jungen und sein hageres Gesicht zeigte die verschlagene Wachsamkeit eines Wesens, das noch nicht wusste, was es von den anderen zu erwarten hatte.

»Nun, ich habe es gesagt, oder nicht?«, sagte Night unbarmherzig. »So sind die Menschen. Sie greifen aus dem Hinterhalt an. Sie betrügen uns. Und ihr einziges Ziel ist es, uns zu töten.«

»Jay hat mich nicht betrogen«, begehrte Mo verzweifelt auf. »Es war das Mädchen. Sie hat ihn mir gestohlen! Wer ist sie? Wo kommt sie her?«

»Bist du immer noch unter seinem Bann?« Mit einer schnellen, fast beiläufigen Bewegung schüttelte Night die Gestalt der dunkelhäutigen Frau namens Linda ab und richtete sich auf. Schwarze Haut kam zum Vorschein, lange, muskulöse Arme und Hände, die sich zu Fäusten ballten. »Ich weiß nicht, wer sie ist. Aber das spielt auch keine Rolle. Er liebt dich nicht. Er liebt dieses Mädchen, mit dem er davongelaufen ist. Dich hasst er!«

Mo rang nach Luft. Sie konnte nichts dagegen tun, dass sie sich vorstellte, wie Jay das Mädchen küsste. Und mit einem Mal erblühte etwas in ihrer Brust, das so neu war wie die Liebe, die sie eben erst entdeckt hatte. Es war heiß und schrecklich, eine schwarze Glut, die sich mit scharfen Bissen durch ihre Erinnerungen fraß und alles veränderte. »Hast du von ihr gewusst, Coy?«, schrie sie. »Hast du sie gesehen? Du solltest doch auf ihn aufpassen. Er hat so oft mit dir gesprochen. Hat er je von ihr erzählt?«

Coy blickte zu Ban. »Nein«, sagte er. »Ich hatte keine Ahnung.«

Cinna atmete tief aus. Ihr Kopf an Mos Schulter wurde noch schwerer. Mo legte die Hand an ihre Wange. Heiß lagen ihre Finger auf eiskalter Haut.

»Cinna?«, fragte sie mit banger Stimme. »Du darfst nicht einschlafen. Noch ist der Mond nicht …«

Aber dann sah sie, dass Cinnas Augen geöffnet waren. Mit einem Ausdruck von mildem Erstaunen starrten sie ins Leere. Ban begriff als Erster. Er seufzte und seine Schultern sanken nach unten. Night kauerte sich neben die Mondmädchen und strich Cinna zart über das zimtfarbene Haar. »Der Mond kann ihr nicht mehr helfen, Bernstein«, sagte sie sanft. »Es muss Eisen gewesen sein, das ihr die Wunde beigebracht hat. Sie schleudern es nach uns. Ban macht es meist nicht viel aus, aber für euch Mondmädchen ist es wie giftiges Eis, das euer Blut zum Erstarren bringt.«

Es war kein Raum für Tränen, eine Leere umgab sie, die so groß und schrecklich war, dass Mo unendlich zu fallen glaubte. Sie hob den Kopf und blickte über den Fluss. Immer noch strömten wie bei einem Menschen die Tränen über ihre Wangen, aber in ihrem Inneren war es still wie in einer Wüste. Es war eine überraschende Entdeckung: Hass unterschied sich gar nicht so sehr von Liebe. Er war ihr sogar erstaunlich ähnlich, auf eine dunkle, verzehrende Art. Und er betäubte den Schmerz, der zu schrecklich gewesen wäre, um ihn zu ertragen.

»Ihr wisst, was wir zu tun haben«, knurrte Ban.

»Leben gegen Leben«, flüsterte Night.

»Eigentlich schade«, murmelte Coy mit versteinertem Gesicht. »Irgendwie mochte ich ihn.«

Im Reich der Dinosaurier

Die meiste Zeit war es dunkel um ihn, aber wenn er doch einmal die Augen aufschlug, sah er Tiere, die ihn aus Glasaugen anglotzten, und manchmal auch Menschen, die tuschelten und ihn anstarrten. Einmal saß eine Frau an seinem Bett, die ein Brautkleid trug. Aber meist war es Ivy, die bei ihm war, wenn der Schüttelfrost ihn zittern ließ und er glaubte zu erfrieren. Jemand erzählte ihm mit leiser Stimme das Märchen von Dornröschen, aber er konnte sich später nicht daran erinnern, ob es Ivy gewesen war oder Liberty, die an seinem Bettende saß und ihre Perlenketten durch die Finger gleiten ließ.

»Schlaf, mein Ire«, sagte sie gütig zu ihm. »Du wirst hundert Jahre schlafen, weißt du? Aber die zwei Elfen und der hässliche Schrat behüten dich. Die sind gar nicht so übel, wie ich dachte.«

Es waren ganz sicher keine hundert Jahre, die er geschlafen hatte, allerdings befand er sich plötzlich auf dem Meeresgrund. Über ihm schwebte ein Wal, und als er sich umsah, entdeckte er weitere Meerestiere in staubigen, zum Teil zerbrochenen Vitrinen. Der Hurrikan hatte wohl auch hier Verwüstungen angerichtet. Nur wenige Kerzen erhellten die bizarre Szenerie.

Als er versuchte, sich zu bewegen, pochte sein Arm, als sei die Haut zu eng. Er schielte an sich hinunter und sah einen straffen

Verband, der nichts Gutes ahnen ließ. *Entzündung*, dachte er. *Blutvergiftung. Wundstarrkrampf.*

Vorsichtig bewegte er die Finger. Das Pochen wurde stärker, aber seine Hand war noch zu gebrauchen. Haar kitzelte seine Finger. Fell? Tatsächlich. Er war auf ein Lager aus Fellen gebettet. Und neben ihm raschelte Papier.

»Bist du wirklich ein Geist, Liberty?« Noch während er diese Frage flüsterte, gab er sich die Antwort selbst. Sie trug den Namen der Freiheitsstatue. Und zum ersten Mal fiel ihm auf, dass ihre klaren Züge sogar ein wenig an die riesige Skulptur auf Ellis Island erinnerten.

»Etwas mehr Höflichkeit, wenn ich bitten darf«, antwortete die Holländerin gekränkt, aber würdevoll. »Man sagt nicht Geist zu anständigen New Yorkern.«

Es strengte ihn sehr an, die richtigen Worte zu finden. Heute schien das Englische vor ihm zu fliehen. »Warum verfolgst du mich?«

»Ich dich verfolgen?« Liberty schnaubte entrüstet. »Wenn ich dich störe, kann ich auch wieder gehen!«

Er versuchte, ihre Hand zu greifen, um sie am Fortgehen zu hindern, aber seine Finger glitten durch die Gestalt hindurch. Mit rauschendem Kleid wehte sie davon.

Jay biss die Zähne zusammen und setzte sich mühsam auf. Er trug Kleidung, die er nicht kannte, eine Hose aus grobem Stoff und eine Art Pullover, der aus Leder und aus eingenähten Fleece-Streifen bestand. Über das Fußende seines Lagers war eine Pelzjacke gebreitet. Und schwarzweiße Federn wie von einer Elster lagen überall auf der Decke wie kultische Zeichen.

»Er ist wach!« Neben einer Vitrine stand eine junge Frau, die Ivy ein wenig ähnlich sah. Sie hatte ebenso kurzes Haar, allerdings war es kastanienbraun. Er hatte sie schon einmal gesehen. Und irritierenderweise trug sie immer noch ein staubiges Brautkleid. Flinke Schritte erklangen, dann tauchte Ivy auf. Im Kerzenlicht schimmerte ihr Haar wie eine goldene Aura.

»Endlich«, rief sie. Ohne Umschweife setzte sie sich neben ihn und legte ihm die Hand auf die Stirn. »Du hast fast vier Tage geschlafen. Aber das Fieber ist gesunken.«

»Wo bin ich?«

»In Sicherheit.«

»Im Museum of Natural History.« Liberty erschien wie herbeigeschnippt und plapperte eifrig drauflos. »Fünf Stockwerke, über dreißig Millionen Objekte und Exponate – die Geschichte der Menschheit von der Steinzeit bis zum Weltraumzeitalter. Wie du siehst, liegst du in der Ozean-Abteilung. Dieser lebensgroße Blauwal …«

»Ich bin im Naturkundemuseum?«

»Du erkennst es?« Ivy lächelte. »Ja, wir lagern hier seit einigen Tagen.«

»Wer seid ihr?«

»Die lange Version oder die kurze?«, erklang eine knarrende Männerstimme. Columbus trat an sein Bett. Der Samurai-Harnisch war keine Halluzination gewesen. Auch heute trug er das Oberteil einer braunen Rüstung mit den flügelartigen Schulterklappen.

»Die kurze Version: Wir sind Leute von den Clans auf dem Festland. Die Nachkommen von denen, die das Dunkel überlebt haben. Unsere Vorfahren stammen von einer Insel namens Island und …«

»Wir gehören alle zur selben Expedition«, unterbrach ihn Ivy. »Wir erkunden für unsere Kolonie die leeren Städte, suchen nach Dingen, die für die Stämme von Nutzen sein können. Jeder von uns hat seine Aufgabe. Das ist Faye, meine Schwester. Niemand kennt sich besser mit Pflanzen aus als sie, außerdem ist sie die beste Fallenstellerin. Ohne sie würden wir verhungern.«

Das Mädchen im Brautkleid rang sich ein Lächeln ab.

»Columbus ist unser Expeditor«, fuhr Ivy fort. »Er kennt die Karten, die Sterne, die Strömungen und ist auch unser Navigator.«

»Tja, und dank Ivy hat die Kolonie jetzt einen mehr im Winterlager, für den gesorgt sein muss«, knurrte Columbus.

»Du hast Jenna angeschossen«, sagte Jay heiser. »Vielleicht ist sie tot!«

»Das will ich doch hoffen«, antwortete der Alte ungerührt. »Und wenn du mich nicht daran gehindert hättest, dann hätte ich auch das zweite Monster erledigt.«

Monster. Jay schluckte. Er erinnerte sich an das, was Columbus ihm über die Trugwelt gesagt hatte, aber es ergab einfach keinen Sinn. Und wie ein Echo hallten Worte wie *Leere Städte* und *Trugwelt* in seinem Kopf.

»Jenna ist kein Monster«, widersprach er. »Und auch Madison nicht. Es war Onkel Matt! Wendigo hat seine Gestalt angenommen. Er hat sich in meine Welt eingeschlichen. Davor wollte Robin mich warnen.«

Columbus holte tief Luft. »Ich habe es dir ja gesagt«, sagte er zu Ivy. »Er ist noch unter ihrem Bann. Und wenn wir Pech haben, lockt er sie zu uns.«

»Wovon redet ihr?«, schrie Jay.

»Von Wendigos Dienern«, sagte Ivy. »Das Wesen, dem du begegnet bist, war nicht Wendigo. Wäre es das gewesen, dann hätten wir von dir nichts weiter gefunden als gefrorenes Blut und Knochenstaub. Im besten Fall.«

Faye schluckte und blickte zur Seite.

»Ivy hat dich gerettet, obwohl keiner von uns das für eine gute Idee hielt«, brummte Columbus. »Aber sie ist unser Trickster und sie hat einen verdammten Dickkopf.«

Ivy nahm Jays rechte Hand und ließ das Kojotenamulett hineinfallen, »Ich weiß, wie man die Geister täuscht und sich vor Wendigos Dienern verbirgt. Ich schütze unsere Gruppe, ich suche und forsche und manchmal finde ich auch. Zum Beispiel dich.«

»Ja, und abgesehen davon, dass sie wertvolle Munition geklaut hat, um dich zu retten, hat sie es geschafft, dass wir immer noch hier festsitzen. Wegen dir sind wir drei nämlich hiergeblieben«, sagte Columbus. »Die anderen sind gestern ohne uns vorausgefahren. Wir können nur hoffen, dass es nicht schneit, bis das letzte Transportboot uns holen kann.«

Als könnte es ihm Halt geben, schloss Jay die Hand fester um das Amulett. »Wo ist meine Familie?«, fragte er. »Mein Onkel? Mein Cousin …«

Ein betretenes, atemloses Schweigen trat ein. Unbehagliche Blicke flogen hin und her. Ivy räusperte sich. »Dein Onkel lebt nicht mehr. Und dein Vater, Robin, ist … sehr viel länger tot, als du glaubst.«

Aus irgendeinem Grund war es wichtig, über den Anhänger zu streichen, immer wieder, um sich zu vergewissern, dass dieses Stück seiner Welt noch da war. »Was ist passiert?«, flüsterte er. »War es der Hurrikan vor einer Woche? Ab da war alles irgendwie anders …«

»Vor einer Woche gab es keinen Hurrikan.«

Er stutzte, als sein Daumen über die glatte Rückseite des Kojotenkopfes fuhr. Da war eine raue Stelle, wie eine Gravur.

Das Schmuckstück glänzte wieder silbern, Ivy hatte es gereinigt und von Ablagerungen befreit. Noch nie war ihm aufgefallen, dass die Rückseite graviert war. Aber jetzt, als nur noch die Vertiefungen dunkel waren, erkannte er ganz deutlich die Inschrift: *Robin C.*

Jay hob ruckartig den Kopf. Er war fast erleichtert, einfach nur wütend sein zu können. »Du hast mich belogen!«, stieß er hervor. »Du hast noch nie etwas von Robin gehört! Du hast den Namen gelesen und so getan, als hätte mein Vater dich zu mir geschickt.«

Ivys Augen wurden schmal. »Na und? Ich bin ein Trickster. Und wie du siehst, kein schlechter. Schließlich bist du hier.«

»*Wo* bin ich hier?«, schrie Jay. »Und warum soll mein Onkel tot sein?« *Und Charlie?* Der Gedanke traf ihn wie ein Schlag. Neben ihm raschelte es. Liberty hatte sich neben ihm niedergelassen und zupfte nervös an ihrem Rock.

Ivy wollte etwas erwidern, aber Faye brachte sie mit einer strengen Geste zum Schweigen. »Du hast … sehr lange geschlafen, Jay.«

»Wie lange?«

Faye leckte sich über die Lippen. »Welches Jahr haben wir?«

»2012«, antwortete er.

»2113«, sagte Liberty im selben Atemzug. Er sah sie fassungslos an. Sie lächelte in zaghaftem Bedauern und zuckte mit den Schultern. »Schluss jetzt, Faye«, kam es barsch von Columbus. »Und du auch, Ivy, hört auf, um ihn herumzutanzen wie eine Elster um den Silberbecher. Wenn ihn die Trugwelt nicht umgebracht hat, wird er die Wahrheit auch verkraften.« Er trat direkt vor Jay und beugte sich so weit herunter, dass er ihm direkt in die Augen sehen konnte.

»Wenn unser Kalender stimmt, haben wir das Jahr 2113. Wie lange du geschlafen hast, kannst du dir ja selbst ausrechnen.«

Jay schüttelte heftig den Kopf. Hilfe suchend blickte er nach rechts, aber Liberty hatte sich aus dem Staub gemacht. »Ich … verstehe kein Wort«, stammelte er, obwohl irgendetwas in ihm sehr wohl verstand. *Der ständige Stromausfall, die U-Bahnen, die angeblich vom Sturm verwüstete Stadt …*

Columbus seufzte und richtete sich auf. »Tja, dann sieh es dir mal am besten selbst an.«

*

Noch nie hatte Jay sich so schwach gefühlt, aber er folgte dem Expeditor, tastete sich mit zittrigen Knien über staubige, dunkle Treppen nach unten. Es waren Lagerhallen, so viel konnte er im Schein der Fackel erkennen, die Columbus vor ihm hertrug. Viele Kisten und Metallschränke waren aufgebrochen, und es roch säuerlich und dumpf nach Altertum und Moder.

»Das Schlimmste ist der Schimmel«, rief Columbus über die Schulter zurück und hustete dumpf. »Er kriecht in alle Ritzen. Papier und Bücher hat er schon vor vielen Jahrzehnten endgültig erledigt. Und wenn wir zu lange hierbleiben, macht er dasselbe mit unseren Lungen.«

Mit diesen Worten stieß er mit einem Tritt eine Metalltür auf. Verblasstes Gold glänzte auf, als Columbus mit der Fackel einige Kerzen ansteckte. Jay prallte zurück. Es war wirklich eine Expedition – und zwar in eine ägyptische Grabkammer. Vor ihm, in der Mitte des Raumes, thronte auf zwei Tischen ein Sarkophag. Columbus stieß die Fackelspitze in einen Eimer mit Sand, um die Flamme zu löschen.

»Hilf mir mal!«, sagte er barsch und machte sich an dem Sarkophagdeckel zu schaffen. Jay zögerte, aber dann packte er mit der rechten Hand zu. Polternd kam der Deckel auf dem Boden auf. Und Jay sah in das Gesicht einer dunkelhäutigen, reglosen Frau. Sie war in eine Decke gehüllt, schwarzes Haar umrahmte ihr unbewegtes Gesicht. Sie mochte dreißig sein, vielleicht auch ein paar Jahre älter und sah der Schauspielerin Zoe Saldana verblüffend ähnlich. Jay trat zurück, bis er an einen der Tische stieß, auf dem Zeichnungen, vergilbte Karten und bemalte Lederstücke lagen. »Ist sie tot?«

»So ähnlich«, erwiderte Columbus trocken. »Sie schläft, atmet kaum, wird nicht älter und nichts kann sie wecken. Aber sie träumt, siehst du?«

Mit einem Schaudern erkannte Jay, dass die Augen unter den Lidern der Frau sich tatsächlich zuckend bewegten, als wäre sie in einem Traum gefangen.

»Ivy nennt sie Dornröschen. Wir haben diese Schönheit bei einem Erkundungsgang gefunden.«

»Warum liegt sie in einem Sarkophag?«

Columbus' Brauen zuckten nach oben. Zum ersten Mal blitzte echtes Interesse in seinen Augen auf. »Sarkophag nennt man das? Interessant. Vielleicht bist du ja doch zu was gut. Wir wissen nämlich nur noch wenig über dein Zeitalter und die Abende im Winterlager sind lang genug. Da können wir einen guten Geschichtenerzähler gebrauchen. Tja, den Sarkophag haben wir aus dem Museum. Es lag eine vertrocknete Leiche drin, die habe ich weggeworfen. Jetzt ist er eine gute Transportkiste, in der wir die Frau über den Fluss bringen können. Auch wenn sie uns nichts nützt, ist sie ja doch eine Kostbarkeit, ein Artefakt. Es ist selten genug, dass man auf einen Schläfer aus der Vergangenheit stößt. Es gibt nur noch wenige von euch, in meinem ganzen Leben habe ich erst zwei gefunden, und ich war schon an vielen Orten, das kannst du mir glauben.«

»Willst du mir erzählen, ich bin wie sie? Ich lag in dieser Art von Koma? Und alle anderen Menschen schlafen auch?«

»Welche anderen?« Columbus hustete und rieb sich die sehnigen Hände. »Die Zeit der Menschheit ist ausgeträumt, unsere Clans sind nur noch die kläglichen Reste der alten Kulturen, die es vor dem Weltende gab. So gesehen bist du ein Wunder. Es gibt von euch vielleicht noch einen oder zwei in jeder Stadt. Und noch nie ist einer von euch aufgewacht. Ich frage mich, wie du das angestellt hast.«

Einer von euch.

Jay griff nach seinem Handy, bis ihm siedend heiß einfiel, dass es nicht mehr da war.

»Es gibt doch noch Funkkontakt, nicht wahr?«, fragte er mit schwacher Stimme. »Meine Mutter ist in Deutschland, in Berlin. Ich muss wissen, was aus ihr geworden ist! Vielleicht schläft sie auch, vielleicht …«

Columbus zog die Brauen zusammen und musterte ihn mit einer Mischung aus Mitleid und Ungeduld. »Deutschland, hm?« Er seufzte und rieb sich über die geschwollenen Augen. Mit einem Mal sah er sehr müde und sorgenvoll aus.

»Ich versuche, es dir zu erklären. Wir – Ivy, Faye und ein paar andere Leute – sind Mitglieder des Island-Clans. Unsere Vorfahren stammen von dieser Insel. Offenbar waren sie klug genug, sich gleich zu Beginn der Dunkelheit in den Untergrund zu flüchten. Wir wissen nicht, warum sie überlebt haben, vielleicht kannten sie sich einfach besser mit der Geisterwelt aus und wussten die Zeichen zu deuten. Als die Sonne wieder hervorkam, war alles anders. Sie waren die Einzigen, die noch lebten. Nach zwei Generationen wagten sie sich über das Meer und segelten zum Kontinent. Sie hofften, dort Leben vorzufinden, Menschen und Völker, aber sie stießen nur auf Verwüstung und vereinzelte Stämme auf dem Festland, die ebenso suchten wie sie. Alle Städte dieser Welt sind leer, soweit sie überhaupt noch existieren.«

Jay hörte die Worte, aber es war absolut unmöglich, sie zu begreifen. *2012, der Film*, dachte er. *Das Ende der Welt. Und hier Teil II – »Was danach geschah«.* Es war einfacher mit dieser Distanz, sie legte sich wie eine dämpfende Schicht aus Watte zwischen Columbus' Worte und ihn.

Der alte Mann trat zu einem Plastikglobus, der in der Ecke stand. Er war bekritzelt, als hätte ein Schüler Langeweile gehabt. Mit dem Zeigefinger versetzte der Alte der Kugel einen Schubs. Eiernd drehte sie sich ein Stück, bis Columbus sie an der Stelle stoppte, wo sich Europa befand. Dicke rote Linien schraffierten das Gebiet. »Vor hundert Jahren gab es einen blitzartigen Klimawechsel. In den Wüsten fiel Schnee, überall auf der Welt brachen Vulkane aus, Aschewolken verdunkelten den Himmel. Es gab Erdbeben, Stürme, Fluten und eine ruckartige Verschiebung von Kontinenten. Das, was du Deutschland nennst, ist untergegangen, schon zu Beginn der dunklen Zeit. Und auch diese Länder hier, Holland, Belgien, Polen und Frankreich, sind damals zum Teil einfach abgesackt und untergetaucht, ein Riesengraben, siehst du? Dein Deutschland ist ganz weg. Nur noch Meer. Ich habe es gesehen, ich war vor vierzig Jahren dort. War meine erste Expedition als Navigator.«

Jay rang nach Atem, doch es war, als wäre jedes Restchen Luft aus dieser stickigen Gruft gesaugt worden. Aber es war besser zu ersticken, als sich all das vorzustellen. *Charlie. Tot. Untergegangen mit einem ganzen Land. Meinem Land.*

»Soweit ich weiß, haben sich nur wenige Stämme in den Resten der alten Welt auf dem anderen Kontinent angesiedelt«, fuhr Columbus mit dieser schrecklichen, ungerührten Sachlichkeit fort. »Zum Beispiel in der ehemaligen Türkei, in den unterirdischen Felsstädten Kappadokiens, die es schon seit Tausenden von Jahren gibt. Faszinierend, oder? Dass die ältesten Bauwerke tatsächlich am längsten überdauern.«

*

Er kannte das Foyer des Museums aus dem Reiseführer und aus Filmen – eine von roten Marmorsäulen gestützte Halle, in der Dinosaurierskelette die Besucher begrüßten. Staub lag dicht wie Schnee auf dem Marmorboden, und das Licht, das durch eine bogenförmige verkrustete Fensterfront ganz oben an der Decke fiel, war grünlich diffus und geisterhaft. Moos und Schimmel färbten Wände und die einst prächtige Decke. Die Saurierskelette standen noch. Spinnweben umhüllten ihre Rippen und Reißzähne wie Zuckerwatte. Von den Klauen, den Armknochen und den gewaltigen Wirbelsäulen hingen magische Amulette wie bizarrer Weihnachtsschmuck: Zweige, Rabenfedern und kleine Weidenringe, die wie Traumfänger wirkten.

Jay stürzte zur Tür. Sie war morsch und mit einem kantigen Stück Holz verkeilt. Er trat dagegen, mit Getöse polterte es auf den Boden und schreckte eine Staubwolke auf, die ihn zum Husten brachte.

Draußen blendete ihn das Licht so sehr, dass er erst einmal gar nichts sah. Er taumelte zur Treppe und stieß auf eine lange Linie von braunen Baumsamen. Zitternd überschritt er die magische Grenze und ging die Treppe hinunter.

»Lass ihn, Ivy«, hörte er Fayes sanfte Stimme hinter sich. »Er wird nicht weit gehen. Gib ihm Zeit.«

Mittagslicht umspielte Ruinen in einem Dschungel. Mannahatta. Nur dass es heute nicht verwunschen wirkte, sondern grauenhaft real. Flüsse rauschten in der Nähe, ansonsten war es still wie in einem menschenleeren Wald. Dort, wo sich früher die Straße befunden hatte, konnte er flache Hügel erahnen, die in einer seltsamen Regelmäßigkeit eine Reihe bildeten. Erst nach einer Weile kam er darauf, dass es umwucherte Autowracks waren. Mitten auf der Straße wuchs ein Holunderbaum mit einem Stamm von mehr als zwei Metern Durchmesser. Links von ihm lag der Central Park. Nur gab es ihn nicht mehr. Um ihn herum erhoben sich umrankte Hochhäuser und eine völlig veränderte Skyline. Vor allem Bäume schluckten den Himmel, denn die waren so groß, wie sie hier einfach nicht existieren durften. *Wie in* Jurassic Park, dachte er benommen. *Nur in der Zukunft. Ich bin in einem verdammten Science-Fiction-Film gelandet!*

Er stolperte weiter, seine bloßen Füße versanken im kalten Morast. Auf einer bemoosten Stufe ließ er sich nieder und zog die Beine an den Körper. Mit brennenden Augen suchte er nach seinem New York. Die Wolkenkratzer waren zum Teil eingestürzt und nur noch halb so hoch. Doch er war erleichtert, als er wenigstens den Trump Tower und das höchste Gebäude des Rockefeller Centers, den »Top of the Rock« entdeckte. Nur waren diese Gebäude jetzt fadenscheinig und durchbrochen wie alte Spitze.

»Du siehst traurig aus, Jay.« Die Holländerin setzte sich neben ihn, sehr aufrecht und vornehm, und betrachtete den Dschungel.

Verstohlen ließ Jay den Blick über die Schlagzeilen gleiten. Der neueste Artikel stammte vom 3. Oktober – das war kaum zwei Wochen her.

NEUE EISZEIT IN NEW YORK? lautete eine Schlagzeile. Eine andere begann mit:

RÄTSELHAF…

Der Rest der Schrift war unter einem anderen Zeitungsblatt verborgen.

»Was ist passiert, Liberty?«

»Sie kamen auf tragische Weise ums Leben«, antwortete sie rasch. »Fast die ganze deutsche Gemeinde in Williamsburg. Es gab einen Unfall auf einer Dampferfahrt. Das war das Ende einer Ära – im Jahr 1904…«

»Weich mir nicht aus! Ich meine dieses Jahr! Vor einer Woche…« Er verstummte, als die Erkenntnis ihn wieder wie ein Boxhieb in den Magen traf.

»Ach das, damals«, erwiderte Liberty bedrückt. »Ja, das war schon traurig.«

Eine Weile schien sie noch mit sich zu ringen, dann zupfte sie den Artikel hervor. RÄTSELHAFTE SCHLAFKRANKHEIT lautete die Schlagzeile. Jay überflog die Zeilen nur, Schlagworte, die alles nur noch schlimmer machten: *Weltweit betroffen… Millionen Erkrankte… Ohnmacht… innerhalb von drei bis vier Stunden… Koma… Möglicherweise ein Virus…*

»Es wurde ganz plötzlich kalt und dunkel«, sagte Liberty. »Schneestürme im Oktober, extremste Minusgrade wie am Nordpol. Der Verkehr stand still, kein Flugzeug konnte mehr abheben. Die Menschen wurden müde und vergaßen einfach, was sie tun wollten. Manche schliefen sofort ein, manche am Steuer ihres Wagens, andere irrten noch eine Weile wie Schlafwandler durch den Schnee. Hunde liefen frei herum, weil ihre Besitzer sie vergessen hatten. Alles war wie ein Traum. Und dann ging der Tag zu Ende und es kam jene letzte Nacht. Sie war blau wie Lapislazuli und sie explodierte in reiner Magie und Kälte. Die meisten Menschen starben sofort im Eishauch und wurden später von wildernden Hunden gefressen.« Sie seufzte tief. »Einige Menschen aber schliefen nur. Die Tiere ließen sie unberührt. Ich habe sie beobachtet, Jahr um Jahr. Und währenddessen wanderten Wölfe aus dem Norden ein, Kojoten streiften durch den Central Park, Bären und Elche kamen, Rotfüchse und Pumas. Als keiner sich mehr um die U-Bahn-Schächte und die Straßen kümmerte, vermehrte sich eine Zierpflanze, der chinesische Götterbaum, überall. Nach fünf Jahren hebelten ihre Wurzeln die Bürgersteige hoch und zerstörten die Abwasserkanäle. New York war ursprünglich ein sumpfiges Flussgebiet, weißt du? Überall im Untergrund sprudeln Quellen. Als die Pumpen nicht mehr arbeiteten, liefen die U-Bahn-Schächte mit Wasser voll. Nur fünfzehn Jahre hat es gedauert, bis die großen Avenues in Manhattan wieder zu Flüssen geworden waren. Und die Schläfer alterten, während ihre Häuser um sie herum zerfielen und die Natur die Stadt verschlang. Sie starben erst, als ihre Lebensuhr abgelaufen war, die allerletzten von ihnen vor fünfzig Jahren. Nur eine Handvoll blieb vom Alter verschont. Sie liegen wie erstarrt, altern nicht, überdauern zwischen Leben und Tod.« Liberty schluckte und plötzlich schwammen ihre Augen voller Tränen. »Ihre Träume füllen die Stadt, aber sie wiederholen sich immer und immer wieder. Manchmal gehe ich in diesen Träumen spazieren, aber inzwischen ist es ebenso langweilig, wie mit dem Wind zu reden.«

Jay presste die Lider zusammen, bis er nur noch rot glühendes Pochen sah. *Bitte lass mich aus diesem Albtraum aufwachen.*

»Du bist der einzige Mensch, mit dem ich reden kann. Diese Islandleute sehen mich nicht. Und mit den anderen, bei denen du warst, rede ich nicht.« *Madison konnte dich wahrnehmen*, dachte Jay mit einem Frösteln. *Sie ist kein Geist – aber auch kein Mensch.*

Liberty tänzelte davon und diesmal bestand kein Zweifel, dass er nicht einmal einen Schritt hörte, nur das Rascheln von sechshundert Jahren New Yorker Geschichte, die nun unwiderruflich bedeutungslos geworden waren.

»Mit wem hast du dich da eben unterhalten?« Er öffnete die Augen auch dann nicht, als Ivy sich neben ihn setzte.

»Mit dem Geist New Yorks«, erwiderte er tonlos.

»Wir müssen zurück«, sagte Ivy sanft, aber nachdrücklich.

»Zurück.« Er lachte bitter auf. »Klar. Lass mich einfach in Ruhe.«

»Das kann ich nicht. Ich bin jetzt für dich verantwortlich, ich beschütze dich, ob du willst oder nicht. Glaub nicht, dass du schon außer Gefahr bist. Hier, leg das um und trage es immer bei dir, vor allem nachts. Ihre Macht ist dann am stärksten.«

Er öffnete die Augen und sah, dass sie ein Lederband hervorzog. Es sah aus wie Indianerschmuck, aufgereihte, geschliffene Glasstücke und Elsterfedern.

»Das Glas wirkt wie eine Falle, darin fängt sich ihre Magie. Und die Elsterfedern verbergen dich und deine Träume vor ihnen. So können sie dich nicht mehr in ihre Trugwelt ziehen.«

Schamanenzauber hoch drei. Robin wäre begeistert. Robin, der mich nie warnen wollte und der nicht hier ist.

»Bleib mir mit diesem Zauber vom Hals. Was, wenn das auch

nur eine weitere Trickster-Lüge ist? Vielleicht ist das hier ja die Trugwelt. Vielleicht gehört das Monster, das sich als mein Onkel ausgegeben hat, zu euch, und ihr habt ihn geschickt, um mich zu euch zu locken …«

Sie packte ihn am rechten Arm. »Jay! Sieh mich an!« Jetzt klang sie verärgert. Ihre Augen hatten den schattigen Glanz bekommen, der sie fremd wirken ließ. »Hast du wirklich nie etwas bemerkt?«

»Nein!«

»Dann denk nach! Als ich dich das erste Mal zufällig auf einer Erkundungstour entdeckte, bist du einem Kojoten hinterhergelaufen und hast behauptet, er sei dein ›Hund‹. Und als drei Wölfe uns angegriffen haben, hast du mich angeschrien, weil ich sie mit dem Speer verletzt habe, um uns zu schützen. Und vorher hatte ich dir dabei zugeschaut, wie du dich mit Bären und Kojoten um einen alten Ball aus Lumpen geprügelt hast. Ein paarmal hatte ich Angst, sie würden sich nicht länger zurückhalten und dich töten.«

Alles in ihm wehrte sich dagegen, es zuzugeben, aber er kannte die Antwort nur zu gut. Das Spiel ohne Regeln hatte ihn tatsächlich an eine Balgerei mit Tieren erinnert. Und wie oft hatte er sich Tierhaare von seiner Kleidung geklopft und sich nichts dabei gedacht? Aber es gab noch mehr, viel mehr. Er dachte an das vergilbte Plastikgeschirr in Matts Küche und schauderte. *Plastik vergeht nicht.* Er erinnerte sich an das Blatt, das er in der Schulkantine für ein Colaglas gehalten hatte. Und der bittere, eiskalte Kaffee war vermutlich Pfützenwasser gewesen.

Wie konntest du so blind sein? Das Licht war immer bläulich, wie in einer Mondnacht, es gab kein warmes Licht. Das Flugzeug, das ich gestern gesehen habe, hinterließ keinen Kondens-

streifen am Himmel. Überhaupt war der Himmel über New York immer klar. Das Schuljahr fängt in den USA nicht im Oktober an, sondern im September. Es gab kein Internet, keinen Strom und jeden Tag Fleisch. Bei dem Gedanken an das erlegte Reh in der Küche wurde ihm beinahe übel. Er mochte sich nicht vorstellen, was sie ihm noch alles vorgesetzt hatten. Und vermutlich hatte er sich nur eingebildet, dass das Fleisch gebraten war.

Wie eine Folge von Rückblenden in einem Film zogen weitere Erinnerungen an ihm vorbei: Der planlose Unterricht in der zerstörten Schule, Mr Millar, der wie die unbeholfene Imitation eines Lehrers nur noch über Eulen geredet hatte. Der Film im Park, der sich verändert hatte. Und Feathers, der sich von einem Tag auf den anderen so benahm, als würde er Jay nicht mehr kennen.

Mit einem Mal hatte er das Gefühl, haltlos und endlos zu fallen. Aber noch immer wagte er es nicht, wirklich an Charlie zu denken. Krampfhaft stellte er sich stattdessen andere Dinge vor. Einfache, greifbare Dinge. Nie wieder Matts Werkstatt sehen, nie wieder Pizza, nie wieder Filme. Und schon das war mehr, als er ertragen konnte.

»Ich habe auf ein Stück Stein gestarrt und mir eingebildet, eine SMS zu lesen. Und ich habe einfach so hingenommen, dass alle Menschen um mich herum sich anders benahmen als sonst.« Er stöhnte auf, drückte die Handballen gegen die Augen.

Ivy legte ihm tröstend die Hand auf den Arm. »Ich habe versucht, dich aus der Trugwelt zu wecken. Aber es war fast schon zu spät.«

»Deshalb hast du mich vor das Auto gestoßen und die Ampel herunterfallen lassen?«

»Das Auto hast nur du gesehen und die Ampel war nur ein

Stück Blech, das ich nach dir geworfen habe, es sollte Krach machen, damit du erschrickst.«

Und ich habe einfach die passende Szenerie darum gebaut – bremsende Autos, panische Menschen …

»Nur ein einziges Mal konnte ich dich dazu bringen, diese *Madison* zu vergessen.« Er schauderte, so hasserfüllt klang Ivys Stimme nun.

»Wer ist sie? Hast du sie gesehen? Wie sieht sie in Wirklichkeit aus?«

»Wir hatten gehofft, du könntest uns das sagen. Wir wissen nur, dass sie andere Gestalten annehmen können. Diese *Madison* kenne ich nur so, wie sie sich dir gezeigt hat. Und die Tiere – die Kojoten, die Bären, das sind alles nur ihre Helfer, denen sie ihren Willen aufzwingt. Sie spielt mit ihnen wie mit Puppen. Ich habe sie als das gesehen, was sie sind – du dagegen hast sie in der Gestalt wahrgenommen, die Madison ihnen in deinen Augen gegeben hat.«

Pete und die anderen Spieler. Alles nur Statisten. Und jetzt weiß ich auch, warum es im Park so sehr nach Hund und Tierfell gerochen hat. Er sah Madisons Lächeln vor sich, ihre honigfarbenen Augen. *»Liebst du mich?«*, hallte ihre sehnsuchtsvolle Stimme in seiner Erinnerung. Sie klang nun wie Hohn, und dennoch …

»Wendigos Wächter können Menschenträume sehen und sie benutzen, um daraus ihre Magie zu weben«, sagte Ivy. »Wer weiß, wie lange sie dich schon schlafend beobachtet haben, deine Träume in sich aufgesaugt, deine Sehnsüchte studiert, um dir dann die Welt vorzuspiegeln, die du kanntest.«

»Wie oft warst du schon hier?«

»Jede Nacht.«

»Jede Nacht? Du bist wahnsinnig!«

»Ich kann nicht anders!«

Er erinnerte sich, dieses Gespräch gehört zu haben, in seinem Zimmer, in der Nacht vor dem Sturm, den es nie gegeben hatte. *Sie waren bei mir, während ich geträumt habe. Sie haben meine Träume beobachtet und ...*

»... so haben sie von Madison erfahren«, vollendete er seinen Gedanken laut. »Sie war eine Mitschülerin von mir, ich kannte sie kaum, und eigentlich habe ich nie mehr über sie erfahren als bei unserem Spaziergang nach der Schule. War das mein letzter Tag in der richtigen Welt? Und alles andere, ab dem Sturm, war ... die andere Madison?«

»Das Monster«, korrigierte ihn Ivy. »Ja, es hat diesen Bann über dich gelegt. Nur deshalb hast du geglaubt, das Ding zu lieben.«

Das Ding. Seine Hand glitt zu dem Amulett.

»Aber warum hat sie mich aufgeweckt?« *Warum wollte sie, dass ich sie liebe?*

»Weil sie tückisch und grausam ist. Diese Kreatur und ihre Helfer haben mit dir gespielt wie eine Katze mit der Maus.«

In Ivys Miene zeichnete sich etwas ab, was er an ihr noch nicht kannte. Ein gefrorener Schmerz, gefährlich dicht unter der beherrschten Oberfläche.

»Du hasst sie wirklich, nicht wahr?«

»Mehr als alles andere auf der Welt«, antwortete sie mit einer Leidenschaft, die ihm Angst machte. »Oft träume ich davon, sie zu töten, einen nach dem anderen. So lange, bis das letzte dieser Ungeheuer ausgerottet ist.«

»Aber was, wenn sie mich gar nicht töten wollte?«

»Meinst du das ernst? Woher hast du dann die Wunde am Arm?«

»Das war Matt … oder wer immer er auch ist. Aber nicht Madison.«

Ivy sprang auf. Mit geballten Fäusten stand sie vor ihm. »Zum letzten Mal, hör auf, auch nur an die Bestie zu denken! Sie heißt nicht Madison, ihre Art hat keine Namen, ebenso wenig wie Giftschlangen oder Haie sich Namen geben.«

Mühsam rang er nach Atem. Sein ganzes Leben verlor auch die letzten Konturen und der schwarze Sog, der immer noch an ihm zerrte, drohte ihn endgültig zu verschlingen. Alles, was ihn davon abhielt, sich völlig zu verlieren, war die Erinnerung an Madisons sanftes Gesicht, ihre Grübchen beim Lächeln und ihre Küsse, die ihm nun Angst machten. *Aber als wir uns das letzte Mal gesehen haben, hatte sie auch Angst. Vor mir.*

»Kapier es endlich, Jay. Sie hat dich nie geliebt, sie hat es dich nur glauben lassen, weil sie dich hasst!«

»Hör auf!«, schrie er und sprang auf die Beine.

Im selben Moment presste sich Ivys Hand auf seinen Mund und ihre funkelnden Augen waren ganz nah.

»Scht! Nicht so laut!« Sie sah sich furchtsam um und ließ ihn nur zögernd los. So standen sie sich gegenüber, beide angespannt und wütend und auf eine hilflose Weise sprachlos. »Du kannst nichts dafür, du bist immer noch in ihrer Magie gefangen«, flüsterte Ivy nach einer Weile. Ihre Stimme zitterte, als würde sie versuchen, sich selbst Mut zuzusprechen. »Aber es wird vergehen. Je weiter wir uns von ihnen entfernen, desto mehr wird der Bann verblassen. Und du bist in Sicherheit, es ist alles gut …«

»Gut?«, brauste er auf. »Meine Welt existiert nicht mehr, meine Familie ist tot, mein …«

»Glaub mir, Jay, es gibt Schlimmeres als das.«

Jay klappte der Mund auf. »Wie kannst du so kalt sein?«

Sie hob das Kinn. »Bin ich das? Nun, ob es dir gefällt oder nicht: Das hier ist jetzt deine Welt, und du kennst sie nicht gut genug, um allein zu überleben. Also tu gefälligst, was ich dir sage.«

Sie hielt ihm das Federband hin. Aber Jay schüttelte heftig den Kopf. »Du befiehlst mir nicht, was ich zu tun habe.«

Sie fluchte in einer fremden Sprache – vermutlich Isländisch? –, und ihm wurde mit ganzer Schärfe bewusst, dass sie in Wirklichkeit noch viel mehr trennte als dieser Streit.

»Weißt du was? Du bist du nicht nur stur, sondern auch dumm«, fuhr sie ihn dann in ihrem fremd klingenden Englisch an. »Wenn sie dich finden, ziehen sie dich in die Trugwelt zurück. Und eines sage ich dir: Das nächste Mal riskiere ich nicht meinen Kopf, um dich da rauszuholen.«

»Vielleicht wäre das nicht das Schlimmste!«, brach es aus ihm heraus. »Vielleicht war ich ja glücklicher in meinen Träumen! Immerhin war ich dort in meiner eigenen Welt.«

Clans

Der Sturmwind fegte schon seit Tagen über die Stadt, als wollte eine unsichtbare Macht sie auf der Insel festhalten. *Sie sind wütend. Und bestimmt suchen sie ihn,* dachte Ivy. Fröstelnd zog sie die Schultern hoch und duckte sich wieder in ihr Versteck zwischen den Uferbüschen. Sie hasste die letzte Überfahrt im Herbst, die sie ins Winterlager brachte. Aber heute wünschte sie sich nichts so sehr, wie in die Sicherheit der Kolonie zurückzukehren. Seit fünf Tagen warteten sie jetzt schon auf die Boote, aber sooft Ivy auch am Ufer des Flusses stand und über das tobende, aufgewühlte Wasser blickte, nie entdeckte sie jemanden auf der anderen Seite. An der großen Ulme hing nur ein Stück weißes Tuch, aber nicht das erhoffte Zeichen der Späher.

Sie schrak zusammen, als etwas im Unterholz knackte, schloss die Augen und spürte konzentriert den Strömungen nach, lauschte dem Flüstern von Geistern, fand aber keine Gefahr. Trotzdem schlich sie lautlos vom Ufer weg und huschte den geschützten Pfad entlang, an der ersten und zweiten Falle vorbei. Sobald sie die Ruinen erreicht hatte, begann sie zu rennen und kam erst wieder zu Atem, als sie die rettende Bannlinie vor dem Museum übertreten hatte. Sie musste ihren ganzen Mut zusammennehmen, bevor sie in das Gebäude schlüpfte. Diesen Augenblick hasste sie inzwischen: Wenn Faye in der Arbeit innehielt und ihr erwartungsvoll entgegensah. Und die Enttäuschung und Sorge in ihrer Miene, wenn Ivy, wie jetzt, nur den Kopf schütteln konnte.

Mühsam rang Ivy sich ein zuversichtliches Lächeln ab. »Na gut, immer noch kein Zeichen von ihnen. Aber der Wind bläst nicht mehr ganz so stark, es sieht so aus, als würde der Sturm nachlassen. Bestimmt holen sie uns schon morgen.«

Faye seufzte und fuhr fort, die Tragestangen an Dornröschens Sarkophag zu befestigen. Es war still geworden in den letzten Tagen. Sogar Columbus, der sonst am meisten sprach, sagte nicht mehr als nötig. Und in Jays Gegenwart verstummten sie alle noch mehr. Seit ihrem Gespräch vor einigen Tagen hatten Ivy und er kaum mehr als ein paar Worte miteinander gewechselt. Es war, als stünde eine Glaswand zwischen ihnen, und Ivy konnte nur von außen zusehen, wie er mit seinem neuen Leben kämpfte, als wollte er es niederringen. Er beschwerte sich nie, aber jeder sah, dass ihm gerade die selbstverständlichsten Dinge am schwersten fielen. Er würgte den getrockneten Fisch, von dem sie lebten, mühsam hinunter und trank das Flusswasser nur widerwillig. Am meisten setzte ihm die Dunkelheit zu. Nachts saß er mit weit geöffneten Augen da, bis die Erschöpfung ihn für ein, zwei Stunden übermannte. Es war ein stummer Kampf, dem zuzusehen beinahe wehtat. Immerhin tat er alles, um ihnen bei den letzten Arbeiten zu helfen. Vor einigen Tagen hatten sie alle gemeinsam die Schlafende in die Echsenhalle geschafft. Ungerührt träumte die dunkelhäutige Frau in dem jahrtausendealten Sarg von derselben Welt, in der auch Jay gelebt hatte. Aus irgendeinem Grund konnte Ivy nicht daran denken, ohne ein mulmiges Gefühl zu haben. Wenn Jay vor dem Sarkophag stand und Dornröschen nachdenklich betrachtete, spürte Ivy besonders deutlich, wie eine hungrige Magie um das Museum strich, Ritzen und Schwachstellen suchte, um hineinzugelangen.

In den Nächten blieb sie wach, verstreute Redwood-Samen und wob mit Gedanken und Worten einen Tarnmantel für die kleine Gruppe. Aber auch jetzt, bei Tag, schien ein kühler Hauch in der Halle die Gedanken und Sorgen zu verwirbeln wie eine Brise vor dem Sturm. *Das ist Jay*, dachte sie. *Er bringt diese Unruhe mit sich. Sie folgt ihm wie ein Hund. Und auch die Gespenster haften an ihm.* Es war nicht gerade beruhigend, daran zu denken. Fieberhaft ging sie noch einmal Weg um Weg durch und fragte sich, ob sie auch alle Fallen und Pfade wirklich gut genug verborgen hatte.

»Schau mal, das habe ich heute im vierten Stock gefunden.« Fayes Stimme riss sie aus ihren Gedanken. »Wir brauchen es nicht, aber die Kleinen werden sich darüber freuen, meinst du nicht auch?«

Sie hob einige Perlenketten und zwei Holzmasken hoch. Eine davon hielt sie sich vor das Gesicht und sah nun aus wie ein seltsam lächerlicher Dämon.

Bei der Vorstellung, wie Fayes Kinder damit spielten, musste Ivy lächeln. »Du weißt schon, dass sie uns damit den ganzen Winter über auf die Nerven gehen werden?«

Faye lachte, aber es war ein nervöses Lachen, das ihre Sorge nur schlecht verbarg.

Ivy war ihr dankbar, dass sie ihr keine Vorwürfe machte. Sie versuchte, ihrer Stimme einen beruhigenden, zuversichtlichen Klang zu geben. »Wir kommen rechtzeitig zurück. Wir haben noch viel Zeit, vertraue mir. Es kann noch Wochen dauern, bis der Schnee kommt.«

Faye nickte etwas zu bereitwillig und fuhr hastig damit fort, die Winterbeute zusammenzupacken. Sie hatte die Zeit gut genutzt und auf den letzten Erkundungsgängen noch viel Nützliches zusammengetragen. Dazu gehörten warme, raschelnde Jacken aus einem glatten, schreiend bunten Kunststoff und Schuhe. Beides hatte Faye in einem wasserdichten Lagerraum aufgestöbert. Die Dinge hatten die lange Zeit nahezu unbeschadet überstanden.

Ivy legte ihren Speer und ihren Waffengürtel ab und ging um die Echsenskelette herum. Ihr Herz machte einen Satz, als sie Jay entdeckte. Er kniete hinter dem Podest und schnürte Decken und weitere Jacken zu einem großen Bündel zusammen. Obwohl er sich verbissen abmühte, auch den linken Arm zu gebrauchen, gelang es ihm nur schwer, das Bündel zusammenzuhalten. Ivy verharrte mit klopfendem Herzen und betrachtete ihn.

Das Federband hatte er sich wie einen Gürtel um die Hüften geschlungen. Ansonsten trug er wieder stur die Kleidung aus seiner eigenen Zeit, eine ehemals blaue, jetzt aber ausgebleichte und vergilbte Hose, die seine langen, muskulösen Beine betonte, und eine schwarze Jacke aus einem weichen, flauschigen Kunststoff. Die Pelzjacke, die Columbus ihm gegeben hatte, zog er dagegen niemals an. *Als würde er sich in die Vergangenheit hüllen wollen wie in einen Kokon*, dachte Ivy. *Und auch jetzt ist er in Gedanken dort.*

»Soll ich dir helfen?«

Er zuckte zusammen, als würde er sich ihrer Gegenwart erst jetzt bewusst. Ein schmerzlicher Zug lag um seinen Mund und seine Augen waren umschattet, was ihm allerdings etwas sehr Anziehendes verlieh.

»Nein, das schaffe ich allein.« Verbissen kämpfte er weiter mit dem Bündel und dem Seil. *Wie ein Wolf, der sein Nackenfell sträubt*. Wie so oft in den letzten Tagen wusste sie nicht, ob sie ihn trösten oder anschreien wollte. Sie musste daran denken, wie sie ihn mit Madison hatte lachen sehen, und wieder gab es ihr einen Stich.

Verärgert schüttelte sie sich den Regen aus dem Haar und hob ein vergilbtes Tuch auf, um sich abzutrocknen. Sie konnte Jays missbilligenden Blick spüren. Und gleichzeitig fühlte sie, wie sich die Härchen an ihrem Unterarm aufstellten, als ein knisternder Hauch über ihre Haut strich, ein untrügliches Zeichen für eine weitere Gegenwart. »Dein Gespenst leistet dir wieder Gesellschaft.«

»Allerdings«, murmelte Jay. »Sie macht dich darauf aufmerksam, dass du dir die Haare mit einem wertvollen Tuch aus der Pazifik-Ausstellung in der Margaret-Mead-Halle abtrocknest. Es ist Hunderte von Jahren alt. Und ziemlich kostbar.«

»Hier hat es nur den Wert eines Tuchs«, erwiderte Ivy gereizt. »Und die Meinung von Miss New York kann mir gestohlen bleiben. Richte ihr das aus.«

»Nicht nötig. Sie hört dich.« Über das Podest hinweg funkelten sie sich an. Dann warf er das Seil hin, drehte sich um und ging mit großen Schritten hinaus. Für einen Moment verließ sie aller Mut. Und dennoch konnte sie nicht anders, als ihm nachzublicken. Sein federnder Gang erinnerte sie an den Jay, der sich mit den Raubtieren um den Ball balgte, rannte und lachte. Einige Augenblicke kämpfte sie gegen den Impuls an, ihm hinterherzugehen und mit ihm zu sprechen, aber dann seufzte sie und blieb. *Sei vernünftig*, schalt sie sich. *Du brauchst dein Herz für andere Dinge.*

Als sie sich umwandte, sah sie, dass ihre Schwester sie aufmerksam beobachtete. Und aus irgendeinem Grund fühlte sie sich ertappt.

»Sei nicht so hart zu ihm, Ivy.«

»Ich bin hart zu ihm? Er ist doch die ganze Zeit wütend auf mich.«

Zu ihrer Überraschung lachte Faye. »Und du bist nicht zornig? Tja, eines hat sich wohl auch in hundert Jahren nicht geändert: Menschen nehmen es übel, wenn jemand ihnen ihre Träume stiehlt. Jay hat alles verloren, was ihm am Herzen lag. Und im Moment bist du für ihn die Diebin. Du dagegen lernst gerade, dass sich eine Wunde nicht schließt, nur weil man einen Schläfer rettet.«

Mit allem hatte sie gerechnet, aber nicht damit. Hastig wandte sie den Blick von Fayes kurzen Haaren ab. »Du weißt genau, das ist was völlig anderes!«

»Ist es das? Vielleicht ja. Na ja, du weißt es sicher besser, du bändigst schließlich die Geister.«

Sie zwinkerte Ivy zu, dann strich sie sich mit beiden Händen über das Schleierkleid. »Jay hat mir erzählt, dass das hier ein Ritualkleid war. Zu seiner Zeit hat eine Frau es an dem Tag getragen, an dem sie sich mit einem Mann verbunden hat. Das nannte man ›Hochzeit‹.«

Wie schön, mit dir redet er also, dachte Ivy missmutig.

Faye drehte sich einmal um sich selbst und der Rock wirbelte raschelnd durch die Luft und hinterließ einen Kometenschweif tanzender Stäubchen in der Luft. »Glaubst du, das Kleid wird Tom gefallen?«

»Du bist doch schon lange mit ihm verbunden. Ihr habt zwei Kinder. Wozu also dieser Zauber aus einer vergangenen Zeit?«

Faye zuckte die Schultern. »Du hast recht, aber ich nehme es trotzdem mit.« Sie zog sich das weiße Wolkenkleid über den Kopf und stand in ihren Hosen und ihrem gefütterten Lederhemd da. »Aus dem Rock können wir eine Hängematte für die Kinder machen oder eine Fischreuse.« Mit diesen Worten streifte sie sich wieder ihre Pelzjacke aus Kojotenfell über. Nun hatte sie nichts Feenhaftes mehr, sie war wieder die Fallenstellerin und Jägerin.

»Weißt du, ich glaube, er mag dich«, sagte sie beiläufig, während sie das Wolkenkleid zu einem Bündel zusammenballte und in einen knisternden Sack stopfte.

Ivy schluckte. In ihrem Zwerchfell flackerte diese kleine Flamme auf, die sie sonst immer nur dann aus der Fassung brachte, wenn Jay ihr zu nahe kam. Sosehr sie auch versuchte, sich diese Regung zu verbieten, ihr ungehorsames Herz verriet sie jedes Mal. Auch jetzt schlug es plötzlich wieder bis zum Hals, und es kostete sie einige Beherrschung, ganz beiläufig zu antworten. »Wirklich? Den Eindruck habe ich gar nicht. Du hast ja gesehen, er kann gar nicht schnell genug vor mir weglaufen. Außerdem steht er immer noch unter *ihrem* Bann. Er nimmt keine andere wahr, selbst wenn er wollte, könnte er das nicht.«

»Dafür sieht er dich aber erstaunlich oft an, wenn du gerade nicht hinschaust. Ich wette, er erinnert sich nur zu gut daran, dass du ihn geküsst hast. Vielleicht ist der Bann gar nicht mehr so stark, wie du dir einredest? Immerhin war er stark genug, um vor ihr zu fliehen.«

Jetzt konnte sie nicht verhindern, dass ihr das Blut in die Wangen schoss. Noch mehr ärgerte sie sich über das sichelschmale, hinterhältige Lächeln ihrer Schwester. »So rot wirst du nie, wenn ich von den anderen Jungs spreche. Ich hoffe doch sehr, du wirst Jay küssen?«

Ivy schüttelte verärgert den Kopf. »Kein guter Trickster kann sich solche Dummheiten leisten.«

»Aber du hast ihn doch schon einmal …«

»Ja, weil ich keinen Ausweg mehr wusste, um ihn *Madison* vergessen zu lassen! Der Kuss war nur ein Mittel, um ihn aus der Trugwelt zu wecken, nichts weiter, und das weißt du genauso gut wie ich.« An der Art, wie Faye nun die Augenbrauen hochzog, konnte sie erkennen, dass sie heute erbärmlich schlecht log. Hastig sprach sie weiter. »Es war wichtig, ihn zu uns zu holen, zum ersten Mal können wir mit jemandem aus der Zeit vor dem Weltende sprechen. Weißt du, was das für unsere ganze Kolonie bedeutet? Vielleicht finde ich mit seiner Hilfe heraus, wie ich uns noch besser schützen …«

»Magst du ihn gar nicht mehr? Ich erinnere mich da an eine gewisse Nacht, in der meine kleine Schwester mit leuchtenden Augen erzählt hat, wie gut der Fremde ihr gefällt. Und ich finde, du hast nicht übertrieben. Er ist wirklich ein hübscher Kerl. Er ist zwar jähzornig und stolz, und er hat so etwas Aufbrausendes und Wildes, und dennoch kann er sanft sein. Ich glaube, er hat ein weites Herz. Sonst würde er kaum so leiden, meinst du nicht?«

Ivy schwieg. Eines hatte Faye auf jeden Fall geschafft: Jetzt musste sie an die Begegnung denken, bei der er sie umarmt und an sich gezogen hatte, und an seine Nähe, die sie immer noch verwirrte, obwohl sie sich nicht wünschen durfte, ihm noch einmal so nahe zu kommen.

Betont gleichgültig zuckte sie die Schultern. »Ich werde aus ihm nicht schlau. Er weiß, dass seine Welt vergangen ist, aber statt zu trauern, ist er nur zornig. Er hat nicht ein einziges Mal um seine Toten geweint.«

»Würdest du weinen?«

Das hatte gesessen. Ivy biss sich auf die Zunge und sparte sich eine scharfe Antwort.

»Weißt du, warum ich noch hier bin und nicht bei Tom und den Kindern?«, sagte Faye sanft. »Weil Jay mir ein Geschenk gemacht hat. Nach so langer Zeit hat er dich mir wieder zurückgebracht. Als du um ihn gekämpft hast, habe ich endlich meine Schwester wiedererkannt. Das Mädchen, das lachte und glücklich war trotz der Gefahr, und alles wagte. Eine junge Frau, deren Augen leuchteten und deren Herz nicht mehr verschlossen war wie eine Muschel.«

»Was willst du von mir, Faye? Dass ich alles vergesse, so wie du?«

Ihre Stimme hallte in dem Raum. Erst jetzt bemerkte sie, wie laut sie geworden war. Die Raubechsen schienen sie lauernd zu betrachten.

»Niemand von uns vergisst«, erwiderte Faye.

»Du offenbar schon. Du wolltest dir anfangs nicht einmal die Haare abschneiden. Und jetzt willst du mir tatsächlich erzählen, dass ein Kuss kein Unglück bringt!« *Oder ist es nur mein Kuss, der andere ins Verderben stürzt?*

Faye biss sich auf die Unterlippe. Mit einem Mal waren ihre Augen traurig, und Ivy tat es leid, sie so angefahren zu haben.

»Ich wollte nur sagen, dass auch ein Trickster ein fühlendes Herz haben darf«, sagte Faye leise.

»Das kann ich besser beurteilen als du«, erwiderte Ivy. »Du kennst die Geister nicht. Und ich habe meine Lektion gelernt.«

Diesmal widersprach Faye ihr nicht, aber sie runzelte die Stirn und verschränkte die Arme. Und wie immer sagte die Geste mehr aus als jede noch so wütende Antwort.

»Jay steht immer noch unter dem Bann dieses Monsters«, fügte Ivy betont sachlich hinzu. »Meine Aufgabe ist es, ihn davor zu beschützen und in Sicherheit zu bringen. Dann kann er von mir aus küssen, wen er will.«

»Er wird nicht lange suchen müssen«, sagte Faye spitz. »Du kannst dir ja selbst denken, dass sich im Lager so einige Mädchen finden werden, denen er bestimmt mindestens so gut gefällt wie dir.«

*

Diesmal hätte er viel dafür gegeben, sich in die traumlose Ohnmacht der Trugwelt fallen zu lassen. Aber er träumte wieder, sobald er auch nur die Augen schloss – wirre Szenen mit Madison und Charlie im Lichtermeer der Großstadt. Tagsüber gelang es ihm, die Gedanken an Charlie und sein rot durchgestrichenes Land auf der Weltkarte in irgendeinen lichtlosen Winkel seines Bewusstseins zu verbannen. Aber dennoch durchlebte er die Tage wie in Trance und fühlte sich wie ein Schauspieler im falschen Stück. Nur dass ein Schauspieler nach der Vorstellung nach Hause gehen konnte, wo eine warme Dusche, der Fernseher, ein Telefon und ein ganz normales Leben auf ihn warteten. Jay dagegen entkam seiner neuen Rolle nicht. Nach und nach blätterte der Glanz der Trugwelt ab und enthüllte graue Schichten eines neuen, entbehrungsreichen Lebens, das ihm so fremd war, als wäre er auf einem fernen Planeten ausgesetzt worden.

Immerhin heilte sein Arm gut, aber nun war es eine andere

Art von Fieber, das ihn ausbrannte. Es war wie eine Sucht nach Madisons Nähe, und obwohl Faye ihm versicherte, es sei nur der Bann der Trugwelt, fühlte er sich, als würde er ein Tal von Liebeskummer und Verlassenheit durchschreiten. Außerdem hatte er sich noch nie so sehr nach Lärm gesehnt, ihm fehlten sogar die Feuerwehrsirenen, der Motorenkrach und das nervtötende Gehupe der Taxis so sehr, dass es schmerzte. Wenn er nachts wachlag, rief er sich das Summen von Menschenmassen in der Stadt ins Gedächtnis, Werbejingles, den Geschmack von Kaffee und Telefonklingeln. Einmal fragte er Liberty, ob sie ihm die Charthits von 2012 aufzählen könne, aber sie rümpfte die Nase und schmetterte stattdessen aus voller Kehle »New York, New York« von Frank Sinatra. Auch jetzt, als er allein war, hallte die Melodie in seinem Kopf wider.

Natürlich fand Columbus ihn auch heute. Mit der Zielstrebigkeit eines Jagdhundes, der seine Beute gewittert hatte, tauchte er im vierten Stock in der Museumsbibliothek auf, in die Jay sich verkrochen hatte. Das, was früher Bücher gewesen waren, erinnerte jetzt an verkrustete Sedimentschichten, aus denen nur noch Archäologen etwas über die vergangene Zeit herauslesen konnten.

»Komm mit! Ich brauche deine Hilfe.«

»Müssen wir wieder etwas aus dem Keller in die Halle schleppen?«

»Ja, aber nicht hier.«

Jay hob den Kopf. »Ich soll rausgehen?«

»Natürlich. Wie lange willst du dich noch verkriechen?«

»Ich verkrieche mich nicht. Ich habe nur keine Lust, wie ein Gefangener mit Hofgang behandelt zu werden.«

Columbus gab ein tadelndes Schnalzen von sich. »Gefangener«, sagte er spöttisch. »Es steht dir frei, jederzeit nach draußen zu gehen.«

»Ja, aber nur mit einem von euch – wie ein Hund mit einem Dogwalker.«

»Das hat seinen Grund«, erwiderte Columbus ungerührt. »Ein falscher Schritt und du kommst von den gesicherten Pfaden ab. Wir haben den Plan im Kopf, du dagegen …«

»Schon gut«, murrte Jay.

»Hier, wütender Mann!« Der Alte hielt ihm einen gebogenen Säbel hin. Vermutlich war er Hunderte von Jahren alt. Columbus plünderte seit Tagen mit Begeisterung die Vitrinen des Museums. Vor allem Schwerter, Messer und Säbel hatten es ihm angetan, aber auch Speere und Harpunen aus der Pazifik-Abteilung suchte er zusammen und hortete sie. Seine eigene Ausrüstung hatte er um einige Dolche aus dem Mittelalter aufgestockt. »Nimm schon.«

Jay schnaubte verächtlich. »Soll ich damit gegen euren Wendigo kämpfen, wenn ich ihm begegne? Um die Weltherrschaft?«

Die Miene des Alten gefror. Er packte Jay grob an der Jacke und zog ihn an sich heran. »Rede nie achtlos von ihm. Du hast keine Ahnung, womit wir es hier zu tun haben.«

»Wie denn auch?«, konterte Jay. »Ihr erzählt mir nur etwas von Magie und bösen Mächten …«

»Ganz genau«, herrschte Columbus ihn an. »Darum geht es. Wenn wir das vergessen, werden wir ausgelöscht.«

»So wie meine Welt?«, sagte Jay bitter. »Tja, Willkommen im Klub.«

Der Alte ließ ihn los und trat zurück. Breitbeinig stand er vor ihm, ein Samurai mit einem Krummsäbel und zwei Pistolen am Gürtel.

»Wärt ihr damals nicht so verblendet gewesen, dann wäre die Welt vielleicht heute so, wie du sie dir erträumst. Aber sie ist es nicht. Also gewöhn dich dran. Hier, nimm!« Mit einer herrischen Geste streckte er ihm den Säbel hin.

Jay schüttelte den Kopf. »Warum bist du nur so wütend?«, fragte Columbus.

»Ich war einfach noch nicht fertig mit meiner Welt«, schleuderte er dem Alten ins Gesicht.

»Womit bist du nicht fertig?«, kam es ebenso genervt von Columbus zurück. »Damit, dass deine Mutter vor hundert Jahren mit deinem Land untergegangen ist? Tja, leb damit. Du kannst es nicht ändern.«

Danke, alter Mann! Es wäre weniger brutal, wenn du mir mit dem Säbel eins überziehen würdest.

Und dennoch merkte er im selben Augenblick, wie viel Kraft es ihn kostete, an Charlie zu denken. Nicht an das Weltende, sondern an etwas anderes.

»Das ist es nicht. Nicht das allein, meine ich. Aber bevor ich nach Amerika ging, haben wir uns gestritten, sie sagte, ich sei nichts wert. Ich habe sie dafür verachtet, aber jetzt wünschte ich, ich hätte sie damals zurückgerufen.«

Columbus zuckte mit den Schultern. »Ja, so ist das manchmal«, sagte er etwas freundlicher. »Aber so viel du dich deswegen auch quälst, es spielt überhaupt keine Rolle mehr. Vielleicht tröstet es dich, wenn ich dir sage, dass die Geister das Leben auf andere Weise sehen. Sie blicken zurück und tragen dem Leben nichts nach.«

»Du verstehst es nicht! Keiner von euch kann verstehen, was es heißt, alles zu verlieren.«

Columbus' raues Lachen erklang, das bald wieder in ein rasselndes Husten überging. »Glaubst du, ein Verlust hat in deiner Zeit mehr gezählt als heute?«, spottete er. »Oh nein, trag den Kopf nur nicht so hoch, Mann aus der Vergangenheit. Jeder Einzelne von uns hätte mehr als einen Grund, so in seinem Schmerz zu baden, wie du es tust. Nur tun wir es nicht, weil die Gegenwart für uns zu kostbar ist, als dass wir es uns leisten können, sie mit alten Geschichten zu verschwenden. Denk mal darüber nach. Wie hast du es ausgedrückt? Ach ja: Willkommen im Klub.«

»Mach dich nicht über mich lustig!«

»Und du spar dir deine Wut für andere Tage auf. Du wirst sie brauchen, glaube mir. Der Kampf beginnt erst. Noch wenige Tage, vielleicht Wochen, dann beginnt Wendigos Winterjagd. Wir werden uns unter der Erde verstecken. Und erst im nächsten Frühjahr sehen wir wieder die Sonne.«

Jay starrte ihn mit offenem Mund an. »Den ganzen Winter unter der Erde?«, rief er. »*Das* ist das Winterlager?«

»Was hast du denn erwartet?«

Vermutlich romantische Lagerfeuer im verschneiten Wald, dachte Jay niedergeschlagen. *Rauch, der aus Tipis aufsteigt. So hätte mein Vater sich das sicher vorgestellt.* Beim Gedanken, den ganzen Winter in irgendeiner Höhle oder einem Keller zu sitzen wie eine Maus in der Falle, fiel ihn wieder die Panik an, die er nur aus den Nächten in Matts Haus kannte.

»Du hast wirklich dein halbes Leben unter der Erde verbracht?«, fragte er fassungslos. »Und Ivy und Faye auch? So lebt ihr?«

»So leben *wir*. Jetzt gehörst du zu uns. Ja, die Hälfte der Zeit herrscht Dunkelheit. Wir kennen es nicht anders. Jeden Herbst suchen wir ein neues Lager. Es muss sehr tief unter der Erde liegen, denn Wendigo ist wie eine Eule – er hört den Herzschlag seiner Beute auch tief unter dem Schnee. Jeder Tag, den wir überleben, ist ein Sieg. Aber so gut wir uns auch zu verbergen wissen, er findet immer wieder Clans und rottet sie aus.«

Zur Abwechslung mal eine gute Nachricht, Jay: Es kann zumindest nicht mehr schlimmer kommen.

»Deshalb sind unsere Expeditionen so wichtig«, fuhr Columbus fort. »Wir können ja keine Felder bestellen oder im Winter jagen, wir haben nur einen kurzen Sommer, um alles für diese Monate zu sammeln, was wir benötigen. Wir sind Nomaden, ständig auf der Suche nach Vorräten und neuen Verstecken.«

»Wie könnt ihr das nur ertragen? Habt ihr euch nie gewehrt?«

»Träumst du immer noch?«, fuhr Columbus ihn an. »Wir wehren uns, indem wir überleben. Und überleben können wir nur, wenn wir nicht in seinen Rachen springen.«

Jay zog seine Fleece-Jacke enger um die Schultern. Es schien kälter geworden zu sein, aber vielleicht lag es nur daran, dass er sich plötzlich noch viel elender fühlte. Er dachte an Matt und das erlegte Reh in der Küche. *Überleben,* dachte er bitter. *Und ich dachte früher, das heißt, beim Gamen keine Figur zu verlieren.*

»Was ist dieser Wendigo überhaupt? Wie sieht er aus?«

»Wer ihn gesehen hat, konnte es keinem mehr erzählen. Er ist der große Verschlinger, Jay. Lässt nichts übrig.«

Die Geister fressen uns bei lebendigem Leib, Sohn. Wendigo siegt über die Seele. Das hatte Robin auf eine Postkarte geschrieben. *Hat er es damals schon geahnt?*

»Komisch, dass er die Schläfer in Ruhe lässt«, murmelte er.

»Wahrscheinlich hatten du und Dornröschen bisher einfach nur Glück«, erwiderte Columbus. »Vielleicht hat er sich bisher an anderen Schläfern gelabt. Keiner weiß, wie viele noch unauffindbar unter den Trümmern und in den Ruinen liegen.«

»Sucht ihr sie nicht?«

»Nein, wozu? Wenn wir einen von euch zufällig entdecken, nehmen wir ihn mit. Aber alles andere wäre verschwendete Zeit und Kraft. Außerdem können wir sie ohnehin nicht wecken.«

Nein, aber Madison konnte es.

»Was ist mit den Dienern? Welche Rolle spielen sie?«

»Wendigo lässt sie hier als Wächter zurück, wenn er im Sommer nach Norden wandert. Sie bewachen die leeren Städte, bis er zurückkehrt, kein Mensch soll sie betreten. Aber wir haben gute Trickster. Ivy ist eine der besten.«

Jay griff nach seinem Amulett, betrachtete gedankenverloren den Kojotenkopf. *So was wie ein Team.* Ob das Wesen, das die Rolle seines Cousins gespielt hatte, ehrlich gewesen war? *Immerhin hat er Madison nicht verraten, dass ich ein Mädchen namens Ivy gesehen habe. Und er hat uns bei der Flucht geholfen.*

»Du kannst froh sein, dass Ivy dich entdeckt hat«, sagte Columbus. »Sie hat viel riskiert, um dich da rauszuholen. Dem Mädchen muss verdammt viel an deinem Leben liegen.«

Er wusste nicht warum, aber zum ersten Mal fühlte er sich weniger verloren.

»Ja«, sagte er leise. »Sie hat viel für mich riskiert.«

»Tja, wir sind nicht hier, um zu reden, dafür haben wir im Lager noch mehr Zeit, als uns lieb sein wird«, sagte Columbus und hielt ihm die Waffe hin. »Hier, damit kommst du besser durch die Sträucher, da, wo wir hingehen, ist es ziemlich verwildert. Und ich weiß ja nicht, wie es in deiner Zeit war, aber bei uns bist du ein erwachsener Mann. Du bist ebenso verantwortlich für unser Überleben wie ich und jeder andere von uns. Also denk an Faye und ihre Kinder und all die anderen Menschen …«

»Faye hat Kinder?«

»Meine Güte, redest du überhaupt mit uns? Sie hat zwei Töchter – im dritten und vierten Winter. Was meinst du, warum sie sich so nach der Kolonie sehnt und kaum eine Nacht mehr schläft?«

Jay senkte den Blick und betrachtete nachdenklich den staubigen Boden. Zum ersten Mal wurde ihm wirklich bewusst, dass es auf der anderen Seite des Flusses eine Welt gab, die sich vielleicht gar nicht so sehr von der seinen unterschied. Familien mit Kindern, Geschwister, Freunde, Liebespaare und sicher auch Feinde. Für einen Moment lag ihm die Frage auf der Zunge, ob dort auch jemand auf Ivy wartete.

»Wir sind jetzt dein Clan«, sagte Columbus mit Nachdruck. »Und du musst alles dafür tun, dass wir Wendigos Jagdzeit heil überstehen. Verstanden?«

Jay holte tief Luft. Einen Moment zögerte er noch, doch dann nickte er und nahm den Säbel an sich.

*

Columbus lief so flink voraus, dass Jay kaum Zeit hatte, sich umzusehen. Der Pfad war schmal und mit magischen Zeichen gesichert. Elsterfedern, zerbrochene Armbanduhren und andere Gegenstände hingen an den Ranken und den Zweigen von Bäumen, von denen manche direkt aus den Häusern wuchsen. Im peitschenden Regen und dem scharfen Wind, der in den schmalen Schluchten pfiff, sahen die Bäume aus, als würden sie Jay warnend zuwinken. Columbus führte ihn in Richtung Broadway. Der Zugang zu einem Gebäude war vollkommen mit dornigen Brombeerranken zugewuchert. *Ein Königreich für ein Laserschwert*, dachte Jay. Dann holte er mit dem Säbel aus und begann damit, wie mit einer Machete eine breitere Schneise zum Eingang freizuhacken. Das umrankte Haus war einmal ein Laden gewesen. Über einer zugewucherten Brüstung hing etwas, das früher eine Schaufensterpuppe gewesen war und jetzt ein gutes Requisit für einen Zombiefilm abgegeben hätte.

Es war gespenstisch, den Verkaufsraum im Inneren des Gebäudes zu betreten. Hier kamen Wind und Regen nicht hin, kaum ein Regal war verrottet, und überall stapelten sich eingepackte Waren. Die Kartons waren zwar längst verschimmelt und abgefallen, aber die Plastikverpackungen schützten die Dinge immer noch. Als Columbus die verstaubten, knisternden Schichten zerschnitt, glänzte Metall auf. Jay gab es einen wehmütigen Stich, als er die Kochtöpfe sah. Ein Strom von Eindrücken überwältigte ihn. *Charlies Katastrophenspaghetti, Abendessen mit Fertigsuppen, Gespräche am Esstisch, über den Topfrand hinweg, Charlies Lachen, Glühwein zu Weihnachten, zischendes Blei in den Silvesternächten der Kindheit …*

Er musste sich zusammennehmen, um all das wieder in die dunklen Kammern zu drängen und mit aller Gewalt die Türen zu schließen.

»Wusste ich es doch!«, rief Columbus triumphierend aus. »Da, wo diese Menschenpuppen herumstehen, gibt es meistens auch ein Lager. Wozu haben sie eigentlich gedient? Sollten sie einfach nur die Vögel fernhalten? Oder waren das kultische Figuren?«

»So was Ähnliches«, murmelte Jay. »Die Töpfe sehen ja aus wie neu.«

»Ja, die Stadt ist eine Schatzkammer, vieles hält sich sehr gut.

Kunststoffe sowieso und Metall, wenn es trocken lagert. Wenn wir genug Zeit hätten zu suchen, könnten wir mit den Überresten der Vergangenheit leben wie Könige. Mit den Waffen und der Munition, die in der Stadt lagert, könnten wir jahrzehntelang jagen. Ab und zu finde ich sogar noch Sprengstoff. Wenn er nicht feucht geworden ist, funktioniert er noch.«

»Oh ja, das habe ich mitgekriegt.« Jay schüttelte sich die Nässe, so gut es ging, aus dem Haar und wrang seine nasse Jacke aus. Kalt klebte die Jeans an seinen Beinen.

Columbus grinste. »Na, dann wollen wir mal.«

Es tat erstaunlich gut zu schuften. Als Jay mit der letzten Ausbeute der Suche in den Verkaufsraum zurückkam, war der Haufen von Töpfen, Besteck und Werkzeug zu einem Berg angewachsen, den sie zu zweit kaum würden schleppen können. Jay stapelte die Töpfe ineinander, holte die Wäscheleine, die er gefunden hatte und fädelte sie durch die Griffe. So zurrte er die Gegenstände zu zwei kompakten Bündeln zusammen.

»Nicht dumm«, sagte Columbus anerkennend. Jay musste lächeln. Sogar das fühlte sich ungewohnt an. *Wie lange ist es her, dass ich gelacht habe?* Er konnte sich kaum daran erinnern, die Zeit mit Madison verblasste immer mehr. Und immer noch wusste er nicht, ob er darüber erleichtert oder traurig sein sollte.

Columbus betrachtete ihn nachdenklich. »Nur aus Neugier. Warum hat deine Mutter eigentlich gesagt, du taugst nichts?«

»Zu lange Geschichte.«

»Dann erzähl mir die kurze Fassung.«

Columbus lehnte sich zurück, stützte die Ellenbogen auf eine Treppenstufe und streckte die Beine aus. Seine Gelenke knackten, als er die Füße bewegte.

»Was ist? Hast du deine Zunge verschluckt?«

Jay räusperte sich. »Es war nur ... wegen meinem Vater.«
»Sie hat es aber zu dir gesagt. Warum?«
»Weil ich ihm ähnlich bin. Also, ich sehe ihm ähnlich.«
»War das in eurer Zeit schlimm?«
Beinahe hätte er gelacht. »Nein, jedenfalls nicht, wenn die Väter bei den Familien blieben.«
»Aha, und deiner ist weggegangen?«
»Er hat meine Mutter sitzen gelassen, als sie schwanger war. Charlie hat ziemlich lange gebraucht, um wieder auf die Beine zu kommen. Wir kamen ganz gut zurecht. Bis sie dann Luca kennenlernte.«
»Ist das ein Männername?«
»Allerdings. Luca und sie wollten heiraten und zusammenziehen. Anfangs hatte ich nicht mal was gegen ihn. Bis er dann anfing, ständig auf mir rumzuhacken. Und er machte sich über Robin lustig, nannte ihn einen Versager. Es passte ihm nicht, dass ich Kampfsport mache, er redete Charlie ein, dass ich wie mein Vater werde.« Er holte tief Luft. »Na ja, Robin war sehr jähzornig, er prügelte sich wohl auch eine Weile viel herum, das war kein Geheimnis. Ich weiß nicht, warum, aber plötzlich gab es kaum noch ein anderes Thema als mich und meinen Vater. Und das Schlimme war, dass Charlie auf Luca hörte. Plötzlich sah sie mich an, als warte sie nur darauf, wann ich meine erste Kneipenschlägerei durchziehe. Und dann wollte sie mir verbieten, das Auslandsjahr in Amerika zu machen, obwohl es längst abgesprochen war. Als ich dann noch Briefe von meinem Vater fand, die Charlie jahrelang vor mir versteckt hatte, hat es mir endgültig gereicht. Ich habe sie zur Rede gestellt. Und da kreuzte Luca auf und markierte den Drill-Instruktor. Er baute sich vor mir auf, als müsste er Charlie vor mir beschützen, es

war absolut lächerlich.« Es war verrückt, aber selbst jetzt noch konnte er den heißen, geballten Knoten in seinem Bauch fühlen. »Er schrie mich an, dass er mir Respekt vor meiner Mutter beibringen würde. Und als ihm sagte, dass das eine Sache zwischen mir und ihr sei und er sich raushalten solle, hat er ausgeholt und mir … mit der Faust eine reingehauen.«

Columbus starrte ihn fasziniert an. »Und was hast du gemacht?«

Jay senkte den Blick. »Zurückgeschlagen«, murmelte er. »Ich wollte es nicht und es ging ganz schnell. Blöderweise habe ich ihn so gut erwischt, dass er sofort zu Boden ging.«

Er zuckte zusammen, als Columbus in Gelächter ausbrach.

»Was ist daran so komisch?«, brauste Jay auf. »Es war falsch, aber deswegen bin ich noch lange kein Schläger und nichts wert.«

»Ob das richtig oder falsch war, musst du schon selbst entscheiden.« Columbus erhob sich und schulterte das kleinere Bündel. »Ich kann dir nur zwei Dinge dazu sagen. Was deine Mutter getan hat, war nicht in Ordnung, und offenbar war sie in den Kerl verliebt und hat deinem Vater nie verziehen. Menschen, die verliebt oder nachtragend sind, machen Fehler und sehen oft nicht mehr das Wirkliche und das Wesentliche. Das Schlimmere ist, dass du insgeheim wohl selbst geglaubt hast, die beiden könnten recht haben, sonst hätte es dir wohl kaum so viel ausgemacht. Und zweitens«, seine Augen funkelten diebisch auf, »du kannst mich ja gern für einen Rüpel halten, aber diesem Kerl hätte ich liebend gerne auch eine verpasst.«

Die Gespenster New Yorks

Der Sturm hatte aufgehört und am Nachmittag kam eine helle Oktobersonne hervor, die sogar ihren Weg durch die verkrusteten Fenster des Museums fand. Jay zurrte das letzte Seil fest, richtete sich auf und streckte sich. Er sah sich nach Liberty um, aber heute war er allein mit Faye. Gerade breitete sie eine weitere Decke über den Sarkophag und stopfte sie an den Seiten sorgfältig fest, damit die Schlafende beim Transport gut geschützt war. Leise sang sie ein isländisches Lied vor sich hin, ordnete mit liebevoller Geste noch Dornröschens Haar und strich der Frau über die Stirn. Seit sie wussten, dass die Boote unterwegs waren, strahlte sie vor Erleichterung und Vorfreude. »Irgendwie mag ich unsere Schlafende«, sagte sie gut gelaunt zu Jay. »Und sie hat wirklich schönes Haar.« Bedauernd fuhr sie mit der Hand durch ihre eigenen kurzen Strähnen. »Meines war auch einmal so lang.«

»Warum hast du es abgeschnitten?«

Es war immer schwierig, aus Fayes sanften Zügen wirklich eine Regung abzulesen, aber er bildete sich ein, dass nun trotz des Lächelns ein Schatten darüberhuschte. Sie winkte ab. »Nur ein Ritual. Das Haar wird wieder wachsen. Holst du mir noch den Sarkophagdeckel von unten?«

Auf der Treppe wäre er fast Ivy in die Quere gekommen. Sie prallten beide zurück wie Magneten, die sich abstießen. Ein paar Sekunden herrschte nur angespanntes Schweigen.

»Hallo, Jay«, sagte Ivy dann kühl. »Und schönen Tag noch.«

Sie wollte schon an ihm vorbeilaufen, aber er nahm seinen ganzen Mut zusammen und machte beiläufig einen Schritt zur Seite. Jetzt standen sie sich gegenüber, und er kannte Ivy inzwischen gut genug, um zu wissen, dass sie nicht nachgeben und einfach ausweichen würde. »Wohin gehst du?«

»Raus«, sagte sie knapp.

»Kann ich … mitkommen?«

Sie verschränkte die Arme und hob das Kinn, und obwohl sie eine Stufe unter ihm stand, schien sie auf ihn herabzublicken. *Was hat sie gegen mich?*, dachte er verärgert. Sie mochte ihn, aber je näher sie sich kamen, desto mehr wirkte sie wie eine Katze, die ihr Fell sträubt.

»Natürlich nimmt sie dich mit!«, rief Faye aus der Halle. »Es ist schließlich die letzte Gelegenheit, ein bisschen Sonne zu sehen.«

Ivy warf ihrer Schwester einen Blick zu, der Glas hätte schneiden können. »Kannst du denn schon wieder klettern? Ich muss zu einem Aussichtspunkt. Und das Gebiet liegt am Rand der gesicherten Pfade, das ist auch bei Tageslicht nicht ganz ungefährlich.«

»Hältst du mich für feige?«

Endlich, nach einigen langen Sekunden, in denen sie noch unschlüssig wirkte, rang sie sich ein Lächeln ab. »Na schön, aber beschwer dich nicht, wenn dein Arm nachher wehtut.«

Ivys Weg führte ein Stück nach Südwesten, dann tauchten sie in das Dämmerlicht schattiger Hohlwege ein. Teppiche von nassen Herbstblättern, die der Sturm von den Bäumen gerissen hatte, federten unter ihren Sohlen. Atemwolken bauschten sich in der kalten Herbstluft. Vor einem Hochhaus blieb Ivy stehen. Verkehr hätte hier rauschen, die Werbetafeln farbige Lichtreflexe auf Scheiben werfen müssen. Doch es war still. Nur die Götterbäume wisperten in einer Brise und irgendwo bellte ein Fuchs.

»Hier müssen wir rein«, raunte Ivy ihm zu und deutete auf einen Spalt in einer Wand aus verdorrtem Giftefeu.

»He, Blondi! Hallo, Romeo.«

Sie fuhren herum. Madman lehnte lässig an einem umrankten Stahltor, die Hände in den Hosentaschen, ein süffisantes Grinsen im Gesicht.

Jay blinzelte irritiert. *Ihn gibt es immer noch?*

»Ach, hat er dich schon selbst gefunden.« Madman deutete mit einer Kopfbewegung auf Jay. »Er wollte dich nämlich unbedingt sprechen. Er sagte, wenn du dich nicht mit ihm triffst, wirft er sich aus Liebeskummer vor ein Auto.«

Ivy hob die Brauen. »So?« Als sie Jays Miene sah, blitzte zum ersten Mal wieder ein echtes Lächeln in ihrem Gesicht auf. Sie holte aus ihrer Jackentasche eine Handvoll Asche hervor. »Hier, das habe ich dir mitgebracht. Du hast bestimmt Hunger.« Mit diesen Worten warf sie die Asche in die Luft.

»Cool!«, rief Madman begeistert. »Popcorn!«

Er tanzte mit der Aschewolke, jagte den Flocken hinterher und schnappte mit dem Mund danach wie ein übermütiger Hund. Es war ein bizarrer und auch ein irgendwie trauriger Anblick, der Jay unangenehm berührte.

Ivy zog ihn mit sich durch den Spalt in der Efeuhecke in die Empfangshalle eines Bürohauses.

»Wird er uns nicht an die … die Wächter verraten?«

»Die Wächter sehen ihn nicht. Er ist kein Gespenst der Stadt wie deine Holländerin, sondern war ein Mensch und gehörte zu einer Expedition. Aber er verstrickte sich in die Träume eurer Zeit und fiel ihnen zum Opfer. Das ist die Gefahr der Städte.«

»Was heißt das?«

»Ganz einfach: Jede Zeit, alles, was sich ereignet, hinterlässt Spuren und Bilder. Auch darauf haben die Wächter zurückgegriffen, um deine Trugwelt zu erschaffen. Jedes Haus hat sein eigenes Gespenst, jede Straße, alles, was mit Gedanken und Gefühlen verknüpft wurde, bringt seine eigenen Trugbilder hervor. Und die sind hungrig.« Sie hob ihm ihr Handgelenk entgegen. »Glasperlen. Damit bannen wir diese Geister der Stadt. Sie fangen sich darin und finden keinen Ausgang, aber sobald man die Deckung fallen lässt, passiert einem dasselbe wie dem Mann da draußen. Er starb einsam, er verhungerte einfach, ohne es zu merken. Seitdem ist er ein Spielball der Stadt. Er bildet sich ein, noch lebendig zu sein und in deiner Zeit zu existieren.«

Durch den Vorhang aus vertrockneten Ranken beobachtete Jay Madman. Er sprang gerade zurück und schüttelte die Faust gegen einen unsichtbaren Gegner. »Das ist ein Zebrastreifen, Bruce Willis!«, brüllte er in die Stille. »Fahr doch auch gleich die Schulklasse da drüben über den Haufen, du irrer Cop!«

*

Die Treppen waren zwar halb zerfallen, aber noch passierbar. Erst ab dem dreißigsten Stockwerk wurde das Gebäude immer baufälliger und Ivy improvisierte aus Seilen eine Art Strickleiter. Schließlich schlüpfte sie aus dem ehemaligen Treppenhaus in die Büroetagen. Jay biss die Zähne zusammen und zog sich mit pochendem Arm hinter ihr hoch. Mit schmerzenden Muskeln und rasendem Puls schöpfte er wieder Atem. Die Verwundung machte sich immer noch bemerkbar.

Eine zerfetzte Plastiklampe schaukelte an einem verkrusteten Kabel im Wind, und auch ein paar Plastikschilder entdeckte er, auf denen der Firmenname »NBC National Broadcasting Company« zu lesen war. In windgeschützten Ecken standen die verschimmelten, rostigen Skelette von Bürostühlen und einige Rechner. Jay erschrak, als ihm ein getigertes Etwas entgegensprang und mit einem Fauchen an ihm vorbeisauste. Er stolperte zur Seite – und brach mit einem Bein in den Boden ein. Im nächsten Moment lagen schon Ivys Arme wie eine Klammer um seine Brust.

»So viel Angst vor einem Kätzchen?«, neckte sie ihn und half ihm mit einem Ruck hoch. Mit einem feixenden Grinsen beobachtete sie, wie er sein Bein befreite. Hinter ihr leuchteten Katzenaugen unter einem Tisch.

»Ich dachte, Haustiere wären ausgestorben«, sagte Jay verärgert.

»Hunde ja, aber in den Hochhäusern leben viele Katzen. Stell dir vor, die meisten haben ihre Ebene noch nie verlassen. Es gibt hier oben genug Beute für sie – Vögel und Mäuse, Eichhörnchen und im Sommer Eidechsen und Schlangen. Bleib bei mir, der Boden ist brüchig.«

»Ach wirklich? Danke, dass du es mir jetzt sagst!«

Sie verzog den Mund zu einem schiefen Grinsen und balancierte dann ohne hinzusehen auf einem schmalen Stahlträger bis zu einer Fensterfront, die längst nicht mehr verglast war.

Schwindel ergriff Jay, als er nach unten sah. Der Boden bestand nur noch aus Balken und Stahlstreben, an denen die Reste von Beton hingen – und ein paar Fetzen, die vielleicht einmal Teppichboden gewesen sein mochten. Minustemperaturen im Winter und Feuchtigkeit hatten den Boden offenbar geradezu weggesprengt. Das war etwas ganz anderes, als auf Matts Dach herumzuklettern. *Ein falscher Schritt und ich falle dreißig Stockwerke tief!*

»Kommst du?«, rief Ivy herausfordernd von der anderen Seite.

»Seh ich aus wie eine Zirkusratte?«

»Zirkus? Was ist das denn schon wieder?« Sie lachte, dann kam sie mit ein paar flinken Sprüngen zu ihm zurück und streckte ihm vom Balken, der sich neben ihm befand, die Hand hin. »Schau nicht nach unten, ich führe dich.«

»Das schaffe ich allein.«

»Ach ja? Mutig genug, um abzustürzen, aber zu feige, um meine Hand zu nehmen?«

Ein paar Sekunden kämpfte er noch gegen seinen Stolz an, aber dann ergriff er ihre Hand. Wie immer war sie kühl, und die Berührung rief wieder die Irritation in ihm wach, das Herzklopfen und einen kleinen heißen Schauer in seiner Brust. *Nimm dich zusammen, Mann!*, schalt er sich. Dann balancierte er konzentriert und mit angehaltenem Atem über den Abgrund.

Bei einem der Panoramafenster war noch eine Betoninsel vorhanden, darauf machte Ivy es sich bequem und ließ die Beine einfach nach draußen baumeln. Jay war froh, sich hinsetzen zu können, auch wenn er sich immer noch so fühlte, als würde er auf einer Falltür sitzen, die jeden Moment nachgeben konnte.

Ivy dagegen lehnte sich ganz entspannt auf den Armen zurück und schloss die Augen. In den Schluchten war es schattig gewesen, hier aber fiel die schräge Nachmittagssonne ihr direkt ins Gesicht.

»Das ist mein Lieblingsplatz. Im Sommer hört man hier die Frösche. Ihr Quaken hallt in den Häuserschluchten wider.« Sie sog die Luft aus vollen Zügen ein. »Das vermisse ich immer am meisten«, sagte sie wehmütig. »Die Luft und die Weite. Den Himmel! Und die Sonne.«

Jetzt verstand er, warum sie gezögert hatte, ihn mitzunehmen. Es war ihr geheimer Platz. Hier nahm sie Abschied von der Sonne, bevor das Winterlager wie eine Falle über ihr zuschnappte.

Deshalb hat sie so blasse Haut. Im Winter sieht sie kein Tageslicht – und im Sommer bewegt sie sich meistens in den Häuserschluchten und verbirgt sich im Schatten. Nun fühlte er sich wie ein Eindringling, der ihr diese kostbaren letzten Momente stahl. *Aber trotzdem hat sie mich hierhergeführt.*

Mit einer nervösen Scheu musterte er Ivy von der Seite. Bisher war ihm die feine Linie zwischen den Brauen nicht aufgefallen, die sich vertiefte, wenn sie zornig war. Ein Schatten von Sorge und vergangenem Leid. Er fragte sich, wie er sie jemals für eine Elfe hatte halten können. Sie war alles andere als das. Neben ihm saß ein Mädchen, das viel durchgemacht hatte, ein mutige junge Frau, die ihr Leben für ihn aufs Spiel gesetzt hatte. Er dachte an ihren Kuss am Ufer des Flusses. Und wieder fiel ihm auf, dass er sie schön fand, auf eine Weise, die tief in ihm etwas berührte und zum Klingen brachte.

Was soll das?, dachte er verwirrt. *Du träumst immer noch von Madison und trauerst um deine Familie.* Und trotzdem war es in ihrer Nähe plötzlich ganz leicht, all die Bilder zu verdrängen, die ihn nachts heimsuchten.

»Wann werden sie uns mit den Booten abholen?«

»Wenn wir Glück haben, morgen früh. Die Späher haben das Zeichen gesetzt, aber das Lager ist weit entfernt.«

»Freust du dich darauf, die Kolonie wiederzusehen? Deine … Eltern?«

»Ach, die sind schon lange tot. Als ich noch klein war, gab es ein Fieber in der Kolonie.«

Ihr unbekümmerter Tonfall verschlug ihm die Sprache. »Bist du nicht unglücklich deswegen?«

Sie lachte leise. »In deiner Zeit war es so, nicht wahr? Ihr habt euch für alles sehr viel Zeit gelassen – für Entscheidungen, für die Liebe und auch für die Trauer. Nein, ich bin nicht traurig. Es ist, wie es ist. Wir wissen, dass Tod und Leben keine verschiedenen Kontinente sind, sondern nur verschiedene Elemente wie Wasser und Land. Im Licht der Magie geht niemand ganz verloren. Auch deine Mutter nicht. Aber es quält dich trotzdem, nicht wahr?«

Als sie die Augen öffnete, sah Jay rasch weg und betrachtete stattdessen mit klopfendem Herzen die Stadt. Er suchte das Empire State Building und fand nur noch ein Stück Ruine.

»In der Nacht, ja«, gab er schließlich zu. »Dann frage ich mich oft, ob sie vielleicht versucht hat, mich zu erreichen, während Deutschland schon unterging. Ständig frage ich mich, ob sie Angst hatte oder ob sie einfach eingeschlafen ist.«

Ivy antwortete nichts, und er war ihr dankbar dafür, dass sie nicht versuchte, hohle Trostworte zu finden. Ihr Schweigen war so ehrlich, als hätte sie ihm gesagt, was er ohnehin langsam begriff. *Ich werde es nie erfahren. Es ist, wie es ist.*

In der Ferne spannte sich die Brooklyn Bridge über den Fluss. Ganz Brooklyn war ein Herbstwald und Manhattan eine versunkene Maja-Stadt mit alten, zum Himmel strebenden Tempelruinen. *Und einige der Menschenopfer schlafen heute noch dort unten.*

Ein klagender, schauriger Laut trieb zu ihnen herüber.

»Das waren also die Reparaturarbeiten: die Geräusche, die die Brücke macht«, sagte er mehr zu sich selbst.

»Ja, die dicken Metallseile verziehen sich und reißen aus ihren Verankerungen, jeden Winter sind es ein paar mehr«, erklärte Ivy. »Teile der Brücke schwingen bei Wind, das hört sich an wie Kreischen und Jammern.«

»Es ist wirklich eine Dornröschenstadt geworden.«

»Oh ja«, sagte Ivy andächtig. »Ist sie nicht schön?« Und mit einer Begeisterung, die ihn überwältigte, fügte sie hinzu: »Schau einmal genau hin!«

Zögernd folgte er mit dem Blick ihrer ausgestreckten Hand, die die ganze Insel mit einer Geste umfasste. Und so, als hätte ein Kameramann den Fokus geändert, fielen Jay plötzlich ganz andere Dinge auf. Die Buchten und kleinen Sandstrände zum Beispiel, die sich im Lauf des Jahrhunderts an den Flussufern gebildet hatten. Zum ersten Mal sah er die Stadt nicht nur mit den Augen des Verlusts, sondern nahm all das Neue wahr, die gigantischen Bäume und die Vielfalt von Pflanzen, die Kraft dieser Wildnis, die vor Leben zu vibrieren schien.

»Es ist wirklich schön!«

Sie lachte leise. »Das klingt ja, als würdest du dich darüber wundern.«

Er sog die Luft ein und musste unwillkürlich lächeln. »Vielleicht tue ich das ja.«

Jetzt konnte er aus dem Augenwinkel sehen, dass sie ihn musterte.

»Glaubst du, da unten gibt es noch viele Schläfer?«, fragte er.

»Das weiß keiner. Warum?«

»Ich würde immer noch da unten liegen, so wie Dornröschen

und so viele andere, wenn *sie* mich nicht geweckt hätte. Habt ihr nie daran gedacht …«

»Worauf willst du hinaus?«

»Habt ihr nie versucht, mit den Wächtern zu sprechen? Sie sind keine willenlosen Sklaven. Vielleicht wären einige von ihnen sogar auf unserer Seite …«

Unsere Seite. Er stutzte, als ihm bewusst wurde, was er da eben gesagt hatte. Paradoxerweise fühlte es sich an, als würde er Charlie und Madison gleichzeitig verraten.

»Keine willenlosen Sklaven?« Ivy sah ihn an, als sei er verrückt geworden. Dann schüttelte sie heftig den Kopf. »Nein! Niemals. Du magst mir etwas von Handys und Zirkusratten erzählen können, aber von dieser Welt hast du keine Ahnung. Menschen und magische Wesen sind Todfeinde. Und ein Tier, das sich dir gegenüber auch nur im Geringsten zutraulich benimmt, bringst du am besten gleich zur Strecke. Es könnte ihr Werkzeug sein – wie der Kojote, den du für deinen Hund gehalten hast.«

Eine Weile starrten sie beide auf die Trümmer des Empire State Buildings. *Und wir sehen beide etwas völlig anderes darin.* Beim Gedanken daran, wie viel sie trotz allem trennte, sank ihm der Mut. Fieberhaft suchte er nach einer Gemeinsamkeit.

»Du hast mir das Märchen von Dornröschen erzählt, als ich krank war, nicht wahr?«

»Ja«, sagte sie betont beiläufig.

»Woher kennst du es?«

»Aus Überlieferungen – und manche Clans besitzen noch Bücher, die noch nicht ganz zerfallen sind. Wir tauschen uns aus, denn Märchen sind nichts anderes als Waffen, Lektionen und Landkarten im Reich der magischen Kräfte. Es ist die Aufgabe eines Tricksters, sie zu kennen und aus ihnen zu lesen. Ich muss unsere Feinde kennen, alle Erscheinungsformen, und ich muss die Geschichten und Gesetze verstehen, damit ich mit ihnen umgehen kann …«

Die Feinde, wiederholte er in Gedanken. Er presste die Lippen zusammen und widersprach ihr nicht. *Und wer weiß, vielleicht hat sie ja recht*. Und dennoch, die Erinnerung an Madison und Aidan fühlte sich anders an.

»Hättest du gedacht, dass eure Märchen in Wirklichkeit die Geschichtsbücher der Menschheit sind?«, fuhr Ivy fort. »Alles andere – das Zeitalter, in dem die Magie sich zurückzog und Atem holte, um die Menschheit auszupusten wie eine Flamme – war nur eine kurze Ruhepause im Sturm. Weißt du, wie man euer Zeitalter nennt?«

Jay schüttelte den Kopf.

»Die Zeit der Blinden. Eure Nachfahren mussten wieder mühsam lernen, zu sehen und mit ihren Kräften umzugehen.«

Bizarrerweise fielen ihm die ganze Esoterik-Shops ein, Heilsteine gegen böse Strahlen und Leute, die im Fernsehen aus den Karten lasen. Aber auch wenn er ein Federband trug und Ivy Glasperlen, spürte er doch, dass das hier etwas völlig anderes war. Etwas wie ein kalter Atem, den er auch jetzt im Genick spürte.

»Columbus sagte mir, wir seien schuld daran, dass unsere Welt unterging.«

»Es geht nicht um Schuld, Jay«, sagte Ivy leichthin. »Ihr hattet einfach vergessen, dass es die magischen Wesen immer noch gab, für euch existierten sie nicht länger. Aber ein Feind, den man verleugnet oder nicht beachtet, kann im Verborgenen immer stärker werden.«

»Der Verschlinger?«

Ein Schatten fiel auf ihre Miene, die Falte zwischen ihren Brauen vertiefte sich. Gedankenverloren schien sie in ihren eigenen Erinnerungen zu treiben. Offensichtlich waren es keine guten. Gerne hätte er sie danach gefragt, aber er wagte es nicht, so ablehnend wirkte sie plötzlich wieder.

»Ja, der Verschlinger«, antwortete sie schließlich. »Weil ihr seine Existenz nicht wahrhaben wolltet, konnte er sich unbemerkt aus den Meeren erheben, aus den Bergen und dem Eis und so hat er das Schicksal der Menschen besiegelt.« Sie holte tief Luft. »Die Märchen und Mythen erkannten die Gefahr in jeder Gestalt – ob als Weltzerstörer Aghora Rudra, als Fenriswolf, der darauf wartet, Odin zu verschlingen, oder in Gestalt der Dämonen und Monster aus den Heldensagen der alten Welt. Er trägt viele Namen. Es gibt keinen Ort, an dem wir uns ganz vor ihm verbergen können. Aber wir überleben.«

Stolz schwang in ihrer Stimme mit.

»Bist du schon lange ein Trickster?«

»Oh ja. Seit ich ein Kind war. Bist du schon lange so neugierig?«

»Darf ich nicht fragen? Ich kenne dich fast gar nicht und …«

Erst als er ihr leises Lachen hörte, wurde ihm klar, dass sie ihn aufzog. Es verblüffte ihn immer noch, wie schnell alles Düstere in ihrem Wesen verfliegen konnte und nur noch Platz für Sonnenlicht ließ.

»Ich war fünf Jahre alt, als ich gemerkt habe, dass ich mehr sehe als die anderen aus meinem Clan«, erzählte sie. »Aber ich bin auch neugierig. Was vermisst du? An deiner Welt, meine ich. Wonach sehnst du dich gerade jetzt in diesem Moment? Nach … wie hast du gesagt … Zirkusratten? Und Ampeln?«

Jetzt konnte er sich ein Grinsen nicht verkneifen.

»Ganz ehrlich?«, erwiderte er dann. »Filme. Es klingt vielleicht blöd, aber wenn ich mich nachts von dem Gedankenkarussell ablenken will, versuche ich, mich an alle Filme zu erinnern, die ich je gesehen habe. Aber du weißt ja gar nicht, was ein Film ist, stimmt's?«

Ivy zog bedauernd den linken Mundwinkel hoch und schüttelte den Kopf. »Ich weiß auch nicht, was ein Karussell ist.« Es klang verzagt, als würde sie es bedauern. »Wir haben wirklich nicht viel gemeinsam, was?« Sie errötete leicht und blickte rasch weg.

Zumindest hättest du sicher dieselben Filme gemocht wie ich. Die Idee blitzte in seinem Hinterkopf gleichzeitig mit der passenden Filmsequenz auf.

»Vielleicht haben wir mehr gemeinsam, als du denkst. Filme sind auch nur so etwas wie Märchengeschichten, mit Helden und Ungeheuern, Abenteuern und Kämpfen. Nur werden sie mithilfe von Bildern erzählt. Aber die kannst du dir auch vorstellen.« Er rückte ein wenig näher an sie heran und deutete auf die Ruine des Empire State Building. »Schau dir den Turm da drüben an. Früher war es eines der höchsten Gebäude der Stadt und…«

»Der Turm, der leuchtet? Mit der langen Spitze obendrauf?«

Sie lächelte triumphierend, als sie bemerkte, wie verblüfft er war.

»Trickster, schon vergessen?«, sagte sie verschmitzt. »Ich sehe mehr als andere. Und der Turm ist auch ein Gespenst der Stadt. Im manchen Herbstnächten leuchtet er für mich so rot wie ein Feuer.«

Wolken spiegelten sich in ihren Augen. Im Sonnenlicht wirkte das dunkle Braun weich und fast ein wenig kastanienrot. Als sie einander zulächelten, entspann sich zwischen ihnen eine Nähe, die ganz anders war als die zwischen ihm und Madison. Ein Gleichklang, eine Zuneigung, und der Wunsch, sie lachen zu sehen. Aber dann blinzelte Ivy irritiert und zuckte regelrecht zurück.

»Gut«, sagte Jay und räusperte sich. »Dann haben wir dasselbe Bild. Eine Filmgeschichte endet nämlich genau dort, auf diesem Turm. Sie handelt auch von einer Expedition – und außerdem von einem Liebespaar und einem Ungeheuer.«

»Ein Ungeheuer?« Jetzt war sie Feuer und Flamme. »Wie sieht es aus?«

Er holte Luft und begann zu erzählen. Szene für Szene nahm er Ivy mit in den Dschungel auf der Insel Skull Island, wo eine Gruppe von Abenteurern und Filmleuten einen riesenhaften Gorilla entdeckte. Er beschrieb die Jagd auf das Monster so eindringlich, dass er sehen konnte, wie Ivy Gänsehaut bekam. Sie fieberte mit, als der Riesenaffe mit dem Schiff nach New York gebracht wurde, und sie lachte triumphierend auf, als King Kong sich im Theater von seinen Fesseln befreite und die blonde Schauspielerin auf das Empire State Building entführte. Und als der Riesenaffe schließlich tödlich getroffen in die Tiefe stürzte, waren ihre Augen vor Faszination weit aufgerissen. Als Jay geendet hatte, blickten sie beide zum Turm und ließen die Bilder in sich nachklingen.

»Na gut, das war ein ganz nettes Ungeheuer«, sagte Ivy nach einer Weile. »Aber King Kong ist noch gar nichts gegen die grässliche Weltenschlange Jörmungand, die die ganze Welt umschlingt. Hör zu!«

Er hatte nicht gewusst, wie ausgehungert er nach Bildern und Geschichten gewesen war. Fasziniert ließ er sich davontragen in eine Welt tief im Ozean, in der eine winzige Bewegung des schuppigen Monsterleibes das ganze Meer in Aufruhr versetzte. Noch mehr aber nahm ihn Ivy selbst gefangen. Ihre Wangen glühten, sie malte mit Gesten und Worten die Geschichte. Sie war sprühendes Sonnenlicht, ihr Temperament wärmte ihn, riss ihn mit sich und brachte ihn zum Lächeln. Nach den Ungeheuern kamen sie zu den Helden – und schon beschrieb er Anakin Skywalkers Wandlung zu Darth Vader und ließ sie miterleben, wie Spiderman sich am Spinnenfaden von Hochhaus zu Hochhaus hangelte. Ehe er sich's versah, redete er von dem Leben in der Stadt, von Autos, von Flugzeugen und von den Spielen der New York Yankees. Als sie nach einer Ewigkeit wieder aus dem Kosmos ihrer Geschichten auftauchten, war es, als würden all diese Gestalten noch in der Luft wirbeln und sie einhüllen wie bunte Lichter. Ivy musterte ihn, als hätte sie ihn noch nie richtig gesehen. In der Nachmittagssonne glänzte ihr Haar fast kupferblond. Ein paar flirrende Sekunden lang sahen sie sich in die Augen, und Jay wunderte sich, wie glücklich er trotz allem immer noch sein konnte.

»Ivy?«, fragte er leise. »Wie heißt du wirklich?«

Sie sah ihn an, als hätte er sie aufgefordert, vom Hochhaus zu springen. Alle Farbe wich aus ihren Wangen. »Was?«, flüsterte sie fassungslos und rückte von ihm ab.

»Du ... hast dich nach einem Efeublatt benannt. Aber du hast doch einen richtigen Namen?«

Hastig sprang sie auf. »Wir müssen gehen, es ist spät.« Ärger schwang in ihrer Stimme.

»Habe ich etwas Falsches gesagt? Du kennst meinen Namen doch auch!«

Sie runzelte die Stirn, als würde sie überlegen, ob er einen schlechten Scherz machte oder es ernst meinte. Dann aber schien sie sich auf ihre Rolle zu besinnen. »Entschuldige. Ich vergesse manchmal, wie wenig du von uns weißt. Es ist so: Unseren richtigen Namen kennen außer unseren Eltern und Geschwistern nur Menschen, mit denen wir tief verbunden sind – mit unserer Seele und unserem Leben. Es ist der größte Vertrauensbeweis und das größte Geschenk, das wir jemandem machen können. Bis dahin hüten wir ihn besser als unser Leben. Manchmal ist das nur ein Mensch im ganzen Leben, manchmal verraten wir unseren Namen auch niemandem. Also frag nicht danach. Niemals! Das ist … wie ein Angriff, verstehst du?«

Jay nickte betreten. *Und ich dachte, meine Welt war kompliziert.*

»Faye heißt also auch nicht so?«

»Nein. Und Columbus nennt sich nach einem Seefahrer aus eurer Zeit.«

»Na ja, eigentlich lebte er ein paar Jahrhunderte früher.«

»Wie auch immer, es ist ohnehin nicht wichtig. Er hat auf jeder Expedition einen neuen Namen.«

»Aber wozu? Warum ist das so?«

Ivy zeigte ihm ein schmales, ironisches Lächeln. »Siehst du? Höre auf die Märchen aus der alten Welt. Namen haben seit jeher eine besondere Magie. Sie geben den anderen Macht über uns, Jay.«

»Das heißt also, du darfst meinen Namen wissen, aber deiner ist tabu?«

Hastig stand sie auf. »Bei dir ist es ohnehin zu spät. Die Wächter kennen deinen Namen. Ohne ihn hätte deine schwarzhaarige Hexe dich gar nicht in ihren Bann ziehen können. Ich kann dich jetzt nur davor schützen, dass sie dich wieder findet. So, und jetzt sollten wir zusehen, dass wir hier wegkommen. Bei Tag bin ich stärker als sie, aber sobald es dunkel wird, sind wir hier nicht mehr sicher.«

Es war wie eine Ohrfeige. Von einer Sekunde zur anderen war sie nur noch der Trickster, der für ihn verantwortlich war. Und es ärgerte ihn immer noch, wie sie über Madison sprach. Mit Madisons Bild kam auch seine alte Welt wieder zurück. Matt, Aidan. Und sogar Feathers.

*

»Sie müssen irgendwo in der Nähe sein.« Mo war ruckartig stehen geblieben. Die Härchen an ihrem Nacken sträubten sich, sie konnte Jay so deutlich fühlen, als stünde er neben ihr, aber sooft sie sich auch um sich selbst drehte und in jeden Winkel der Hausschluchten spähte, sie entdeckte keine Spur von ihm. *Als hätte das Menschenmädchen ihn gestohlen.* In den vergangenen Tagen hatte sie die Stadt durchstreift, aber jeder Schritt war wie ein Waten in einem zähen Sumpf von Trauer und Wut gewesen. Wenn sie aufwachte, suchte sie nach Cinnas Nähe und jedes Mal traf die Erkenntnis sie erneut mit der ganzen Wucht der Verzweiflung. Jetzt aber war sie mit einem Mal nur noch Wachsamkeit und Jagdfieber.

Night trat neben sie und lauschte. »Ich höre nichts.«

Ban hob die Nase in den Wind und witterte. Seine Nasenflügel blähten sich.

Mo schloss die Augen und spürte Jays Gegenwart nach. Wie immer erschien sofort das Bild von ihm und dem Mädchen. Er hielt sie in den Armen, er küsste sie und sagte ihr, dass er sie liebte. Sie hatte gedacht, Hass sei gar nicht so viel anders als

Liebe, aber jetzt wusste sie es besser. Die Liebe war ein warmer Lufthauch gewesen, Duft und Klarheit. Der Hass war ein heißer, brüllender Sturm.

»Heute finden wir ihn«, flüsterte sie. *Und wo er ist, ist auch sie.*

naked cowboy

Warte kurz«, flüsterte Ivy. Jay sah ihr mit gemischten Gefühlen hinterher, als sie ein Stück an einer Mauer hochkletterte und zu einem Vorsprung griff. Die schattigen Schluchten waren schon fast abenddunkel. Erst als Ivy wieder zu ihm kam, sah er, dass sie einen schwarz-weißen Vogel in der Hand hatte. Sein Kopf schlenkerte leblos hin und her. Um seinen Hals lag eine Schlinge, an deren Ende ein goldener Ring baumelte. Ein Diamant prangte daran. Jay erinnerte sich an das Brillantarmband, das Ivy damals auf dem Weg zur Brücke verloren hatte. »Du holst den Schmuck also aus den Juweliergeschäften, um Elstern damit in die Falle zu locken?«

»Ja, das funktioniert gut«, flüsterte sie und befestigte den Vogel an ihrem Gürtel. »Ihr Federstaub wirkt fast so gut wie eine Tarnung. Wenn Elsterfedern im Wind wehen, dann verwirbeln sie unsere Spuren und die Ungeheuer können uns nicht mehr wittern. Komm mit!«

Lautlos lief sie voraus. Jay wollte ihr folgen – und wäre beinahe gegen einen Straßensänger geprallt. Er spielte auf einer weißen Gitarre mit blauroter Aufschrift und trug trotz der Kälte nur Cowboystiefel, Hut und eine Unterhose, auf der die Aufschrift »Naked Cowboy« prangte. Jay wich ihm aus und sah sich fassungslos um. Eine Werbetafel pries mit kaltem blauem Leuchten das Parfüm Cool Water an. Businessleute drängten sich rüde an ihm vorbei, doch ihre Berührungen spürte er nur als kalten Hauch.

Hinter ihm rauschte der Verkehr. »Hot town, summer in the city …«, sang der Cowboy, und Madman, der wie aus dem Nichts aufgetaucht war, klatschte begeistert im Takt.

»Jay? Wo bleibst du?«

Er fuhr herum. Ivy stand im zerstörten Raum eines Starbucks-Cafés. Pflanzen rankten über den ehemaligen Tresen, eine Kasse war noch erkennbar, Plastiktische, überzogen von einer Patina aus verkrustetem Schmutz und Moos und halb versunken in schlammigem Erdreich. Schilf ragte aus dem feuchten Untergrund hervor. Es roch nach Dschungel und Verfall.

»Ivy, ich …«

Als sie zu ihm aufblickte, spiegelten sich polierte Fassaden, die hinter ihm aufragten, in ihren Augen. Seine Welt. *Und auch Madisons.*

Es war ein Fehler, an sie zu denken. Ivy verblasste so schnell wie ein Atemhauch an einer Scheibe. Mit ihr entglitt ihm die Wirklichkeit.

»Oh, verdammt«, flüsterte Ivy. »Es passiert schon wieder, nicht wahr? Das heißt, sie müssen irgendwo in der Nähe sein.«

*

»Er hört ein Lied«, sagte Mo. »Dünne Metallseile, die schwingen – so wie die Brücke.«

»Welche Richtung?«

Mo deutete auf das größte Haus. »Von dort kommt der Klang.«

»Worauf wartest du!«, drängte Night. »Ruf ihn zu dir.«

Coy starrte sie mit großen Augen an.

Mo krampfte die Finger fester in Bans Fell. Es war fast unmöglich, nicht an das Mädchen zu denken – und auch nicht an Cinnas blasses Gesicht. Sie konzentrierte sich ganz auf Jay, auf den Augenblick, in dem sie sich geküsst hatten, und es war schwierig genug, einen Abglanz dieser Liebe wiederzufinden. Dann lauschte sie dem Lied, rief es herbei und ließ es so stark werden, bis der Wind sich erhob.

»Jay«, hauchte sie in den Wind, der mit dem Namen spielte wie mit einem Ball und ihn mit sich nahm, ihn tausendmal wiederholte, bis es ein Chor von Namen war.

*

Wind erhob sich, pfiff in der Schlucht und zerrte an Jays Haaren. Die Sehnsucht nach seiner alten Welt ergriff ihn so jäh, dass es ihm die Kehle zuschnürte. Aber nur für einen Moment verspürte er den unwiderstehlichen Drang, den Gürtel mit den Federn abzunehmen, um ganz hineinzutauchen. Hinter Ivy drängten Leute mit Plastiktabletts zu der Theke. Er hätte schwören können, dass einer davon Jude Law war. Er flirtete mit der Kassiererin. Die übrigens Angelina Jolie war. *Das ist alles nur in meinem Kopf*, wiederholte Jay wie eine Beschwörung. Mit aller Kraft versuchte er, der Trugwelt zu widerstehen. *Denk an Matt*, befahl er sich. *Er hätte mich fast getötet.*

Währenddessen durchmischte sich der Gestank nach Sumpf immer stärker mit Asphaltgeruch und dem Duft von Kaffee. Er wollte nach Ivys Hand greifen, aber seine Finger stießen schmerzhaft gegen eine Glasscheibe. Ivy stand dahinter, ihr Mund bewegte sich, aber er verstand nur noch Fetzen, die keinen Sinn ergaben. Schließlich verstummte sie und gab auf. Als er die Hand an die Scheibe legte, hob sie ebenfalls die Hand und legte sie von der anderen Seite dagegen. Sie war nun so blass, dass nur noch ihre Umrisse in der Luft flimmerten.

Im nächsten Moment stand Jay allein da und starrte in der spiegelnden Scheibe in sein eigenes Gesicht. Sein Atem ließ das Glas beschlagen.

»Ivy! Ich weiß, dass du immer noch da bist.«

»Sie sagt, du sollst leise sein«, sagte Madman hinter ihm.

»Du siehst sie immer noch?«

»Klar.« Madman spuckte aus. »Sie steht hinter der Scheibe, aber ich kann sie trotzdem hören. Komisch, nicht?« Er horchte auf und legte den Kopf schief, als würde er lauschen. Empört runzelte er die Brauen. »He, langsam, Lady, ja?«, erboste er sich. »Wenn du mir mit Beschimpfungen kommst, such dir einen anderen Laufburschen.«

»Was sagt sie?«

»Sie sagt, du sollst mir hinterherlaufen. Sie zeigt mir den Weg. Mach hin, Mann, dein Sugar Babe ist wirklich sauer.«

Aber Jay sah immer noch sein Spiegelbild an, das kühle Glas der Scheibe unter seinen Fingern. Es war verrückt zu wissen, dass sie direkt vor ihm stand, unsichtbar, real – und hundert Jahre von ihm entfernt.

Er schloss die Augen und rief sich Ivys Gesicht ins Gedächtnis, ihre Lippen, ihr diebisches Lächeln und ihre kühlen Hände.

»Ivy«, sagte er leise. »Küss mich!«

Das verschlug sogar Madman die Sprache.

»Bitte, Ivy!«, flüsterte Jay. »Ich will zu dir zurück, aber allein schaffe ich es nicht und …«

Weiter kam er nicht. Die Scheibe schmolz dahin wie dünnes Eis, Finger verflochten sich mit seinen, ein Arm umschlang seinen Nacken und dann gab es nur noch Ivys Lippen und den Sog von süßem Schnee. Er umarmte sie und zog sie so fest an sich, dass sie den Boden unter den Füßen verlor. Es war anders als damals bei Madison. Es hatte nichts von Magie und Geheimnis und nicht den schweren Bann von Zauberworten. Das hier war lebendiges Sonnenlicht, das ihn einhüllte – und wirklicher als alles, was er in der Trugwelt gefühlt hatte. Er hob sie über die zerbrochene Fensterfront – und dann waren sie endgültig wieder in der wirklichen Welt, und sie war so real, als hätte er sie seit ihrer ersten Begegnung niemals losgelassen.

»Das wird nicht gut ausgehen«, orakelte Madman. »Oh nein, das geht nicht gut.«

Atemlos löste sie ihre Lippen von seinen, aber ihr Arm lag immer noch um seinen Nacken. Ihre Augen waren ganz nah und ihre Lippen leicht geöffnet, als sei sie erstaunt. Sie wirkte so irritiert, als wäre sie selbst das Opfer eines Zaubers geworden. Alles in ihm sehnte sich nach einem weiteren Kuss, aber er wagte nicht, sich zu bewegen, als könnte die kleinste Regung sie vertreiben.

»Nur damit wir uns richtig verstehen«, sagte sie atemlos. »Das hier ist auch nur ein Trickster-Kuss, nichts weiter, klar?«

Und dann küsste sie ihn noch einmal, mit ihrem ganzen Herzen und so leidenschaftlich, dass Jay nicht nur die Trugwelt, sondern auch die Wirklichkeit ganz und gar vergaß.

Ein Zweig knackte in der Nähe und brach den Bann. Ivy ließ ihn los und sprang zurück. Warnend legte sie den Zeigefinger auf den Mund. »Sie sind hier«, formten ihre Lippen. Im nächsten Moment flohen sie schon Seite an Seite, während hinter ihnen Buschwerk unter schweren Schritten brach. Ivy duckte sich und kroch auf Händen und Füßen unter einem halb geöffneten Rolltor hindurch. Rost rieselte Jay in den Kragen, als er ihr folgte. Unter seinen Fingern knirschte Frost, dann gruben sich seine Finger in Morast und kalten Schlamm. Der Boden bebte, als würde etwas Riesiges ihnen folgen. Jays Beine kribbelten, als er sich vorstellte, wie Matt ihn entdeckte, aufholte – und ihm die Fänge in die Wade schlug. Er wusste nicht, wie er zur Wand gekommen war, aber plötzlich saß er neben Ivy. »Rühr dich nicht«, wisperte sie ihm zu. »Und sieh nicht hin, egal, was du hörst. Wenn ich ›jetzt‹ sage, dann kletter mir nach und sieh dich nicht um, klar?«

Er konnte nur stumm nicken und schrak zusammen, als etwas auf seine Schultern fiel und über seine Stirn kratzte. Durch den Spalt unter dem Rolltor fiel Licht, schemenhaft konnte er erkennen, dass er durch ein Netz blickte, das Ivy über sie beide geworfen hatte. Redwood-Samen waren darin eingeflochten, eine Feder kitzelte seinen Hals.

Sie kauerten sich dicht zusammen, Ivys Finger schlossen sich fest um seine Hand. Im nächsten Moment fuhr ihm ein ohrenbetäubendes Krachen durch jede Faser seines Körpers. Das Rolltor barst, scharfkantige Metallstücke und Roststaub wirbelten durch die Netzmaschen. Dann verdrängte ein riesenhafter Schatten das Licht. *Das war's*, dachte Jay und presste die Lider zusammen. Ein Knurren erklang, so tief und widerhallend in einem gewaltigen Brustkorb, dass Jay es als Vibrieren in seinem Zwerchfell wahrnahm. Selbst wenn er gewollt hätte, er hätte sich nicht bewegen können. Etwas schien ihn durch die Maschen des Netzes anzustarren, er konnte den Blick fühlen, bedrohlich, hungrig. Dann traf ein Stoß heißer, dichter Atemluft seine Wange – ein Gestank von Raubtier und Aas. Ihm wurde schwindelig. *Das ist Matt*, schrie es in seinem Kopf. Plötzlich war es still, als würde das Ungeheuer lauschen. Ivys Hand war starr wie Stein, er konnte nicht einmal ihren Herzschlag fühlen, seine Finger dagegen pochten und seine Haare sträubten sich wie elektrisiert. Wie Ivy ihm befohlen hatte, rührte er sich nicht, hob nicht den Kopf, aber er hielt es nicht aus und spähte durch einen winzigen Spalt zwischen seinen Lidern auf den Boden. Matts Motorradstiefel. Aber die Gegenwart, die den Raum füllte wie schwarzer Rauch, war viel größer als die Truggestalt.

Nebenan im ehemaligen Starbucks-Café splitterte und polterte es, als würden Tische gegen Wände geworfen. Vermutlich Linda, und vielleicht auch Madison und Aidan. *Denk nicht an sie. Denk an Kaffee und Jude Law. Wie hieß sein letzter Film?* Irgendetwas bellte draußen auf – ein Kojote. Das Ungeheuer vor ihnen horchte auf, verharrte noch einige Sekunden lauernd und offenbar unschlüssig. Jay spürte ein Wittern dicht an seinem Ohr, hörte ein Kratzen von Krallen auf Rost. Die Stiefel regten sich, verschwanden aus seinem Sichtfeld. Zurück blieb eine tiefe, viel zu große Spur im Schlamm, die sich rasch mit Wasser füllte. Nebenan ging irgendetwas mit einem metallischen Scheppern zu Bruch.

»Jetzt«, flüsterte Ivy.

*

Night packte die Möbelstücke und warf sie einfach achtlos an die Wand, um Mo Platz zu machen. Wie von Sinnen lief Mo zwischen den Tischen herum, Schilfhalme verfingen sich in ihren gespreizten Fingern und ihre Füße sanken im Schlamm ein.

»Gebt es auf. Wir haben alles auf den Kopf gestellt, aber er ist nicht hier«, sagte Coy.

»Er muss aber hier gewesen sein«, schrie Mo. »Ich bin mir ganz sicher. Und jetzt ist es so, als wäre er einfach verschwunden. Riechst du gar nichts?«

Ban hob die Nase vom Boden und richtete sich wieder zur vollen Größe auf. »Hier stinkt es nur nach den Tagnachtvögeln. Nebenan ist es unerträglich, da muss ein Nest sein.«

»Ich verstehe es nicht«, rief Mo. »Wie kann sie verhindern, dass er meinem Ruf folgt?«

»Vielleicht muss sie das gar nicht«, bemerkte Coy. »Vielleicht genügt es einfach, dass sie ein Mensch ist, wie er.«

»Mo ist ein Mondmädchen, du Tölpel«, fuhr Ban ihn an. »Wenn sie das Meer bannt und ruft, wird es zu ihr kommen, der Wind, die Kälte, sie kann sogar Wendigo mit ihrem Ruf erreichen! Und du redest hier von einem Menschenmädchen, das nichts kann außer …«

»… ihn zu küssen?«, ergänzte Coy mit einem schmalen, hinterhältigen Lächeln. »Hat er dir gesagt, dass er dich liebt? Ach nein, er ist ja lieber davongelaufen.«

Mo stieß einen empörten Schrei aus. Coy hatte sicher damit gerechnet, dass Ban auf ihn losgehen würde, aber Nights überraschendem Schlag aus dem Hinterhalt konnte er nicht mehr ausweichen. Er schmetterte ihn gegen die Wand. Mit einem Ächzen ging er zu Boden und japste nach Luft.

»Halt die Klappe, Großmaul«, grollte Night. »Du verstehst gar nichts. Und wenn es nach mir ginge, dann würdest du heute noch mit den anderen räudigen Dummköpfen in irgendeinem Sumpfloch sitzen. Keine Ahnung, was Mo an dir findet.«

Coy hustete und kam auf die Beine. Geduckt verharrte er und

funkelte die beiden Ältesten feindselig an, dann sprang er mit einem geschmeidigen Satz zur Tür und huschte davon.

»Was sollte das eben heißen: Ich kann Wendigo mit meinem Ruf erreichen?«, fragte Mo.

Die Ältesten wechselten einen raschen Blick. »Wendigo ist im Wind, im Wasser, in allen Dingen, also wird er wohl auch deinen Ruf hören«, erwiderte Night unwillig. »Aber versuche es nicht, verstanden? Du bist mächtig, Mondmädchen, aber verschätze dich nicht. Er kommt früh genug zurück. Er wird uns alle bestrafen, wenn die Menschen uns entkommen. Cinnas Tod muss gesühnt werden.«

Mo holte Luft. Für einen Moment verlor sie ihren Zorn und nur die Trauer zerrte mit Krallen aus Blei an ihr, zog sie hinunter, bis sie nachgab und auf den Boden sank. Schlamm quoll zwischen ihre Finger.

In der betretenen Stille, die folgte, horchte sie auf. Irgendwo in der Nähe klackte und polterte etwas, als würden Steine ins Rutschen geraten.

Mit einem Satz sprang Mo über die Fensterschwelle und landete auf dem Pfad, der vor so langer Zeit eine Straße gewesen war. Nebenan hatte Ban einen Eingang einfach mit einem Hieb zertrümmert. Sie schlüpfte in den Raum und sah sich um. Gerümpel in den Ecken, ein Haufen verworrener Plastikschnüre, die mit Knoten verbunden waren. Das musste Ban mit dem Nest gemeint haben. Alles war voll schwarz-weißer Federn, und der Geruch des Flügelstaubes war tatsächlich so dicht, dass sie kaum atmen konnte. Trotzdem beugte sie sich über das Wirrwarr. »Night, komm her!« Es war dunkel, aber mit ihren Mondaugen nahm sie jede Einzelheit wahr. Vorsichtig näherte sie sich einem Knoten. Tatsächlich – ein einzelnes Haar hatte sich darin verfangen. Es war braunrot und gelockt und sie hätte es überall erkannt. »Er ist hier!«

Sie packte das Gerümpel, riss es mit aller Kraft hoch – und stieß einen erschrockenen Schrei aus. Der Wirrwarr fächerte sich in der Luft zu einem Netz auf, das wie eine Falle auf sie zurückfiel. Sie warf es erschrocken ab und brachte sich in der Ecke des Raumes in Sicherheit.

»Hier kann er nicht sein«, kam Bans Stimme aus der Richtung des geborstenen Eingangs. »Ich habe gesucht.«

»Nicht gut genug«, keuchte Mo. »Es sieht so aus, als wären die Federn absichtlich in das Netz gesteckt worden. Weiß sie etwa, dass die Tagnachtvögel unsere Sinne verwirren?«

Vielleicht ist sie schlauer, als du denkst, hörte sie Coys Antwort in Gedanken.

Sie stürzte hinaus und sah sich um. Erst als sie nach oben schaute, fand sie tatsächlich etwas. In einem Baum versteckt hing eine schwarzweiße Feder.

»Night, hol mir die Feder!«

»Wozu? Sie hat sich im Wind dort oben verheddert.«

»Das glaube ich nicht«, erwiderte Mo kühl. »Ich denke, jemand hat sie absichtlich so weit oben aufgehängt. Jemand, der weiß, dass wir zwar auf den Weg achten, aber selten nach oben schauen, so wie es Menschen dauernd tun.«

Die Älteste hangelte sich mühelos hinauf und warf ihr die Feder zu. Sie fiel schnell, etwas hing daran. Eine Glasperle steckte an ihrem Kiel, in der Perle flimmerte etwas, flatterte wie ein gefangener Vogel. Als Mo ihre Finger darum schloss, durchzuckte ihre Hand ein kleiner Schlag wie von einem Haselzweig, der zurückschnellte. Magie knisterte auf. Dann war die Perle leer.

»Sie täuscht uns. Sie versucht uns mit unseren eigenen Waffen zu schlagen.«

»Dann wissen wir ja jetzt, wonach wir suchen müssen«, sagte Night mit einem grimmigen Lächeln. »Ein Zauber, von dem man weiß, verliert seine Wirkung.«

nachts im museum

Jay konnte sich kaum erinnern, wie sie zurückgekommen waren. Sie waren durch Labyrinthe von Ruinen geklettert, durch Fenster und auf morsche Dächer gesprungen. Seine Hände waren aufgeschürft, die Jeans zerrissen von Dornenranken. Ivy suchte kaltblütig und mit der Präzision einer Jägerin ihre Wege, versetzte einige magische Zeichen an den Sträuchern beiläufig in Schwingung, indem sie gegen die Stämme trat, und huschte dann lautlos weiter. Über Schleich- und Irrpfade, die jeden Verfolger verwirren mussten, führte ihr Weg schließlich zurück zum Museum.

Es wurde schon dunkel, als sie es erreichten.

»Endlich!« Eine totenblasse Faye stürzte ihnen entgegen und fiel Ivy um den Hals. »Warum kommt ihr so spät? Was ist passiert?«

»Wir mussten ausweichen«, erwiderte Ivy völlig außer Atem. »Sie haben die Flussgrenze überschritten und sind uns über den Weg gelaufen. Aber wir konnten abhauen.«

Triumph lag in ihrer Stimme, sie grinste Jay verschwörerisch zu. Er lächelte zurück. Doch dann fiel ihr Blick auf etwas im hinteren Teil des Raumes. Sie stieß einen Freudenschrei aus und ließ Faye los. »Beren!« Im nächsten Moment lagen sie und ein braunhaariger Junge sich in den Armen. Sie redete auf Isländisch auf ihn ein und deutete auf Jay, und der Kerl, der offenbar Beren hieß, nickte und antwortete in ihrer Sprache. Sie wirkten so vertraut wie ein Paar, das sich nach Wochen der Trennung endlich wieder in den Armen halten durfte. Das Komische war, dass es Jay so viel ausmachte, als hätte Ivy ihm einen Tritt versetzt. *Was hast du eigentlich erwartet? Natürlich hat sie einen Freund im Lager.*

Jetzt entdeckte er auch die anderen. Drei Männer, die wie eine Mischung aus Wikingern und modernen Survival-Trainern wirkten. Sie waren muskulös und trugen wie Columbus Versatzstücke von Rüstungen über Steppjacken und khakifarbenen Hosen. Eben noch hatten sie einen Haufen von Säbeln und Schwertern sortiert, jetzt richteten sie sich auf und starrten ihn an wie einen Geist.

Für einen Moment kreuzte Berens Blick den von Jay. Und Jay lernte eine weitere Lektion über seine neue Welt: Vieles mochte anders sein, aber eines war auch nach hundert Jahren immer noch gleich. Beren lächelte zwar, aber der abschätzende und misstrauische Blick, mit dem er Jay musterte, war deutlich genug. Demonstrativ legte er den Arm um Ivy und zog sie enger an sich.

Schon gut, Wikinger, hätte Jay ihn am liebsten angeschnauzt. *Ich bin nicht blind.* Immer noch zitterte die Trugwelt in ihm nach. Wenn er an Matts Nähe dachte, wurde ihm wieder flau zumute.

»Du hast nichts davon gesagt, dass er ein Riese ist, Columbus«, bemerkte einer der Männer. »Bist du sicher, dass er ins Boot passt? Oder lassen wir ihn rüberschwimmen?«

»Er ist ein Kämpfer, der seinen Stolz hat«, erwiderte Columbus. »Ich würde dir nicht raten, dich über ihn lustig zu machen. Er hat eine gute Schlaghand.«

Beren lachte zweifelnd auf und Ivy hieb ihm mit dem Ellenbogen in die Seite.

Der Blonde trat auf Jay zu. »Na dann … Willkommen zurück aus dem Schlaf«, sagte er mit rauer Herzlichkeit und streckte ihm die Hand hin. »Mich nennt man Jack. Und das da sind Thires, Mika und Beren. Wir sind die Vorhut, aber die ganze Kolonie brennt schon darauf, dich morgen früh kennenzulernen.«

»Ja, besonders deine Tochter, Jack«, bemerkte Faye. »Ich wette, wenn deine Schöne Jay sieht, lässt sie ihre vielen Verehrer einfach stehen.« Aber sie sah bei diesen Worten nicht den blonden Mann an, sondern Ivy.

*

In dieser letzten Nacht packte Jay sich eines der Felle und verkroch sich damit in die Abteilung »Asiatische Säugetiere«. Sein Kopf schwirrte von all den Fragen, die er den Kolonisten beantwortet hatte. Und selbst hier hörte er die anderen noch leise reden. Seine Laune war auf dem Tiefpunkt angelangt. Den ganzen Abend hatten Ivy und Beren zusammengehangen und sich in ihrer Sprache unterhalten, und Jay war sich vorgekommen wie ein Idiot. Und jetzt ertappte er sich dabei, wie er Name für Name durchging und überlegte, welcher wohl zu Ivy passen könnte. *Hör auf,* schalt er sich. Er bildete sich ein, sie immer noch lachen zu hören. *Als wollte sie mir beweisen, dass der Kuss gar nichts zu bedeuten hatte. Und ab morgen lebe ich in einer Gruft und darf zusehen, wie sie den ganzen Winter Prince Charming küsst.* Diese Vorstellung fühlte sich fast so gut an, wie von Matt verfolgt zu werden. »Eifersüchtig, junger Ire?«, raunte ihm Liberty zu.

»Verschwinde!«

Liberty lachte. »Ach, die Liebe!« Sie seufzte theatralisch. »Ich habe viele berühmte Liebespaare gekannt. Die Stadt war voll von ihnen: Marilyn Monroe und Arthur Miller, John Lennon und Yoko Ono, Sarah Jessica Parker und Matthew Broderick ...«

»Liberty, geh einfach, okay?«

»Ah, ich verstehe schon.« Liberty legte verschwörerisch den Zeigefinger über die Lippen. »Du willst ganz heimlich Liebeskummer haben.«

Und wenn du kein Geist wärst, würde ich dich jetzt liebend gerne erwürgen. Aber im nächsten Moment war er allein, nur der ausgestopfte Löwe in der Vitrine neben dem Fenster starrte ihn immer noch aus blassen Glasaugen an, die im Licht sicher gelb waren. Aber jetzt stand nur ein fahler Sichelmond am Himmel. Jay verschränkte unbehaglich die Arme und lehnte sich an die Wand zurück. Es war, als hätte die Trugwelt witternd seine Spur aufgenommen und ihn im Museum aufgespürt. Das Lied des Straßensängers kam ihm in den Sinn. Und gleichzeitig war Madison da. Er versuchte, sie mit dem Ungeheuer in Verbindung zu bringen, das ihn und Ivy heute beinahe aufgespürt hätte, aber es gelang ihm nicht. Alles, was er sah, waren ihr Lächeln und ihre Angst in den letzten Minuten ihrer Begegnung. Noch nie hatte er sich so zerrissen gefühlt, es war wie ein Lavastrom in seiner Seele, der breiter wurde und ihn zu verbrennen drohte. Er tastete nach dem länglichen Stein und stellte sich mit aller Kraft vor, dass es sein Handy war. *Vielleicht ist die Illusion, eine SMS zu schreiben, besser als nichts? Ich habe schließlich nichts mehr zu verlieren.* Ganz von selbst lockerte seine Hand das Federband, um sich ein paar letzte Augenblicke seiner alten Wirklichkeit zu stehlen. Doch dann widerstand er dem sachten, lockenden Ruf und ballte die Hände zu Fäusten.

Er schob den Ärmel hoch und betrachtete die Narben der Wunden, die Matt ihm zugefügt hatte. Zwei tiefe Kratzer wie von Klauen. Von den Fäden, mit denen Columbus die Haut mit groben, schiefen Stichen zusammengenäht hatte, sah man nur noch die frisch verwachsenen Einstiche. *Initiationszeichen*, dachte er. *Das ist dein neues Leben. Kämpfen und Überleben. So sieht es aus, Jay Callahan, also bereite dich darauf vor.* Und außerdem wurde es definitiv Zeit, dass er ohne Ivy klarkam. Er bewegte die Finger und drehte die Hand im Gelenk. Es zog, aber es ließ sich aushalten. Dann rief er sich seine Karatestunden in Erinnerung und versuchte sich zaghaft an der ersten Übung.

*

Mo krampfte ihre Finger fester in Bans Nackenfell. Bei jedem Schritt spürte sie seine gewaltigen Rückenmuskeln, und obwohl er langsam lief, musste sie sich festklammern, um nicht von seinem Rücken zu rutschen.

»Da oben ist auch alles voller Federspuren«, sagte sie. »Halt an.«

Ban gehorchte. Night lief noch ein Stück voraus, dann sah sie sich um.

»Ich glaube, sie sind in dem großen Gebäude da drüben.«

»Und wenn das auch nur Tarnung ist?«, meinte Ban abfällig. »Du glaubst doch nicht wirklich, sie werden den Fehler machen und sich nur auf Federn verlassen?«

»Jeder Mensch macht Fehler«, murmelte Mo. »Und Cinna zu töten, war der größte von allen.«

*

Jay hätte schwören können, dass er nicht geschlafen hatte. Aber nach seinen Übungen, die ihn noch entmutigend viel Kraft kosteten, musste er eingenickt sein. Der Mond war weitergewandert und ließ die Löwenaugen im Schatten zurück. Und er hörte einen fremden Atem. Er öffnete die Augen. Jemand saß neben ihm auf dem Fell und starrte ihn an. Er konnte den Glanz von Augen erahnen und einen dunklen Umriss. Es war wie in seinem Zimmer in Matts Haus. *Déjà-vu*.

Erschrocken fuhr er hoch. »Madison?«

»Hab ich es mir doch gedacht«, sagte eine leise Stimme. »Du vermisst sie und träumst von ihr.«

Ihm fiel ein Stein vom Herzen. »Ivy!«

»Schön, dass du mich trotzdem noch erkennst. Rutsch rüber!« Sie streckte sich auf dem Lager aus, tastete nach seiner Schulter und zog ihn zu sich herunter. Noch mehr verwirrte es ihn, dass sie so nah an ihn heranrückte, dass sie Schulter an Schulter auf dem Bärenfell lagen. »Was soll das werden?«, fragte er gereizt.

»Was denkst du denn?«

»Ist es mit Beren zu langweilig geworden? Ich will allein sein, klar?«

»Klar. Damit sie dich ungestört zu sich locken kann. Träum weiter, leichtes Opfer.«

»Solltest du nicht bei deinem Freund schlafen?«, erwiderte er ebenso unfreundlich.

Das schien sie zu amüsieren. »Beren?«, meinte sie mit gespielter Ahnungslosigkeit. »Och, die Winternächte werden noch lang genug.«

»Okay, das reicht. Raus aus meinem Bett!«

Zu seinem Ärger lachte sie, als er sie vom Lager stoßen wollte, sie wich ihm aus und rollte katzenhaft flink herum.

»He, spring mir nicht gleich ins Gesicht«, meinte sie und schlang die Arme um die Knie. Im Gegenlicht des Fensters konnte er ihre Silhouette und ihr wirres, kurzes Haar gestochen scharf wie einen Scherenschnitt erkennen. »Ich beschütze dich, deshalb bin ich hier. Das war sehr knapp heute, ich will kein Risiko eingehen. Noch sind wir nicht in Sicherheit. Aber …«, jetzt klang leiser Spott in ihrer Stimme, »… man könnte ja fast denken, du bist eifersüchtig auf Beren.«

»So eifersüchtig, wie du auf Madison bist.«

Sie stieß ein abfälliges Schnauben aus. »Eifersüchtig«, murmelte sie. »Das würde dir so passen.«

Eine Weile schwiegen sie, und Jay dachte schon, sie würde gehen, stattdessen kroch sie wieder ein Stück zu ihm und legte sich neben ihn. Die Luft schien zu vibrieren, Irritation und Anspannung schwangen darin mit. Er wurde nicht schlau aus ihr – und gleichzeitig ging ihm Madison nicht aus dem Kopf. *Sie kennt den Namen Jay Callahan,* dachte er. *Aber warum …*

»Woran denkst du?«

»An Namen.«

»Jay ist ein guter Name. Der Eichelhäher steht für die Verbindung von Himmel und Erde und die richtige Anwendung von Kraft – na ja, das musst du vermutlich noch üben, wenn es stimmt, was Columbus erzählt.«

»Sehr witzig«, erwiderte er trocken und verschränkte die Arme.

Aber Ivy redete weiter, als würde sie versuchen, sich selbst abzulenken.

»Und weißt du, warum man einen Kojoten Zweiherz nennt? Er ist tückisch und führt die Leute gerne hinters Licht. Jede Ordnung ist ihm zuwider, er verursacht mit Begeisterung Chaos und bringt alles durcheinander.«

»Dann weiß ich ja, warum sich mein Vater Zweiherz nannte«, murmelte er. »Wenn jemand alles durcheinanderbringen konnte, dann war er es.«

Und du auch, Ivy. Offenbar finde ich Chaoten unwiderstehlich.

Er ärgerte sich über sich selbst, weil er trotz allem ihrer Nähe kaum widerstehen konnte. Und wieder spukte ihr Kuss in seinem Kopf herum, und er wusste nicht, ob er sie aus dem Bett werfen oder an sich ziehen wollte.

»Du bist nicht wie dein Vater«, sagte sie leichthin. »Wenn ich einen Namen für dich finden müsste, würde ich dich Zweilicht nennen – du siehst beides, das Licht der Geisterwelt und die Menschenwelt. Das ist kostbar, weißt du?«

Ja, ganz tolles Talent, ich kann viel damit anfangen.

»Was willst du wirklich hier?«, brach es aus ihm heraus. »In der einen Minute küsst du mich, dann rennst du zu Beren. Und jetzt, in der letzten Nacht vor dem Lager, kommst du ausgerechnet zu mir. Was zum Teufel soll ich davon halten?«

Sie schwieg, und als sie endlich wieder etwas sagte, enttäuschte es ihn maßlos, dass sie ihm wieder auswich.

»Erstens ist das hier mein geheimer Raum im Museum«, sagte sie kühl. »Hierher komme ich, wenn ich allein sein will. Ich schlafe auch oft hier, also bist eigentlich du der Eindringling. Und zweitens: Das hier ist die letzte Nacht ohne all die anderen.

Das Versteck in diesem Jahr ist ziemlich klein. Wir werden uns nicht aus dem Weg gehen können.«

»Und deshalb kommst du her, um diese letzte Nacht hier mit mir statt mit deinem Freund zu verbringen?«, spottete er. »Bist du sicher, dass du weißt, was du willst? Ich weiß jedenfalls, dass ich keine Lust habe, den ganzen Winter dabei zuzusehen, wie du deinem Romeo in den Armen liegst.«

»Romeo? So hat dich der hungrige Geist genannt. Was bedeutet dieser Name?«

»So heißt ein Mann aus einer sehr alten Geschichte«, erwiderte er unwillig.

»Ist das ein Märchen?«

Nein, Klassenlektüre im Wahlkurs. »Nein, kein Märchen. Es geht um ein Liebespaar, Romeo und Julia. Ihre Familien sind bis aufs Blut verfeindet, aber sie verlieben sich trotzdem ineinander, obwohl es gefährlich ist.«

Ivy rückte näher an ihn heran und lehnte den Kopf an seine Schulter. Diese Geste brachte ihn endgültig zur Verzweiflung.

»Erzählst du mir die ganze Geschichte?«, bat Ivy. »Und sie gehört nur uns beiden – wir erzählen sie niemandem weiter.«

»Warum?«

»Weil Geheimnisse die einzigen Räume sind, die wir im Winter miteinander teilen können und für uns allein haben.«

Es verschlug ihm den Atem, als sich ihre Finger mit den seinen verflochten. »Das ist nur zur Sicherheit«, sagte sie betont sachlich. »Klar?«

Er fuhr hoch. »Was für ein Spiel spielst du mit mir, Ivy?«

»Ich verstehe nicht, was du meinst.«

»Ich glaube, du verstehst sehr gut. Bist du mit Beren zusammen, ja oder nein?«

»Das ist meine Sache, oder?«

»Der Kuss von vorhin ist unsere Sache.«

Ruckartig setzte sie sich auf. »Warum sollte ich mit dir über Trickster-Küsse reden?«

»Das war kein Trickster-Kuss. Jedenfalls nicht nur.«

Sie lachte empört auf. »Das sagt der Mann, der nicht einmal weiß, was er selbst fühlt, weil er immer noch im Bann eines Ungeheuers ist. Eure Küsse sahen auch ziemlich echt aus, weißt du?«

»Es hat also nichts bedeutet? Gar nichts?«

Ihr Zögern war fast unmerklich. Fast.

»Mein Kuss hat dich aus der Trugwelt geholt, das ist alles«, sagte sie leise.

»Alles klar, Trickster«, erwiderte er trocken. »Dann ist dieser hier ja auch kein Problem für dich.«

Eigentlich hatte er damit gerechnet, sich eine Ohrfeige einzufangen, aber sie wehrte sich nicht und stieß ihn nicht weg, als er ihr Gesicht zwischen seine Hände nahm und sie küsste – mit seiner ganzen Leidenschaft und seiner Wut, und mit all der Sehnsucht und Eifersucht, die immer noch in ihm stritten. Sie war starr vor Überraschung, aber dann gab sie nach – und er war völlig überwältigt, dass sie sich in diesen Kuss fallen ließ und die Arme um ihn schlang. Verzweiflung und Zärtlichkeit lagen in dieser Geste, und plötzlich war es Jays und Ivys Kuss, ein geheimer, strahlender Raum voll Zauber und Verwirrung, der nur ihnen gehörte. Sie lösten sich nicht aus ihrer Umarmung, sondern lagen eng umschlungen da und tranken die Nähe des anderen. Im Dunkeln konnte er nicht sehen, ob sie lächelte, aber er spürte es, als er federleicht mit dem Zeigefinger über ihre Lippen strich.

»Ivy?«, fragte er nach einer Weile.

»Hm?«

»Weiß Beren, wie du wirklich heißt?«

Sie lachte leise. »Es ist unhöflich, so etwas zu fragen! Warum willst du das wissen?«

»Ein Name ist doch so etwas wie eine Liebeserklärung.«

»Um Liebe geht es dabei doch gar nicht, sondern um Vertrauen. Du kannst viele Leute im Leben küssen und auch lieben, aber ob du jemandem dein Leben anvertraust, ist eine andere Sache. Aber wenn du jemanden so sehr vertraust, dass du ihm deinen Namen schenkst, dann … liebst du ihn natürlich auch.«

Irgendetwas veränderte sich bei diesen Worten. So, als wäre eine weitere Gegenwart im Raum, die Ivy von ihm weglockte. Sie seufzte und ließ ihn los. Nur widerwillig ließ er zu, dass sie von ihm abrückte. Nur ihre Hand lag noch in seiner.

»An wen denkst du gerade?«

Jetzt entzog sie ihm auch noch ihre Hand, als hätte sie sich an der Berührung verbrannt. Er konnte hören, wie sie die Luft einzog.

»An niemanden.«

Das war eine interessante Lektion über Ivy. Sie konnte jedem, ohne mit der Wimper zu zucken, in bester Trickster-Manier das Blaue vom Himmel herunterlügen, aber wenn es um sie selbst ging, log sie erbärmlich schlecht.

Und eine weitere Lektion lernte er über sich selbst. *Wann weiß man, dass man jemanden liebt?* Wenn allein der Gedanke, sie könnte einen anderen küssen, unerträglich war?

»Es war ein Fehler«, sagte Ivy und setzte sich auf. »Es tut mir leid. Gerade ich sollte besser wissen, was ich tue.«

»Was tut dir leid? Dass du einen anderen liebst?«

»Sei froh darum.«

Das war wie ein Fausthieb.

»Manche Küsse bringen nur Unglück«, fuhr sie fort. »Es ist besser, sich nicht darauf einzulassen. Deine Madison ist ja das beste Beispiel dafür.«

»Hör endlich auf, mich zu behandeln, als sei ich ein Madman, der nicht weiß, was er sagt und tut«, brauste er auf. »Ich bin nicht Madisons Marionette – und ich war es nie.«

»Ha! Das denken alle, die unter einem Bann stehen.«

Er wusste nicht, was schlimmer war. Die Enttäuschung oder die Tatsache, dass sie sich wieder so benahm, als sei er nur ein Job für sie. *Mission Rettung vor der Dschungelhexe.*

»Komisch nur, dass Madison meinen wirklichen Namen gar nicht kennt«, sagte er. »Wie soll dieser Bann, von dem du die ganze Zeit sprichst, da funktionieren? Oder habe ich da wieder etwas falsch verstanden?«

Voller Genugtuung nahm er wahr, dass dieser Hieb offenbar gesessen hatte. Ein paar Sekunden herrschte fassungslose Stille. »Du … heißt gar nicht Jay?«

»Nein, er ist nur ein Spitzname, den mein Vater mir gegeben hat. Und der Nachname …«

Sie sprang auf. »Umso schlimmer«, sagte sie mit zitternder Stimme. »Dann … liebst du sie ja wirklich!« Sie sprang aus dem Bett. Diese heftige Reaktion irritierte ihn.

»Ivy, was …«

»Auf welcher Seite stehst du eigentlich?«, fauchte sie. Dann rannte sie davon und ließ Jay völlig verdattert zurück.

Bravo. Zumindest hast du jetzt eine Antwort. Irgendetwas liegt ihr wohl doch an dir. Beziehungsweise: lag.

Er rappelte sich auf und wollte ihr hinterherlaufen. Dabei stolperte er über den aufgebogenen Rand des Fells. Irgendetwas raschelte auf dem Boden, Perlen rollten über Marmor. Verwirrt sah er sich um. Im Licht der Straßenbeleuchtung hatten die Glasaugen des Löwen einen vorwurfsvollen blauen Glanz bekommen. Draußen auf der Straße sprang eine Ampel gerade von Rot auf Grün. Ein Auto gab Gas und raste mit röhrendem Motor davon.

*

»Ich habe ihn!«

Ban blieb so abrupt stehen, dass Mo noch im Schwung von seinem Rücken rutschte und auf dem Boden aufkam. Night sprang herbei und auch Coy, der ihnen bisher nur in respektvoller Entfernung hinterhergeschlichen war, wagte sich etwas näher heran. Schon wieder trug er die Gestalt des schwarzhaarigen Jungen, von der er offenbar nicht lassen konnte.

Die beiden Ältesten sahen Mo an, lauernde Erwartung vibrierte in der Luft.

Mo wandte sich nach rechts und zeigte auf das riesige Bauwerk, um das sie schon die ganze Zeit herumgeschlichen waren. Es sah aus wie ein Schloss, ganz links erhob sich sogar ein Turm. Der Geist dieses Hauses barg Leere und tote Lebewesen, die ihre eigenen Träume vom Meer und von fernen Ländern träumten. Aber dazwischen fingen sich ganz neue Bilder, kaum einige Stunden alt, die nur Jay gehören konnten: Matts Haus, die Schule, das Kino und sie selbst – Madison! Einen Augenblick war es ein freudiges Erschrecken, als sie wieder einen Blick in die Welt warf, die ihnen beiden gehörte. Rasch verdrängte sie diese Regung und suchte weiter. Auch andere Menschenträume hallten in diesem Gebäude wider, erschreckend viele.

»Es sind mehr, viel mehr«, flüsterte sie. »Drei, vier, fünf… sie alle verstecken sich darin! Wie gut müssen sie sich getarnt haben, dass sie uns nie aufgefallen sind?«

»Wir werden die Kojoten brauchen«, sagte Night und gab Coy ein Zeichen. »Die Menschen werden ihn sicher verteidigen.«

Mo suchte nach dem Mädchen, und es gab ihr einen Stich, dass Jay sie tatsächlich in seinen Träumen gesehen hatte. Ein Augenblick des Glücks im Sonnenlicht zitterte in der Luft, ein Moment der Nähe zwischen den beiden. Mo biss die Zähne zusammen – und dann horchte sie auf. Ganz überraschend fing sie einen neuen Traum ein. Er war so intensiv, dass sie nicht nur das Wispern hörte, sondern ihn sah, als sie die Lider schloss. Bilder flackerten auf wie Schemen. Mo bekam Gänsehaut, sie wollte den Blick abwenden, so schrecklich war das, was sie sah, und dennoch konnte sie nicht anders, als hinzusehen. »Das hat *sie* geträumt«, murmelte sie. »Immer und immer wieder, so lange, bis dieser Traum ihr eigenes Gespenst wurde.«

»Ban? Treiben wir sie raus!«, sagte Night mit harter Stimme.

*

Ich sehe das Licht der Trugwelt. Jay brauchte viel zu lange, um sich mit siedend heißem Schreck klar zu werden, was das bedeutete. Sie waren hier – und seine Deckung funktionierte nicht mehr. Hastig griff er zu seinem Federband, aber es war nicht mehr da. Der Knoten musste sich gelöst haben. Und das war nicht das Schlimmste. In der allerersten Ahnung von Helligkeit sah er das Unglück: Um das Lager hatte Ivy einen Zirkel von Federn, Zweigen und Perlen gelegt, ein kompliziertes Muster, das nun an der Stelle, an der er gestolpert war, zerstört war. Hastig schob er die magischen Gegenstände an ihren Platz zurück. Er schlang sich das Federband wieder um seine Hüfte und machte sich auf die Suche nach Ivy.

Hudson River

Weit kam er nicht.

Noch bevor er die Halle im Erdgeschoss erreicht hatte, explodierte eine Scheibe in einem Hagel von Splittern und Holz. Etwas Riesiges, Schwarzes landete auf dem Boden, fegte über den Stein und krachte mit voller Wucht gegen eine Vitrine. Glas zerbrach, ein ausgestopfter, ziemlich verschimmelter Marder schlitterte Jay zwischen die Füße. Er stolperte darüber, fing sich und sprang zur Seite. Keine Sekunde zu früh. Als Matt sich aufrichtete und die Splitter aus dem Haar schüttelte, hangelte sich bereits Linda durch das Trümmerloch in der Wand und landete mit einem irrwitzigen Stunt-Sprung mitten auf dem Flur. Eine Staubwolke erhob sich und hüllte die massige Frau in einen hellen Schleier.

Es blieb keine Zeit für Angst, die Welt schnurrte zu einem donnernden Pulsschlag und dem Trommeln seiner Sohlen auf Steinboden zusammen. Die Tür zur Haupthalle schien auf ihn zuzuspringen, so schnell raste er auf sie zu. Er brach sich fast die Finger, als er sich gegen sie warf und den Flügel aufdrückte. Er fiel mehr, als er in die Halle rannte – und prallte gegen Beren. »Sie sind hier!«, stieß er hervor – um dann zu erkennen, dass die anderen längst ahnten, woher der Lärm gekommen war. Und

Beren war offenbar auf dem Weg zu ihm gewesen. Die Gruppe war in hektischer Bewegung. Zwei Gewehre waren auf die Tür gerichtet, Jack und Mika stürmten mit einem Balken auf die Tür zu. Holz krachte gegen Holz, als die Männer die Tür verbarrikadierten. Jay suchte nach Ivy und war unendlich erleichtert, als sie durch eine Seitentür hereinstürzte. Offenbar hatte sie einen Umweg genommen.

»Los, los, los!« Columbus winkte sie zu sich her. Die Schwestern löschten die Lichter. Das Letzte, was Jay sah, bevor die Kerzenflamme am Fuß des Dinosauriers erlosch, war das sanfte Gesicht von Dornröschen, die in ihrem Sarkophag schlief, nicht ahnend, dass sie gerade im Stich gelassen wurde. Dann flackerte nur noch Fayes Gesicht im Licht eines kleinen Windlichts – ein Kerzenstummel in einem hohen Glas.

»Bleib dicht bei Faye«, befahl Columbus.

»Und Dornröschen? Wir lassen sie doch nicht hier!«

»Los, lauf!« Mika versetzte ihm einen harten Stoß. »Wir haben keine Zeit.«

Schläge erschütterten die Tür, das Kantholz bebte und ruckte. Jeder Schlag brachte Jays Herz aus dem Takt. *Verdammt, Mika hat recht. Wir können uns nur selbst retten*. Und dennoch trugen ihn seine Beine ganz von selbst zum Sarkophag.

»Was machst du?« Faye rannte ihm hinterher, packte ihn an der Schulter, als er schon den Sarkophagdeckel ergriff. Jay schüttelte ihre Hand grob ab. »Ich verstecke sie!« Mit einem Ruck wuchtete er den Deckel hoch und verbarg die schlafende Frau. Denn zerrte er auch noch eine Decke darüber. Die anderen rannten bereits – aber nicht, wie er gedacht hatte, in Richtung Hauptausgang, sondern ins Innere des Museums. Jay schickte ein Stoßgebet zum Himmel, dass Matt und Linda die Schlafende nicht entdecken würden, dann folgte er Faye. Gerade als sie die anderen erreichten, erzitterte der Balken vor der Tür noch einmal unter einem wuchtigen Schlag und gab nach. Mika und Beren schlossen die nächste Tür und verrammelten sie. Dumpf klang ein Poltern und Prasseln durch das Holz. Es hörte sich an, als würde jemand ein gigantisches Dominospiel auf dem Marmorboden ausleeren, und Jay stellte sich mit einem Schaudern vor, dass mindestens eines der Dinosaurierskelette Matts Wucht nicht standgehalten hatte.

Schritte hallten wie Getrommel in seinen Ohren, als sie alle in den nächsten Raum liefen, an einem ausgestopften Bären und anderen Tieren der nordamerikanischen Fauna vorbei. *Es war falsch, Dornröschen zurückzulassen*, hallte es immer und immer wieder in seinem Kopf. Aber ebenso falsch schien es, zu sterben. Zum ersten Mal begriff er, welche Entscheidungen die Menschen seiner neuen Zeit treffen mussten, Tag für Tag. Keine Zeit zum Überlegen, keine Kompromisse, keine Graustufen. *Nur Schwarz oder Weiß, Leben oder Sterben. Du oder ich.* Beren lief neben ihm, konzentriert und grimmig, ohne sich umzusehen. Im Laufen zog er einen Beutel aus seiner Jacke und riss das Lederband, das ihn zusammenhielt, mit den Zähnen ab.

Schemenhaft flogen indianische Kultgegenstände an ihnen vorbei, während sie flüchteten, dann erreichten sie eine Galerie – und endlich den Ausgang an der West 77th Street.

In dem Moment, als hinter ihnen krachend die nächste Tür barst, flohen sie ins Freie. Funken glühten auf, es zischte, dann warf Beren den Beutel vor die Tür. Er explodierte in einem Flammenball und setzte sofort ein paar Bündel trockener Sträucher in Brand, die, wie Jay nun verstand, eigens für diesen Fall dort aufgeschichtet worden waren.

»Hier«, zischte ihm Faye zu und drückte ihm eine Pistole in die Hand. »Wir müssen zum Fluss. Schieß auf jedes Tier, das du siehst! Columbus hat es dir ja gezeigt.«

»Wo ist Ivy?«

»Sie kommt nach, sie lenkt sie ab und führt sie in die Irre. Komm!«

»Und die anderen?«

Faye schüttelte ungeduldig den Kopf. »Jeder von uns nimmt einen anderen Weg. Kleineres Risiko, dass sie alle erwischen. Na los!«

Schüsse ertönten und ein Gebrüll, das Jay nur aus Monsterfilmen kannte. Und dann kam aus Dutzenden von Kehlen Gejaul und das kurze, schrille Bellen von Kojoten. *Sie rufen die Raubtiere zu Hilfe, sie machen eine Treibjagd auf uns.*

Er packte die Pistole fester und folgte Faye.

Sie lief geduckt und schnell, schlug Haken und sprang über Gräben, auf Labyrinthpfaden, die jede Orientierung unmöglich machten. Der Rauch machte es noch schwerer zu sehen, wo sie sich gerade befanden. Hinter ihnen knisterte und fauchte das Feuer, fraß sich seinen Weg durch Sträucher und getrocknetes Laub. An der Ecke eines ehemaligen Candy-Shops gab Faye ihm ein Zeichen und huschte nach links. Ein Knurren lenkte Jay ab. Er fuhr herum. Schattenhafte Körper bewegten sich lautlos neben ihm im Rauchnebel, gelbe Augen leuchteten auf. Es war erstaunlich, dass sein Blut in diesem Moment ebenso kalt war wie das Eisen der Waffe. Eine Sekunde für eine Entscheidung. Schoss er, würde er die Aufmerksamkeit von Matt auf sich lenken, lief er weiter, war er leichte Beute …

Ein Windstoß drückte dichteren Rauch nach unten, der Qualm biss in seinen Augen und ließ ihn nach Luft ringen. Instinktiv zog er sich zum Candy-Shop zurück, leise und schnell, in der Hoffnung, dass die Kojoten im Rauch seine Witterung verlieren würden. Als er wieder Luft bekam, war Faye verschwunden. Fieberhaft versuchte er sich an den Hochhäusern zu orientieren und sprintete auf eigene Faust in Richtung Fluss.

»Jay, hier sind wir!«

Ivy! Sie stand links von ihm auf einer kleinen Mauer. Vor ihr loderten Flammen hoch, vermutlich hatte Faye das Feuer eben gelegt. Ivy war totenblass, aber sie warf ihm trotzdem ein triumphierendes Lächeln zu. Mit einem hektischen Wink forderte sie ihn auf, ihr zu folgen. Wenn er sich je gefragt hatte, ob er ihr blind vertraute, dann wusste er jetzt die Antwort darauf. Ohne zu zögern, rannte er los. Kurz bevor er die Flammen erreicht hatte, riss er den Arm schützend vor das Gesicht und sprang so hoch er konnte. Hitze leckte über seine Haut, dann hatte er die Flammenbarriere überwunden und landete auf der Mauer. In einiger Entfernung hörte er Schüsse und das Heulen und Knurren. Ivy lief voraus und führte ihn zwischen Sträuchern und Sumpfgras auf festeres Gelände. Als er sie fast eingeholt hatte, sprang sie auf ein Stück Ruine. Schwer atmend blickte sie auf etwas, das hinter ihm war. *Faye?* Aber als er herumwirbelte, erkannte er gerade noch rechtzeitig eine Bewegung im Nebel, einen Körper, der auf ihn zuschnellte. Es blieb keine Zeit, die Pistole hochzureißen und zu zielen. Er reagierte, ohne nachzudenken, und schnellte hoch. In der Luft drehte er sich, nutzte den Schwung und trat zu. Seine Ferse traf auf Rippen, dann ertönte ein ächzender Laut. *Volltreffer.* Eine Gestalt flog durch die Luft und überschlug sich dann auf dem Boden. Kurz bildete er sich ein, dass es kein Kojote war, sondern ein Mann, der sich krümmte.

Jay sprang mit einem Satz zu Ivy auf die Ruine und packte ihre Hand.

»Weg hier, im Nebel sind noch mehr von ihnen!« Sie stieß ein entsetztes Keuchen aus und wollte ihm ihre Hand entwinden, aber er hielt sie fest und zerrte sie einfach mit sich. Im nächsten Moment liefen sie Schulter an Schulter zwischen Ruinenstümpfen hinunter in Richtung Fluss. Ivy stolperte und er zog sie wieder hoch. Es war seltsam, aber heute hatte sie gar nichts von dem kaltblütigen Trickster – bei einem Seitenblick bemerkte er, dass sie ihn mit weit aufgerissenen, entsetzten Augen anstarrte. Und noch während sie den Hügel halb hinunterrutschten, halb rannten, wurde ihm endgültig klar, dass hier etwas nicht stimmte. Sie rasten direkt auf einen Tarnstreifen zu. Säuberlich drapierte Matten aus Laubwerk verbargen die Falle. Nur ein kleines rotes Plastikband verriet als Warnzeichen, was sich dort befand. *Ivy kennt jede Falle. Aber warum sieht sie diese hier nicht und hält an?*

»Halt«, keuchte er und versuchte sie zurückzureißen. Aber es war zu spät. Zweige knackten, sie stieß einen Schrei aus, brach ein und riss ihn mit sich. Er sah nur noch den Rand des Schachts auf sich zurasen, dann drückte ihm der Aufprall alle Luft aus der Brust, ein mörderischer Ruck fuhr ihm durch die Schulter. Asphalt schrappte über sein Kinn. Keuchend lag er auf dem Bauch, den rechten Fuß in eine Hohlwurzel verkeilt, die rechte Hand in den Boden gekrallt. Aber die Finger seiner Linken umklammerten mit aller Kraft Ivys Handgelenk. Seine Narben waren ein einziges reißendes Ziehen, und als er nach unten blickte, wurde ihm übel. *Und du dachtest, mit »Fallen« meinten sie ein paar Schlingen mit Köder, um Vögel zu fangen.* Jetzt wusste er, wozu Columbus und Faye jedes Messer und jedes Schwert, das sie finden konnten, gesammelt und geschärft hatten. Der

Schacht hatte glatte Wände aus Beton, die sicher zehn Meter abfielen. Er mochte früher ein Keller gewesen sein. Jetzt war er gespickt mit Klingen, ein Eisenmaul, das darauf wartete, jeden zu verschlingen, der hineinfiel.

Ivy hing wimmernd und zappelnd über den Klingen, und bei jeder Bewegung ruckte es in seinen Gelenken. »Halt still«, presste er hervor. Ihre Augen waren riesengroß, Angst irrlichterte darin. *Und ihre Hand ist fieberheiß*.

Bei einem flüchtigen Blick auf ihr Handgelenk fiel der Groschen endgültig. *Sie irren sich immer in den Details.* Keine Glasperlen.

»Madison!«, stieß er hervor. Schlagartig hielt sie still. Fassungslosigkeit huschte über ihre Miene, dann Begreifen – und dann Entsetzen. Sie verdrehte die Augen und schielte über die Schulter zu den Klingen. »Nein!« Sie begann wieder zu strampeln wie ein Tier in der Falle. Als würde es sie zu viel Kraft kosten, ihm Ivys Gestalt vorzuspiegeln, wurde ihr Haar dunkel und länger, die helle Haut verwandelte sich in Madisons Bronzeteint. Sie trug die blaue Regenjacke mit Kapuze und Jeans.

Bei jeder heftigen Bewegung zog es ihn Stück für Stück näher den abschüssigen Hang hinunter in Richtung Abgrund. *Lass ihre Hand los*, befahl ihm die Stimme des nackten Überlebens. Aber stattdessen packte er instinktiv noch fester zu.

»Er bringt mich um!« Ihr Hilfeschrei gellte in seinen Ohren.

Verdammt, lass sie los! Sie ruft die anderen! Du bist der Nächste, der in der Falle landet. Wenn Matt dich nicht vorher in mikroskopisch kleine Fetzen schreddert.

Aber es war immer noch dieselbe Madison, die mit ihm zusammen auf dem Dach Sonne und Mond betrachtet hatte. Die Madison, mit der er gelacht und die er geküsst hatte.

»Hör auf zu zappeln und halt die Klappe!«, fuhr er sie an. Sie erstarrte, atemlos vor Angst. Sie war nicht schwer, aber der Winkel, in dem er auf der Erde lag, machte es schwierig, und die Narbe schmerzte.

Er rang nach Luft, dann zog er Stück für Stück das linke Knie in Richtung Brust, um eine Stütze zu haben. Seine Muskeln zitterten vor Anstrengung, während er sie Stück für Stück nach oben zog. Kaum konnte Madison den Rand erreichen, packte sie mit der freien Hand zu und es wurde einfacher. Keuchend kämpfte sie sich weiter, während er sich nach hinten lehnte und sie endlich über den Rand ziehen konnte. Sie fielen zurück und lagen Brust an Brust da, erschöpft, nach Luft ringend und noch immer zitternd vor Schreck und Anstrengung. Für einen Moment sahen sie sich in die Augen. Und in dieser Sekunde, in der sie einfach nur erleichtert waren, der Falle entkommen zu sein, geschah etwas Seltsames. Es war nur die schwebende Ahnung eines Lächelns zwischen ihnen und doch brachte sie alles mit einem Herzschlag wieder zurück – die Nacht im Park, das grüne Feuer und das Lachen, das sie beide geteilt hatten.

»Wer bist du wirklich?«, flüsterte er.

Ihr Lächeln verschwand, sie machte sich mit einem Schrei von ihm los und kroch rückwärts auf allen vieren von ihm weg. Die Art, wie sie sich duckte und verharrte, erinnerte ihn an irgendetwas, aber er fand kein Bild dazu.

»Warum das alles, Madison?«, brachte er mühsam heraus.

Sie schluckte, in ihrem Gesicht stritten Verzweiflung und Angst.

»Sie ist tot!«, stieß sie mit zitternder Stimme hervor.

Er hatte es erwartet und dennoch traf die Nachricht ihn. »Jenna«, sagte er leise. »Ich hatte gehofft, er hätte sie nicht getötet. Es tut mir so leid, ich wollte das nicht.«

Ein Schuss ertönte ganz in der Nähe. Der Ausdruck, der jetzt über Madisons Gesicht huschte, machte ihm Angst. Ihre Augen wurden schwarz. »Lügner! Du hast mich betrogen. Du hasst mich und willst mich töten!«

»Und deshalb ziehe ich dich aus der Falle, ja? Ich hasse dich nicht, Madison!« Aber sie sah ihn nicht an, sie starrte auf den Boden neben ihm. Dort lag die Pistole. Als er nach der Waffe griff, erstarrte sie – und sah dann mit offenem Mund zu, wie er die Pistole in die Falle warf. Es klirrte, als sie auf einen Säbel traf. »Ich hasse dich nicht«, wiederholte er. »Und du … hasst mich auch nicht.«

Sie schrak zurück, als hätte er die Hand nach ihr ausgestreckt. Ihre Augen wurden schmal, eine Träne löste sich und rann über ihre Wange. Verwirrt runzelte sie die Stirn und schien mit einer Antwort zu ringen, dann flatterte in der Nähe ein Vogel erschrocken auf. Der gläserne Moment der Nähe zerbrach. »Lauf, wenn du kannst«, flüsterte sie. »Ich kann ihn nicht aufhalten.« Sie tauchte ins Dickicht und war verschwunden. Jay hatte keinen einzigen Schritt gehört. Dafür ließ ein anderes Geräusch ihn zusammenfahren. Etwas Schweres brach durch das Unterholz. Buschwerk splitterte, Zweige wurden durchgeschüttelt, als würde etwas Gewaltiges den Stamm streifen. Jay warf einen verzweifelten Blick in die Falle. *So viel zum Thema theatralische Versöhnungsszenen*, schoss es ihm durch den Kopf. *Scheiße, ich habe keine Waffe mehr.* Pokern um Sekunden. Hinter ihm die Falle, vor ihm Matt, der sich jeden Augenblick auf ihn stürzen würde. Blitzschnell kroch er zur Seite und schnappte sich einen abgerissenen Ast. Er schätzte die Entfernung zum Fallenrand ein und betete, dass Matt die Falle nicht entdecken würde, bevor es zu spät war. Er brachte den Ast in Position – und hätte beinahe Columbus damit zu Fall gebracht. Gerade noch rechtzeitig zuckte er zurück, als der Alte auf die Falle zustürzte. Ohne Jay zu sehen, wirbelte er herum und riss das Gewehr hoch. Jay glaubte alles in Zeitlupe wahrzunehmen. Der Schuss, der sich löste, ein Schatten, der sich in die Luft katapultierte, ein Brüllen, das ihn taub machte. Columbus ließ sich auf die Knie fallen und feuerte noch einmal, dann duckte er sich unter Matts Sprung. Matt stürzte, überschlug sich und überrollte den alten Expeditor. Eine Schlammkaskade nahm Jay die Sicht. Als er die Augen wieder öffnete, war Matts Brüllen verklungen, ausgerissene Wurzeln und tiefe Krallenspuren im Boden zogen sich bis über den Fallenrand. Columbus lag bewusstlos vor der Falle, von einem gewaltigen Gewicht war seine Schulter tief in den Boden gedrückt worden.

Jay robbte zu dem alten Mann, hob das Gewehr auf und lud neu durch. Mit zitternden Händen hob er die Waffe und richtete sie auf die Sträucher.

Sein Finger zuckte schon am Abzug, als eine Gestalt im Nebel erschien.

Aidan. Mitten im Lauf bremste er und kam schlitternd zum Stehen. Jays Gewehr war direkt auf seine Brust gerichtet. *Indiana Jones würde schießen*. Hunderte von Heldenszenen liefen vor ihm ab wie eine knatternde, ruckelnde Sequenz in einem Stummfilm. Helden, die töteten und triumphierten. *Sieger und Besiegte, wer schneller reagiert, überlebt*. Doch mit einem Mal fühlte sich die Waffe in seinen Händen an, als würde sie ihn versengen. Und er erkannte mit absoluter Gewissheit, dass er kein Filmheld war und auch keiner sein wollte.

Vor ein paar Tagen waren wir noch so was wie ein Team, dachte er bitter. Er schüttelte den Kopf und senkte das Gewehr.

Rauch wehte herüber und ließ ihn husten. Und als der Qualm sich wieder verzogen hatte, war Jay mit Columbus allein. Vor ihm in der zertrampelten Erde sah er nur Kojotenspuren, keinen menschlichen Fußabdruck. Er legte das Gewehr ab und kroch zu Columbus. Der Expeditor atmete noch, und als Jay seinen Arm hob und sich über den Nacken legte, fiel sein Blick über den Rand der Fallgrube.

Im ersten Augenblick fürchtete er, seinen Onkel Matt zu sehen. Aber da unten lag ein ganz anderes Wesen. Auf den ersten Blick sah er aus wie der größte Bär, den Jay je gesehen hatte. Auf den zweiten Blick gab es Unterschiede: längere Krallen und Zähne, und ein schwarzes Fell, das zottig und lang war. Das Ungeheuer lag ganz still, kein Atem hob den Brustkorb. Jay wandte sich mit einem Schaudern ab. Mika tauchte zwischen den Sträuchern auf und erfasste die Situation mit einem Blick. Jay packte Columbus an Arm und Bein und schulterte ihn. Dann stolperte er hinter Mika her in Richtung des Hudson River.

*

Man sah kein Wasser, nur dichten Flussnebel, der sich in der Morgendämmerung erhob und seine geisterhaften Finger bis zu den Baumkronen ausstreckte. Der Himmel zeigte an den Rändern das ausgefranste Eisengrau der Frühmorgens. Wind hatte sich erhoben und jagte Wolkenfetzen über New Jersey. Jay nahm kaum wahr, wie eine aufgelöste Faye ihm entgegenstürzte, wie Beren auftauchte und ihm dabei half, Columbus ins Uferdickicht zu schleppen. Hier, zwischen mannshohem Schilf, wateten sie ins Wasser und stießen auf ein paar Kanus.

Jay beobachtete, wie die Kolonisten Columbus in eines davon

betteten und die Seile lösten. Faye kletterte zu dem Expeditor ins Boot und nahm ein Paddel. Das Kanu teilte das Schilf und glitt auf den Fluss hinaus. Vor Jays Augen lief alles wie eine Filmsequenz in Zeitlupe ab. Er sah Rauch wehen und Münder sich bewegen, er blickte zurück auf die Ruinen, die sich hinter dem Schilf erhoben, und konnte den Anblick von Matt und Madison nicht vergessen. In seinem Schock brauchte er eine Weile, um zu begreifen, dass ihn jemand an der Schulter schüttelte. Es war Ivy. Aus dem Nichts war sie vor ihm aufgetaucht, mit glühenden Wangen und wachen, harten Augen, und redete auf ihn ein.

»Wir müssen los. Komm zu mir ins Boot.«

Wie in Trance schüttelte er den Kopf. »Nein.«

Er schrie es nicht und er war nicht zornig, es war ein ganz sachliches Nein, und nie war ihm etwas richtiger vorgekommen.

Beren und Ivy sahen ihn an, als hätte er den Verstand verloren. »Was soll das heißen?« Diesmal war es wirklich Ivy. Den Zorn in ihren Augen hätte er überall erkannt.

»Es heißt einfach nur nein«, erwiderte er leise. »Ich muss zu Madison. Ich muss mit ihr sprechen – und vielleicht komme ich dann nach.«

Vielleicht auch nicht.

Neben ihnen glitt das nächste Boot auf das Wasser hinaus und schreckte einen Schwarm von Wasservögeln auf. Das Flattern klang wie das Echo von Schüssen. Irgendwo auf der Insel ertönte ein lang gezogenes Heulen. *Hat Aidan entdeckt, dass Matt tot ist?*

»Entweder du steigst ins Boot oder ich prügel dich rein!«, sagte Beren drohend. *Wikingerfilm*, dachte Jay. Beinahe hätte er gelacht. Die Szene, in der die Krieger sich prügeln, weil einer den Helden spielt. Dabei war er kein Held. Alles andere als das.

»Wach auf!«, sagte Ivy. »Das ist deine Welt, kein Film, in dem die Bestien zu guten Menschen werden!«

»Das hier kann nicht meine Welt sein«, erwiderte er ruhig. »In meiner Welt bleibt niemand zurück. Niemand stirbt in solchen Fallen und niemand endet so wie Columbus.«

Ivy war blass geworden, ihre Fäuste gruben sich noch tiefer in seine Jacke, sie zwang ihn, ihr in die Augen zu sehen. »Jetzt hör mir gut zu, du Träumer. Weißt du, was dich erwartet, wenn du hierbleibst? Auch wenn du sie liebst – deine Madison wird dich nicht verschonen. Sie wird dich dem Verschlinger in den Rachen werfen. Und das …« – ihr Blick huschte kurz nach links und sprang zu ihm zurück – »… lasse ich nicht zu!«

*

Mo nahm kaum wahr, wie Night zu ihr trat. Seit einer Ewigkeit saß sie wie betäubt neben der Falle, die Knie an den Körper gezogen und betrachtete traurig Bans reglose Gestalt. Neben seiner Pranke lag Jays Waffe, als wollte der riesige Bär im Tod danach greifen. Vor ihr, am Rand der Falle, waren die Spuren seines Kampfes in den Boden gegraben, und als Night Mo in die Arme nahm, roch sie angesengtes Fell. Natürlich weinte Night nicht. Mit trockenen, zornigen Augen betrachtete sie Ban und hielt Mo fest an sich gedrückt, als wollte sie sie beschützen. So saßen sie und warteten, während am Fluss ein paar Vögel hochstoben und über den Himmel segelten.

»Wie konnte das passieren?«, fragte Night nach einer Weile. »Sie sind uns entkommen. Wo war dieser verdammte Kojote, wo waren die anderen?«

»Coy hat uns im Stich gelassen«, murmelte Mo. »Und seine

Brüder hat er mitgenommen. Das Dickicht ist leer – hier sind nur noch wir.«

Night fluchte und hieb vor Zorn auf die Hohlwurzel. Sie zersplitterte unter dem Schlag wie eine Eierschale.

»Ich habe dir schon immer gesagt, ihm ist nicht zu trauen. Wenn ich ihn finde, ziehe ich ihm seine verlogene Zunge aus dem Schlund und erwürge ihn damit.« Dann aber seufzte sie tief, ihre Schultern sanken herab. »Ich hoffe wenigstens, du hast deine Lektion über die Menschen gelernt. Ich hatte dich gewarnt, damals schon, als du den Jungen zum ersten Mal gesehen hast.«

Mo versteifte sich und rückte ein Stück von Night ab. »Warum ist dir so wichtig, dass ich die Menschen hasse?«

»Wendigo hasst die Menschen, also hassen wir sie auch. So einfach ist es.«

Aber Jay hat mich verteidigt, weil er dachte, die Kojoten wollten mich angreifen und nicht ihn, dachte Mo.

Er hat nicht mich *verteidigt*, korrigierte sie sich. *Ich war ja das blonde Mädchen. Aber warum hat er mich dann trotzdem gerettet, als er längst wusste, dass ich ihn getäuscht habe?*

Ruckartig hob sie den Kopf und sah Night irritiert an. »Jay hatte recht«, flüsterte sie. »Ich hasse ihn gar nicht. Ich hasse das Mädchen, ja, und die Menschen, die Cinna und Ban getötet haben. Aber nicht ihn!«

Night lachte bitter auf. »Du hast keine Wahl.«

»Warum nicht?«, begehrte Mo auf. »Warum darf ich nicht entscheiden, wen ich mag und wen nicht?«

»Begreifst du denn nicht …«

»Nein! Ich weiß nur, was Ban und du mich gelehrt habt«, rief Mo hitzig. »Cinna und ich wurden in diesem Frühling geboren, und seit ich denken kann, höre ich auf dich und Ban und fürchte mich vor dem Winter. Sag mir endlich die Wahrheit! Warum soll ich hassen? Ich weiß ja nicht einmal, ob es diesen Wendigo überhaupt gibt.«

Die Älteste zögerte, aber nach einem langen Blick auf Ban nickte sie schließlich, als würde sie nach einer stummen Zwiesprache mit dem Toten resignieren. »Es gibt ihn, oh ja, es gibt ihn«, murmelte sie. »Ich bin alt, Mondmädchen, ich habe genug Winter erlebt – mehr als vierzig sind es schon. Genug, um zu wissen, wie hungrig er ist.«

Mo zog unbehaglich die Schultern hoch. Plötzlich hatte sie das Gefühl, als würde sie von unsichtbaren Augen beobachtet. Hungrigen Augen, so blau wie eine klare Nacht.

»Ihr Mondmädchen steht den Menschen näher als wir anderen«, fuhr Night fort. »Ihr seid die einzigen Wesen, die ihre Träume ergründen können. Ihr könnt sie bezaubern und sie mit Truggestalten täuschen. Ihr habt die Mondmagie und das ist eine große Macht, größer, als dir jetzt schon bewusst ist. Für euch hat Wendigo deshalb eine besondere Aufgabe. Ihr sucht für ihn, ihr bringt ihm die Träume von Leid und Grausamkeit. Und solange es noch einen lebenden Menschen gibt, wird er nicht ruhen, bis er ihn gefunden hat. Den ganzen Winter lang streift er umher, und die Mondmädchen suchen für ihn, spüren die Träume auf und finden die Lager, in denen die Menschen sich verstecken.«

»Wie der Herzschlag einer Maus unter dem Schnee, den die Eule hört«, murmelte Mo.

Night nickte. »Aber von Winter zu Winter wird es schwieriger. Die Menschen beobachten uns und sie lernen, sie finden immer neue Wege, um sich zu tarnen. Manche von ihnen haben sogar gelernt, sich in ihren Träumen nicht zu verraten und euch damit auf falsche Fährten zu locken. Aber Wendigo wird immer gefräßiger, kleiner Bernstein, deshalb musst du für ihn suchen und finden. Denn wenn du nichts findest …«

»… dann tötet er seine Diener?«

»Ein gewöhnlicher Tod wäre nicht das Schlimme.« Die Älteste senkte die Stimme und beugte sich vor. »Ein Tod nimmt dir nur das Leben. Wendigo dagegen ist das Böse, Mo. Die Kälte, der Schmerz und die Verzweiflung aller lebenden und auch aller toten Wesen, denen er begegnet. Alles zerbricht unter seinem Atem. Aber wen er zwischen seinen Zähnen zermalmt, dessen Seele leidet für immer.«

Mo drückte ihre Handballen gegen die Augen. Grellrote Flecken pochten hinter ihren Lidern. Krampfhaft suchte sie nach Cinnas Gesicht, nach dem verzehrenden Hass, doch alles, was sie fand, war der Traum des blonden Mädchens, den sie in dieser Nacht erhascht hatte.

Ein Gesicht, das sie nicht kannte. Nein, es waren zwei. Ein junger Mann mit hellem Haar, und ein zweiter, dunkler, mit feurigen Augen, auf dessen linker Wange eine helle Narbe prangte. Sie knieten im Schnee, mit Fackeln in den Händen, deren kümmerliche Flammen sich fauchend unter einem Eishauch duckten. Eis überzog ihre Lippen und ihre Lider, zog alle Farbe aus ihrer Haut, bis sie blau wurde, dann schwarz – und schließlich zerbrach wie Glas.

Mo schrie auf und sprang auf die Beine. Selbst im Sitzen war die Älteste noch so groß, dass sie ihr direkt in die Augen sehen konnte.

»Jetzt begreifst du auch, warum ich will, dass du sie hasst. Ihr Mondmädchen neigt dazu, euch für Menschen zu begeistern, ihnen nahe sein zu wollen, und diese Eigenschaft ist wichtig für Wendigos Jagd. Aber sie kann euch zum Verhängnis werden, wenn ihr versucht, ihn zu betrügen, ihn von den Lagern wegzulotsen. Und leider seid ihr dickköpfig und sprunghaft und habt ein unberechenbares Herz. Ihr lernt nur durch Erfahrung, nie durch Einsicht, das ist eure Natur. Also hatte ich gehofft, du würdest dir an diesem Jay die Finger verbrennen – und ich hatte recht. Jetzt lerne daraus, Bernstein.« Ächzend erhob sie sich und streckte sich, bis ihre Gelenke knackten. »Wer Wendigo nicht dient, der ist gegen ihn, also dienen wir ihm, Mondmädchen. Willst du den nächsten Frühling erleben – oder willst du ewig leiden? Das ist nämlich die einzige Wahl, die dir bleibt.«

Mo hob den Kopf. »Ich will leben«, flüsterte sie mit erstickter Stimme.

back to the roots

Das Nächste, was Jay mit dröhnendem Schädel wahrnahm, waren Wasserrauschen und das rhythmische Geräusch von Paddeln, die in Wasser tauchten. Er lag auf der Seite, sein Hinterkopf pochte, und obwohl ihm ein Stück Erinnerung fehlte, konnte er sich zusammenreimen, was geschehen war. Er tastete nach seinem Kopf und fand tatsächlich eine Beule. Mühsam schlug er die Augen auf und sah, dass Manhattan sich schaukelnd von ihm entfernte. Rauchsäulen stiegen immer noch in den Himmel, ansonsten trieb die Insel von ihm weg wie ein verwunschenes Reich in einem Nebelmeer, berückend schön und gefährlich.

»Es tut mir leid«, sagte Ivy sanft. »Freiwillig wärst du nicht mitgekommen, so gut kenne ich dich inzwischen.«

»Und du hast mich wieder einmal reingelegt. Du erzählst mir etwas von Wendigo, damit ich abgelenkt bin und Beren mir eines überziehen kann.«

Ivy ließ sich neben ihm auf den Planken nieder. Sie sah unendlich erschöpft aus. Jay stemmte sich in eine sitzende Position hoch. Er lag nicht in dem Kanu, sondern auf einer Art Floß. Vorne bemühten sich ein paar Leute um Columbus, verbanden seine Wunden. Und auch Mika blutete aus einer großen Bisswunde an der Schulter. Beren, Faye und einige andere Leute lenkten das Floß mit kräftigen Paddelschlägen in Richtung New Jersey. Hinten folgten die leeren Kanus wie angeleinte Hunde dem Zug der Fähre. »Sie sind uns mit dem Floß entgegengekommen«, erklärte Ivy. Und mit einem ironischen Lächeln, das ihr nicht so recht gelingen wollte, fügte sie hinzu: »Ohne Vorräte sind wir zumindest schneller auf der anderen Seite.«

»Ja, und Dornröschens Sarkophag hätte hier ja auch nur Platz weggenommen«, erwiderte er sarkastisch. Im selben Moment wünschte er, er hätte die Klappe gehalten. *Du weißt genau, sie hatten keine andere Wahl, als sie zurückzulassen.*

»Sie waren hinter dir her«, erwiderte Ivy kühl. »Nicht hinter Dornröschen. Und es mag keine schöne neue Welt sein, aber es ist unsere. Ich weiß sehr gut, dass dir das nicht schmeckt, aber mehr habe ich dir nicht zu bieten. Wir verteidigen uns und überleben – oder es geht uns wie Columbus … und so vielen anderen. Je eher du das begreifst, umso besser.« Ihre Augen glänzten und sie zwinkerte ein paar Mal zu häufig. Sie schluckte schwer und wischte sich mit einer unwirschen Bewegung über die Augen. Und mit einem Mal begriff er, dass sie sich ähnlicher waren, als er je gedacht hätte. *Sie kämpft mit Zähnen und Klauen und sie wird alles für ihre Welt tun – so wie ich für meine. Und so wie Madison für ihre Welt.* Eben war er noch wütend auf Ivy gewesen, aber jetzt nahm ihm eine jähe Zärtlichkeit für sie den Atem. Die Stunden in der Sonne blühten in ihm auf, die Schönheit und Weite und Ivys Nähe. Umso bitterer war die Erkenntnis, dass nicht er es war, den sie liebte. *Und vielleicht bin ich genau deswegen so zornig auf sie?*

»Wen liebst du wirklich?«, fragte er.

Sie starrte ihn empört an. »Was geht dich das an?«

»Vertraust du mir so wenig, dass du mir nicht einmal sagen willst, ob es Beren ist?«

»Ich vertraue nicht einmal mir selbst, Jay«, gab sie mit harter Stimme zurück. »Und ich warne dich, Jay Callahan oder wer immer du wirklich bist. Komm nicht noch einmal auf die Idee, zu deiner Liebsten zurückzukehren!«

»Warum ist dir das so wichtig? Ohne mich habt ihr eine Sorge weniger – und ich habe ohnehin nichts mehr zu verlieren.«

Jetzt wurde sie wirklich wütend – einen Moment hätte er schwören können, dass sie ihn am liebsten über den Rand des Floßes ins Wasser geschubst hätte.

»Jetzt hör mir gut zu«, fauchte sie. »Menschen können sterben, auch der beste Trickster kann es nicht verhindern. Es passiert immer wieder, dass die Wächter unserer Magie auf die Spur kommen und die Fallen enttarnen. Das ist ein Menschentod, es ist traurig, aber auch das ist unser Leben. Aber ich verliere niemanden an Wendigo. Niemanden!«

Mit diesen Worten sprang sie auf und ließ ihn allein. Die Kolonisten blickten zu ihm herüber, aber dann konzentrierten sie sich wieder auf die Verletzten und auf das gegenüberliegende Ufer, das immer näher glitt.

Jay schielte zu den Kanus. Links von ihm lag Gepäck. Proviant, eine Decke, ein Messer, das Beren gehörte. Er machte kein Geräusch, als er die Dinge an sich nahm. Vorsichtig zog er ein Kanu zu sich heran, in dem noch ein Paddel lag. Mit klopfendem Herzen vergewisserte er sich, dass niemand ihn beachtete, dann band er das Boot los und ließ sich in den Nebel gleiten.

*

Das erste Stück ließ er sich einfach treiben, ohne zu paddeln. Die Strömung zog ihn mit sich, drehte das Boot, das den Nebel verwirbelte. Als er weit genug weg war, griff er zum Paddel. Trotz allem musste er lächeln. *Wenn Robin mich jetzt sehen könnte, würde er ausflippen – sein Sohn lebt seinen Traum vom wilden Leben.* Rechts von ihm zog das ehemalige New Jersey dahin, links erhoben sich die Wolkenkratzer Manhattans aus dem Nebel. *Meine Zukunft rechts, meine Vergangenheit links, und ich in der Mitte, ohne den blassesten Schimmer, zu welcher Seite ich wirklich gehöre.*

Das Paddeln tat gut, der Rhythmus beruhigte ihn, mit zügigen Schlägen trieb er sein Kanu vorwärts, bis die Südspitze der Stadtinsel immer näher kam. Es kostete mehr Kraft, die Strömungen zu schneiden, dort, wo der Hudson River in die Meerenge East River mündete, aber er fand sich auch schnell in diesen Rhythmus ein und umrundete mit kräftigen Schlägen die Inselspitze. Von fern kam die Brücke in Sicht. Zum ersten Mal sah er sie als das, was sie war: fast eine Ruine, mit pendelnden Stahlseilen, in der Mitte war die Fahrbahn an einigen Stellen bereits etwas abgesackt.

Wasserpflanzen trieben neben dem Boot und verhedderten sich im Paddel, als er das Kanu zum sandigen Ufer lenkte. Zu seiner Zeit hatte es hier Docks gegeben, nun hatten angeschwemmte Erde und Sand das Ufer in einen Strand verwandelt, an den er sein Boot zog.

Von fern hallte ein Ruf zu ihm herüber, aber er hörte nicht hin, sondern schulterte sein Gepäck und machte sich auf den Weg nach Williamsburg. Was einfach klang – und in Wirklichkeit ein schweißtreibender Geländemarsch war. Jetzt verstand er, warum sein Zeitgefühl in der Trugwelt so versagt hatte. Als er damals gedacht hatte, auf glatten Straßen zu laufen, hatte er in Wirklichkeit Stück für Stück die Wildnis langsamer und mit vielen Umwegen bewältigt. Instinktiv war er umgestürzten Bäumen ausgewichen und hatte sie als Baustellen und Absperrungen wahrgenommen.

»Wo willst du hin?« Liberty schritt leichtfüßig neben ihm dahin, als würde sie auf der Straße spazieren.

»Ich muss Madison finden.«

»Dieses Mädchen mit den verrückten Augen? Das ist nicht gut, Jay. Gar nicht gut. Hat die Elfe dich rausgeworfen?«

»So was in der Art.«

Er blieb stehen und wischte sich mit dem Ärmel über die Stirn. Mit etwas Mühe erkannte er zwar die Reste von Brownstone-Häusern, aber das meiste hier war sumpfiges Ufergelände und dichte Vegetation. Rostige Ampelleichen hingen in manchen Straßen noch an gefährlich maroden Stahlseilen. »Wo sind wir gerade?« Sie sah sich verwundert um. »Flushing Avenue natürlich. Und der Chinese da drüben hat heute gebratene Krabben im Angebot.«

*

Immerhin erkannte er seine Straße noch. Sie war durch Frostschäden zerklüftet, aber nicht von Wasser unterspült. Das, was Lindas Haus gewesen war, entpuppte sich als reine Ruinenkulisse, kaum mehr als eine Wand mit einem Fenster. Der Amberbaum im Garten war keiner, ein anderer Baum hatte ihn vor vielen Jahren verdrängt. Ein Ast ragte direkt unter Jays Fenster. Jeder Hund hätte hier hochklettern können, der Stamm war geneigt und die Äste breit. Sie reichten bis zum Fensterbrett.

Der erste Schock: Das Zimmer, das er vor wenigen Tagen verlassen hatte, war eine Höhle. Sein Lager bestand schon lange nicht mehr aus Matratzen, sondern aus einem Haufen Laub und Lumpen. Das, was er für einen Dreamcatcher gehalten hatte, war ein Zweig, der an dem Rest eines Spinnennetzes von der Decke baumelte. Und in der Decke klaffte ein Loch. *Klar, als ich nach einer Begegnung mit Ivy aufgewacht bin, habe ich den Himmel gesehen.*

Sein Laptop war in Wirklichkeit ein ausgebleichtes, geknicktes Plastikschild mit der Aufschrift »Sale«. In der Ecke türmten sich vergilbte Jeans, an denen noch die Plastikbändchen der Preisschilder baumelten, ein Haufen Schuhe und Shirts, außerdem eine graue Daunenjacke. Madison und ihre Helfer mussten sie in irgendwelchen Läden gefunden haben. *Großes Kino. Und ich habe mir eingebildet, aus dem Rucksack zu leben.* Am meisten schockierte ihn aber der Geruch nach Hunden und Fell, die Tierhaare überall – dunkle Haare mit helleren Spitzen, auch ein paar ganz helle Haare waren darunter. *Als hätte ich in einer Horde Kojoten geschlafen.* Und vermutlich lag er damit genau richtig.

Auf Zehenspitzen durchquerte er den Raum und lief die Treppe hinunter, die keine Metalleiterstiege war, sondern eine bröckelnde Ruine.

Es war ein weiterer Schock, die Küche zu betreten. Sein Trugwelt-Film hätte den Oscar verdient. Abgenagte Knochen und Reste von Rehkadavern lagen herum, vergilbtes Plastikgeschirr stand auf einer völlig verkrusteten Anrichte. Sogar die uralte Kaffeemaschine war noch da. Bei der Vorstellung, dass er hier gelebt hatte, wurde ihm fast übel. Das, was früher das Sofa gewesen war, stand noch immer vor dem Ofen wie an seinem letzten Abend. Eine kleine Staubwolke stieg von den Polstern auf, als hätte sich jemand darauf bewegt. Aber als er genauer hinsah, erkannte er schwarzes Haar, das über den Sofarand hinausragte. Er hätte Angst haben müssen, aber alles, was er fühlte, war ein leises freudiges Erschrecken.

»Aidan?« *Bitte lass es Aidan sein.*

»Willkommen zu Hause«, kam die trockene Antwort. »Willst du mir noch einen Tritt verpassen?«

Er war es tatsächlich – in Jeans und einem Sweatshirt, auf dem das Mets-Emblem prangte. Das einzig Nichtmenschliche an ihm war die Haltung, in der er sich nun auf dem Sofa zusammenrollte. Er gähnte und legte das Kinn auf der Sofalehne ab wie ein Hund. »War eine ganz schöne Schlacht, was? Und offenbar hattest du auch die Schnauze voll.«

»Kann man wohl sagen«, rutschte es Jay heraus. Es tat gut, unendlich gut, einfach nur zu reden, als sei nichts geschehen.

»Bist du auch abgehauen?«, fragte Aidan.

Jay nickte.

»Tja, dann sitzen wir im selben Boot, was? Wenn die zwei uns finden, ist es zumindest für dich gelaufen.«

»Du meinst Madison und Linda.«

»Wen sonst. Matt habt ihr ja erledigt.« Das klang nicht mehr ganz so freundlich. Und auch das Knurren hinter ihm ließ ihn nun doch wünschen, er hätte sich bis an die Zähne bewaffnet. Bei einem Blick über die Schulter brach ihm der Schweiß aus. Ein ganzes Rudel Kojoten hatte im Wohnzimmer Unterschlupf gefunden. Es betrachtete ihn lauernd, still, jederzeit bereit, sich auf ihn zu stürzen. »Darf ich vorstellen: Team Aidan. Nur zur Sicherheit. Also?«

»Ich suche Madison«, sagte Jay heiser. »Ich muss mit ihr sprechen!«

Aidan richtete sich wieder auf und zuckte in einer Geste, die so typisch für seinen Cousin war, dass es Jay einen Stich gab, die Schultern.

»Wenn sie nicht gefunden werden will, hast du keine Chance. Und du kannst dir vorstellen, dass ihre Liebe ziemlich abgekühlt ist, seitdem du mit dem Menschenmädchen davongerannt bist.«

»Um Liebe geht es hier schon lange nicht mehr. Wer ist sie, Aidan?«

»Hm, lass mich überlegen. Mit ihrer Magie ist sie stärker als die Ältesten, sie befiehlt dem Wind. So schwach sie wirkt, so stark ist sie. Sie kann Welten spinnen, sie herrscht über die Tiere und kann Menschenaugen dazu bringen, das zu sehen, was sie will. Sie hat ein Herz so groß wie der Ozean. Aber so groß wie ihre Liebe kann auch ihr Hass sein. Hört sich für mich irgendwie nach unseren allseits beliebten Mondmädchen an. Manche sagen, sie sind Wendigos Darlings, aber ich persönlich bevorzuge das gute alte Wort Sklavin.«

Jay bemühte sich nicht zurückzuzucken, als eine Kojotennase gegen seine Hand stieß.

»Mondmädchen«, murmelte er. »Kein Mensch. Ist sie ein Tier? So wie Matt?«

Aidan lachte. »Schon wieder auf der Suche nach Kategorien? Wirklich menschlich.«

Er stand vorsichtig auf, und als er zu den Kojoten hinüberging, sah Jay, dass er sich krümmte, als hätte er eine Prellung an den Rippen. *Dann war er es vorher wirklich, den ich getreten habe*. Er war ganz und gar nicht stolz darauf.

Aidan verschwamm, löste sich auf und verdichtete sich zu einer vierbeinigen Gestalt. Gelbe Augen blickten Jay an. Der Kojote war hochbeinig und mager, er hatte graubraunes, buschiges Fell und einen listigen Ausdruck im Gesicht, den Jay überall erkannt hätte. Die anderen Tiere machten ihm Platz. Mit geschmeidigen Schritten umrundete Aidan die Stelle, an der früher der Wohnzimmertisch gestanden hatte, und trat wieder in die Küche. So beiläufig, als würde er sich einen Mantel überwerfen, nahm er wieder menschliche Gestalt an. Doch diesmal war er nicht Aidan, sondern Alex aus seiner Sportmannschaft.

»Abrakadabra«, sagte er und verschränkte die Arme. »Auch das ist ihre Trugwelt. Glaub nie, was du siehst. Im Frühling war ich noch ein gewöhnlicher Kojote, heute kann ich alles sein. Sie macht keinen Unterschied. Ihre Art steht den Menschen nahe – und den Tieren ebenso.«

»Das heißt, sich hat dich zu dem gemacht, was du jetzt bist?«

»Wegen ihr spreche ich und denke ich ein wenig menschlicher, als ein Kojote es tun würde.«

»Und sie hat dir beigebracht, dich wie mein Cousin zu benehmen?«

»Sie hat uns alle drei in deine Träume mitgenommen, wir haben dich studiert. Der Rest war Improvisation.«

Jay dachte an das Gespräch über Matt und Robin zurück. Die gespielte Sorge und Aidans Niedergeschlagenheit, der Bad Guy, der Herz zeigte.

»Großes Kino«, sagte er leise.

Der Kojote in Menschengestalt deutete eine kleine Verbeugung an. »Ich mochte meine Rolle. Die andere ist nicht so lustig. Mir gab das Mondmädchen die Macht, das Rudel zu lenken, damit ich sie und die Ältesten beschütze. Und wenn sie mich ruft, dann folge und gehorche ich ihr.«

»Wirklich?«, sagte Jay spöttisch. »Als Ivy und ich vor Matt weggelaufen sind, hast du uns entwischen lassen – und vorhin hast du deine Herrin sogar verraten. Du bist mit deinem Team abgezogen, ohne mich und die anderen zu verfolgen und anzugreifen. Nur deshalb konnten wir alle flüchten, stimmt's?«

Alex' hochgewachsene Sportlergestalt schrumpfte, bis wieder der hagere Aidan vor dem Sofa stand.

»Da hast du auch wieder recht«, meinte er mit einem Grinsen. »Tja, vielleicht war es ihr Fehler, sich ausgerechnet einen meiner Art als Diener zu wählen. Ich schätze, sie würde mir auch jetzt übel nehmen, dass ich meine Brüder nicht sofort auf dich hetze.«

»Warum tust du es nicht?«

Aidans Augen leuchteten beunruhigend fasziniert auf. »Manchmal braucht die Welt ein bisschen Chaos«, sagte er mit einem süffisanten Lächeln. »Und irgendwie mag ich die Menschen. Ihr seid so wunderbar unlogisch. Die Art, wie die Blonde dich aus der Trugwelt geholt hat, war schon eine große Nummer. War spannend, zu sehen, ob sie es schafft.«

»Hast du mir deswegen geholfen?«

Aidan lachte. »Keine Ahnung. Vermutlich wollte ich einfach mal sehen, was passiert, wenn etwas nicht nach Plan läuft. Nichts ist langweiliger als ein Plan, findest du nicht?«

Vermutlich schon, dachte Jay. *Sonst wäre ich kaum hier, sondern würde mich nach Plan A ins sichere Winterlager verkriechen.*

»Du bist der Unruhestifter, der Chaos in die Welt bringt«, sagte er mehr zu sich selbst. »Zweiherz, der Kojote.« Beinahe hätte er gelacht. *Robins Totemtier, und es war die ganze Zeit vor meiner Nase.*

»Tja, die Menschen kennen mich und sind vorsichtig mit dem, was ich sage und verspreche«, antwortete Aidan. »Aber das

Mondmädchen und die Ältesten verlassen sich lieber auf ihre eigene Macht. Fehler für sie – oder eine Chance für mich. Je nachdem, wie man es betrachtet.« Er streckte sich vorsichtig und gähnte wieder. »Weißt du, deine Welt finde ich gar nicht mal so übel – und es ist warm.«

Jetzt erst bemerkte Jay, dass der Ofen tatsächlich noch Wärme abstrahlte. Durch einen Spalt der Ofenklappe flackerte grünliches Licht.

»Es brennt immer noch!«

»Natürlich. Wenn ihre Mondmagie verlöschen würde wie ein richtiges Feuer, könnte sie einpacken und euch das Feld überlassen. Und dort, wo sie war, ist die Trugwelt am stärksten. Deshalb bin ich ganz gerne hier. Bist du sicher, dass du sie finden willst?«

»Ja.«

»Sie wird dir nicht zuhören. Und Linda ist zwar nicht so stark wie Matt, aber immer noch stark genug, um dich in einen Haufen Knochenkonfetti zu verwandeln.«

»Lass das meine Sorge sein. Vielleicht bin ich ja auch jemand, der beiden Seiten nahesteht, so wie Madison. Ich kenne beide Welten, die Menschen und euch.«

»Auch Feinde, die sich ähnlich sind, bleiben immer noch Feinde«, gab Aidan zu bedenken.

»Aber einen Feind, den man nicht kennt, kann man nicht besiegen«, rief Jay. »Er wird stärker werden und euch verschlingen. Kommt dir das irgendwie bekannt vor? Also, was ist? Hilfst du mir jetzt, sie zu finden oder nicht?«

Aidan betrachtete ihn ernst aus zusammengekniffenen Augen. Er schien sich die Entscheidung nicht leicht zu machen. »Suchen musst du sie schon selbst«, meinte er nach einer Weile.

»Ich will mich nicht von ihr erwischen lassen, ich denke, sie wird stocksauer auf mich sein. Aber ich kann ein Auge darauf haben, dass Linda dich nicht zwischen die Zähne bekommt. Ich warne dich, falls sie aufkreuzt – und du sagst dem Mondmädchen nicht, dass du mich getroffen hast. Deal?«

Jay atmete auf. Das war bereits mehr, als er erwartet hatte. *Und vielleicht mehr, als ich jemals von einem Kojoten erwarten kann.*

»Danke«, sagte er aus vollem Herzen. »Also sind wir wieder so was wie ein Team?«

Ein lässiges Schulterzucken. »So was wie.«

»Was natürlich nicht heißt, dass du mich nicht auch verraten wirst, wenn du es dir wieder anders überlegst.«

Aidan ging zur ehemaligen Gartentür. »Vielleicht, vielleicht auch nicht«, erwiderte er. »Probier's aus, dann wirst du es wissen.«

Manhattan Mystery

Aidan war fort, aber ein Dutzend Kojoten schlich ihm hinterher. Jay versuchte, nicht auf das unangenehme Kribbeln in seinem Nacken zu achten und sich nicht vorzustellen, dass sie ihn hinterrücks anfallen würden. Es reichte, wenn Liberty, die wieder zu ihm gestoßen war, sich alle zwei Meter unbehaglich nach ihnen umsah. Fieberhaft überlegte er, wo er Madison am ehesten finden würde. *Vermutlich hat Aidan zugesehen, dass er so viel Land wie möglich zwischen sich und die Wächter bringt. Also könnten Linda und das Mondmädchen noch auf der Stadtinsel sein.* Er kehrte zu dem Boot zurück und überquerte den Fluss. Aber wenn er gedacht hatte, die Kojoten loszuwerden, hatte er sich getäuscht. Während er paddelte, konnte er aus dem Augenwinkel sehen, wie sie weit über ihm die Brücke überquerten. Und als er auf der anderen Seite ankam, wartete die Horde schon auf ihn und heftete sich wieder an seine Fersen. *Vermutlich bin ich jetzt schon auf Aidan hereingefallen*, dachte er. *Kein Schritt ohne Kontrolle*.

Es war hoffnungslos, das erkannte er bald. Er konnte nicht einmal richtig Ausschau halten, je näher er dem Zentrum kam, desto mehr musste er sich darauf konzentrieren, nicht in eine von Fayes Fallen zu tappen. Um ihn herum knackte der

Dschungel verräterisch. Liberty hatte sich längst aus dem Staub gemacht, als er bei Einbruch der Nacht mit schmerzenden Beinen und knurrendem Magen aufgab. *Tolles Drehbuch, Jay*, dachte er. *Du wirst hier einsam erfrieren oder verhungern, falls Linda dich vorher nicht doch noch erwischt.*

Er kroch in eine Höhle unter einer Hochhausruine. Früher war sie vielleicht ein Parkhaus gewesen. In einer Ecke wickelte er sich in die Decke und aß eine Handvoll Nüsse und das Trockenfleisch aus dem Proviantbeutel. Ein paar Stücke überließ er den Kojoten, die ihn mit hungrigen Augen anstarrten.

Dann kauerte er sich erschöpft zusammen. Das Verrückte war, dass Ivy ihm so sehr fehlte. Es war wie ein leeres Pochen von Schmerz in seiner Brust. Sobald er die Augen schloss, sah er ihr Gesicht vor sich, die Zornesfalte, das Lachen, den schnellen Wechsel zwischen Schatten und Sonne. Ihre Begegnungen zogen an ihm vorbei, jede Minute, in der sie ihn in Schwierigkeiten gebracht hatte, ihr ungestümes Lachen, ihr Temperament, ihre Flüche, die Leidenschaft, mit der sie den Sommer liebte, und die Selbstverständlichkeit, mit der sie ihn vor das Auto gestoßen hatte. *Das gar kein richtiges Auto war. Nicht realer als jede andere Erinnerung.* Und als wäre das nicht genug, träumte er in dieser Nacht von allem, was er verloren hatte – eine Galerie von Gesichtern, die er nie wieder sehen würde. Sein eigenes gequältes Stöhnen holte ihn aus dem Schlaf. Er blinzelte und es war dunkel, still und die Luft war eisig. Aber seltsamerweise war ihm trotzdem warm. Und als er sich bewegte, spürte er, dass die Kojoten sich an ihn geschmiegt hatten. Einer knurrte, als Jay sich regte, aber es klang nicht aggressiv, eher unwillig und verschlafen.

»Warst du Feathers?«, fragte er leise. Seine Finger berührten dichtes Nackenfell, dann leckte ihm eine warme Zunge über den Handrücken. Und irgendwie hatte diese Geste in der Einsamkeit etwas Tröstliches und Vertrautes.

»Mit wem redest du da, Mann?«, erklang neben ihm in der Dunkelheit Madmans krächzende Stimme. »Drehst du jetzt durch?«

»Ja. Sei froh, dass wenigstens du noch normal bist.«

Ein rasselndes Lachen erklang in der absoluten Dunkelheit. »Muss ja jemand auf dich aufpassen. Ich sag's dir nicht gern, Kleiner, aber du bist nicht ganz richtig im Kopf. Du siehst Gespenster.«

»Allerdings. Warum schreist du so?«

»Was?«, brüllte Madman. »Ich versteh kein Wort! Irgendwelche Verrückten da draußen starten schon mit dem Feuerwerk.«

Stille umfing sie, aber Madman stöhnte und fluchte, als würde ein furchtbarer Lärm ihn martern. »Alles Bescheuerte in dieser Stadt«, knurrte er dann leiser. »Die Metropole der Bekloppten.«

»Was für ein Feuerwerk meinst du?«

»Na, Silvester! Wir sind am Times Square.«

Silvester. Jay schluckte. Die Einsamkeit fiel auf ihn zurück. Die Neujahrsfeste seiner Kindheit zogen an ihm vorbei. Charlie und ihr Mitternachtsfestmahl vom Chinesen. Er konnte sich nicht erinnern, dass sie ein einziges Mal selbst gekocht hätte. Aber es waren vertraute, schöne Nächte vor dem Fernseher gewesen, ganz ohne ihre üblichen Streitereien, und nun hätte er alles dafür gegeben, noch einmal pappigen Reis zu essen und den Geruch nach süßsaurer Soße in der Nase zu haben. Er hätte sich sogar mit Begeisterung eine der Schnulzen angeschaut, die Charlie so liebte.

Er holte den länglichen Stein hervor, der sein Handy gewesen war. So viele Nachrichten und Telefonate, die er versäumt hatte. Und die er nie wieder führen würde. Tränen wurden zu kalten Spuren auf seinen Wangen. Die Luft war schneidend kalt und brachte ihn zum Husten, bis er nicht wusste, ob er hustete oder schluchzte. Obwohl die Kojoten unwillig knurrten, schob er sie von sich, schlang die Arme und die Knie und krümmte sich zusammen.

»Hey, heulst du etwa, du Memme?«

»Nein«, gab Jay grob zurück.

Und dann weinte er zum ersten Mal – um Charlie und Robin und seine versunkene Welt.

Madman kicherte. »Ist doch nur ein neues Jahr. Und schlimmer kann's ja nicht werden.«

Womit er ausnahmsweise einmal recht hatte.

»Mann, dieses Fahrstuhlgedudel da draußen nervt«, fuhr Madman fort. »Scheißband!«

Jay räusperte sich und wischte sich mit dem Ärmel über die Augen. »Wer spielt?«

»Keine Ahnung. Aber ich hasse diesen Schmalz. Den ganzen Scheiß machen sie ohnehin nur für die Touristen. Aber wir können ja ruhig in der Kälte verrecken.«

Er brummelte und schimpfte noch eine Weile vor sich hin, dann fing er an, das Lied, das nur er hörte, mitzusummen. Es klang schräg, aber Jay erkannte es dennoch. Ein Liebeslied, gesungen von Dean Martin. Es handelte vom Mond und von der Liebe, von Träumen und Sternen. Es war der Titelsong eines Films, den Charlie sich oft angesehen hatte. *Mondsüchtig.* Mit Cher und Nicholas Cage. Madman hatte recht, das Lied war schmalzig, aber seine Mutter liebte es. *Hat es geliebt.*

»When the Moon hits your Eyes ...«, sang Madman mit krächzender Stimme mit. Mit etwas Mühe konnte man sogar den Walzertakt heraushören. Doch draußen pfiff nur der Wind und irgendwo in der Ferne verhallte der schaurige Ruf der Brooklyn Bridge. Und plötzlich hielt es Jay nicht mehr aus. Nicht in dieser dunklen Narrenkammer und nicht in der Nähe des Verrückten. Die Grenzen zwischen ihnen begannen entschieden zu sehr zu verschwimmen.

»He, wo willst du hin? Lass dich nicht von der Polizei schnappen, die sammeln heute Ungeziefer wie uns von den Straßen ... Mann! Bleib hier!«

Aber Jay schüttelte den Kopf und stürzte hinaus – und stand in einer sternenklaren, kristallblauen Nachtwelt. Über ihm ein Himmel wie aus Kobaltglas, kein Licht von der Erde milderte die Dunkelheit. Wie Halloween-Gespenster erhoben sie die Gerippe der Hochhäuser um ihn herum. Sterne leuchteten dort, wo früher Fassaden gespiegelt hatten, aber wenn er sich Mühe gab, konnte er sich tatsächlich einbilden, dass die Sterne Lichter in den Fenstern waren.

Und kaum fünf Meter von ihm entfernt stand Madison, die Hände in den Taschen ihrer blauen Kapuzenjacke vergraben.

»Hi Jay«, sagte sie leise. Es klang weder freundlich noch unfreundlich, ihre Stimme war so neutral wie der Wind. So viele Stunden hatte er sich ihr Wiedersehen ausgemalt, aber jetzt konnte er sie nur anstarren. Sein Herz raste, und er wusste nicht, ob er Angst hatte – oder ob es Freude war.

Er schluckte. »Ich würde dich gern Madison nennen, aber du bist es nicht.«

»Ich war es nie.«

Sie musterte ihn lange, ohne einen einzigen Lidschlag. Und

Jay war, als wirbelten Träume um sie herum wie spielende Hunde. Gemeinsame Momente, die ihnen beiden zu gleichen Teilen gehörten.

»Es ist schon komisch mit dir. Wenn ich dich rufe, läufst du weg von mir«, sagte sie verärgert. »Und wenn ich dich nicht sehen will, dann bist du hier. Warum gehorchst du meinem Bann nicht?«

»Ein Bann funktioniert nur mit dem richtigen Namen.«

Ihre Augen wurden groß. »Jay Callahan?«

Er schüttelte den Kopf. »Du kannst den Namen nicht wissen. Ich wollte ihn vergessen. Ich habe ihn so gründlich ausgelöscht, dass ich nicht einmal von ihm geträumt habe. Nur Madison hat ihn auf einem Formular gelesen.«

»Oh«, sagte sie und wirkte so verdutzt, dass es ihn zum Lächeln brachte. »Das muss ein Teil deines Traums gewesen sein, den ich nicht genug beachtet habe.«

Ganz genau, dachte er. *Details*. Irgendwie war es beruhigend, dass auch magische Wesen Fehler machten. Ein wenig nahm es ihm das Unbehagen.

»Aber die blonde Fallenstellerin weiß, wie du heißt!«, rief das Mondmädchen. Es war ein Abglanz von Ivys hasserfülltem Ton, wenn sie von den Wächtern sprach.

Langsam schüttelte er den Kopf. »Mein Name gehört nur mir. Und was ich tue, das entscheide ich selbst.«

»Dann hat sie dich gar nicht in ihren Bann gezogen? Du bist ihr freiwillig gefolgt? Liebst du sie?« Jetzt schwang Kränkung in ihrem Tonfall mit. Er spürte, dass er dabei war, auf gefährliches Terrain zu schlittern.

»Selbst wenn es so wäre, spielt es keine Rolle«, erwiderte er vorsichtig. »Sie liebt einen anderen.«

Er nahm es ihr nicht einmal übel, dass sie lachte. »Und jetzt, wo sie dich nicht will, kommst du zu mir zurück?«, spottete sie. »Soll ich mich jetzt freuen und ihr danken, dass sie mir ihren abgenagten Knochen wieder zuwirft?«

Er ignorierte die Beleidigung und schüttelte ernst den Kopf. »Deshalb bin ich nicht hier. Ich weiß, was die Kolonie dir angetan hat. Jennas Tod – und auch Matt.«

Sie zuckte zusammen, ihre Überheblichkeit fiel von ihr ab wie eine Maske, und sie war nur noch ein einsames Mädchen, das viel verloren hatte. Für einen Moment wäre er gerne einfach nur zu ihr gegangen und hätte sie getröstet, aber er vergaß nicht, was sie wirklich war.

»Und auch auf unserer Seite ist Schreckliches passiert«, fuhr er leise fort.

»Eure Seite?«, fragte sie spitz. »Was willst du von mir, Jay?«

Er leckte sich nervös über die Lippen. In der Tiefgarage sang Madman immer noch vor sich hin, eine gespenstische, einsame Mottenstimme.

»Dich daran erinnern, dass wir keine Feinde sind. Du hast mich aufgeweckt und mich beschützt. Wir haben gemeinsam gelacht, wir haben uns gegenseitig verzaubert. Und mir ist es egal, was die Menschen über dich sagen – ich glaube, du willst nicht, dass Wendigo mich tötet.«

Bei der Erwähnung des Namens zuckte sie zusammen und blickte sich um, als würde sie fürchten, belauscht zu werden. Zögernd kam sie näher.

»Keine Feinde?«, fragte er leise.

Er erschrak, als die Veränderung einsetzte. *Was wird sie sein? Ein Ungeheuer wie Matt?* Aber er zwang sich, nicht zurückzuweichen, als sie eine Armlänge entfernt vor ihm stehen blieb.

Madisons schwarzes Haar verblasste, wurde heller und heller, bekam sogar im fahlen Sternenlicht einen Bernsteinglanz. Ihre Haut wurde milchweiß und durchscheinend. Ein zierliches Mädchen mit schimmernder Haut und spitzem Kinn stand vor ihm. Ihre Augen waren größer als die von Madison, größer als die Augen von Menschen überhaupt, außerdem tiefer und von einem betörenden Goldbraun. An irgendetwas erinnerte sie ihn, aber er konnte nicht sagen, woran.

Sie lächelte. Und für einen Moment war alles zwischen ihnen wieder da. Er hatte mit dem Mondmädchen auf dem Dach von Matts Haus gestanden und war mit ihr im Kino gewesen. Es waren ihre Gespräche gewesen, ihr Staunen über den Mond am Tageshimmel, ihr Abend im Kino. *Und Madisons Gespenst, denn sie ist seit Jahrzehnten tot.*

»Wahnsinn!«, rief Madman. »Schau dir das an!«

Aus dem Augenwinkel konnte Jay erahnen, dass das Gespenst um eine Tonne herumtanzte, in der ein Feuer brannte. Hellblaue Funken stoben in den Himmel. Und auch Liberty hatte sich wieder eingefunden.

Aber Jay wandte den Blick nicht von den goldenen Augen des Mädchens ab. *Als wären es Spiegel, in denen ich meine Träume sehen kann.*

»Bist du wirklich Wendigos Dienerin?«

Das Mädchen schluckte und senkte den Kopf. »Ja und nein. Ich habe keine Wahl.«

»Wir haben immer eine Wahl.«

»Ihr Menschen vielleicht.« Es klang bedrückt. »Bei uns gibt es nur Jäger und Beute. Wir sind Wendigos Jäger. Und ihr …«

Jay schüttelte heftig den Kopf. »Wir zwei waren weder das eine noch das andere. Hast du alles schon vergessen?«

Ein wehmütiges Lächeln zuckte um ihre Mundwinkel, aber sie antwortete nicht.

»Wir haben eine Wahl«, beharrte er noch einmal. »Ich bin hier, obwohl ich vor euch geflohen bin. Und wir sprechen miteinander, obwohl wir Feinde sein müssen. Stell dir vor, was sein würde, wenn wir uns gegen Wendigo verbünden würden. Wenn wir die anderen Schläfer in der Stadt finden könnten – wenn es keine Fallen mehr gäbe und kein Morden. Es könnte unsere Stadt sein, Mondmädchen.«

Jetzt lächelte sie ihm zaghaft zu. »Du hast auch ein ungehorsames Herz«, sagte sie nachdenklich. »Das hat mir schon immer an dir gefallen. Und es gefällt mir immer noch. Aber ich werde die Menschen nie lieben, Jay. Niemals.«

Sie entglitt ihm wieder, er konnte es spüren, als hätte sie sich bereits von ihm abgewandt. Einen Moment war er versucht, ihre Hand zu nehmen, um sie zurückzuhalten. »Hast du kein Mitleid mit den Menschen, die ihm zum Opfer fallen?«, rief er. »Wenigstens das?«

Sie zuckte mit den Schultern. »Entweder sie oder wir«, erwiderte sie mit einer Kälte, die er an ihr nicht kannte. »Und nein – Mitleid ist etwas Menschliches.«

»Liebe auch«, hielt er dagegen. »Und Rachsucht. Und Hass. In all diesen Dingen bist du ebenso menschlich wie wir!«

Er fragte sich, ob er zu weit gegangen war. Sein Herz schlug bis zum Hals, als er sah, wie sich ihre Miene verschloss. Sie schluckte schwer und blickte nachdenklich nach Norden. Noch nie war ihm so klar geworden, dass sie kein menschliches Wesen war und dass er vielleicht einen Fehler machte, wenn er darauf hoffte, sie würde genauso empfinden wie er. *Ivy hat recht. Ich weiß nichts über meine neue Welt, und ich spiele mit Kräften he-*

rum, die uns alle vernichten können. Eine Weile standen er und das Mondmädchen sich nur schweigend gegenüber, und auch sie schien mit Zweifeln und Gedanken zu ringen. Fieberhaft suchte er nach Worten, nach Argumenten, aber dann sah er ein, dass er alles gesagt hatte. Und bizarrerweise fiel ihm wieder einer von Robins Postkartensprüchen ein – einer, der für Robins Verhältnisse noch der verständlichste gewesen war: *»Wir glauben gern, dass etwas geschieht, während wir reden. Die Wahrheit ist, dass alles Wichtige geschieht, während wir schweigen.«* Und etwas geschah. Er konnte es in ihrer Miene lesen. Zorn und Aufbegehren in ihren zusammengepressten Lippen, Ratlosigkeit in ihrem ruhelosen Blick, Schatten von Zweifel und Furcht auf ihrer Stirn.

»Es ist komisch«, sagte sie. »Heute Nacht habe ich mir noch gewünscht, dich sterben zu sehen, aber jetzt …« Sie lächelte. »Ich kann es nicht fassen, dass ich nie wirkliche Macht über dich hatte. Warum bist du nicht sofort geflohen? Warum hast du mich geküsst?«

»Du hast mich verzaubert – auf eine andere Art. Eine, die nichts mit Herrschaft und Zwang zu tun hat.«

»Ist das Menschenmagie?«

»Wir nennen es Verliebtheit. Zuneigung. Freundschaft.«

»Und Sehnsucht?« Das Mondmädchen verschränkte die Arme und betrachtete ihn mit schief gelegtem Kopf. Ihre Augen wurden dunkler, honigfarben und warm. Plötzlich hob sie das Kinn und richtete sich auf. Sie schien zu wachsen und ihre Augen funkelten vor Entschlossenheit.

»Weißt du was, Jay?«, sagte sie. »Ich habe auch ein ungehorsames Herz! Und ja, eine kleine Wahl habe ich doch!«

Sie lachte leise, als wäre sie über sich selbst verwundert,

dann legte sie den Kopf schief und lächelte wie eine Verschwörerin.

Unter seiner Jacke piepste es. In einer Bewegung, die einer ganz anderen Zeit gehörte, griff er nach seinem Handy. *Es ist nur ein Stein, Jay, sei kein Idiot.* Doch dann lag es in seiner Hand, das Display leuchtete in künstlichem Hellgrün. Zehn verpasste Anrufe und eine SMS. Von Charlie. Seine Hand zitterte, als er die neueste Nachricht aufrief.

Frohes neues Jahr, Jay! Es tut mir so leid.
Ich liebe dich. C.

Als er wieder aufblickte, war er mitten im Neujahrsfest. Tausende von New Yorkern hatten sich am Times Square versammelt. An der Fahnenstange schwebte bereits der New Year's Eve Ball – eine mit spiegelnden Kristallen besetzte Kugel, die beim Silvester-Countdown gleich heruntergelassen würde. Werbetafeln an den Hochhausfassaden blinkten so grell, dass Jay unwillkürlich die Augen zusammenkniff. Handys klingelten, Luftballons wurden herumgestoßen und die Leute johlten. Auf einem Display an einem Wolkenkratzer lief die Zeitanzeige rückwärts und raste dem neuen Jahr entgegen. 2013.

Es ist nicht real! Aber je mehr Jay an diesem Gedanken festhielt, desto deutlicher sah er die Gesichter, das Lachen, grellen Lippenstift, Glitter, Luftballons. Er konnte nichts dagegen tun, dass ein warmes Kribbeln von Glück ihn berührte. Dass er ebenfalls zu lächeln begann und die Gesichter betrachtete wie lang vermisste Freunde. Irgendwo in der Menge entdeckte er tatsächlich bekannte Gesichter. Erst einen, dann weitere. Schauspieler! Daniel Craig, Sienna Miller und Harrison Ford. Sie prosteten sich mit Sektgläsern zu, und allein das hätte ihm gezeigt, dass es nicht real war. Niemand in New York durfte auf der Straße Alkohol trinken. Und doch war es perfekt.

Und dort, in der Menge, stand Zweiherz, sein Vater. So, wie er ihn liebte: jung, mit langem Haar und dem Federschmuck, der bei jedem Sprung tanzte.

Dean Martins warmer Bariton hallte über den Platz. Der Madman sang mit. »When you dance down the street, with a cloud at your feet, you're in love ...«

»Ich lerne immer noch«, sagte das Mondmädchen. »Ich kann dich vor Wendigo verstecken. Wir könnten deine Welt herbeirufen, Jay, du und ich. Sie wird nur dir gehören und realer sein als alles, was Menschen je erschaffen könnten. Es wird unsere Wirklichkeit sein, Jay. Deine und meine.«

Ihre Worte umstrickten ihn, doch er schüttelte den Kopf. »Nein. Das kann ich nicht.«

»Du warst doch in mich verliebt?«

»Ja.«

»Dann küss mich. So wie damals, nach dem Kino, weißt du noch? Küss mich und alles wird gut!«

»Five, four, three ...«, zählte eine Stimme über Lautsprecher den Countdown.

Die Kugel glitt an der Stange herunter, Symbol für das Verstreichen der Zeit. Die Lichtreflexe der Kristalle flirrten über das Gesicht des Mondmädchens, ließen es unwiderstehlich aussehen, hübsch und auf eine sehr alte Weise klug.

Das Feuerwerk startete und aus den Fenstern der Hochhäuser rieselten Kaskaden von Konfetti.

»Bekomme ich keinen Kuss zum neuen Jahr?«, fragte sie mit einem Lächeln. Warmer Atemnebel streifte seine Lippen und machte ihm klar, wie stark ihre Magie wirklich war. So stark, dass er sich unendlich nach diesem Kuss sehnte. *Warum nicht? Was habe ich zu verlieren?*

Aber warum zögerte er dann immer noch?

»Es geht immer um das Abschiednehmen, Jay«, rief sein Vater ihm zu. *»Wir müssen lernen, die Abschiede zu umarmen.«*

Wieder ein Text von einer Postkarte.

Du bist nur eine Erinnerung, Robin Zweiherz, dachte er unwillig. *Du bist nicht einmal ein Geist, sondern existierst nur in meinem Kopf.*

»Stimmt«, antwortete sein verrückter, tanzender, singender Vater. *»Aber auch Erinnerungen haben ihre Wahrheit. Warum sollte ich lügen? Die Vergangenheit ist tot und im Gegensatz zu dir habe ich wirklich nichts mehr zu verlieren. Aber in jedem Fall sollte man wissen, wen man liebt – und aus welchen Gründen, meinst du nicht? Sieh dich um, na los!«*

Jay blinzelte und stolperte einen Schritt zurück. Lachen und Klatschen brandete um ihn herum, lückenlose Realität, gestochen scharf und perfekter, als es die wirkliche Welt je hätte sein können, das New York aus Filmen und Serien und Hochglanz-Reiseführern.

»Und dann frag dich mal: Warum ausgerechnet Silvester, Jay?«, rief Zweiherz.

Weil es für einen neuen Beginn steht, antwortete Jay sich selbst in Gedanken. *Ein neues Leben*, mein *Leben. Den Moment, in dem sich alles entscheidet.*

»Ich bin die Einzige, die deine Welt wirklich kennt«, sagte das Mondmädchen. »Alles, was du bist, verstehe ich. Besser als die Menschen dieser Zeit.«

Das Schlimme war, dass das stimmte. *Ist es das? Ist das die wahre Magie, die mich an das Mondmädchen bindet? Meine eigene Sehnsucht? Bin ich deswegen hierher zurückgekommen?*

»Entscheide dich«, drängte ihn das Mondmädchen. »Noch kann ich dich verstecken. Vor Wendigo – und auch vor den anderen. Noch ist meine Magie stark genug für uns beide. Aber dafür musst du mir folgen! Du musst mir gehören! Ganz und gar. Jay, hörst du mich?«

Vielleicht war die wachsende Verzweiflung in ihrer Stimme der Ton, der alles aus dem Takt brachte.

»When you walk in a dream, but you know you're not dreaming…«, sang Dean Martin im Walzertakt.

Wie in einer Doppelbelichtung erahnte Jay in den Lichtern des Silvesterfestes den kalten blauen Schein der Trugwelt. Der Applaus und Jubel der Leute vermischte sich mehr und mehr mit dem Heulen des Windes. Die Konfetti, die aus den Fenstern der Hochhäuser rieselten, verwandelten sich in den ersten Schnee.

Jay sah das Mondmädchen vor sich, kühl wie eine Mondnacht, und Ivy, das Sonnenmädchen. Blauer Schein und Goldlicht, Vergangenheit und Gegenwart, beide durchglühten ihn, bekämpften einander und brannten ihn aus, bis nur noch die Erkenntnis blieb, dass er jetzt erst wirklich aufgehört hatte, in einem Traum zu leben. Weiche Flocken trafen wie eisige Küsse seine Stirn und seine Lippen. Sie erinnerten ihn an Ivys Küsse. Und auch wenn es für sie hundertmal nur ein Trickster-Kuss gewesen war, für ihn, so erkannte er, bedeutete er mehr, viel mehr. Wann wusste man, dass man jemanden liebte? *Vielleicht dann, wenn es sogar gleichgültig ist, ob diese Liebe erwidert wird.*

Es war wie ein endgültiges Aufwachen.

»Ich gehöre einer anderen, Mondmädchen«, flüsterte er. »Ihr

und den Menschen dieser Zeit. Denn meine eigene Zeit ist tot. Und du wirst mich nie wieder damit verführen.«

Die goldenen Augen weiteten sich überrascht, aber sie sah nicht mehr ihn an. Doch bevor sie wirklich begriff, was vor sich ging, war er bereits herumgewirbelt. Er wusste, er würde sich sein ganzes Leben lang fragen, woher er gewusst hatte, dass sie hinter ihm stand. Aber er wusste es einfach. So sicher, wie er spürte, dass eine Klinge auf das Herz des Mondmädchens gerichtet war. Er erwischte Ivy in dem Moment, als ihr Arm mit tödlicher Präzision losschnellte. Schmerz fuhr bis in seinen Ellenbogen, als er gegen ihr Handgelenk schlug und mit einem blitzschnellen Griff den Speerwurf nach oben lenkte. Die Waffe flog mit einem kalten Sirren durch die Luft. Für eine Sekunde schnitt sie den Mond und bohrte sich dann einen Meter vor dem Mondmädchen in den Boden.

Das brach den Zauber endgültig.

Die Musik verzerrte sich, der Bariton des Sängers ging in das dumpfe Heulen des Schneewinds über. Die Lichter verwehten, die Gesichter verloren Farbe und lösten sich auf. Madman torkelte und sah sich dann irritiert um. Nur die Holländerin tanzte immer noch summend mit raschelndem Rock vorbei, wiegte sich elegant im Takt, den nur noch sie hörte, während das Papier flatterte und mir ihr zu tanzen schien. Dann verblasste auch sie.

Das Mondmädchen war zurückgewichen. Ihre Augen glühten, Schnee heftete sich wie ein Schleier an ihr helles Haar. Dann stob sie im Schneewirbel davon und nahm auch die letzte Illusion ihrer Magie mit.

Erst da wurde ihm klar, dass er mit seiner Vergangenheit auch sie endgültig verloren hatte. Er war überrascht, wie sehr es wehtat. Noch überraschter war er, wie nah Schmerz und Freude sich sein konnten. Es lief alles verkehrt, er hatte nichts bei dem Mondmädchen erreicht und Ivys Aktion machte es nur noch schlimmer. Aber verrückterweise war er in diesem Moment einfach nur glücklich – dass das Mondmädchen dem Speer entkommen war. Und dass Ivy ihn gesucht hatte.

Sie kniete im Schnee und hielt sich den schmerzenden Arm. Zorn blitzte in ihren Augen auf. »Verdammt«, schrie sie. »Ich hätte sie erwischt.«

Im nächsten Moment traf ein Boxhieb seine Rippen, der ihn taumeln ließ, und dann noch einer.

»Du hast also nichts zu verlieren, ja?«, fauchte sie. »Und was ist mit mir? Ich dachte, ich sehe dich nie wieder!«

Sie holte ein drittes Mal aus, doch diesmal wich Jay ihrer Faust aus und zog Ivy an sich. Ihr Körper bog sich in seinen Armen wie eine Stahlfeder, mit aller Kraft wollte sie ihn wegstoßen. Schmerz zuckte durch sein Bein, als sie nach ihm trat, aber er vergrub sein Gesicht an ihrem Hals, sog ihre Nähe ein wie ein Ertrinkender die Luft. »Leon Johannes Montague«, flüsterte er in ihr Ohr. »Das ist mein richtiger Name, Ivy.« Ihr Widerstand erlahmte, schwer atmend hielt sie still, und er sprach hastig weiter, als würde er befürchten, dass sie nur Kraft sammelte, um ihn endgültig von sich zu stoßen. »Meine Mutter hieß Carlotta Montague, sie war Halbitalienerin. Nach unserem Streit beschloss ich, den Namen meines Vaters anzunehmen. Jay – so hatte er mich genannt. Und sein Nachname war Callahan. Aber mein richtiger Name ist es nicht.« Sie sagte nichts, aber immer noch war sie angespannt, bereit zum Kampf oder zur Flucht. »Und ja, du hattest recht, auf eine Weise habe ich das Mondmädchen geliebt, und wenn es sein muss, werde ich dir noch fünfmal die Waffe aus der Hand schlagen, um sie vor dir zu beschützen. Und dafür kannst du mich beschimpfen und schlagen, du kannst mich wegjagen und mir Vorwürfe machen. Aber es ändert nichts daran, dass nur du meinen wirklichen Namen kennst. Und es ist mir völlig egal, ob du einen anderen liebst und ob du mir nie deinen Namen sagst. Ich habe dich gefunden und lasse dich nicht mehr los.«

Sie rang nach Luft, und er wusste immer noch nicht, was in ihr vorging. Doch dann entspannte sie sich ein wenig. »Ich dachte, ich hätte dich verloren.«

Erst jetzt, als sie die Arme um ihn legte und ihr Kampf zu einer Umarmung wurde, merkte er, wie sehr er sich gefürchtet hatte.

»Ich hätte mich auch beinahe verloren«, sagte er sanft. »Aber du hast mich zurückgeholt.«

Erst nach einer zeitlosen Ewigkeit ließen sie einander zögernd los. Und endlich schenkte Ivy ihm ein zaghaftes Lächeln, das sofort wieder erlosch. Schnee hing an ihren Wimpern und schmolz auf ihren Wangen. »Wir haben ein Problem«, sagte sie. »Es schneit. Das heißt, Wendigo ist auf dem Weg hierher.«

Teil III

todesweiß

blizzard

Der Schneesturm nahm ihnen schon nach wenigen Minuten die Sicht, aber Ivy lotste sie mit der Sicherheit des Tricksters über Pfade und durch Ruinenschluchten. Einmal bildete Jay sich kurz ein, im wirbelnden Weiß einen Schatten zu sehen, aber für einen Kojoten war er zu klein. *Vielleicht eine Katze*, dachte er, *die ebenfalls nach einem Unterschlupf sucht*. An einer windstillen Stelle ließ Ivy Jays Hand los, zerrte an vertrockneten Brombeerzweigen und schaufelte Schnee beiseite. »Hier ist ein Notlager. Wir haben einige davon in der Stadt. Für den Fall, dass einer von uns sich ein, zwei Tage lang verstecken muss. Hilf mir, räum die Steinplatte zur Seite!« Seine Finger waren klamm vor Kälte. Mit einem Ruck wuchtete er die Marmorplatte beiseite und stand vor einem knietiefen Durchgang. Er sah aus, als sei er ins Mauerwerk gesprengt worden. Ivy kroch voraus und er folgte ihr, ohne zu zögern, in die Schwärze.

In der dichten Stille im Inneren des Hauses erschien es plötzlich warm. Die Steintreppen waren gesprungen von unzähligen Wintern, in denen Eiseskälte die Feuchtigkeit in Ritzen und Fugen hatte gefrieren lassen. Jay schloss die Augen und folgte Ivys Atem, dem Zug ihrer Hand. Es gab nur den dumpfen Hall ihrer Schritte und das Knirschen von Steinbrocken unter seinen Sohlen. Schwärze hüllte ihn ein wie ein zu enger Mantel, ganz fern erahnte er noch das Fauchen des Blizzards.

Plötzlich hörte die Treppe auf. Ivy zog ihn nach unten und er ertastete eine Lagerstätte, die mit Decken ausgelegt war. Raschelnd machte sich Ivy an etwas zu schaffen. Es klang, als würde sie in Plastiktüten herumwühlen. »Wenn wir es über den Fluss schaffen, haben wir vielleicht noch eine Chance.«

»Und wenn nicht?«

»Spürt er uns auf«, erwiderte sie mit harter Stimme, die ihre Angst nur schlecht verbarg. »Wenn die Wächter uns nicht schon vor ihm finden«, fügte sie hinzu. »Das Gebiet hier ist kaum gesichert und in der Nacht sind sie stärker als ich. Ich kann nur hoffen, dass die Tarnung ausreicht und dass sie unsere Spur im Schnee verloren haben.«

»Aidan und das Mondmädchen werden uns nichts tun.«

Ein verächtliches Schnauben war die Antwort. »Ich traue ihnen kein Stück über den Weg. Hier!« Sie drückte ihm etwas in die Hand. Es fühlte sich an wie ein Stück Brot und roch nach Früchten. Jetzt erst merkte er, wie hungrig er war. »Und da sind auch Messer.« Ivy sprach hastig, und es irritierte ihn, dass sie wieder ganz der sachliche Trickster war. »Außerdem Seile und ein paar Wasserflaschen. Wir müssen hier wieder weg, sobald der Schneesturm etwas nachgelassen hat. Es ist riskant, aber wir haben keine Wahl mehr. Wo liegt dein Kanu?«

»An der Brooklyn Bridge.«

»Gut, dann ist es näher als meines.«

»Du bist wütend auf mich, weil ich sie beschützt habe.«

Das Rascheln hörte abrupt auf. Sie atmete mit einem Seufzen aus, und er konnte sich nur vorstellen, dass sie in sich zusammensank. »Ich weiß nicht, was ich sein soll«, brach es aus ihr heraus. »Ich bin wütend auf dich und gleichzeitig laufe ich dir nach. Da, wo du dich verschließen müsstest, öffnest du dein Herz, als hättest du wirklich nichts zu verlieren. Gestern küsst du mich und heute läufst du weg. Du vertraust *ihr* – aber du bist nicht unter ihrem Bann. Du hast sie geliebt, auf eine Art, aber mir sagst du deinen Namen. Ich weiß nicht, was ich davon halten soll.« Sie schluckte und fügte kaum hörbar hinzu. »Aber das Schlimme ist, dass ich nicht mehr weiß, was ich von mir halten soll. Faye wollte mich nicht gehen lassen – ich musste weglaufen. Ich laufe vor meinem Clan davon, für einen Träumer!«

»Ich träume nicht mehr, Ivy.«

Sie zuckte zurück, als er im Dunkeln ihre Hand fand. Aber als er sie zu sich zog, ließ sie sich in seine Umarmung fallen, rückte so nah an ihn heran, dass er ihren Duft wahrnahm, ihre weiche Haut und den Wimpernschlag an seiner Wange. Sie vergrub die Nase an seinem Hals, und es war verrückt, dass er trotz allem einfach nur glücklich war. Er wusste, er sollte sich fürchten, aber hier, in einem geheimen Raum, der nur ihnen gehörte, war sogar die Angst so unwirklich wie ein Traum. Auf den Decken war es ein wenig wärmer geworden, die Taubheit wich aus seinen Beinen. Er nahm Ivys Hände und rieb sie, hauchte darauf, dann schob er sie unter die Daunenjacke, die er aus seinem alten Zimmer in Matts Haus mitgenommen hatte. Sogar durch den Stoff seines Fleece-Shirts konnte er ihre Hände spüren.

»Leon?«, sagte sie nach einer Weile.

»Ja.«

»Ich wollte es nur aussprechen.« An ihrer Stimme konnte er hören, dass sie lächelte. Und trotzdem konnte er sein altes Selbst, den zweifelnden Jay, der zu viel nachdachte, noch nicht ganz zurücklassen.

»Sagst du mir wenigstens jetzt, ob du Beren liebst?«

»Natürlich nicht. Jedenfalls nicht so, wie du meinst. Ich kenne ihn von Geburt an.«

»Wer ist es dann? Ich will es nur wissen – damit ich ihm aus dem Weg gehen kann. Denn ich habe keine Ahnung, ob ich es ertrage, dich mit ihm zu sehen. Für mich ...« Und jetzt begann sein Herz doch zu rasen, und es kostete ihn allen Mut, weiterzusprechen »... ist ein Name eine Liebeserklärung.«

»Du ... wirst ihm nicht begegnen«, sagte sie leise.

Ist er tot? Er sprach es nicht aus, und sie antwortete nicht auf die Frage, die im Raum schwang. Plötzlich verstand er ihre Angst, ihre Verschlossenheit, ihren Hass und ihre Furcht vor Wendigo. Das Bild von Faye blitzte auf, die sich bedauernd über ihr kurzes Haar strich. *Nur ein Ritual*, das hatte sie ihm auf seine Frage geantwortet. Jetzt kam er sich vor wie ein Tölpel. *Herzlich willkommen im Klub der Blinden. Du warst so mit dir selbst beschäftigt, dass du es nicht gemerkt hast. Auch Ivy trauert um jemanden! Deshalb hat sie ihr Haar so kurz geschnitten.* Und irgendwo, ganz tief in einer verbotenen Kammer, regte sich ein Gedanke, für den er sich zwar schämte, der ihn aber trotzdem mit unendlicher Erleichterung erfüllte. *Dann wartet niemand mehr auf sie im Winterlager. Und sie wird nicht ewig traurig sein.*

»Erzähl mir etwas«, bat sie leise. »Vielleicht das Märchen von Romeo und Julia.«

Es ist kein Märchen, Märchen gehen nicht tragisch aus, wollte er antworten. Aber dann hätte er beinahe gelacht. *Warum nicht?* Also erzählte er die Geschichte der beiden Liebenden. Wie sie sich auf einem Ball verliebten, sich heimlich trafen und versuchten, der Rachsucht ihrer Familien zu entkommen. Wie sie getrennt wurden und wie Romeo die Nachricht von Julias Tod bekam. Aber am Ende vergiftete sich Romeo nicht an Julias Sarg, weil er sie für tot hielt, und Julia stieß sich nicht das Messer in die Brust, als sie zu spät aus ihrem todesähnlichen Schlaf erwachte. In Jays Version entführte Romeo seine Julia aus der Gruft und sie erwachte in seinen Armen – weit weg von Verona und ihren Familienclans. »Sie zogen von Land zu Land«, schloss Jay. »Niemandem sagten sie, wer sie einst gewesen waren. Sie lebten glücklich – und nur wenn sie allein waren, nannten sie sich bei ihren richtigen Namen.«

Ivy lachte leise. »Ein gutes Ende«, sagte sie anerkennend.

Und vielleicht geht es ja gerade darum, dachte er. *Neue Enden für alte Geschichten zu finden.*

Ihre Finger spielten mit seinem Haar und er konnte immer noch die Wimpernschläge an seiner Wange fühlen. Ihre Lippen streiften seinen Mundwinkel, so zart, als würde sie von einem Kuss kosten wollen, den sie noch nicht ganz wagte. Die zärtliche Berührung überraschte ihn, aber er rührte sich nicht, lächelte nicht einmal, als könnte schon diese Bewegung sie vertreiben.

»Ich träume oft von ihm«, sagte Ivy mit zitternder Stimme. »Aber vielleicht muss auch ich langsam wieder aufwachen.«

Eine Weile spürte er nur ihren Atem, doch dann legten sich kühle Lippen auf seine, sogen sich mit einer Leidenschaft an ihnen fest, die ihn völlig mitriss. Er konnte nicht anders, als nachzugeben. Ihre Finger wühlten sich in sein Haar und im nächsten Moment lag sie auf ihm und ihre Hände schoben sich unter sein Shirt, liebkosten seinen Bauch, seine Brust. Er wollte nichts so sehr, wie ihre Umarmung zu erwidern, aber trotzdem verwirrte Ivy ihn mehr denn je. *Denkt sie an den anderen?* Er fasste nach ihren Handgelenken und sie hielt inne.

»Was ist?«

»Wir haben Zeit, Ivy«, sagte er atemlos, obwohl er sich so sehr nach ihr sehnte, dass seine ganze Haut ein einziges warmes Glühen war.

»Wirklich?«, antwortete sie mit einem leisen, lächelnden Spott. »Und was, wenn wir uns jetzt das letzte Mal küssen?« Aber es klang nicht verzweifelt, und ihm dämmerte, dass dieses Mädchen aus seiner neuen Zeit sehr viel mehr über Sonne und Schatten wusste, als er je begreifen würde. *Sie denkt nicht an den anderen. Sie denkt nur an mich. Hier und jetzt.*

»Deine Hände sind auch kalt«, raunte sie ihm ins Ohr. Sein Herz begann zu rasen, als sie seine Hand unter ihren Pullover schob. Glatte, warme Haut unter seinen Fingern, ein Rippenbogen und dann die weiche Wölbung ihrer Brust.

Er glaubte, inzwischen so ziemlich alles über Unglück zu wissen, aber jetzt lernte er so einiges über Glück: dass es einfach da sein konnte, auch wenn alle Wahrscheinlichkeiten und die Vernunft dagegen sprachen. Dass es Finsternis in Goldlicht verwandelte. Und dass sogar dann, wenn der Tod seine Finger nach ihnen ausstreckte, nichts so wichtig war wie dieser Augenblick.

*

»Los, such sie«, sagte Night. »Ein wenig Zeit haben wir noch.«

Mo nickte und betrachtete den Himmel. Um den Sichelmond, der ihr immer noch genug Kraft lieh, ballten sich die Reste des Schneesturms, verwehendes Weiß, das sich nach und nach ganz auflöste. Noch immer sah sie das blonde Mädchen vor sich, die Mordlust in seinen Augen und die Klinge aus Eisen, die auf ihr Herz gezielt hatte. Und Mo war ihr fast dankbar dafür, dass sie nun keine Zweifel mehr haben musste. Es war eine interessante Erfahrung, dass man einen Menschen so sehr hassen konnte, ohne ihn zu kennen – und einen anderen um jeden Preis beschützen und retten wollte. *Umso besser, wenn sich beides verbinden lässt,* dachte sie grimmig. Sie legte die Hand auf die Stelle, wo ihr wildes, ungehorsames Herz schlug, das auch jetzt wieder seine eigene Stimme hatte. *Cinna würde es verstehen.*

Nights Augen verengten sich misstrauisch, als hätte sie die Schwingung ihrer Gedanken gespürt, den feinen Missklang. »Was ist?«, schnappte sie. »Worüber grübelst du nach?«

»Es ist komisch«, murmelte Mo. »Ich habe ihn geliebt und vielleicht auch gehasst, aber vorhin wollte ich nur, dass er mir gehört, damit … ich ihn verstecken kann.«

»Was?«, rief Night. Angst ließ ihre Stimme gellen. »Du willst Wendigo betrügen? Hast du mir nicht zugehört?«

»Oh doch«, erwiderte Mo ruhig. »Wendigo wird bekommen, was er von mir verlangt. Aber es wird nicht Jay sein. Sondern das Mädchen. Und nicht nur sie.« Sie holte tief Luft und straffte sich, sammelte ihre Magie. »Sie ist klug, aber das wird ihr nichts nützen. Eines habe ich gelernt: Wer liebt, wird leichtsinnig. Das Mädchen ist listig, aber es gibt immer einen Weg in ein verwundbares Herz. An der Stelle, an der es am heißesten brennt.«

Sie schloss die Augen und erinnerte sich an den Traum. Ein unvorsichtiger Traum in einer Kammer, in der ein toter Löwe mit Glasaugen sein Geheimnis nicht gut genug bewachte.

*

Ivy riss die Augen auf. Sie musste kurz eingeschlafen sein, trunken von Jays Küssen und seinen Berührungen, schwebend in dem Duft seiner Haut und seiner Nähe. Sie hörte seine Atemzüge und musste lächeln. *Er vertraut mir*, dachte sie mit einer Zärtlichkeit, die fast wie ein ziehender, leiser Schmerz war. *Er liebt mich.* Sie widerstand der Versuchung, ihn jetzt schon zu wecken und sich noch einen Kuss zu stehlen. *Geh raus, sieh nach, ob der Sturm vorbei ist.*

Als sie sich langsam aufrichtete, glitt seine Hand ohne Widerstand von ihrer Schulter. Leise stand sie auf und schlüpfte in ihre Kleider. Mit dem Speer in der Hand eilte sie nach oben. Der Blizzard schien sich gelegt zu haben, sein Heulen war zu einem Jammern geworden, und als sie nach draußen kletterte, wölbte sich über ihr sternenklarer Himmel. Am liebsten hätte sie gejubelt. Das war viel mehr, als sie sich erhoffen konnte. *Vielleicht schaffen wir es doch!*

Schnee knirschte leise unter ihren Sohlen, als sie auf dem Absatz kehrtmachte und zurück zum Durchgang stürzte.

»Manstu eftir mér?« Der Schreck ließ sie innehalten. Ihre Sprache! Gesprochen mit dieser Stimme, die sie unter Millionen sofort erkannt hätte. Sie hatte gelernt, traumlos zu schlafen und ihre Träume in verborgene Kammern zu sperren, gut bewacht von magischen Zeichen. Nie sprach sie einen Namen im Traum aus, aber jetzt nannte sie seinen in Gedanken. *Cael?*

Ihre Hand lag auf der verschneiten Hauswand, und sie ließ diesen Anker der Wirklichkeit nicht los, während sie sich umblickte.

Es war wie in ihrem schlimmsten Traum, nur viel, viel klarer. Das Haar ihres älteren Bruders, sonst hellblond wie ihres, war weiß und gefroren, seine Haut blau, von Rissen überzogen. Seine

Augenhöhlen waren leer, er suchte nach ihr, ohne sie zu sehen. »Manstu eftir mér? – *Erinnerst du dich an mich?*«, wiederholte er mit dieser klagenden Stimme, die ihr das Herz brach. Neben ihm kniete eine zweite Gestalt im Schnee. Ivy schlug die Hand vor den Mund, um nicht zu schreien. *Yamal!*

Das, was sie am meisten erschütterte, waren nicht die Verwüstung und das Leid in ihren Gesichtern. Sondern die Erkenntnis, wie viel sie schon in diesem kurzen Jahr vergessen hatte, sich gezwungen hatte zu vergessen, aus Angst, ein Wächter könnte ihr auf die Spur kommen. Wie lange hatte sie nicht mehr an Yamals Narbe gedacht? Er hatte sie sich bei einer Mutprobe zugezogen, als sie alle noch Kinder waren – Ivy, er und Beren. Jetzt sah sie diesen Sommertag wieder vor sich, der Duft von wilden Beeren fing sich in ihrer Nase und Yamals Lächeln ließ ihr Herz aufblühen. Wie kostbar waren diese Erinnerungen!

Sei vernünftig, schalt sie sich. *Denk logisch!*

Die kalte Wand drückte rau zwischen ihre Schulterblätter, ihr Blut pochte heiß in ihren Schläfen und Wangen. *Sind es die Wächter? Truggestalten?*

Sie zwang sich, die beiden Toten zu betrachten, nach jedem Detail zu suchen, aber alles war genau so, wie sie es in den schlimmen Nächten vor sich sah. Fieberhaft ging sie in Gedanken die letzten Wochen durch, aber nein, sie hatte die Träume immer gut verborgen. Kein Wächter konnte sie kennen. Sie schloss die Augen, rang nach Luft und versuchte sich zu beruhigen. Als sie sie wieder öffnete, hätte sie beinahe aufgeschrien. Sie standen jetzt direkt vor ihr, zwischen ihr und den leeren Augenhöhlen war nur noch die Bannlinie, die unter Schnee versteckt lag. *Ihr seid nicht real,* wiederholte sie wie eine Beschwörung. *Ihr seid nur Gespenster, die ich selbst hervorbringe. Jedes Leid er-*

schafft neue von ihnen. Es ist wegen Jay. Ich fühle mich schuldig, weil ich ihn geküsst habe, als hätte es Yamal nie gegeben. Sie fühlte wieder Jays Hände auf ihrer Haut, seine Lippen auf ihrem Mund. Und vor ihr stand plötzlich nicht mehr der Tote, sondern ihr Yamal, den sie ihre ganze Kindheit hindurch geliebt und erst im vergangenen Sommer geküsst hatte – zum ersten und zum letzten Mal. Sie hatte nie um ihn geweint, aber jetzt stiegen ihr Tränen in die Augen, und für einen Augenblick sah sie auch wieder ihren Bruder, so, wie er wirklich gewesen war, mit seinen braunen Augen, den hellblonden Haaren und dem Lachen, das ihrem so ähnlich war.

Suchend glitt Yamals leerer Blick über sie hinweg, er und Caels Gespenst wandten sich ab.

Ivys Knie gaben nach, sie rutschte an der Wand entlang, bis sie auf dem Boden kauerte und nichts mehr dagegen tun konnte, dass die Erinnerung sich knisternd entfaltete wie eine Eisblüte.

Unser erster und letzter Kuss. Du hattest mich dazu überredet, noch einmal im Kanu mit dir den Fluss zu überqueren. Wir fühlten uns so sicher. Der erste Schnee war weggetaut, der Winter schien wieder weit weg zu sein, wir kehrten zurück in die Stadt, für eine Stunde nur.

Sie betrachtete Yamals Schultern, die aufrechte Haltung, den Kopf, den er oft ein wenig geneigt hielt, als würde er lauschen.

Ich habe mich verschätzt. Es war meine Schuld. Ich war der Trickster. Ich hätte es besser wissen müssen, aber ich liebte dich so sehr, dass ich mich unverwundbar fühlte. Wir haben uns geküsst und nicht in den Himmel geschaut und die Zeit vergessen. Wir schafften es bei Dämmerung über den Fluss. Cael kam uns entgegen. Aber das Lager war weit weg. Und dann kam das Blau.

Sie presste die Lider zusammen. Im glühenden Schwarz blitzte das letzte Bild auf. In ihren Träumen rief ihr Bruder stets verzweifelt nach ihr und streckte die Hände nach ihr aus. Aber das war nur ein Spiel, das ihre Schuld mit ihr trieb. In Wirklichkeit war es ganz anders gewesen. In Wirklichkeit hatte Yamal sie angeschrien, dass sie sich endlich im Versteck in Sicherheit bringen solle. Nur ein Mensch passte in diesen engen Schacht. Und Cael, ihr Bruder, hatte nicht gezögert, sondern die Luke über ihr zugeworfen. Eine Entscheidung für sie und die Kolonie. Und gegen sein Leben und das von Yamal.

»Ich habe euch nicht vergessen!« Die Worte lösten sich ganz von selbst von ihren Lippen. In der Stille klangen sie so laut wie ein Ruf.

Und als die Gespenster herumfuhren, erkannte sie, dass es doch ein Detail gab, das sie hätte stutzig machen sollen.

Tote atmeten nicht.

Sie schnellte hoch, aber ein Schlag fällte sie, Schnee erstickte sie fast, als sie nach Luft rang. Etwas hielt sie umklammert, ein haariger, muskulöser Arm um ihre Kehle und ein anderer um ihre Taille und ihre Arme. Sie konnte nur treten, und das schien das Wesen nicht im Mindesten zu beeindrucken. »Ich habe sie, was jetzt?«, fragte eine tiefe, harsche Frauenstimme hinter ihr.

Cael schüttelte sich mit einem kalten Lachen und verwandelte sich. Rötliches Haar wallte auf.

»Jetzt wird sie genau das tun, was ich ihr befehle«, sagte das Mondmädchen mit der Sanftheit einer Katze, die mit der Maus spielt.

»Nein!«, stieß Ivy hervor.

»Wetten, dass du gar keine Wahl hast?« Das Mädchen lächelte. »Ich kenne deine Träume, Ivy.«

Sie kam so nah heran, dass ihr Haar Ivys Schulter streifte. Ein kalter Hauch von Magie. »Wie nennt er dich im Traum? Der blonde Mann, der jede Nacht von Neuem stirbt? In der Kammer des Löwen?« Ivys Knie gaben nach. Wenn das Wesen sie nicht festgehalten hätte, wäre sie in den Schnee gesackt.

Woher weiß sie es?

Das Mädchen beugte sich vor. Sein Atem trug einen Namen. Und obwohl gerade alles schieflief, was nur schieflaufen konnte, blitzte irgendwo in Ivy ein grimmiger Stolz auf. Sie war in diese Falle getappt, ja, aber niemals würde sie so leichtsinnig, so verliebt oder so dumm sein, einer ihrer Traumgestalten zu erlauben, sie bei ihrem richtigen Namen zu nennen. »Sóley«, wiederholte das Mondmädchen. »Schlaf ein!«

Es war nur der Kosename, mit dem ihr Bruder sie gerufen hatte, in ihrer Sprache bedeutete er Butterblume oder Sonneninsel – und sie hatte als Kind beides geliebt, die gelben Blumen und die Sonne. Und dennoch hing ihr Herz so sehr an ihm, dass er genügte, um ihn zumindest für einige Momente zu einem Zauber werden zu lassen.

Mit dem Namen kam die Schwere, das Gefühl, als würde aller Wille aus ihr herausfließen.

»Es beginnt«, sagte das Wesen, das sie festhielt. Ivy wusste nur zu gut, was das bedeutete.

Ein Knacken erklang von Weitem. Wie Polarlicht ergossen sich bläuliche Schlieren über die hohlen Fassaden. Die Kälte bekam Zähne, als wäre sie ein Tier, das jemand aus dem Schlaf aufgeschreckt hatte.

Das Wesen ließ Ivy los und sie sackte in den Schnee, und endlich gelang es ihr, den Anflug des Banns, der sie mit Fäden aus Mondlicht umspann, abzustreifen wie ein zerrissenes Spinnennetz.

Da traf sie ein Schlag am Hals. Das Letzte, was sie hörte, bevor sie in lichtloses Nichts fiel, war die tiefe Stimme der Frau. »Sicher ist sicher, Bernstein. Ich traue keinem von denen, egal wie stark dein Bann ist.«

east river

Eben noch hatte er Ivys Wärme neben sich gespürt, doch nun zitterte etwas in ihm nach – als hätte jemand ihn gerufen und der Schrei würde noch nachklingen, ohne dass er das Wort verstehen konnte. Kühle Luft zog von oben in den Raum, als wäre der Durchgang geöffnet worden.

»Ivy?«, flüsterte er. Seine Hand ertastete eine Kuhle unter der Decke. Sie war noch ein wenig warm von Ivys Haut. Also war sie erst vor Kurzem aufgestanden. Für einen Moment durchflutete ihn die Erinnerung und er lächelte. Sie hatten sich ohne Licht geliebt, und doch kam es ihm so vor, als hätte er ihr Wesen, ihr ganzes Sein und ihren Körper nie deutlicher gesehen.

Er stand auf und zog sich hastig an. Dann schnappte er sich die Jacke und wollte zur Treppe.

»An deiner Stelle würde ich hierbleiben«, sagte eine wohlbekannte Stimme im Dunkeln. »Hier bist du in Sicherheit.«

»Aidan!« Er wusste nicht, ob er erschrocken sein sollte oder erleichtert, dass es nur der Kojote war. »Wo ist sie? Ist etwas passiert?«

»Das Mondmädchen hat dich verschont, Mann. Das ist passiert. Du hast Glück gehabt.«

»Wo ist Ivy?« Er schrie bereits, und mit jedem Herzschlag

spürte er mehr, dass etwas Schreckliches geschehen war. Die Luft knisterte wie vor einem Gewitter.

»Sie haben sie mitgenommen«, kam es trocken zurück.

»Während ich geschlafen habe?« Er sprang vor, fasste in die Dunkelheit – und fand zwei menschliche Schultern, in die er mit aller Kraft seine Finger grub. »Du hast es gesehen und hast mich nicht geholt?«

Aidan wand sich in seinem Griff, Jay konnte seine Angst riechen, ein säuerlicher Geruch nach nassem Hund.

»Ich lege mich doch nicht mit denen an«, flüsterte er. »Ivys Leben für deines, so lautet offenbar der Deal. Das Mondmädchen riskiert tatsächlich alles und versteckt dich vor Wendigo.« Es war, als würde die Schwärze um ihn herum implodieren. Und das, was übrig blieb, waren Verzweiflung und maßlose Wut auf sich selbst. *Ivy hat es gewusst – sie hat dem Mondmädchen nie getraut. Und wie recht sie hatte. Nur ich war zu dumm und naiv! Der Trottel, der jedem sein Herz öffnet.* Tränen schossen ihm in die Augen. Grob stieß er Aidan zurück. Es rumpelte, als der hagere Junge gegen einen Haufen Gerümpel prallte.

Mit fliegenden Händen tastete Jay nach dem Gepäck, fand ein Seil, ein Messer und nahm beides an sich.

»Was hast du vor?«, fragte Aidan mit banger Stimme.

»Was schon!«, schrie Jay ihn an. »Glaubst du, ich lasse sie im Stich?«

»Bleib hier bei mir, Mann. Hier überleben wir, das Mondmädchen schützt diesen Platz.«

»Deshalb bist du also hier«, stieß Jay verächtlich hervor. »Nicht weil du mich warnen willst. Sondern weil es bei mir sicherer ist als da draußen.«

»Hab nie was anderes behauptet«, erwiderte Aidan gekränkt.

»Wir müssen zusehen, wo wir bleiben. Und dem Mädchen kannst du nicht mehr helfen.«

»Kapierst du es immer noch nicht? Sie ist *mein* Mädchen. Hilfst du mir oder nicht?«

Das Schweigen gab ihm die Antwort, die ihn seltsamerweise maßlos enttäuschte, obwohl er im Grunde nichts anderes erwartet hatte.

»Feigling«, schleuderte er der Dunkelheit entgegen. »Kein Wunder, dass mein Vater seine letzte Motorradtour nicht überlebt hat. Jemand, der verrückt genug ist, sich einzubilden, ein Kojote wäre ein Freund, kann auch gleich freiwillig in die Schlucht springen.«

*

Im ersten Moment war er geblendet von dem unglaublichen Blau über ihm. Der Schneesturm hatte sich gelegt. Frostklirrende Stille hatte sich über die Stadt ausgebreitet, nicht einmal die Brücke klagte ihr Lied. *Das ist also Wendigos Winter.*

Die leeren Fenster starrten wie Totenaugen. Dann erkannte er die Spuren im Schnee. Ein Kampf, zerwühlte Gräben. Gewaltige Fußstapfen, die ihn an einen Yeti denken ließen. Sie entfernten sich in Richtung Süden.

*

Ihr Kopf pochte so schmerzhaft, als müsste er gleich Risse bekommen und in Stücke zerfallen. Kopfüber hing sie über einer Schulter. Unter ihr wallte Nebel und es roch nach kaltem Wasser und morschem Holz. *Brücke?*, dachte sie benommen, aber noch war ihr zu schwindelig, um sich wirklich orientieren zu können.

»Hier«, befahl das Mädchen mit harter Stimme. Ivy wurde herumgeschleudert und kam unsanft auf dem Boden auf. Ihre Arme wurden grob nach hinten gezerrt, dann drückte sich kalter, rostig-rauer Stahl zwischen ihre Schultern. In der Ferne ballte sich ein Grollen wie von brechenden Lawinen. Mit einem Mal war ihr nur noch schlecht vor Angst. Die Kälte brachte sie endgültig zurück. *Sie fesseln mich an die Brücke!* Ein Seil zurrte sich um ihre Handgelenke fest. Ivy ballte die Hände zu Fäusten, versuchte sich zu versteifen, um Spielraum für die Fesseln zu lassen, doch die Frau war viel schneller und hatte die Kräfte eines Bären. Zähneknirschend musste sie es ertragen, dass ihr eigenes Seil, das das Ungeheuer offenbar in ihrer Jackentasche gefunden hatte, sich zusätzlich fest um ihre Arme legte. *Ruhig, Ivy. Keine Panik. Denk nach.*

Es hatte keinen Sinn, sich gegen das riesige Ungeheuer zu wehren, das wieder die Gestalt der dunkelhäutigen Frau angenommen hatte. Dann würden sie wissen, dass der Bann bei Ivy nicht wirkte. Ihre einzige Chance war die Überraschung. Wobei von Chance im Moment keine Rede sein konnte.

Als sie den Kopf hob, hätte das, was sie sah, ihr beinahe auch den letzten Rest Mut geraubt. Die Stahlseile der Brücke spannten sich vor und hinter ihr wie ein gewaltiges Spinnennetz aus Stahl, in dem sie nun hilflos zappelte wie eine Fliege, die auf eine kristallweiße, grausame Spinne wartete. *War Cael auch hier? Und Yamal?* Die Erinnerung an ihren Bruder und an ihre erste Liebe trafen sie so jäh, dass sie aufschluchzte. Das Mondmädchen lächelte sie feindselig an. Sie leuchtete fahl wie der Mond, der Nebel floss um den schlanken Körper wie ein Kleid.

Ihre stechende, kalte Schönheit brannte sich in den Himmel. Das Stahlseil, an das Ivy gefesselt war, rieb leicht zwischen ihren Schulterblättern, obwohl sie sich nicht regte. Unter ihr bewegte sich kaum merklich der Boden, die erste Ahnung einer Schwingung. *Der Wind*, dachte sie. *So fängt es an.* Jetzt konnte sie nicht mehr verhindern, dass die Angst in ihr hochkroch und sie völlig aus der Fassung brachte.

Auch die beiden magischen Wesen hatten die Vorzeichen bemerkt. Und offenbar bekam zumindest die Frau es mit der Angst zu tun.

»Schnell! Wir müssen gehen«, rief sie. Sie ruckte noch einmal hart an einem Seilknoten, dann ließ sie von Ivy ab und ließ das lange Ende des Seils achtlos neben Ivy fallen, wo es zu einem Haufen heller Schlingen zusammenfiel. Ohne ihre Gefangene noch eines Blickes zu würdigen, machte sie sich in Richtung Mannahatta davon. Das Mondmädchen aber stand immer noch wenige Meter von ihr entfernt und musterte Ivy aus kalten goldenen Augen.

*

Die Kälte brannte in seiner Lunge und dennoch hatte er das Gefühl, kaum von der Stelle zu kommen. Diese Stille, die ihn umgab, war so dicht, dass sie in seinen Ohren zu knacken schien, sogar der Fluss rauschte nicht mehr von fern und jedes Tier hatte sich in seinen Unterschlupf verkrochen. Nichts raschelte, nicht einmal eine Katze entdeckte er in den Ruinen. Das einzige Geräusch war das Schleifen seiner Schritte, während er durch den knietiefen Schnee pflügte und den Spuren folgte.

Wenige Schritte nachdem er endlich die letzten Gebäude vor

dem Fluss erreicht hatte, stand er bis zur Hüfte in Nebelschwaden. Und aus diesem geisterhaften Meer erhob sich die Brücke.

Das Mondmädchen entdeckte er sofort, ihr Haar schimmerte wie ein rötlicher Mond. *Verräterin. Und dich habe ich auch noch aus der Falle gezogen!* Ivy konnte er nicht sehen, aber er wusste, sie war auch dort – auf der Fußgängerpromenade der Brücke, direkt vor dem ersten Doppeltor.

*

Ivy konnte die Feindseligkeit des Mondmädchens wie glutheiße Fingerspitzen auf ihrer ganzen Haut spüren. *Lock sie näher heran! Beleidige sie, vielleicht will sie dir dann an die Gurgel gehen und kommt nah genug heran.*

»Du bist ein hässliches Monster«, rief sie verächtlich. »Du brauchst wirklich jeden Bann, den du kriegen kannst.«

Ein jäher Windstoß wirbelte das Haar des Mondmädchens hoch. Ivy drängte sich instinktiv näher gegen das Seil, als das Mädchen auf sie zuglitt, mit geschmeidigen Schritten, die sie punktgenau einen vor den anderen setzte. Die hellen Strähnen umtanzten ihr Gesicht wie das Schlangenhaupt einer Göttin aus einer alten Sage. Ihre Augen glühten auf wie die einer Katze. Vor Ivy ließ sie sich nieder, aber nicht wie ein Mensch, der in die Hocke ging oder sich hinkniete. Sie kauerte, auf Hand- und Fußballen gestützt. Das bernsteinfarbene Haar wirbelte, streifte Ivys Schläfe und ihren Hals und ließ sie schaudern.

»Wer ist hier das Monster?«, sagte das Mondmädchen gefährlich leise. »Ihr habt meine Schwester getötet. Ihr habt Cinnas Herz mit Eisen vergiftet.«

»Dann weißt du ja wenigstens, wie das ist, jemanden zu verlieren«, schleuderte Ivy ihr entgegen. »Fühlt sich nicht gut an, Mondmädchen, was? Weißt du, wer der Mann war, dessen Traumworte du vorhin nachgeäfft hast? Cael! Er war mein Bruder. Und Yamal starb mit ihm.«

»Wie schade«, erwiderte das Mädchen kühl. »Der Blonde hätte mir gefallen können.«

»Wo bleibst du?«, rief die dunkle Frau besorgt. Das Mädchen hörte nicht hin. Sie kam noch näher an Ivy heran. »Scheint so, als hätte der Schlag auf den Kopf meinen Bann geschwächt. Aber das lässt sich ja ändern.«

*

Jay hätte nie gedacht, dass er das Mondmädchen wirklich einmal hassen könnte. Aber als er endlich auf der Brücke war und Ivy in der Ferne entdeckte, war er fast erschrocken, wie heiß und verzehrend der Hass auf sie in ihm hochkochte. Ivy war an ein Stahlseil gefesselt. *Wie ein Menschenopfer, das einem Ungeheuer zum Fraß vorgeworfen werden soll.* Noch schlimmer war es, das Mondmädchen zu sehen. Sie kauerte vor Ivy und die Luft vibrierte vor Triumph. Noch nie hatte er das Mondmädchen mit solchen Augen betrachtet. Es war Ivys und Fayes Blick – und das, was Columbus sah, wenn er von den Wächtern sprach. Jay hatte im Moment nur ein Wort dafür. *Bestie.* Er packte seinen Speer fester und rannte los. Zu spät sah er Linda. Lautlos schnellte sie von der Seite auf ihn zu. Offenbar hatte sie auf dem Geländer gekauert, jetzt flog sie auf ihn zu und riss ihn um. Polternd kamen sie auf brechenden Brettern auf. Ein unglaubliches Gewicht drückte ihn zu Boden und presste alle Luft aus seinen Lungen, seine Faust traf auf viel zu feste Muskeln. Zähne blitzten vor ihm auf – lange Fänge, die keinem Wolf gehörten und keinem Bären. Dann sah er wieder Lindas verzerrtes Gesicht und wurde gegen das verrostete Geländer geschleudert.

*

»Sóley«, sagte das Mondmädchen unerträglich sanft. Der Name zerrte an Ivy, wollte sie unter den Willen des Mädchens zwingen. Sie wagte nicht, sich vorzustellen, wie es sein musste, wenn ein Bann mit dem echten Namen und ganzer Kraft ausgesprochen wurde. Es kostete sie alle Beherrschung, sich zu entspannen und so zu tun, als würde der Bann wirken. Langsam ließ sie ihren Kopf auf die Brust sinken und nutzte den Blickwinkel, um die Entfernung einzuschätzen. *Noch ein bisschen näher*, flehte sie in Gedanken. *Komm schon, Monster!* Irgendwo links von ihnen polterten Schritte, aber das Mondmädchen war so sehr auf Ivy konzentriert, dass sie nicht darauf achtete.

»Wendigo wird zufrieden sein.« Ihr Tonfall bekam etwas Hypnotisches, Eindringliches, das Ivy eine Gänsehaut über Arme und Rücken jagte. »Ich befehle dir, Wendigo etwas zu verraten, solange du noch lebst. Sag ihm, wo sich die anderen Menschen wie Mäuse unter dem Schnee verstecken. Vor allem der Kerl, der Ban getötet hat.«

Es war nur ein Moment aufwallender Empörung, aber er genügte. Wie ein kleiner, spitzer Ton, der eine Lawine auslöst, überschwemmte Ivy ihr ganzer Zorn und fegte ihre Angst hinweg. Und als sie sah, wie nah das Mondmädchen ihr gekommen war, erkannte sie mit kühlem Triumph, dass sie richtig kalkuliert hatte. »Sag's ihm doch selber«, zischte sie.

Rostschichten splitterten unter seinen Fingern und rieselten wie brauner Schnee nach unten. Der Speer rutschte endgültig über das brechende Geländer und fiel tief hinunter auf die Fahrbahn. In letzter Sekunde fing Jay sich ab, bevor der Schwung seines Aufpralls auch ihn nach unten beförderte. Aus dem Augenwinkel sah er eine blitzschnelle Bewegung. *Sie stößt mich runter!* Er warf sich instinktiv zur Seite, rollte sich ab – und erwischte mit seiner Ferse einen federnden Rücken, der sofort zur Seite zuckte. Über ihm schnellten zwei längliche Körper durch die Luft, eine Pfote streifte seine Stirn. Dann geschah alles gleichzeitig: Linda, die Anlauf nahm, irgendwo entfernt der entsetzte, schrille Aufschrei des Mondmädchens – und das Rudel Kojoten, das sich auf Linda stürzte. Dann war alles ein kochender Strudel aus zuschnappenden Mäulern, gebleckten Zähne und wirbelnden Körpern. Linda torkelte unter dem Angriff zurück, aber erst als sie sich mit einem Satz auf die Brüstung flüchtete, ließen die Kojoten von ihr ab. Schwer atmend kletterte sie ein Stück am Seil nach oben und klammerte sich mit Armen und Beinen fest, während die Kojoten sie in Schach hielten. Aidan war totenblass und so nervös, dass sein Mundwinkel zuckte, aber als er Jay die Hand hinstreckte, leuchtete in seinen Augen die Faszination für das absolute Chaos.

»Soll ja keiner sagen, wir wären nicht dabei gewesen«, sagte er und zog Jay auf die Füße.

*

Mo war so überrascht, dass sie im ersten Moment nicht einmal schreien konnte. Blitzschnell und so wendig wie eine Klapperschlange hatte Ivy sich hochkatapultiert. Sie war immer noch gefesselt, aber ihre Beine flogen hoch, und im nächsten Moment wand sich Mo auf dem Boden und konnte nicht einmal mehr zubeißen, nicht einmal Atem holen, und ihre nutzlose Kraft reichte nicht aus, um die Beine wegzudrücken, die sich um ihren Hals pressten. *Sie ist nicht unter meinem Bann*, schrie es in ihrem Kopf. *Sie erwürgt mich!* Irgendwo polterte es wieder, Night brüllte auf, doch die wild aufflackernde Hoffnung, dass die Älteste sie aus der Umklammerung retten würde, wurde enttäuscht. Bei einem verschwommenen Seitenblick entdeckte sie, dass Night an einem Stahlseil hing und überhaupt nicht sah, was hier vor sich ging. Verzweifelt bäumte sie sich auf und krümmte sich, suchte nach ihrer anderen Gestalt, aber es wurde ihr schwarz vor Augen. Mit letzter Kraft trat sie mit einer irrwitzigen Verrenkung zu und traf etwas Hartes, Knochiges, Zähne klackten aufeinander, offenbar hatte sie das Mädchen am Kinn getroffen. Der Griff lockerte sich kurz. Dieser Moment genügte, um Luft zu holen. Mo wollte gerade nach Hilfe rufen, als das Mädchen sich wieder gefangen hatte und umso fester zudrückte. Und ehe Mo wusste, was sie tat, krampfte sie all ihre Kraft zusammen, presste die Luft aus ihren Lungen und schrie in Todesangst einen Namen.

*

Der Schrei brachte Jay zum Straucheln. Er dachte keinen Moment daran, dass es Ivy sein könnte. Unter hundert Stimmen hätte er das Mondmädchen erkannt. Sie rangen miteinander. Ivy hatte das Mädchen böse im Schwitzkasten, aber sein verzweifelter Hilferuf löste sich wie ein eigenes Wesen, erhob sich und breitete sich vibrierend aus. Er setzte sich fort, fegte den Nebel zu den Ufern und kräuselte die Oberfläche des Flusses. Erst jetzt bekam der schrille Laut Klang und Silben und formte sich zu einem Namen. Jay wurde noch kälter. *Sie hat Wendigo gerufen!* Um ihn herum holte der Wind Atem und sog den Nebel ein. Tief vom Grund erglühte das Wasser in einem geisterhaften Blau, löcherte die Promenade mit einem Muster aus blauen Linien und Punkten, dort, wo Risse und Lücken im Beton waren. Jay kämpfte sich mit schmerzenden Beinen und hustend vor Kälte weiter. Das Wasser strudelte und floss zur Biegung der Wallabout Bay. Der Geruch nach Schlamm und Meer nahm ihm fast den Atem, Fische zappelten auf dem Trockenen.

Endlich erreichte er Ivy, halb fallend, halb schlitternd, in dem Moment, als sie das Mondmädchen aus ihrer Umklammerung entließ. Bewusstlos rollte sie zur Seite, langes Haar floss wie rötliches Mondlicht über das verwitterte Holz.

Er konnte nur hoffen, dass er Ivy nicht in die Hand schnitt, so sehr zitterten ihm die Hände, als er die Fessel, so schnell er konnte, durchsäbelte. Die Schlaufe lockerte sich sofort und Ivy konnte die zweite Hand selbst befreien.

Sie sprang auf und brachte einen Abstand zwischen sich und das Mädchen. In diesem Moment kam das Mondmädchen zu sich, verzog das Gesicht, griff sich an den Hals und hustete. Sie schlug die Augen auf und sah Jay.

Seine Finger schlossen sich unwillkürlich fester um den Messergriff. *Verräterin,* hallte es immer noch in seinem Kopf. Ihr Mund klappte auf. Maßlose Enttäuschung spiegelte sich in ihrer Miene. »Du bist ja hier«, brachte sie mit einem mühsamen Krächzen heraus. »Ich wollte dich doch retten!«

Ein Stoß traf ihn gegen die Schulter. »Hör nicht auf sie«, schrie Ivy. »Weg hier!« Seite an Seite flüchteten sie zurück in

Richtung Festland. Bei einem hastigen Blick über die Schulter sah er, dass das Mondmädchen auf die Beine kam. *Verfolgt sie uns? Oder … flüchtet sie?*

Dann brach der Sturm los.

Eine eisige Bö traf sie wie eine unsichtbare Wand und fegte sie von den Beinen. Die Wucht warf sie zurück in Richtung Pfeiler und versetzte die Brücke in Schwingung. Sie erbebte unter dem Rucken von Seilen, die an ihren Verankerungen rissen. Jay rollte sich über die Schulter ab, aber es war unmöglich, wieder auf die Beine zu kommen. Der Winddruck schob und wirbelte ihn herum, spielte mit ihm wie mit einem Ball, den er auf das Tor zuschob. Nur zufällig bekam er eine Geländerstrebe zu fassen und klammerte sich fest. Der Sturm drückte ihm die Lider zu, aber er blinzelte und sah zu seiner Erleichterung Ivy nicht weit weg, an einen Laternenmast geklammert. Eine Sekunde begegneten sich ihre Blicke. Dann hörte er von rechts ein Wimmern. Das Mondmädchen krallte sich ebenso verzweifelt fest. Ihr starrer Blick war auf die Bay gerichtet. Und dann sah Jay es auch.

Ein ohrenbetäubendes Reißen ertönte, ein Krachen, wie das Brechen von Eis, nur dass hier das Wasser brach, während es fror. Bizarre Formen türmten sich zum Himmel und zersprangen noch im Wachsen, splitterten und rollten auf die Brücke zu. Die Welle wälzte heran, eine gläserne Lawine aus surrealistischen Eisskulpturen und blitzend scharfen Bruchkanten. Welle um Welle erfror und brach. Unter Jay bockte und schlingerte die Brücke. Die Woge aus Wucht und Magie donnerte wie ein Gletscher im Zeitraffer direkt auf die Brücke zu. *Und kein Ausweg.* Komischerweise verspürte er keine Panik. Nur eine seltsame Taubheit und Ruhe. Und absurderweise war sein einziger Gedanke: *Titanic. Nur dass der Eisberg uns rammt.*

Er zog den Kopf ein, als die Welle gegen die Brückenpfeiler krachte. Der Stoß hätte ihn um ein Haar nach hinten von der Brücke geschleudert. Aus dem Augenwinkel sah er, wie Ivy quer über die Promenade rutschte und sich zusammenkauerte – genau an der Stelle, an der sie gefesselt gewesen war. Ein Hagel aus Eiskristallen und Rost traf ihn mit tausend Nadeln. Er presste die Lider zusammen und riss den Arm vor sein Gesicht.

Eis fraß sich in Sandstein und Granit. Dann begann der Brückenpfeiler nachzugeben und zu kippen. Das Aufkreischen von Metall schien Jays Schädel durchzusägen. Als er sich wieder traute, die Augen zu öffnen, sah er Querträger, die sich verbogen und knickten, als wären sie aus Pappe. Nieten brachen in den Längsträgern. Stahlseile rissen aus ihren Verankerungen, zischten und pfiffen durch die Luft. Ein Schrei ertönte, dann sah Jay gerade noch, wie Ivy einfach weggerissen wurde. Sein eigener entsetzter Aufschrei ging im Kreischen des Metalls unter. Aber dann erkannte er, dass Ivy gar nicht gefallen war. Sie hing fest – am losen Stahlseil, um das immer noch das eine Ende der Fessel geknotet war. Das längere Stück der Fessel hatte sich wie eine Fallenschlinge um Ivys Fußknöchel festgezurrt und riss sie mit sich, während das Stahlseil im Wind tanzte und schwang. Fieberhaft versuchte sie, sich zu befreien. Ihr Schrei brach jäh ab, als der Pfeiler zur Seite ruckte und sie nach oben katapultiert wurde. Im nächsten Moment hing sie reglos über dem Abgrund wie ein bewusstloser Bungee-Jumper. *Tu was!,* schrie es in Jay. Und dennoch erkannte er mit grausamer Klarheit, dass er im Augenblick gar nichts tun konnte außer … *am Leben bleiben. Sie da runterholen, irgendwie!* Knirschend senkte sich die Brücke und begann immer schneller zu kippen. Instinktiv suchte Jay die Balance, sprang über sich biegendes Metall, wich Seilen aus und lief bergauf, immer bergauf, bis er plötzlich Stein unter den Fingern hatte. Er war am Außenrand des Brückenpfeilers angelangt. Die Schere zwischen Eis und Stein wurde unten immer schmaler. Gleichzeitig senkte sich der Pfeiler weiter, schon jetzt bildete seine Außenseite eine Schräge, die wenigstens ein wenig Halt bot. Jay schwang sich auf die Brüstung, balancierte über den Vorsprung und begann zum oberen Rand des Pfeilers zu klettern.

*

Jay hatte dieselbe Idee gehabt wie sie. Mo sah zu, wie er sich nach oben kämpfte, aber er blickte gar nicht zu ihr hoch, sondern kletterte am Rand und hielt Ausschau nach etwas, das hinter der Brücke passierte. Sorge und Verzweiflung verzerrten seine Züge. Mo riss sich von seinem Anblick los und starrte das Eis an. Ihr kraftloser Sichelmond hing am Himmel, und sie spürte, wie ihre Magie sich nur noch hielt, nicht länger wuchs. Der Wind, den sie dem Eis so verzweifelt entgegenschickte, prallte daran ab und trug Gischt bis zu ihr hinauf. Mit der Gischt kam das Eis. Schräge Eiszapfen glitzerten bereits wie ein bizarrer Schmuck an Seilen und rostigen Trümmern. Das gefrorene Meer schob sich unter der Brücke hindurch, kroch unbeirrt an den Pfeilern hoch, war Jay auf der Spur wie ein beharrliches Raubtier, das noch seine Kräfte sparte. Und je näher es auch Mo kam, desto mehr begriff sie, dass sie sich verraten hatte. *Er wird mich nicht verschonen, er weiß es*, dachte sie voller Entsetzen. *Er weiß, dass ich Jay vor ihm verstecken wollte*. Am liebsten hätte sie sich in ihre richtige Gestalt verkrochen, aber sie wagte es nicht, denn nur mit den Menschenhänden konnte sie sich an der steilen

Schräge festklammern. Vor ihr fing sich das Mondlicht in transparenten Bruchkanten. Jedes Härchen an ihrem Arm sträubte sich, als sie die Bewegung sah. Körper, gefangen wie hinter Glas! Dort war ein Mondmädchen! Sie wand sich hinter dem Eis, den Mund vor Grauen weit aufgerissen. Mitleid schnitt Mo ins Herz, als das andere Mondmädchen sich krümmte. Eis überzog ihre Lippen und ihre Lider, zog alle Farbe aus ihrer Haut, bis sie bläulich wurde und Risse bekam. Es war dasselbe Bild wie das aus dem Traum des blonden Mädchens. Nur dass der Traum aus purer Angst geboren wurde, und das hier real war. *Oder sind die Albträume die Wahrheit?* Im Schrei erstarrende Lippen formten Worte, die Mo nicht hörte, aber dennoch verstand. Die blaue Haut des gefangenen Mondmädchens überzog sich mit Frost und wurde schwarz, das Leben zerbrach. Aber das Mädchen rief immer noch und suchte mit toten Händen nach einem Ausgang. Andere Gesichter schimmerten im Eis, Mondmädchen, Menschen, Tiere. *Die Verzweiflung aller lebenden und toten Wesen*, hallten die Worte der Ältesten ihr im Ohr. Und plötzlich entdeckte sie auch den Mann, den das Mädchen Cael und Bruder genannt hatte – und auch den anderen namens Yamal. Das Heulen der Brücke wurde zu Menschenstimmen, ein Chor von Leid. Mo zitterte am ganzen Körper, das Schluchzen brach aus ihr heraus und wollte nicht aufhören. *Ich habe ihn gerufen – damit er Menschen verschlingt. Aber so sehr hasse ich keinen Menschen. So sehr kann niemand hassen!*

*

Hinter ihm schob sich das Eis heran, er konnte die Kälte fühlen, die näher kam. Die Steigung wurde flacher, je weiter der Pfeiler kippte. Keuchend stieß Jay sich ab und hetzte weiter. Er war fast an der oberen Kante angelangt. Und dort war er nicht allein. Als er den Blick hob, sah er das Mondmädchen. Sie kauerte da oben, als würde sie auf ihn warten. *Jack trifft Rose, ganz oben auf dem Heck der sinkenden Titanic*, fuhr es ihm durch den Kopf. *Nur dass wir kein Liebespaar sind. Ganz im Gegenteil.* Fast erwartete er, dass sie nach ihm treten würde, um ihn zu Wendigo hinunterzustoßen, aber sie rührte sie nicht. Ihr Gesicht war tränenüberströmt. »Jay«, formte sie mit den Lippen. Dann beugte sie sich vor und streckte ihm die Hand hin. Benommen verharrte er, während die Muskeln in seinen Beinen so sehr zitterten, dass er fast wieder abrutschte. Links oben der Rand des Pfeilers, rechts unter ihm der Abgrund. *Und das war's. Das Ende. Wozu bist du hier hochgerannt? Um wegzufliegen?* Beinahe hätte er gelacht.

Noch einmal hielt er Ausschau nach Ivy. Tränen stiegen ihm in die Augen, als er sie entdeckte. Sie hing unendlich weit unter ihm und war immer noch bewusstlos. Bei diesem Anblick wurde ihm noch elender zumute. *Hoffentlich nur bewusstlos!* Ihre Arme baumelten wie bei einer Puppe leblos neben ihrem Kopf. Der zweite Fuß hatte sich ebenfalls im Seil verfangen und war angewinkelt. Sie sah aus wie eine Ballerina, erstarrt in einer schwebenden Pose über dem Abgrund. Nur das Seil schwang hin und her und ließ sie tanzen. Gefährlich nah pendelte sie an den Längsträgern vorbei, die wie aufgebogene Rippen über die Brücke hinausragten. Noch entging sie ihnen um Haaresbreite, aber jeden Augenblick musste sie zerschmettert werden.

»Jay, sieh nicht nach unten!«, schrie ihm das Mondmädchen zu. »Du verlierst das Gleichgewicht.« *Na und?*, dachte er niedergeschlagen. Trotzdem hob er mühsam den Blick. Salz brannte auf seinen Lippen, und er wusste nicht, ob er seine Tränen schmeckte oder das Wasser des Atlantiks. Das Mondmädchen streckte ihm immer noch die Hand hin, fast bittend war diese Geste. Und obwohl sie Wendigos Dienerin war, ergriff er ihre Hand und ließ sich das letzte Stück hochziehen. *Woher weiß man, dass man jemanden wirklich liebt?*, dachte er. *Wenn man bereit ist, bei einer Mörderin um ein Leben zu flehen?* »Bitte nicht sie«, stieß er hervor. »Er wird mich töten, aber lass Ivy nicht sterben!«

Das Mondmädchen runzelte verwirrt die Stirn, als würde er ein seltsames Spiel mit ihr spielen. Endlich schien sie zu begreifen, was er von ihr wollte. Und sie überraschte ihn ein letztes Mal. »Du denkst wirklich, er lässt mich davonkommen?«, rief sie und lachte verzweifelt auf. »Er wird auch mich verschlingen!«

*

Jay sagte nichts mehr. Sein Gesicht war aschgrau geworden. Frost hing an seinen Wimpern, er blinzelte, als würde das Eis ihn blenden. Die Gesichter waren bedrohlich nah und Mo konnte ihre Nähe nicht länger ertragen. Als sie den Kopf abwandte, sah auch sie das Mädchen. Sie hatte es fast schon vergessen. *Lass Ivy nicht sterben*, echoten Jays Worte in ihrem Inneren.

Immer noch pochten die Druckstellen an ihrem Hals bei jedem Schlag ihres rasenden Herzens, aber aus irgendeinem Grund war das in Wendigos Gegenwart nicht mehr wichtig. *Wir haben Angst und wir leiden auf dieselbe Art. Aber selbst wenn ich sie retten wollte, was kann ich noch tun?* Im selben Moment entdeckte sie am Ufer eine schwarze Gestalt. Sie kauerte dort und sah zu ihr hoch. Trotz allem wurde Mo warm. Die Älteste hatte sie nicht verlassen. Night konnte nicht an den vereisten Seilen hochklettern und sie würde sie nicht retten können. *Aber sie lässt mich nicht allein!*

Flieh!, wollte Mo ihr schon zurufen. Aber dann fiel ihr Blick wieder auf Ivy. »Hol sie!«, flüsterte sie in den Wind. Und als Night aufhorchte und ruckartig den Kopf hob, wusste sie, dass die Älteste sie gehört hatte.

Herz aus Eis

Jeder Gedanke schien einzufrieren, aber verzweifelt hielt Jay mit dem Blick an Ivy fest. Es schien wichtig zu sein, sie wenigstens auf diese Art nicht loszulassen. Immer noch pendelte sie hin und her, auch wenn das Eis zur Ruhe gekommen war. Es war eine gefährliche Ruhe, als würde Wendigo ein letztes Mal Atem holen. Und mitten im tiefsten Punkt dieses Atemzugs sah Jay eine Bewegung am Rand der Brücke. Es war Linda. Sie hangelte sich blitzschnell über verbogene Streben. Dann verharrte sie kauernd, eine dicke Frau mit Rastazöpfen in einem blauen Kleid. Als Ivy in ihre Richtung schwang, lehnte sie sich ihr entgegen und schnappte sie aus der Luft – in dem Moment, in dem das Seilende seinen Umkehrpunkt erreicht hatte und dort kurz in der Luft ruhte. Linda hielt das Seil fest, das viel zu schwer sein musste, als dass eine Menschenfrau es hätte halten können. Sie durchbiss die Fessel – und Ivy fiel in Arme, die länger wurden, muskulöser und so schwarz, dass das Wesen sich wie ein Schattenriss von dem blau leuchtenden Eisstrom unter der Brücke abhob. Jay konnte es nicht fassen. *Sie bringt sie tatsächlich in Sicherheit!* Linda drückte das Mädchen mit einem Arm an sich und hangelte sich geschickt zurück in Richtung Ufer. Einen bizarren Augenblick hatte Jay die Vision, eine Szene aus *King Kong* zu sehen – ein riesiger Affe, der eine bewusstlose blonde Frau davonschleppte. In den Armen der Gorillafrau wirkte Ivy klein und zerbrechlich. Jay schnitt es ins Herz, sie so zu sehen – gleichzeitig hätte er vor Freude am liebsten geschrien, aber nur ein heiserer Laut kam aus seiner Kehle. Jeder Atemzug stach, und als Jay die Brauen zusammenzog, knisterte papierdünnes Eis.

»Jay?«, erklang eine bebende Stimme neben ihm. Er drehte sich zu dem Mondmädchen um. Die Brücke hob sich unter ihnen so jäh, dass sie beide gegen die Steine gepresst wurden. Jay schnappte nach Luft. *The End. Kein alternatives Ende vor Testpublikum. Der Held hat verloren und das Böse siegt.*

Er hatte nicht gewusst, dass es eine Kälte gab, die brannte wie blaue Lava. Die Wand vor ihnen wuchs in den Himmel, nur dass es keine Wand mehr war, sondern ein unförmiger Berg, in dem sich Sternenlicht brach wie in einem Prisma. Dann erreichte sie das Eis.

Jay versuchte den Kopf wegzudrehen, aber seine Wange drückte auf jeder Seite gegen eisige Glätte. Und als er versuchte, einen Arm schützend vor das Gesicht zu reißen, merkte er voller Entsetzen, dass er längst gefangen war.

Dann kam das Grauen des Verschlungenwerdens, Eis auf allen Seiten, die Panik des Erstickens. Er spürte seine Beine nicht mehr. Vermutlich umklammerte er immer noch die Hand des Mondmädchens, aber sicher wusste er es nicht. Ein jähes Gefühl zu fallen wie in einer Achterbahn – mit dem Schrecken, den Jay bloß aus Albträumen kannte. Der Moment, in dem man sah, dass die Achterbahn entgleiste, während man darin saß und fast im freien Fall dem Boden entgegensauste. Leider gab es hier kein Erwachen, kein erschrockenes Hochfahren im Bett und kein erleichtertes Aufatmen. Er konnte nicht einmal die Augen schließen, während er durch Kaskaden von kaltem Licht einem pulsierenden Blau entgegenstürzte. Nur ganz am Rande, durch Schichten von transparenten Wänden hindurch, erhaschte Jay eine Ahnung davon, was Wendigo war. Die Brückenpfeiler seine Schultern, die Fahrbahn die Linie der Schlüsselbeine, Arme aus Stahltrassen und Rippenbögen aus verbogenen Längsträgern. Schemenhaft erinnerte er sich daran, dass sein Vater ihm von einem Dämon erzählt hatte. *Ein Skelett mit einem Herzen aus Eis.*

*

Er erinnerte sich an keinen Aufprall. Vielleicht war er bewusstlos gewesen, jetzt rieb seine Wange schmerzhaft über Eis. Die Wucht trug ihn ein Stück glatte Wand hinauf und ließ ihn wieder zurückschlittern. Stöhnend blieb er liegen. *Ist es vorbei?* Er hatte immer gedacht, im Todesmoment würde sein Leben an ihm vorüberziehen, aber stattdessen liefen vor ihm Hunderte von Filmszenen vor ihm ab. Nicht die schönen, nein, all die tragischen, traurigen Momente. Eine Textzeile aus *Blade Runner* hallte besonders laut in seinem Kopf wider. »*All those moments will be lost in time, like tears in rain. Time to die.*«

Aber er starb nicht, und er schien zu leben, denn immer noch hämmerte sein Herz gegen seine Rippen. Und neben sich hörte er einen zweiten, panischen Atem. Eis rieselte über seine Wangen, als er die Augen öffnete. Das Blau blendete, brannte sich pulsierend in seine Netzhaut. Erst nach und nach erkannte er, dass er und das Mondmädchen in einem Raum gefangen waren. Eine Eiskammer, rund und viel zu niedrig, um sich auch nur im

Sitzen aufzurichten. Jays Schultern drückten gegen die gebogenen Wände. Das Mondmädchen schrie auf – ihre Stimme klang dumpf und so, als wäre sie weit entfernt. Er wollte sie beruhigen, aber sie warf sich gegen die Wände, trommelte mit den Fäusten dagegen, trat zu in der verzweifelten Anstrengung, sich zu befreien. Sie erwischte ihn mit einem Tritt gegen seinen Oberschenkel, aber er spürte ihn kaum und hörte nur das Brechen seiner mit Eisplatten gepanzerten Jeans. Die Panik drohte auf ihn überzuspringen wie ein Funke, er ballte schon die Hände zu Fäusten, um ebenfalls auf das Eis einzuprügeln – als die Wand sich bewegte. Das Mondmädchen wurde näher an ihn gedrückt, er selbst rutschte weiter, während sich Eis gegen seine Schultern schob und ihn nach vorne drückte. *Die Kammer wird kleiner!* Ohne nachzudenken, packte er das Mondmädchen an den Handgelenken und zog sie an sich.

»Hör auf!«, beschwor er sie. »Je mehr wir uns wehren, desto schneller rücken die Wände zusammen!«

Erschrocken hielt sie inne, nur ihr keuchender Atem hallte an seinem Ohr.

»Was ist das?«, presste sie hervor. »Wo sind wir?«

»In Wendigos Herz«, antwortete er heiser. »Glaube ich.«

Und die Wahrheit ist, wir sind Fliegen, eingeschlossen in einen riesigen Tropfen aus indigoblauem Bernstein. Wir werden so lange zappeln, bis wir hier drin erstarren.

Jetzt hätte er am liebsten geschrien und gegen die Wände getreten. Aber er verharrte, als direkt neben ihm eine schwarze, verdorrte Hand entlangtastete – von ihm durch Eis getrennt wie durch eine leicht mattierte Glasscheibe, aber so nah, dass er jede Einzelheit erkannte. Dann presste sich ein Gesicht gegen das Glas, ein aufgerissener Mund schrie stumm Angst und Schmerz heraus und verlosch, andere Grimassen leuchteten auf, als wären neben, über und unter ihnen unzählige Menschen gefangen, so wie sie beide. Mit einem Unterschied.

Wir leben.

»Er hält sie alle gefangen«, flüsterte das Mondmädchen. »Er fängt sie und tötet sie, aber endgültig sterben lässt er sie nicht! Jeden, den er verschlingt, hält er fest. Wir werden so sterben wie sie und dann werden wir in alle Ewigkeit leiden und nach einem Ausgang suchen.« Ihre Arme umklammerten ihn noch stärker, und er fragte sich, warum sie immer noch warm und lebendig war, während sein Blut bereits erstarrte und er seine Lippen kaum noch bewegen konnte. »Ich wollte das nicht!«, rief sie und vergrub ihr Gesicht an seinem Hals. Und er konnte nichts tun, als sie festzuhalten und voller Entsetzen und wie hypnotisiert hinzusehen. Neue Gesichter tauchten auf. Nicht nur menschliche waren es, er sah auch die großen Augen von anderen Mondmädchen, und Männer und Kinder und Mädchen und Frauen, deren schwarze Haut und leere Augen sie einander erstaunlich ähnlich machten. Und dann entdeckte er jemanden, den er nur zu gut kannte. *Robin!* Er krampfte die Arme um das Mondmädchen, klammerte sich an sie, als könnte ihm jetzt noch irgendetwas Halt geben.

Sein Vater war nicht der junge Mann von Matts Foto oder der Fremde mit dem dröhnenden Lachen, den Jay als Zehnjährigen zum ersten und letzten Mal gesehen hatte. Das hier war der ältere Robin Zweiherz, verlebt, mit Tränensäcken unter den Augen. Die Stirn und Schläfen tätowiert mit wirren Symbolen. Die Trauer um seinen verrückten Vater krampfte Jay das Herz zusammen. Und das Schlimmste war, dass Robin gar nicht so verrückt gewesen war. *Du hast es tatsächlich geahnt. Und ich habe deine Warnungen auf den Postkarten nicht verstanden. Du hast allein gekämpft.* Er konnte die Szene fast vor sich sehen: Robin auf seinem Motorrad, mitten in den Bergen, wo trotz des Frühlings ein Blizzard tobte. Robin gab Gas und sprang mit dem Motorrad, ein Kojotenfell um die Schultern gebunden, die Tätowierungen eine Kriegsbemalung, einen Kampfschrei auf den Lippen. So hoffte er einen Dämon zu besiegen, der gerade erst dabei war, sich aus der Kälte zu befreien, ein Vorbote der Macht, die sich wenige Monate später erheben und fast die ganze Menschheit in den Todesschlaf reißen würde.

»Ist das dein Vater?«, flüsterte das Mondmädchen und erinnerte ihn daran, dass sie immer noch ihre Welt und ihre Erinnerungen teilten.

»Ja, das ist er.« Mitleid durchflutete ihn wie ein wärmerer Schauer. *Warst du sein erstes Opfer?*

Das Gesicht war direkt neben ihm, und er betrachtete die Tätowierungen, die auf der schwarzen Stirn wie blaue Geheimschrift leuchteten. Und es war wirklich eine Geheimschrift, kryptische Zeichen, die keinen Sinn ergaben. Als der Mund zu einem stummen Schrei aufklappte, wandte Jay den Blick ab – was nicht viel nützte, denn Robin spiegelte sich auch links von ihm. *Spiegel*, fuhr es Jay durch den Kopf. Und jetzt *sah* er. Robin hatte sich die Worte selbst vor dem Spiegel eintätowiert, sodass er sie lesen konnte. Allerdings hatte er von rechts nach links geschrieben. Trotzdem erkannte Jay das untere Wort auf den ersten Blick. Wendigo. Das obere kam ihm auch bekannt vor. *ERAE.*

»Das Codewort ist ERAE. Und W wie Wendigo.« Auch ein Satz von der Postkarte. Er entdeckte ein zweites W an Robins Schläfe – und plötzlich ergab es einen Sinn.

»We are Wendigo.« Er sprach es aus. Seine Stimme war nur

noch ein Krächzen. Husten gelang schon längst nicht mehr. Das Mondmädchen sah ihn besorgt an. Er erhaschte einen Blick auf sich selbst und das Mondmädchen, auch eine Spiegelung, die flüchtig im Licht aufblitzte und wieder überlagert wurde. *Ich sterbe bereits*, dachte Jay. Seine Haut war dunkler geworden, Frost überzog sein Haar und seine Wangen. Er spürte den Biss der Luft kaum noch, längst war sein Blut so kalt, dass er nicht einmal mehr zitterte und sogar seine Zähne aufgehört hatten zu klappern. Aber das Schlimme war die wachsende Verzweiflung. Und die Kammer wurde kleiner und kleiner.

Vielleicht will er so viel Angst wie möglich aus uns rausquetschen?

Licht begann zu fließen, brach sich und reflektierte wie in einem riesigen Spiegelkabinett. Anfangs dachte er, er sähe nur Schatten der Bewegungen, aber es waren Szenen. Realistisch und gleichzeitig bizarr, wie Albträume von Krieg und Verfolgung – von Schlachthöfen und allem Leid, das er je auch nur in Gedanken berührt hatte.

»Leid und Albträume«, murmelte er. »Deshalb hat er uns alle in den Schlaf fallen lassen. Er wollte an die Träume, an die Ängste darin, die Albträume. Daran ist er gewachsen, eine Kraft, die stärker und stärker wurde und irgendwann alles verschlingen wird. Das hier sind alles wir!«

»Die Verzweiflung aller lebenden und toten Wesen«, sagte das Mondmädchen.

Nicht unsere Verzweiflung. Und auch nicht unsere Feindschaft. Es tat unendlich gut, noch einen winzigen Funken Wut zu finden, ein einsames Glühen nur, aber genug, um ihn kämpfen und nach Luft ringen zu lassen. »Nicht unser Hass«, sagte er laut. Er riss den Blick von den Projektionen los und auch von Zweiherz, seinem Vater, der für ewig gefangen war in diesem letzten Moment des Begreifens, dass er Wendigo nicht besiegt hatte. Stattdessen sah er in die Augen des Mondmädchens, die so gespenstisch blau glühten, dass er erschrak.

»Madison!«, sagte er und erinnerte sie damit an eine andere Zeit, an die Wärme von Küssen und Momente ganz ohne Feindschaft.

Sie verstand und nickte. »Wir haben immer eine Wahl, nicht wahr?«, fragte sie zaghaft. »Wir werden ewig sterben, aber wir haben die Wahl, woran wir uns erinnern werden.«

Ein trotziges Funkeln war in ihre Augen getreten. In diesem Moment liebte er sie tatsächlich – für ihren Mut und dafür, dass sie Ivy gerettet hatte. Und auch, weil sie ihn nun mit dem Blick festhielt, ihm Halt gab, als er schon wieder zu fallen glaubte.

»Weißt du noch auf dem Dach? Sonne und Mond?«, fragte er hastig.

Sie nickte und lächelte ihm mit blauen Lippen zu. »Das Spiel«, setzte sie hinzu und entlockte ihm ein Lächeln. »Und unser erster Kuss, im Park.«

»Feathers!«

»Trugfeuer.« Sie hob die Hände vor sein Gesicht und lächelte verschmitzt. »Du hast gedacht, du hättest Feuer gemacht, Jay. Du warst so glücklich.«

Feuer. Es durchzuckte ihn von Kopf bis Fuß.

Sie hob die Hand vor sein Gesicht. »Sieh her.«

Die kleine Flammenrose, die in ihrer Hand erblühte, war von einem helleren, geisterhafteren Blau als Wendigos Herz. Aber zu Jays maßloser Enttäuschung strahlte sie keine Wärme ab. *Aber in der Küche war es warm!* Angst drohte ihn wieder zu übermannen.

Das Eis schob sich weiter, drängte sie zusammen, drückte ihre Knie schmerzhaft gegen seine und zwang seinen Kopf tief zwischen seine Schultern.

Denk nach! Was war anders damals, als wir das Feuer entfacht haben?

»Kino«, sagte das Mondmädchen mit kristalldünner, leiser Stimme. »Bilder wie mit Mondlicht gemalt, die sich bewegen!«

Der Atem klirrte in einer Wolke vor ihrem Mund. *Atem.* Die Hände, die immer noch die Trugflamme hielten, zitterten. Jay legte seine Hände um ihre, hielt mit ihr die Flamme wie in einer schützenden Schale. Die Luft war wie eisiger Sand in seinen Lungen.

Atem! Menschenmagie und Mondzauber? Vielleicht wusste das Mondmädchen gar nicht, wie heiß das Feuer gewesen war. Sie war nicht mehr in Matts Haus zurückgekehrt.

»Wir müssen es anfachen«, flüsterte er. Und dann rief er noch einmal mit seinem ganzen Herzen alles herbei, was ihm je warm und schön erschienen war. Und er war überrascht, wie viel das war. Charlies Lachen, Robins Hand, die ihn über die Brücke geführt hatte. Sein Onkel, seine Freunde …

Aidan, dachte er. *Und Ivy. Ivy!* Dann hauchte er in die Flamme, blies sie heller, und das Mondmädchen lächelte und tat es ihm nach.

*

Es fühlte sich an, als würde in seinem eigenen Herzen etwas schmelzen. Die Flamme bäumte sich auf, verwandelte sich in pulsierendes Lichtgrün. Wärme flutete über Jays Haut, wie damals, als sie gemeinsam das grüne Feuer entfacht hatten. *Wie einfach es ist,* dachte er verwundert. Dieses Licht brannte und blendete nicht. Und das Knacken war haarfein und scharf, fast beiläufig, es setzte sich fort, fand erst ein Echo, dann zwei, dann viele. Dann verging dieser Laut und alles, was blieb, war implodierende Stille. Und nichts erschien Jay richtiger. *Etwas, das mit der Stille des Schlafs beginnt, muss ja in Stille enden.* Wendigo fiel, während sein Herz brach, und sie fielen mit ihm. Der Boden löste sich von ihnen. Lautlos brachen die Wände, lautlos tat sich über ihnen der Himmel auf. Polarlicht färbte ihn feuergrün. Lautlos huschten Schemen und Gestalten an ihnen vorbei, wirbelten wie ein kalter Hauch und lösten sich auf. Das letzte blaue Licht verlosch wie eine Flamme.

Und sie fielen.

Hände im Schnee

Jay kam zu sich und sah nur wattiges Weiß, erhellt durch gedämpftes Licht. Im ersten Moment erschrak er so sehr, dass ihm siedend heiß wurde. *Oh nein, ich bin in meinem Zimmer in Berlin!* Die Sonne schien auf sein Bett und er hatte sich die dünne Decke über das Gesicht gezogen. *Und alles andere war nicht wirklich.* Aber dann bewegte er die rechte Hand und Schnee rutschte zwischen seine Finger. Unendliche Erleichterung durchflutete ihn. Er musste lachen, weil die Vorstellung, wieder in sein altes Leben zurückkehren zu müssen, ihm einen solchen panischen Schrecken versetzt hatte, während die Tatsache, dass Wendigo ihn verschlungen hatte und er nun vermutlich unter einer Lawine begraben lag – mitten in der Wildnis, im Jahr 2113, ihm fast schon normal erschien. Immerhin fiel Licht durch die helle Wölbung über ihm und Luft bekam er auch. Irgendwie würde er sich befreien. »Madison?« Seine Stimme war ein dumpfer Laut und der Name, der längst nicht mehr zu dem Mondmädchen gehörte, wie ein letztes Echo einer vergangenen Zeit. Eine Hand regte sich in seiner Linken. Sie hielten sich also immer noch fest. Das Mondmädchen schien auch erst gerade wieder zu sich zu kommen. Plötzlich schnappte sie erschrocken nach Luft, ihre Finger krallten sich in seine Hand und ließen dann los.

Sie begann sich panisch gegen die erdrückende Enge zu wehren. Schnee kam ins Rutschen, die kühle Masse sackte schwer gegen seine Brust, und als er das Mädchen beruhigen wollte, war auch sein Mund plötzlich voller Schnee. Er warf den Kopf zur Seite und hustete. Als er wieder hochsah, blendete ihn Sonnenlicht. Ein Keuchen ertönte, jemand schaufelte den Schnee über ihm weg, und in dem weißen Schneerand erschienen ein frostigheller Morgenhimmel und ein dunkler Haarschopf. »Bist du okay?«, fragte Aidan, und Jay musste plötzlich lachen wie ein Verrückter, weil es in jedem Film genau diese Frage war, die dem Helden gestellt wurde – meist nachdem er Explosionen, Flugzeugabstürze oder Autocrashs überlebt hatte, nach denen man keinesfalls »okay« sein konnte. Jay tat jeder Knochen weh, und als Aidan ihm die Hand hinstreckte, fuhr ein reißender Schmerz durch jeden eiskalten, steifen Muskel. Aber erstaunlicherweise konnte er nach alldem stehen und die Schürfwunden brannten kaum, zu taub war seine Haut noch vom Eis. Neben ihm befreite die Gorillafrau das Mädchen aus seinem Gefängnis. Im Sonnenlicht sah Linda noch um einiges gefährlicher aus. Und im Gegensatz zu Aidan, der über das ganze Gesicht strahlte, funkelte sie Jay nur misstrauisch an und ging einfach davon. Das Mondmädchen blieb. Sie schüttelte den Schnee aus dem Haar und sie sahen sich ohne ein Wort an und tauschten ein zaghaftes Lächeln. Dann blickten sie sich staunend um. Die Meerenge, die früher East River geheißen hatte, war wieder mit Wasser gefüllt. Es gab noch Reste von Eis, aber auch die letzten Schollen brachen in der milderen Wintersonne. Schnee fiel in sachten Flocken und die Brücke gab es nicht mehr. Einer der beiden Pfeiler war umgekippt und lag nun wohl auf dem Grund. Nur ein Strudel und ein Stahlseil, das noch von der Brückenfestigung am Ufer mitten ins Wasser führte, deutete darauf hin, wo er liegen mochte. »Was für 'ne Party!«, sagte Aidan völlig fasziniert.

Den zweiten Pfeiler hatte die Wucht von Wendigos Todeskampf in Richtung Ufer geworfen. Jetzt lag er wie ein Schiffbrüchiger, der mit letzter Kraft versucht hatte, an Land zu kriechen, halb im Wasser, halb am Ufer.

Und vor ihm – Ivy! Vier Kojoten lagerten bei ihr, wärmten sie wie eine lebende Decke. Jay wäre vor Erleichterung am liebsten einfach in den Schnee gesackt. Die Affenfrau hatte das Mädchen direkt vor der letzten Ruine der Wendigo-Zeit abgelegt. Nicht besonders zartfühlend, sie lag in einer so verdrehten Pose auf dem Boden, als wäre sie einfach in den Schnee geworfen worden, aber sie lebte! Stöhnend und noch halb in ihrer Ohnmacht gefangen, drehte sie sich gerade auf den Rücken. Halb im Boden versunken ragte ein Bruchstück des Pfeilers hinter ihr auf. Der spitze Giebelumriss des Tors umrahmte sie wie der Eingang zu einer bizarren Kathedrale.

Jay wollte zu Ivy stürzen, als ein klagender Laut ihn verharren ließ.

Das Mondmädchen schnappte nach Luft, ein ganz neuer Laut entrang sich ihr, so wenig menschlich, dass Jay erschrak. Sie schnappte nach Luft und wehrte sich, sie kämpfte gegen etwas an, das stärker zu sein schien als sie. Dann krümmte sie sich, als würde sie gleich fallen.

Jay wollte sie auffangen, aber Aidan umklammerte seine Brust und riss ihn zurück.

»Lass sie! Berühr sie nicht. Sie verliert die Kraft für ihre Mondgestalt.«

Hilflos sah er zu, wie das Mädchen im Schnee auf die Knie fiel. Sie keuchte, holte krampfhaft tief Luft und – veränderte sich. Sie krümmte sich immer noch, ihre weißen Hände gruben sich in den Schnee. Ihr Haar wurde länger und länger, es verlor seine wellige Struktur, wurde zu reiner Farbe, bis es wie ein bernsteinblonder Glanz ihre Schultern, ihre Arme und nach und nach ihren ganzen Körper einhüllte. Dort verdichtete es sich zu neuen Mustern, Haarwirbeln, kurzem Wuchs an Armen, längerem Haar an Nacken und Hals. Ihre Hände wurden dunkler, ihre Züge schmaler und ihr Kinn noch spitzer, bis es sich grotesk in die Länge zog. Und noch bevor die Verwandlung vollkommen war, wusste Jay, woran sie ihn bereits in ihrer Menschengestalt erinnert hatte.

Vor ihm kauerte ein Fuchs im Schnee, ein sehr heller, junger Fuchs. Er hatte dunkle Pfoten, aber sein Pelz hatte dieselbe Farbe wie das Haar des Mondmädchens.

Der Fuchs blickte an sich hinunter und betrachtete seine Pfoten in den Abdrücken menschlicher Hände im Schnee. Dann sah er sich nach Ivy um. Nachdenklich betrachtete er sie, und Jay schien es, als würde das Mondmädchen zu einem ganz eigenen Schluss kommen. Und obwohl er deutlich spürte, wie Aidan neben ihm die Luft anhielt und jeden Muskel anspannte, als würde er fürchten, das Mädchen konnte Ivy doch noch gefährlich werden, war Jay völlig ruhig. *Neue Enden für alte Geschichten*, dachte er. *Die Jahre der Feindschaft sind vorbei.*

Der Fuchs stieß einen bellenden Laut aus, dann huschte er davon, ohne sich noch einmal umzusehen. Er verschwand im Dickicht, und ein schwereres Knacken und Rascheln verriet Jay, dass die alte Gorillafrau dem Mondmädchen in die Wildnis der Stadt folgte. *Unsere Stadt*, dachte er und lächelte.

»Was meinst du, sehe ich sie wieder?«, fragte er Aidan.

Sein Freund ließ ihn los und trat zurück. »Ich glaube nicht.

Aber vielleicht werdet ihr euch in euren Träumen begegnen.« Mit der schwindenden Mondmagie löste sich auch seine menschliche Gestalt auf. Sein Lachen wurde bereits zu einem Kojotenlaut. »Sie scheint immer noch eine Schwäche für dich zu haben, wenn sie sogar dein Mädchen rettet«, sagte er mit einer beängstigenden Doppelstimme zwischen Mensch und Tier. »Du hast wohl ein heißes Herz.«

Und es hat für zwei Mädchen geschlagen. Für Sonne und Mond.

Im nächsten Moment war der schwarzhaarige, hagere Junge verschwunden. Neben Jay stand der Kojote, der Unruhestifter, der das Chaos liebte und ihn nun verschlagen anzugrinsen schien.

*

Vier gelbe Augenpaare blickten Jay entgegen, und in dem Moment, in dem er neben Ivy auf die Knie fiel, sprangen die Kojoten auf und zogen sich zurück.

Ivy hatte den angespannten Ausdruck von jemandem, der weiß, dass er träumt, der sich aber darum bemüht, wach zu werden. Ihre Lippen waren blau, ihre Haut übersät von Prellungen und Schürfwunden. Als er ihre Schultern umfasste und sie vorsichtig an sich zog, kam sie ein wenig zu sich und begann zu zittern und mit den Zähnen zu klappern. Sie versuchte sich zu bewegen und stöhnte auf, als sie das rechte Bein bewegte. Dort, wo die Fessel eingeschnitten hatte, war es böse geschwollen und vermutlich auch gebrochen. Blinzelnd schlug sie die Augen auf.

»Wendigo …«, murmelte sie.

»Er ist weg. Wir haben ihn besiegt.«

Sie runzelte die Stirn und sah ihn so zweifelnd an, als würde er ihr eine Trickster-Geschichte erzählen. Er zerrte sich die Jacke von den Schultern. Es war immer noch eisig, aber nach dem Biss echter Kälte wusste er, dass jeder noch so kalte Winter ihm in Zukunft wie Frühlingsluft vorkommen würde.

»Es stimmt, er ist fort, Ivy, und er wird nicht wiederkommen. Und die Seelen, die er verschlungen hatte, sind frei. Die Stadt gehört uns.«

Ivy sah ihn unverwandt an, während er sie in seine Jacke hüllte, ihre Hände unter seinen Pullover schob und ihre Arme, ihren Rücken rieb. Erst als er ihre blauen Lippen mit einem Kuss wärmte, schloss sie die Augen und umklammerte ihn, als fürchtete sie, er könnte sich auflösen wie eine Truggestalt. Nur zögernd löste sie sich von ihm und blickte sich um.

Sie sah nicht, dass Liberty aufgetaucht war und ganz undamenhaft johlend im Schnee herumwirbelte. Aber sie sah Madman, der am Ufer auf und ab lief und die Eisschollen bewunderte, die sich in der Strömung drehten. »Cool, Martini on the Rocks!«, schrie er. Bestürzung zeichnete sich in Ivys Miene ab, als sie den Fluss betrachtete, doch dann begriff sie endgültig und stieß einen triumphierenden Schrei aus.

»Ich dachte, ich hätte es geträumt«, schrie sie. »Wir müssen es den anderen sagen! Sofort. Wo ist dein Boot?«

Jay musste grinsen. *Das ist mein Trickster-Mädchen.*

»Bleib sitzen«, warnte er sie, aber es war schon zu spät. Sie zuckte zusammen, als sie das verletzte Bein bewegte. »Verdammt, ich bin ja verletzt!«, rief sie, und er wusste nicht, ob sie lachte oder vor Schmerz weinte, während sie in seine Umarmung zurückfiel.

»Nicht ganz die schöne neue Welt, die du dir erträumt hast, oder?«, fragte sie mit einem Blick auf das verwüstete Ufer.

»Es ist die einzige, in der ich sein möchte«, erwiderte er.

Und es stimmte, er war so glücklich wie noch nie in seinem ganzen Leben.

»Komm, ich trage dich!«

»Was?« Auch ihre Empörung war ganz und gar Ivy. »Ich bin keine Prinzessin aus Zucker. Ich kann selber laufen. Du musst mich nur stützen, auf einem Bein schaffe ich es.«

»Komm schon, Trickster«, neckte er sie. »Mutig genug, um dem Mondmädchen an die Gurgel zu gehen, aber zu feige, sich ein kleines Stück von mir tragen zu lassen?«

Sie lachte und wurde ein wenig rot. »Also schön«, sagte sie leise. »Aber erzähl's nicht Faye, ja?«

Sie ließ es zu, dass er sie auf die Arme nahm und hochhob. Immer noch tat ihm alles weh, aber Ivys Nähe machte alles wieder wett. Schritt für Schritt tastete er sich durch den Schnee.

»Freust du dich auch schon auf die Gesichter der Kleinen, wenn du ihnen die Geschichte erzählst?«, fragte sie.

»Vor allem freue ich mich auf Berens Gesicht.«

Ivy lachte, dann seufzte sie und ließ den Kopf auf seine Schulter sinken.

»Ich habe meine Version der Geschichte, willst du sie hören?«

Ihr Atem kitzelte sein Ohr und er ging, Schritt für Schritt, getragen von ihren Worten.

Klassische Abschlussszene, dachte er und musste sich ein Lächeln verkneifen. *Der Held trägt die Heldin dem Sonnenaufgang entgegen.*

»Es war einmal eine verbotene Stadt«, flüsterte Ivy ihm zu. »Sie war verwunschen, voller Schönheit und Licht. Wunder geschahen dort. Aber sie wurde von einem blauen Dämon belagert. Er kam jeden Winter und nahm den Menschen das, was ihnen am liebsten war. In dieser Stadt lebte ein Mädchen. Sie glaubte, die Liebe machte sie unverwundbar, aber sie musste erleben, wie der erste Kuss ihres Liebsten auch sein letzter war. Der Dämon nahm ihr ihren Freund und mit ihm ihren Bruder. Lange Zeit trauerte das Mädchen und verschloss sein Herz. Eines Tages aber verliebte sie sich ein zweites Mal, ohne es zu wollen, ohne es zu wünschen. Sie nannte ihn Zweilicht, er war blind und sehend zugleich, er sah beide Welten – die blaue und die goldene. Er verbündete sich mit einer grausamen, schönen Fee. Na ja, sie sah natürlich nicht halb so gut aus wie das Mädchen, dem sein Herz in Wirklichkeit gehörte. Er kämpfte und öffnete sein Herz, auch wenn es ihm dabei fast zerbrach. Und als der Dämon kam, jagte er ihn ins Meer und wartete auf den Morgen. Als das Mädchen und er erwachten, war es ihre Stadt.«

»Diese Geschichte wird Fayes Kindern gefallen.«

»Warte doch, sie ist noch nicht zu Ende.« Ivy holte Luft und raunte ihm kaum hörbar ins Ohr: »Sein Name war Leon J. Montague. Und sie … hieß Mailin.«

*

Sie sahen aus, als wollten sie einander nie wieder loslassen. Immer noch ärgerte Mo dieser Anblick ein wenig. Für eine Bö reichte ihre Kraft nicht mehr aus, aber es genügte für einen Windstoß, der Jay durchs Haar fuhr. Zufrieden lächelte Mo, als sie sah, wie das Mädchen in der kalten Brise wieder zu zittern begann.

»Schluss jetzt!«, sagte Night streng. »Du willst ihn doch ohnehin nicht mehr und als Zeitvertreib sind Menschen doch ein bisschen gefährlich, meinst du nicht?« Tadelnd schüttelte sie den Kopf. »Ich habe ja von Anfang an gesagt, dass Fuchsfrauen und Menschen nicht zusammenpassen, aber wer hört schon auf die Älteste.«

Mo seufzte und gab sich geschlagen. »Wahrscheinlich hast du recht. Aber ich werde unsere Welt vermissen.«

»Ich auch«, sagte Coy aus ganzem Herzen.

Night warf dem Kojoten einen abfälligen Blick zu. Sie hob Mo hoch und drückte sie vorsichtig an sich. Mo rollte sich in ihrer Armbeuge zusammen und genoss es, dass Night ihr über das Fell strich.

Sie hielten alle drei den Atem an, als Jay plötzlich stehen blieb und sich umdrehte. Aufrecht wartete er, sein Mädchen in den Armen. Das rötliche Licht des Sonnenaufgangs ließ sein Haar leuchten. Erst vermutete Mo, er würde nach ihr Ausschau halten, und sie duckte sich in Nights Armen, aber dann hörte sie seinen Ruf. »Aidan?«

Der Kojote zuckte zusammen. Er blickte zu Mo auf und sie musste lachen, so unterwürfig und fragend war sein Blick.

»Deine Entscheidung«, sagte sie leichthin.

Eine Weile schien er noch hin- und hergerissen zu sein, aber dann lief er mit einem federnden Satz los. Der Junge wartete, bis der Kojote zu ihm aufgeholt hatte, dann gingen sie Seite an Seite durch den Schnee.

»Typisch«, knurrte Night verächtlich. »Na ja, die werden schon noch sehen, was sie sich mit diesem Kerl eingebrockt haben.«

Teil V

Fuchslicht

Die Wolkeninsel

Fayes Töchter und die anderen Kinder der Kolonie lieferten sich mit den letzten Resten von Schnee eine wilde Schlacht. Ihr kreischendes Lachen hallte noch im Gebäude wider – und auch das Rauschen des Flusses, der früher die 5th Avenue gewesen war. Die große Halle war ausgefegt, Licht fiel durch die Fenster, und obwohl man gegen das wuchernde Grün, die Nässe und den Verfall nicht ankam, stellte Ivy sich vor, dass in früheren Zeiten die Menschen dasselbe gesehen hatten wie sie jetzt. Es war wieder ein Museum geworden, oder zumindest etwas Ähnliches. Keiner der Clans hatte sich in dem Gebäude niedergelassen, zu sehr erinnerte es die Menschen an die düsteren Winterlager. Dafür liebten die Kinder die geheimnisvollen Kammern umso mehr und hatten sie in Besitz genommen. Ganze Tage lang erkundeten sie die Ausstellungsräume, kletterten auf den Dächern herum und suchten nach neuen Schätzen. Alles, was ihnen besonders gefiel, schleppten sie in die große Halle und löcherten Jay ganze Tage lang, um herauszubekommen, was es mit den Dingen auf sich hatte. Ausgestopfte Krokodile lauerten hier neben Höhlenmenschen, ein Zebra und ein Gürteltier bewachten die Tür. Und zwischen all diesen Artefakten hatten Jay und Columbus die vier Schläfer auf weiche Lager gebettet. Sie schliefen genau neben dem Podest, auf dem immer noch der größte Dinosaurier thronte. Sein Skelett war längst von allen magischen Zeichen befreit, und so war er nur noch das mahnende Monument einer längst vergangenen Zeit, der er nicht standgehalten hatte. *Wir haben standgehalten*, dachte Ivy mit einem Anflug von Stolz. Und als Jay ihre Hand drückte und ihr zulächelte, wusste sie, dass sie eben dasselbe gedacht hatten.

»Gehen wir?«, fragte sie. »Es wird bald dunkel.«

»Gleich.« Jay ging mit großen Schritten zu dem Mädchen hinüber, das im Schlaf stets lächelte. Obwohl das Kind nicht fror, hatte Jay es mit Decken und einem Wandteppich zugedeckt. Den Teppich hatte er bei einer seiner Erkundungstouren in einem anderen Museum gefunden. Ein Einhorn war darauf eingestickt. Das Fabeltier kniete vor einem Brunnen, und Ivy stellte sich gerne vor, dass es die Träume der Kleinen bewachte. Um ihren Kopf herum lagen Gaben der Kinder – Figürchen aus Holz, eine Lumpenpuppe und ein winziger ausgestopfter Affe. Und natürlich hatten sie dem Schläfermädchen auch einen Namen gegeben – Schneewittchen, weil es tiefschwarzes Haar hatte. Jay nannte sie allerdings nur die kleine Spanierin.

Behutsam zog er den kostbaren Teppich bis zum Kinn des Mädchens hoch. Für diese zärtliche Geste liebte ihn Ivy nur noch mehr. Ein paar Sekunden genoss sie es, ihn zu betrachten. Er war kräftiger geworden, aber der Winter hatte ihn auch schmaler, schlanker werden lassen. Seine Locken waren wild und ungezähmt und länger als zuvor und seine Bewegungen geschmeidiger, flinker. Wenn er mit Beren unterwegs war, hatten sie etwas von Brüdern – sogar ihr Lachen ähnelte sich ein bisschen. Aber er war auch ernster, schweigsamer, und im Schlaf hatte sein Gesicht nicht mehr oft den traumvergessenen Ausdruck, der von schönen Träumen zeugte. Dieser Jay hier war erwachsen geworden, und obwohl er sich nicht beklagte, ahnte Ivy oft genug, wie sehr ihm seine Welt immer noch fehlte. Nur manchmal erzählte ein schmerzlicher Zug um seinen Mund von seinen Verlusten. *Und damit gehört er ganz und gar zu uns*, dachte sie. *Wir verlieren alle – aber was wir gewinnen, ist umso kostbarer.*

Als hätte er diesen Gedanken gehört, lächelte er ihr zu, und seine hellgrünen Augen, die an Bachwasser im Frühling erinnerten, blitzten. Bevor sie das Museum verließen, zog er sie an sich und küsste sie. Immer noch war da dieser kleine Impuls zurückzuzucken, eine Ahnung von Gefahr, aber dann entspannte sie sich und ließ sich ganz in den Empfindungen treiben. *Es bringt kein Unglück mehr.* Und sie lächelte in diesem Kuss und genoss das Gefühl, dass tief in ihrer Brust eine Sonne aufging. Eng umschlungen gingen sie zur Tür und blickten noch einmal zu den Schläfern zurück.

»Glaubst du, wir werden sie irgendwann einmal kennenlernen?«, fragte Ivy.

Ihre Stimme hallte ein wenig, jetzt, da der Staub sie nicht mehr dämpfte.

»Ich hoffe es«, erwiderte Jay. »Ich bin sicher, das Mondmädchen beobachtet uns. Wer weiß – vielleicht versucht sie es eines Tages ja noch einmal mit uns Menschen.«

»Ich weiß nicht, ob ich es mir wünschen soll oder nicht.«

Jay lachte. »Du traust ihr immer noch nicht.«

»Ebenso wenig wie deinem Kojoten. Nicht umsonst haben wir unsere neuen Namen behalten. Magische Wesen sind launischer, als du denkst, und gehorchen nur ihren eigenen Gesetzen, auch wenn sie im Moment mit uns Frieden geschlossen haben. Lass dich nicht zu sehr täuschen. Im Augenblick ist alles im Gleichgewicht, aber wer weiß, wie lange es so bleibt.«

»Zumindest wird es ein guter Sommer«, erwiderte Jay leichthin und schloss die Tür des Museums so behutsam, als wollte er die Schlafenden nicht wecken. »Und dann sehen wir weiter – von Tag zu Tag.«

Die Kinder kamen angelaufen und umringten sie, zupften an seiner Jacke und wollten auf seinen Rücken klettern. Lachend wehrte Jay die Bande ab, aber sie folgte ihnen bis zum ehemaligen Broadway. Feixend und Kussgeräusche machend, liefen die Kinder ihnen hinterher, bis es ihnen zu langweilig wurde, ein Liebespaar zu ärgern, das sich nicht von ihnen beeindrucken ließ.

Zu zweit gingen sie weiter, auf den hellsten Wegen, die sie finden konnten, um kein bisschen Licht zu verpassen.

Ivy ließ ihren Blick über die Ruinen schweifen. Schneereste kauerten sich noch in die Schatten, aber dort, wo die Frühlingssonne auf Zweige und Ranken traf, sprossen schon Knospen und Blätter. Der Frühling füllte den Himmel mit dem Duft nach Sumpfgrün und frischen Wolken. Wind spielte mit ihrem Haar. Es war nicht mehr trauerkurz, und wenn sie ihre Hände betrachtete, wunderte sie sich jedes Mal, dass ihre Haut schon von der Wintersonne ein wenig Farbe bekommen hatte.

Den Wolkenkratzer, der ihre Schlafstätte geworden war, nannte Jay immer noch bei seinem alten Namen – »Top of the Rock«. Es war jeden Abend eine mühsame Klettertour über alte Treppen, Seilleitern und ein Stück Baum, der durch die Etagen bis in den zwanzigsten Stock wuchs. Und sie dauerte lange, da Jay immer noch nicht die instinktive Sicherheit eines geübten Kletterers hatte und Ivy wegen ihrer Verletzung am Bein, die gerade erst verheilt war, vorsichtig sein musste und nur langsam vorankam.

Aber immer wenn sie atemlos bei ihrem Nachtlager ankamen, wurden sie vom orange glühenden Licht der Abendsonne belohnt – und mit einem Ausblick, der Ivy jedes Mal von Neuem den Atem nahm. Unter ihnen lag ihre Insel in der blaugrünen Umarmung der Meerenge und des Flusses. In manchen Ruinen blinzelte Licht – die Kolonisten lebten über die ganze Stadt verstreut, zerfielen in Clans, kleine Gruppen und Paare, als müssten sie unzählige Nächte ohne die Enge eines lichtlosen Lagers aufholen. Nur tagsüber fanden sie sich zusammen, um die Stadt zu durchstreifen, um zu sammeln und aus den Trümmern der alten Welt eine neue zu schaffen. *Unsere Welt hätte dir gefallen, Cael*, dachte Ivy. Sie seufzte und erklomm ihren Schlafplatz, den sie insgeheim nur Wolkeninsel nannte. Denn hier oben, fast an der Spitze der Ruine, hatten Jay und sie sich ein besonderes Lager gebaut – es hing an Seilen und schaukelte im Wind, Planen schützten es vor Kälte, Regen und Wind, und sie schliefen unter Decken aus Jays Zeit, die so warm waren, dass man sogar im Schnee nicht erfror. Ivy liebte es, morgens die Augen zu öffnen – noch immer konnte sie es nicht fassen, dass sie dann als Erstes den Sonnenaufgang sah.

Nun aber war es Abend, ein blasser Vollmond stand bereits am Himmel.

»Kommst du?«, fragte Jay. Sie nickte und kletterte zu ihm auf ihre schaukelnde Insel. Eng umschlungen betrachteten sie den Himmel. Sein Arm lag um ihren Nacken, zärtlich spielten seine Finger mit ihrem Haar.

»Manche nennen den Vollmond das Fuchslicht«, sagte Ivy. »Weil er an das leuchtende Auge eines Fuchses erinnert.«

»Fühlst du dich beobachtet?«

»Heute ja«, erwiderte sie mit einem leichten Unbehagen. »Ich mag den Vollmond nicht. Manchmal denke ich, ich spüre, wie sie wieder nach dir sucht.«

Jay streckte die Hand aus und stieß sich an einem Stahlträger ab. Ihre Wolkeninsel begann zu schwingen, sanft pendelte der Mond über ihnen hin und her.

»Es ist schon komisch, dass ein so unscheinbares, kleines Tier wie ein Fuchs die stärkste Magie von allen besitzt«, sagte Jay.

»Die alten Märchen aus einem ganz fremden Land wussten es schon lange«, antwortete Ivy. »Ich bin nur nicht draufgekommen, weil ich nicht wusste, dass *Kitsune* in unserer Sprache einfach nur Fuchs heißt. Die Kitsune verführen gerne Menschen, sie können Illusionen erschaffen – und sogar Feuer entstehen lassen.«

»Ja, das konnte sie«, murmelte er. Sofort wünschte sie, sie hätte Jay die Geschichte nicht erzählt, denn jetzt betrachtete er versonnen den Mond und lächelte in seinen ganz eigenen Erinnerungen verloren.

Ivy stieß ihn leicht in die Seite. »Hör auf damit! Erzähl mir lieber eine Geschichte – eine von denen, die nur uns beiden gehört.«

*

Wie immer, wenn der Mond voll war, war sein Schlaf so tief, als würde er nicht mehr atmen. Nur manchmal zuckten seine Mundwinkel, aber ob es ein Lächeln war oder ob er davon träumte, mit *ihr* zu sprechen, wusste Ivy nie. Sie kuschelte sich noch dichter an ihn, legte den Kopf auf seinen Oberarm und betrachtete sein schlafendes Gesicht. In Nächten wie diesen, in denen sie spürte, dass die Trugwelt immer noch nach ihm griff, schlief sie nie, sondern erinnerte ihn daran, wohin er gehörte.

»Leon«, flüsterte sie in sein Ohr. »Wach auf!«

Seine Lieder zuckten, doch bevor er die Augen öffnete, glitt ein Lächeln über sein Gesicht.

»Du bist wieder wach geblieben, stimmt's?«

»Klar, ich passe auf dich auf. Hast du von ihr geträumt?«

Jay gähnte und streckte sich. »Nein. Ich weiß, sie beobachtet mich, aber ich sehe sie nie im Traum. Ich sehe nur unsere Welt.«

Unsere Welt. Es sollte ihr nichts ausmachen, aber dennoch verspürte sie auch heute einen leisen, feinen Stich des Ärgers.

»Komm nur nicht auf die Idee, auch nur einen Zeh in diese Welt zu strecken!«

»Immer noch eifersüchtig?«, fragte er sanft.

»Ganz bestimmt nicht«, log sie. »Nur besorgt um dich. Ich hätte dich schon einmal fast verloren, schon vergessen?«

Er lachte sie auch heute nicht aus. Eine Weile sahen sie sich in die Augen, dann zog er sie an sich und küsste ihre Stirn, ihre Lider und ihren Mund.

»Tut es dir wirklich nie leid, die Trugwelt verlassen zu haben?«, wollte Ivy wissen.

Sein Lachen entfachte wieder die kleine Flamme in ihrem Herzen, die jeden Ärger verzehrte. »Sehe ich so aus, als würde ich hier nicht glücklich sein?«, rief er. Stürmisch zog er sie an sich und drückte sie so fest, bis sie lachend nach Luft rang und die Stadt um sie herum schaukelnd tanzte.

»Nein, Ivy«, sagte er dann zärtlich. »Ich bereue es nicht, keinen Tag, keine Stunde – und nichts von dem, was passiert ist. Es hat mich zu dir gebracht!«

Seine Hand strich über ihren Rücken, wanderte zu ihrer Hüfte. Kuss um Kuss weckte er sanft das Begehren, bis der Sog sie beide mit sich nahm in eine Welt, die nur ihnen beiden gehörte. Und als sie viel später wieder auftauchten, war der Mond weitergewandert und beobachtete sie nicht mehr. »Mailin«, flüsterte Jay in ihr Haar. »Meine Mailin!«

Jay hat recht, dachte Ivy, während sie glücklich in seinen Armen einschlief. *Es wird ein guter Sommer. Und dann sehen wir weiter. Von Tag zu Tag.*

sonne und mond

Manchmal kam es Mo so vor, als würde Coy die Menschengestalt hervorholen und mit sich herumtragen wie einen Lieblingsknochen, an dem er bei jeder Gelegenheit herumnagte. Er wartete schon auf sie, aber wie immer gab er sich alle Mühe, seine Ungeduld zu überspielen. In betont lässiger Pose saß er auf der Museumstreppe, die langen Beine ausgestreckt, die Ellenbogen auf die Stufe hinter ihm gestützt und grinste ihr unter schwarzen Haarsträhnen entgegen.

Und wie immer ließ sie sich provozierend viel Zeit, damit er bis zuletzt im Ungewissen blieb, ob sie auch diesmal einfach wieder verschwinden würde.

Doch heute blieb sie, zum ersten Mal. Fünf Stufen von ihm entfernt verharrte sie und setzte sich, und Coy war schlau genug, sie nicht zu drängen und nicht anzusprechen.

Eine Weile betrachteten sie nur den Fluss. Ihr Mond tauchte alles in weiches Licht und spiegelte sich im Wasser. Legte sie den Kopf schief, war es fast, als würde Cinna sie aus Fuchsaugen betrachten. In Nächten wie diesen vermisste sie ihre Schwester mehr denn je.

»Wie geht es ihm?«, fragte sie nach einer Weile. »Ist er glücklich?«

»So glücklich, wie ein Mensch es eben sein kann«, erwiderte Coy. »Anscheinend sind sie am glücklichsten, wenn sie sich so oft wie möglich in die Haare geraten. Er und die Blonde sind selten einer Meinung, aber das scheint ihnen nicht viel auszumachen.«

»Vielleicht sind sie sich einfach zu ähnlich.«

»Sie sind Menschen, sie wissen es nicht besser«, sagte Coy mit wohlwollender Arroganz. »Er hat übrigens auch nach dir gefragt.«

Sie vermisste das freudige Erschrecken, das sie früher beim Gedanken an Jay verspürt hatte. Jetzt war es eher ein schwebendes Hinnehmen. *Kein Hass. Keine Liebe. Aber gleichgültig ist er mir auch nicht. Im Gegenteil.*

»Er hat mich also nicht vergessen.«

»Nein, das wird er nie und das weißt du auch genau. Ihr seid verbunden wie Sonne und Mond. Ihr könnt nur nicht zur selben Zeit am Himmel stehen.«

»Manchmal schon«, erwiderte sie verschmitzt. »Weißt du noch? Damals, als ich zu ihm auf das Dach geklettert bin?«

Coy lachte. »Streckt das Mondfieber schon wieder seine fahlen Finger nach dir aus?«, spottete er. Er stand auf und ging so langsam und betont gelangweilt die Treppe hinauf, als würde er nur schlendern. »Oh, hast du den Neuen schon gesehen?«, warf er beiläufig über die Schulter zurück. »Er sieht nach mächtig viel Unruhe aus! Tom war schon sauer, weil Faye ihn so gern betrachtet. Im Schlafen Eifersucht zu wecken, ist schon ein Kunststück, meinst du nicht?«

»Du kannst es wohl gar nicht erwarten, wieder ein bisschen Mondmagie zu schmecken?«, rief sie ihm spöttisch hinterher. »Was ist los? Zu wenig Chaos in deinem wundervollen neuen Leben mit den Menschen?«

»Könnte ein bisschen mehr Wirbel sein, ja«, gab Coy mit einem tiefen Seufzen zu. »Und du verpasst was, wenn du jetzt wieder verschwindest. Ich wette, er gefällt dir besser als Jay.«

Mit einem Grinsen öffnete er die Tür und verschwand im Museum. Und natürlich hatte er es jetzt doch geschafft, sie neugierig zu machen. Zögernd stand sie auf und folgte ihm, Stufe für Stufe. Die Tür stand offen, schon jetzt konnte sie das Flüstern der Träume hören. Noch eine Weile versuchte sie zu widerstehen, aber schließlich trat sie über die Schwelle. Es war ungewohnt, nach so langer Zeit wieder ein Menschenhaus zu betreten. Erwartung lag in der Luft und selbst hier drin roch der Frühling nach Verheißungen.

Auf Zehenspitzen näherte sie sich den Schlafenden.

Coy stand mit leuchtenden Augen neben dem ersten Lager. »Hier, der ist es!«

Sie wusste auf den ersten Blick, was er meinte. Der junge Mann war auf eine andere, betörendere Weise schön als Jay. Sein dunkelbraunes kurzes Haar erinnerte an Otterfell, die vollen Lippen lockten in einem Gesicht mit klaren Zügen. Und dennoch spiegelte sich etwas Ironisches, Arrogantes darin, das dem jungen Mann etwas sehr Anziehendes verlieh. Mo spürte, dass allein sein Anblick die Frauen magisch anzog.

»Jay und die Papierfrau haben ihn erst vor einer Woche gefunden«, erklärte Coy. Und dann war er klug genug, zu schweigen und Mo ihren eigenen Gedanken zu überlassen.

Für eine Weile schloss sie die Augen und fing die Wörter ein, die von dem schlafenden Gesicht aufstiegen wie Funken aus einem sehr heißen Feuer. *Hospital. Neue Stelle. Kollegen.* »Er ist ein ›Arzt‹«, murmelte sie. »Er heilt Menschen, er ist ernsthaft am Tag, sehr darum bemüht, alles richtig zu machen. Er sorgt sich viel. Aber sobald es Abend wird …« *Date. Musik. Tanzen. Lounge. Amanda mit den roten Lippen. Jennifer. Caitlin.* Mo musste lächeln. »Du hast recht, er könnte in der Kolonie für jede Menge Ärger sorgen. Die Männer hier sind eifersüchtig – und die Frauen ausgehungert nach Sonne und einem schönen Lachen, nicht wahr?«

»Vor allem wäre er nützlich«, gab Coy mit gut geheuchelter Fürsorge zu bedenken. »Einen Arzt könnte die Kolonie sehr gut gebrauchen.«

Mo lachte und wandte sich von dem jungen Mann ab. Sie freute sich diebisch, als Coy einen enttäuschten Schrei ausstieß. »Ach komm schon, Mondmädchen«, rief er und lief neben ihr her. »Wozu hast du die Magie? Das ist deine Insel, schon vergessen? Lass uns den Laden hier endlich wieder ein bisschen aufmischen.«

»Hat dir der Winter nicht genügt?«, erwiderte sie mit gespielter Strenge.

Im Vorübergehen strich sie dem kleinen Mädchen mit den Fingerspitzen über die Stirn und zog dabei die Worte *Pizza. Geburtstag. Fernsehen. Glitzerbox. Haarspange* hinter sich her wie den Schweif einer bunten Sternschnuppe. Fast konnte sie den Zuckerguss von *Cup Cakes* schmecken; irgendwo hallte ein schräg gesungenes Geburtstagslied.

Der ältere Mann mit den tiefen Falten auf der Stirn träumte dagegen nur von seiner Arbeit. *Universität. Lehrauftrag. Mannahatta-Projekt. Vegetation. Inselmodell. Forschungsgeld.*

Schließlich ging Mo zu der dunkelhäutigen Frau und spürte, wie Coy gespannt den Atem anhielt. Sie wunderte sich darüber, dass auch sie nervös wurde und zögerte. *Vielleicht sollte ich mit Night reden*, dachte sie. Aber sie konnte sich denken, was die

Älteste davon halten würde. Mo straffte die Schultern. *Der Kojote hat recht. Es ist meine Insel – und meine Magie.*

»Also gut, versuchen wir es.«

Und auch diesmal war Coy klug genug, keinen Freudenschrei auszustoßen.

»Vielleicht gelingt es ein weiteres Mal«, sprach sie sich leise Mut zu. »Mal sehen, was es uns diesmal bringt.«

Sie seufzte und verließ mit dem Ausatmen ihre Mondmädchengestalt. Während sie wieder Luft holte, ließ sie sich in die vertraute Wärme von Fuchsfell fallen. Noch einmal spielte sie mit dem Gedanken, doch zu dem jungen Arzt zu gehen. *Ja, er gefällt mir, sogar sehr*, dachte sie mit einem sehnsuchtsvollen Blick auf den verheißungsvollen Schwung seiner Lippen. *Ich werde wiederkommen, ihn betrachten und darüber nachdenken. Aber heute nicht.*

Heute entschied sie sich für die Frau im Sarkophag. Kühl glitt der glatte Steinboden unter ihren Pfoten dahin. Sie holte Schwung, stieß sich ab – und schnellte durch die Luft. Es war genau wie damals, als sie auf vier Beinen auf ein anderes Lager gesprungen war. Und wie damals kauerte sie sich nun dicht an den Menschenkörper und schmiegte ihre Stirn in die Halsbeuge der Frau. Sie wartete, bis ihrer beider Atem im Gleichklang war und sie beides spürte – das traumschwere Menschenherz und das aufgeregt pochende Fuchsherz, das geliebt, gehasst und verziehen hatte. Erst dann schloss sie die Augen und suchte sich den Weg in die Traumwelt der Fremden.

Vorsprechen. Neue Rolle. Theater. Broadway.

In ihrer Erinnerung eilte die Frau aus einer U-Bahn-Station und rannte, während sie im Laufen ihren Lippenstift aus der Tasche kramte.

Ganz anders als beim Film. Nervös. Spät dran. Hoffentlich.

Blätter mit Textzeilen rutschten aus der Tasche und flatterten im Wind davon, und die Frau schrie auf und versuchte sie zu fangen. Passanten blieben stehen und beobachteten ihren bizarren und anmutigen Tanz mit dem Papier. Ein Auto hupte. Mo schwelgte im Anblick der Autos und der spiegelnden Hochhausfassaden und erlaubte sich, im Hintergrund Jay zu betrachten. Er kam aus einem Kino und rieb sich im Herbstwind die Hände. Als würde er spüren, dass sie ihn beobachtete, sah er sich suchend um. Mo trat rasch zur Seite, verbarg sich im Schatten einer Werbetafel. Wie immer spielte sie auch jetzt wieder mit dem Gedanken, es doch noch einmal zu versuchen – mit einem Bann, einer Verführung oder einem Spiel mit der Sehnsucht, die er nach seiner alten Welt verspürte. Aber dann sah sie ihm einfach nur nach, als er nach einer Weile mit federnden Schritten den Broadway entlangging, traumverloren, ein wenig wehmütig, aber ganz und gar erfüllt von diesem fremden Glück, das ihn umgab wie ein weicher Schein von Goldlicht.

Schließlich kehrte sie mit ihren Gedanken zu der Frau zurück, nahm ihren ganzen Mut zusammen und flüsterte:

»Wach auf!«